NE TIREZ PAS SUR L'OISEAU MOQUEUR

HARPER LEE

Ne tirez pas sur l'oiseau moqueur

ROMAN TRADUIT DE L'ANGLAIS PAR ISABELLE STOÏANOV

Postface d'Isabelle Hausser

ÉDITIONS DE FALLOIS

Titre original :

TO KILL A MOCKINGBIRD

*Pour Mr Lee et Alice
avec tout mon amour et toute mon affection.*

« Les avocats n'ont-ils pas commencé par être des enfants ? »

Charles LAMB.

PREMIÈRE PARTIE

1

Mon frère Jem allait sur ses treize ans quand il se fit une vilaine fracture au coude mais, aussitôt sa blessure cicatrisée et apaisées ses craintes de ne jamais pouvoir jouer au football, il ne s'en préoccupa plus guère. Son bras gauche en resta un peu plus court que le droit ; quand il se tenait debout ou qu'il marchait, le dos de sa main formait un angle droit avec son corps, le pouce parallèle à la cuisse. Cependant, il s'en moquait, du moment qu'il pouvait faire une passe et renvoyer un ballon.

Bien des années plus tard, il nous arriva de discuter des événements qui avaient conduit à cet accident. Je maintenais que les Ewell en étaient entièrement responsables, mais Jem, de quatre ans mon aîné, prétendait que tout avait commencé avant, l'été où Dill se joignit à nous et nous mit en tête l'idée de faire sortir Boo Radley.

À quoi je répondais que s'il tenait à remonter aux origines de l'événement, tout avait vraiment commencé avec le général Andrew Jackson. Si celui-ci n'avait pas croqué les Creeks dans leurs criques, Simon Finch n'aurait jamais remonté l'Alabama et, dans ce cas, où serions-nous donc ? Beaucoup trop grands pour régler ce différend à coups de poing, nous consultions Atticus, et notre père disait que nous avions tous les deux raison.

En bons sudistes, certains membres de notre famille déploraient de ne compter d'ancêtre officiel dans aucun des deux camps de la bataille d'Hastings. Nous devions nous rabattre sur Simon Finch, apothicaire de Cornouailles, trappeur à ses heures, dont la piété n'avait d'égale que l'avarice. Irrité par les persécutions qu'en Angleterre leurs frères plus libéraux faisaient subir à ceux qui se nommaient « méthodistes », dont lui-même se réclamait, Simon traversa l'Atlantique en direction de Philadelphie, pour continuer ensuite sur la Jamaïque puis remonter vers Mobile et, de là, jusqu'à St Stephens. Respectueux des critiques de John Wesley contre le flot de paroles suscitées par le commerce, il fit fortune en tant que médecin, finissant, néanmoins, par céder à la tentation de ne plus travailler pour la gloire de Dieu mais pour l'accumulation d'or et de coûteux équipages. Ayant aussi oublié les préceptes de son maître sur la possession de biens humains, il acheta trois esclaves et, avec leur aide, créa une propriété sur les rives de l'Alabama, à quelque soixante kilomètres en amont de St Stephens. Il ne remit les pieds qu'une fois dans cette ville, pour y trouver une femme, avec laquelle il fonda une lignée où le nombre des filles prédominait nettement. Il atteignit un âge canonique et mourut riche.

De père en fils, les hommes de la famille habitèrent la propriété, Finch's Landing, et vécurent de la culture du coton. De dimensions modestes comparée aux petits empires qui l'entouraient, la plantation se suffisait pourtant à elle-même en produisant tous les ingrédients nécessaires à une vie autonome, à l'exception de la glace, de la farine de blé et des coupons de tissus, apportés par des péniches remontant de Mobile.

Simon eût considéré avec une fureur impuissante les troubles entre le Nord et le Sud qui dépouillèrent ses descendants de tous leurs biens à l'exception des terres. Néanmoins ils continuèrent à vivre de la terre jusqu'au vingtième siècle, époque où mon père, Atticus Finch, se rendit à Montgomery pour y faire son droit, et son jeune frère à Boston pour y étudier la médecine. Leur sœur, Alexandra, fut la seule Finch à rester dans la plantation : elle épousa un homme taciturne qui passait le plus clair de son temps dans un hamac au bord de la rivière, à guetter les touches de ses lignes.

Lorsque mon père fut reçu au barreau, il installa son cabinet à Maycomb, chef-lieu du comté du même nom, à environ trente kilomètres à l'est de Finch's Landing. Il occupait un bureau tellement petit, à l'intérieur du tribunal, qu'il put à peine y loger un porte-chapeaux, un échiquier et un code de l'Alabama flambant neuf. Ses deux premiers clients furent les deux derniers condamnés à la pendaison de la prison du comté. Atticus leur avait conseillé de faire appel à l'indulgence du jury en plaidant coupables de meurtre au second degré et de sauver ainsi leurs têtes, mais c'étaient des Haverford, autant dire des crétins aux yeux de tout habitant du comté. À cause d'un malentendu provoqué par la détention illégale d'une jument, ils avaient commis l'imprudence de tuer le meilleur maréchal-ferrant de la ville devant trois témoins, et ils crurent pouvoir se défendre en affirmant que « ce salaud ne l'avait pas volé ». Ils persistèrent à plaider non coupables d'un meurtre au premier degré, aussi Atticus ne put-il faire grand-chose pour eux, si ce n'est d'assister à leur exécution, événement qui fut sans doute à l'origine de la profonde aversion de mon père envers le droit pénal.

Durant ses cinq premières années à Maycomb, il ne fit guère de dépenses ; ensuite, pendant plusieurs années, il consacra ses revenus aux études de son frère.

John Hale Finch avait dix ans de moins que lui et opta pour la médecine en un temps où le coton ne rapportait plus assez pour valoir la peine d'être cultivé ; mais, après avoir placé oncle Jack sur les rails, Atticus tira des revenus raisonnables de la pratique du droit. Il se plaisait à Maycomb, chef-lieu du comté qui l'avait vu naître et grandir ; il en connaissait les habitants qui le connaissaient eux aussi et devait à Simon Finch de se retrouver lié, par le sang ou par mariage, avec à peu près toutes les familles de la ville.

Quand je vins au monde, Maycomb était déjà une vieille ville sur le déclin. Par temps de pluie, ses rues prenaient l'aspect de bourbiers rouges ; l'herbe poussait sur les trottoirs, le palais de justice penchait vers la place. Curieusement, il faisait plus chaud à l'époque : les chiens supportaient mal les journées d'été ; les mules efflanquées, attelées à leurs carrioles, chassaient les mouches à grands coups de queue à l'ombre étouffante des chênes verts sur la place. Les cols durs des hommes se ramollissaient dès neuf heures du matin. Les dames étaient trempées de sueur dès midi, après leur sieste de trois heures et, à la nuit tombante, ressemblaient à des gâteaux pour le thé, glacés de poudre et de transpiration.

Les gens se déplaçaient lentement alors. Ils traversaient la place d'un pas pesant, traînaient dans les magasins et devant les vitrines, prenaient leur temps pour tout. La journée semblait durer plus de vingt-quatre heures. On ne se pressait pas, car on n'avait nulle part où aller, rien à acheter et pas d'argent à dépenser, rien à voir au-delà des limites du comté de Maycomb. Pourtant, c'était une période de vague optimisme pour certains : le comté venait d'apprendre qu'il n'avait à avoir peur que de la peur elle-même.

Nous habitions la rue principale, Atticus, Jem et moi, ainsi que Calpurnia, notre cuisinière. Jem et moi, nous étions très satisfaits de notre père : il jouait avec nous, nous faisait la lecture et nous traitait avec un détachement courtois.

Calpurnia, c'était une autre histoire : toute en angles et en os, elle était myope et louchait, elle avait les mains larges comme des battoirs et deux fois plus dures. Elle passait son temps à me chasser de la cuisine, à me demander pourquoi j'étais incapable de me conduire aussi bien que Jem, alors qu'elle savait pertinemment qu'il était plus grand que moi, à m'appeler pour rentrer à la maison quand je n'y étais pas disposée. Nos algarades épiques s'achevaient toujours de la même manière : elle gagnait, essentiellement parce qu'Atticus prenait toujours sa défense. Elle travaillait chez nous depuis la naissance de Jem et, aussi loin que je pouvais remonter dans mes souvenirs, j'avais senti peser sur moi sa présence tyrannique.

J'avais deux ans à la mort de notre mère, aussi ne me manquait-elle pas. C'était une Graham, de Montgomery ; Atticus l'avait rencontrée lorsqu'il avait été élu pour la première fois à la Chambre des représentants de l'État. Proche de la cinquantaine, il était son aîné de quinze ans. Jem fut le fruit de leur première année de mariage. Je naquis quatre ans plus tard, notre mère mourut d'une crise cardiaque deux ans après ma naissance. Il paraît que c'était fréquent dans sa famille. Elle ne me manqua pas, mais à Jem si, je crois. Il se souvenait bien d'elle et parfois, en plein jeu, il poussait un soupir et s'en allait jouer tout seul derrière le garage. Dans ces moments-là, je préférais ne pas l'ennuyer.

Quand j'avais presque six ans et lui pas loin de dix, nos quartiers d'été (à portée de voix de Calpurnia) étaient bornés par la maison de Mrs Henry Lafayette Dubose, deux numéros au nord de la nôtre, et par celle des Radley, trois numéros au sud. Nous ne fûmes jamais tentés de dépasser cette frontière. Chez les Radley habitait un être non identifié, dont la seule description suffisait à nous tenir tranquilles ; quant à la maison de Mrs Dubose, c'était tout simplement la porte de l'enfer.

Ce fut l'été où Dill se joignit à nous.

Tôt un matin, alors que nous nous apprêtions à jouer dans le jardin, Jem et moi entendîmes un bruit dans le potager de Miss Rachel Haverford, notre voisine. Nous courûmes regarder à travers le grillage si sa chienne avait eu ses petits, et nous nous retrouvâmes devant un inconnu qui nous regardait, assis par terre, pas plus haut que les choux sur pied qui l'entouraient. Comme nous le dévisagions, il finit par parler :

— Salut.

— Salut, répondit Jem aimablement.

— Je m'appelle Charles Baker Harris. Je sais lire.

— Et alors ? dis-je.

— Je pensais que vous aimeriez le savoir. Si vous avez besoin que je vous lise quelque chose...

— Quel âge as-tu ? coupa Jem. Quatre ans et demi ?

— Presque sept ans.

— Alors y a rien d'extraordinaire à ça, reprit Jem en me désignant du pouce. Scout sait lire depuis qu'elle est née et elle va pas encore à l'école. Tu fais drôlement petit pour quelqu'un qui va sur ses sept ans.

— Peut-être, mais je suis un grand.

Jem chassa ses cheveux de son front pour mieux le voir.

— Bon, ben, viens, Charles Baker Harris ! Quel nom, mon Dieu !

— Et le tien alors ? Tante Rachel dit que tu t'appelles Jeremy Atticus Finch.

— Je suis assez grand pour ça, dit Jem en se renfrognant. Tandis que ton nom est bien plus grand que toi.

— On m'appelle Dill, déclara Dill en tentant de ramper sous le grillage.

— Essaie plutôt de passer par-dessus, dis-je. D'où viens-tu ?

Il venait de Meridian, dans le Mississippi, et passerait désormais tous ses étés chez sa tante, Miss Rachel. Sa famille était originaire du comté de Maycomb ; sa mère, qui travaillait chez un photographe, avait envoyé son portrait à un concours de beauté pour enfants et gagné cinq dollars qu'elle lui avait donnés. Avec cet argent, il avait pu aller une vingtaine de fois au cinéma.

— Y a pas de salle ici, dit Jem. Quelquefois on nous projette des vies de Jésus au palais de justice. Tu as vu de bons films ?

Dill mentionna *Dracula*, révélation qui inspira un début de respect à mon frère.

— Raconte ! demanda-t-il.

Dill était un curieux bonhomme aux cheveux blonds presque blancs moussant sur sa tête comme du duvet de canard. Il portait un short de lin bleu boutonné à sa chemise et, bien que plus jeune que lui d'un an, je le dépassais en taille. Pendant qu'il nous racontait son histoire, ses yeux bleus s'éclairaient puis s'assombrissaient tour à tour ; il partait de brusques éclats de rire joyeux et tirait de temps en temps sur un épi qu'il avait au milieu du front.

Quand il eut réduit Dracula en poussière, Jem en

conclut que le film paraissait meilleur que le livre. Quant à moi, je lui demandai où se trouvait son père :

— Tu n'as pas encore parlé de lui.

— J'en ai pas.

— Il est mort ?

— Non...

— Dans ce cas, tu en as bien un, non ?

Dill rougit et Jem m'intima de me taire, signe certain que notre nouveau voisin venait de réussir son examen de passage. L'été se déroula dans une paisible routine : nous aménagions notre cabane installée entre les branches de deux immenses margousiers dans le jardin, nous faisions les fous, nous nous amusions à des jeux inspirés de récits lus chez Oliver Optic, Victor Appleton et Edgar Rice Burroughs [1]. En l'occurrence, Dill nous fut d'un grand secours. Il jouait les rôles qui m'étaient auparavant dévolus, le singe dans *Tarzan*, Mr Crabtree dans *The Rover Boys*, Mr Damon dans *Tom Swift*. Nous finîmes par le considérer comme une sorte de Merlin de poche, à l'imagination fourmillant de projets excentriques, d'aspirations bizarres et d'inventions délirantes.

Pourtant, à la fin d'août, notre répertoire commençait à s'épuiser ; c'est alors que Dill nous donna l'idée de faire sortir Boo Radley.

La maison des Radley le fascinait. Malgré nos avertissements et nos explications, il se laissait attirer comme un papillon par la lumière, mais il se tenait à distance respectueuse, n'allant pas au-delà du réverbère

---

1. Trois auteurs américains très populaires chez les enfants. Oliver Optic était le pseudonyme de William T. Adams (1822-1897), Victor Appleton, celui de Howard R. Garis (1873-1962) qui écrivit la plupart des romans de la série Tom Swift. Quant à Edgar Rice Burroughs (1875-1950), c'est le créateur de Tarzan.

du coin. L'entourant de ses bras, il restait là, plongé dans un abîme de réflexion.

Le bâtiment formait un angle qui se prolongeait jusque derrière notre jardin. En prenant vers le sud, on faisait face à sa véranda ; puis le trottoir tournait et longeait le terrain. C'était une maison basse, qui avait été blanche, avec une véranda impressionnante et des volets verts, mais elle avait depuis longtemps pris la couleur gris ardoise de la cour qui l'entourait. Les bardeaux du toit, que la pluie avait fait pourrir, s'affaissaient sur la véranda ; l'ombre des chênes empêchait le soleil de passer. Les restes de piquets branlants gardaient la cour avant, celle qui devait être balayée, mais ne l'était jamais, et était désormais envahie par des graminées et des gnaphales.

À l'intérieur vivait un spectre malveillant. Les gens prétendaient qu'il existait, mais Jem et moi ne l'avions jamais vu. Les gens racontaient qu'il sortait par les nuits sans lune et jetait un coup d'œil par les fenêtres. Si les azalées fanaient, c'était qu'il avait soufflé dessus ; il était l'auteur de tous les petits délits commis à Maycomb. À une époque, la ville fut terrorisée par une série de sinistres incidents nocturnes : on retrouvait mutilés poulets et autres animaux domestiques ; bien que ce fût Crazy Addie le coupable et qu'il ait fini par se noyer dans le tourbillon des Barker, refusant de revenir sur leurs soupçons, les gens continuaient à jeter des regards entendus à la maison des Radley. La nuit, les Noirs ne passaient pas devant cette maison, ils préféraient changer de trottoir en sifflotant. La cour de l'école de Maycomb était contiguë à l'arrière du terrain des Radley ; les grands pacaniers qui poussaient dans leur basse-cour laissaient tomber leurs noix dans la cour de l'école, mais les enfants ne les ramassaient pas : les noix de pécan des Radley risquaient de vous tuer. Toute balle égarée dans l'enceinte maudite était perdue à jamais et personne ne la réclamait.

La mauvaise réputation de cette maison était très antérieure à la naissance de Jem. Tout le monde eût volontiers reçu les Radley, mais ils ne sortaient jamais, manière de vivre impardonnable dans une petite ville ; ils n'allaient même pas à l'église, principale distraction de Maycomb, mais pratiquaient leur religion chez eux. Mrs Radley ne traversait que rarement la rue, voire jamais, pour prendre le café chez ses voisines et n'avait certainement jamais participé à aucun de leurs mouvements de charité. Mr Radley sortait tous les matins à onze heures et demie pour rentrer promptement à midi, portant parfois un paquet brun, qui, selon les voisins, contenait les provisions de la famille. Je n'ai jamais su comment le vieux Mr Radley gagnait sa vie ; selon Jem, il « se tournait les pouces », pourtant sa femme et lui vivaient là depuis toujours avec leurs deux fils.

Les portes et les volets de la maison restaient fermés le dimanche, autre manifestation étrangère aux habitudes de Maycomb : on ne fermait les portes qu'en cas de maladie ou de grand froid. D'autant que le dimanche était le jour des visites cérémonieuses ; les dames mettaient un corset, les messieurs un costume, les enfants des chaussures. Mais aucun voisin n'eut jamais l'idée de monter les marches de la véranda des Radley en leur criant « Salut ! ». Et puis, ils n'avaient pas de portes grillagées contre les moustiques. Pourtant, en réponse à une de mes questions, Atticus me dit un jour qu'il y en avait une autrefois, avant ma naissance.

À en croire les histoires qui se racontaient, adolescent, le plus jeune de leurs fils fréquentait certains des Cunningham d'Old Sarum, tribu du nord du comté, si gigantesque qu'on s'y perdait. Elle formait ce qu'il y avait de plus proche d'un gang pour Maycomb. Ils ne faisaient pas grand-chose, mais assez pour entretenir les potins de la ville : ils rôdaient autour de la boutique du coiffeur ; prenaient le car pour Abbottsville le dimanche, et allaient au cinéma ; dansaient dans le tripot du comté, au bord de la rivière, le *Dew-Drop Inn & Fishing Camp* ; se gorgeaient de whisky trafiqué. Personne à Maycomb n'eut le courage de dire à Mr Radley que son fils filait un mauvais coton.

Une nuit, dans un accès d'exaltation, les garçons firent le tour de la place en marche arrière dans une guimbarde empruntée, s'opposèrent à Mr Conner, l'antique huissier de Maycomb, et l'enfermèrent dans les toilettes du palais de justice. La ville décida de réagir. Mr Conner dit qu'il connaissait chacun d'entre eux et qu'il était déterminé à ne pas les laisser s'en tirer comme ça. Les garçons furent donc convoqués devant le juge pour trouble à l'ordre public, voies de fait, injures et blasphèmes en présence et à portée d'oreille de personnes du sexe féminin. Le juge interrogea Mr Conner sur la raison de ce dernier chef d'accusation ; celui-ci répondit qu'ils avaient juré si fort qu'il était sûr que toutes les dames de Maycomb les avaient entendus. Le juge décida d'envoyer les garçons à l'école technique de l'État où il arrivait qu'on envoie des garçons simplement pour leur assurer le vivre et le couvert : ce n'était pas une prison et ce n'était pas un déshonneur. Sauf pour Mr Radley. Si le juge relâchait son fils, celui-ci s'engageait à ce qu'Arthur ne provoque plus d'ennuis. Connaissant la valeur de la parole de Mr Radley, le juge fut ravi de lui donner satisfaction.

Les camarades d'Arthur partirent tous pour l'école où ils reçurent la meilleure instruction secondaire possible

23

dans l'État ; l'un d'entre eux fut même admis, par la suite, à poursuivre ses études d'ingénieur à Auburn. Les portes des Radley étaient fermées le dimanche, ainsi que tous les autres jours de la semaine, et plus personne ne vit leur fils durant quinze ans.

Un jour, pourtant, dont Jem gardait vaguement le souvenir, Boo Radley fut entendu et même aperçu par plusieurs personnes, mais pas par Jem. Selon lui, Atticus n'aimait pas beaucoup parler des Radley ; quand mon frère l'interrogeait à leur propos, il s'entendait répondre que cela ne le regardait pas, qu'ils avaient le droit de vivre comme ils le désiraient. Toutefois, lorsque se produisit cette affaire, Jem vit Atticus hocher la tête en marmonnant « Hem, hem, hem ».

Il en apprit davantage par Miss Stephanie Crawford, la commère du quartier, qui assurait tout savoir de l'affaire. Selon ses dires, Boo était occupé, dans la salle de séjour, à découper des articles de *The Maycomb Tribune* qu'il collait dans un album quand son père entra dans la pièce. Comme Mr Radley passait à côté de lui, Boo lui enfonça les ciseaux dans une jambe, les en sortit pour les essuyer à son pantalon et reprit son activité.

Mrs Radley se précipita dans la rue en hurlant qu'Arthur était en train de tous les tuer mais, lorsque le shérif arriva, ce fut pour trouver Boo assis à sa place, découpant *The Tribune*. Il était alors âgé de trente-trois ans.

Miss Stephanie dit que le vieux Mr Radley s'était opposé à ce qu'un membre de sa famille fût envoyé à l'asile quand on lui souffla qu'un séjour à Tuscaloosa ferait peut-être du bien à Boo. Celui-ci n'était pas fou, seulement un peu nerveux par moments. Son père accepta qu'on le mette en prison, mais sans la moindre inculpation : il n'était pas un criminel. Le shérif n'eut pas le cœur à le mettre en cellule avec des Noirs, aussi fut-il enfermé dans la cave du palais de justice.

Jem se rappelait mal comment Boo était passé de la cave à sa maison. Miss Stephanie Crawford dit que certains conseillers municipaux avaient informé Mr Radley que s'il ne reprenait pas Boo, celui-ci finirait par mourir de moisissure dans l'humidité de la cave. De plus, le comté ne pouvait pas l'entretenir indéfiniment.

Personne ne savait par quel moyen Mr Radley maintenait son fils loin des regards. Jem pensait qu'il gardait Boo enchaîné à son lit. Atticus dit que ce n'était pas cela et qu'il existait d'autres façons de transformer quelqu'un en fantôme.

Dans mes premiers souvenirs, je vois Mrs Radley aller de temps en temps au bord de sa véranda pour arroser ses cannas. En revanche, Jem et moi voyions tous les jours son mari aller en ville et en revenir. C'était un petit homme sec aux yeux si délavés qu'ils étaient dépourvus de tout reflet. Il avait des pommettes pointues et une grande bouche avec une lèvre supérieure mince et une lèvre inférieure bien pleine. Miss Stephanie Crawford le disait tellement droit que seule la parole de Dieu lui servait de loi, et nous la croyions car il se tenait raide comme un piquet.

Il ne nous adressait jamais la parole. Quand il passait, nous baissions les yeux en murmurant « Bonjour, monsieur », à quoi il répondait en toussotant. Son fils aîné vivait à Pensacola et leur rendait visite à Noël ; c'était l'une des rares personnes que nous eussions jamais vues entrer dans la propriété ou en sortir. Les gens disaient que la maison était morte le jour où Mr Radley avait repris Arthur chez lui.

Vint un jour où Atticus menaça de nous mettre à la porte s'il nous entendait faire du bruit dans le jardin, et il chargea Calpurnia de veiller, en son absence, à ce que nous obéissions. Mr Radley était en train de mourir.

Il prit son temps. Des chevalets de bois barraient la rue à chaque extrémité de sa propriété, le trottoir fut recouvert de paille, la circulation déviée. Le docteur Reynolds garait sa voiture devant chez nous et continuait à pied chaque fois qu'il se rendait à son chevet. Des jours durant, Jem et moi jouâmes en silence. Finalement, les chevalets furent ôtés et, de la véranda, nous vîmes Mr Radley passer devant nous pour son dernier voyage.

— C'était l'homme le plus méchant de la Création ! murmura Calpurnia en crachant dans le jardin l'air songeur.

Nous la regardâmes avec surprise car Calpurnia ne portait que très rarement un jugement sur les Blancs.

Les gens crurent que Boo allait reparaître maintenant que son père était mort et enterré, mais il n'en fut rien. Son frère rentra de Pensacola et prit la place de Mr Radley. Leur âge était la seule différence entre ces deux hommes. Jem disait que Mr Nathan Radley « se tournait les pouces » lui aussi ; néanmoins, il nous adressait la parole quand nous lui disions bonjour et nous le voyions parfois revenir de la ville, un magazine à la main.

Plus nous parlions des Radley à Dill, plus il désirait en apprendre, plus il passait de temps à étreindre son réverbère, plus il se posait de questions.

— Je me demande ce que Boo fait là-dedans, murmurait-il. Il finira bien par montrer une tête.

Jem dit :

— Il sort, tu sais, quand il fait complètement noir. Miss Stephanie Crawford raconte qu'elle s'est réveillée, une fois, en pleine nuit, et qu'elle l'a surpris à la regarder par la fenêtre... que sa figure ressemblait à une tête de mort. Tu t'es jamais réveillé en pleine nuit, Dill, pour l'entendre marcher ? Il marche comme ça...

Jem fit glisser son pied sur le gravier.

— Pourquoi tu crois, poursuivit-il, que Miss Rachel s'enferme si soigneusement le soir ? J'ai même vu les traces de ses pieds dans le jardin, un matin, et, une nuit, je l'ai entendu gratter au grillage à l'arrière du jardin, mais il avait disparu quand Atticus est allé voir.

— Je me demande à quoi il ressemble, murmura Dill.

Jem fit une description plausible de Boo : il mesurait près de deux mètres, à en juger par ses empreintes ; il mangeait des écureuils crus et tous les chats qu'il pouvait attraper, ce qui expliquait que ses mains soient tachées de sang – si on mangeait un animal cru, on ne pouvait plus jamais en enlever le sang. Une longue cicatrice lui barrait le visage ; pour toutes dents, il ne lui restait que des chicots jaunes et cassés. Les yeux lui sortaient des orbites et il bavait presque tout le temps.

— Essayons de le faire sortir, lança Dill. Je voudrais savoir à quoi il ressemble.

Jem dit que s'il tenait à se faire tuer il lui suffisait d'aller frapper à sa porte.

Notre premier raid se produisit parce que Dill paria *Le Fantôme gris* contre deux *Tom Swift* que Jem n'oserait jamais franchir la grille des Radley. Et Jem relevait toujours les défis.

Il y réfléchit pendant trois jours. Je suppose qu'il préférait l'honneur à la vie parce que Dill trouva vite l'argument décisif.

Le premier jour, il lui dit :

— Tu as peur.

— Non, je suis poli, répondit Jem.

Le deuxième jour, il lui dit :

— Tu as tellement peur que tu n'oseras même pas poser un pied dans leur jardin.

Jem répondit que c'était faux puisqu'il passait devant chez les Radley tous les jours pour aller à l'école.

— Toujours en courant, précisai-je.

Le troisième jour, Dill l'emporta en affirmant que les habitants de Meridian étaient moins froussards que ceux de Maycomb.

L'argument suffit à conduire Jem au coin de la rue, où il s'arrêta pour s'appuyer au réverbère et regarder cette grille qui pendait lamentablement hors de ses gonds.

— J'espère que tu te rends bien compte qu'il va tous nous tuer, Dill Harris ! déclara Jem quand nous le rejoignîmes. Tu viendras pas te plaindre s'il t'arrache les yeux. C'est toi qui as commencé, souviens-t'en.

— Tu as encore peur, soupira Dill résigné.

Jem voulait lui faire comprendre une bonne fois pour toutes qu'il n'avait peur de rien.

— C'est seulement que je ne sais pas comment le faire sortir sans qu'il nous attrape.

Et puis il devait songer à sa petite sœur.

En entendant cela, je compris qu'il avait peur. Il fallait déjà qu'il pense à sa petite sœur le jour où je l'avais mis au défi de sauter du toit de la maison : « Si je me tue, qu'adviendra-t-il de toi ? » avait-il demandé.

Pourtant, il avait sauté, sans se faire de mal, et son sens des responsabilités l'avait quitté jusqu'à ce qu'il lui fallût entrer chez les Radley.

— Tu ne vas pas te dégonfler ? demanda Dill. Ou alors...

— Qui parle de se dégonfler ? Laisse-moi réfléchir, une seconde... on peut faire comme pour les tortues...

— Comment ça ?

— En lui jetant une allumette sous les pieds.

Je déclarai à Jem que s'il mettait le feu à la maison des Radley, je le dénoncerais à Atticus.

Dill ajouta qu'il était odieux de jeter des allumettes sous les tortues.

— C'est pas pareil, maugréa Jem. C'est pas comme si on le jetait dans les flammes.

— Comment sais-tu qu'une allumette ne le brûlera pas ?

— Les tortues ne sentent rien, imbécile !

— Tu as déjà été tortue, toi ?

— Enfin, Dill ! Laisse-moi réfléchir... on pourrait l'assommer...

Jem réfléchit si longtemps que Dill finit par faire une concession :

— Je ne te traiterai pas de dégonflé et je t'échangerai *Le Fantôme gris* si tu te contentes de t'approcher assez de la maison pour la toucher.

Jem se rasséréna :

— C'est tout ?

Dill fit oui de la tête.

— Tu es sûr, hein ? Tu ne brailleras pas le contraire au moment où je reviendrai ?

— Oui, je suis sûr. Il va certainement sortir quand il te verra dans le jardin, alors, Scout et moi, on lui sautera dessus et on le maintiendra à terre avant de lui dire qu'on ne lui veut pas de mal.

Abandonnant le réverbère, nous traversâmes la rue latérale qui passait devant la maison des Radley et nous arrêtâmes devant la grille.

— Vas-y, ordonna Dill. Scout et moi, on te suit.

— J'y vais, inutile de me presser.

Il longea la clôture jusqu'au coin de la rue, revint,

examinant le terrain comme s'il cherchait le meilleur moyen d'y pénétrer, tout en fronçant les sourcils et en se grattant la tête.

Je me moquai de lui.

Jem ouvrit la grille, se précipita vers le côté de la maison, y appliqua sa paume et repassa devant nous en courant, sans prendre le temps de s'assurer du succès de son incursion. Dill et moi sur ses talons. Une fois en sécurité sur notre véranda, à bout de souffle, nous nous retournâmes.

La vieille maison était toujours la même, affaissée et mal en point, mais il nous sembla distinguer un mouvement furtif à l'intérieur. Trois fois rien. Un minuscule frémissement, quasi imperceptible, et plus rien ne bougea.

2

Dill repartit pour Meridian au début de septembre. Nous l'accompagnâmes au car de cinq heures et son absence me donna le cafard, jusqu'à ce que je me souvienne que l'école commençait dans une semaine. Je n'ai jamais rien attendu avec plus d'impatience de toute ma vie. J'avais passé des heures, l'hiver, dans notre cabane dans les arbres à observer la cour de récréation et à épier les nombreux enfants avec une longue-vue que m'avait donnée Jem, pour apprendre leurs jeux, repérer la veste rouge de mon frère au milieu des groupes remuants de colin-maillard, partager secrètement leurs malchances et leurs petites victoires. J'avais hâte de me joindre à eux.

Jem condescendit à m'emmener le jour de la rentrée, tâche habituellement dévolue aux parents, mais Atticus avait affirmé que Jem serait ravi de me montrer ma classe. Je pense que la transaction ne s'était pas opérée gratuitement car, au moment où nous prenions nos jambes à notre cou pour tourner au coin de chez les Radley, j'entendis un tintement inhabituel dans les poches de Jem. Arrivés à la hauteur de l'école, nous ralentîmes le pas et il m'expliqua longuement que je ne devais pas le déranger pendant les heures de classe, ni venir lui demander de jouer un chapitre de *Tarzan et les hommes-fourmis*, ni l'embarrasser en faisant état de sa vie privée ou en lui collant aux basques à la récréation et à midi. Chacun de nous devait rester avec sa classe, moi avec les premières années et lui avec les cinquièmes. Bref, il fallait que je le laisse tranquille.

— Alors on pourra plus jouer ensemble ? demandai-je.

— À la maison, si, comme toujours, mais tu verras, l'école, c'est pas pareil...

C'était bien vrai. Avant la fin de la première matinée, notre institutrice, Miss Caroline Fisher, m'entraîna au fond de la classe pour me donner des coups de règle sur la paume des mains et me mettre au coin jusqu'à midi.

Miss Caroline n'avait pas plus de vingt et un ans, de beaux cheveux auburn, les joues roses et des ongles vermillon. Elle portait aussi des chaussures à hauts talons et une robe à rayures rouges et blanches. Elle avait l'air et l'odeur d'une pastille de menthe. Elle habitait de l'autre côté de la rue, à une maison de chez nous, une chambre du premier étage chez Miss Maudie Atkinson. Quand celle-ci nous avait présentés à elle, Jem en était resté tout rêveur plusieurs jours durant.

Miss Caroline écrivit son nom au tableau :

— Ceci veut dire que je m'appelle Caroline Fisher. Je viens du nord de l'Alabama, du comté de Winston.

Un murmure d'appréhension parcourut la classe : allait-elle nous infliger les singularités de sa région ? (Quand l'Alabama fit sécession de l'Union, le 11 janvier 1861, le comté de Winston fit sécession de l'Alabama, et tous les enfants du comté de Maycomb le savaient.) Dans le nord de l'Alabama, il n'était question que de distilleries, de lobbies industriels, de professeurs et d'autres personnes sans passé.

Miss Caroline commença par nous lire une histoire de chats. Ceux-ci avaient de longues conversations les uns avec les autres, portaient d'astucieux petits habits et vivaient dans une maison bien chaude sous une cuisinière. Le temps que Mme Chat appelle l'épicerie pour y commander des souris enrobées de chocolat, toute la classe se tortillait comme des chenilles dans un seau de pêcheur. Miss Caroline ne semblait pas se rendre compte que les premières années, nippées de chemises en jean ou de jupes de grosse toile, dont la plupart égrenaient le coton et nourrissaient les cochons depuis leur plus jeune âge, étaient imperméables à la fiction littéraire. Arrivée à la dernière ligne, elle s'exclama :

— Oh, n'était-ce pas charmant ?

Puis elle se rendit au tableau pour y inscrire les lettres de l'alphabet en énormes capitales carrées, avant de se tourner vers nous pour demander :

— Quelqu'un sait-il ce que ceci représente ?

Tout le monde le savait car presque toute la classe redoublait.

Je suppose qu'elle me choisit parce qu'elle connaissait mon nom ; en me voyant épeler ces lettres, un mince sillon se creusa entre ses sourcils et, après m'avoir fait lire à haute voix une bonne partie de *Mon Premier Livre de lecture* suivi des cours de la Bourse du *Mobile Register*, elle se rendit compte que je savais lire et me considéra avec une animosité non feinte. Elle me pria de dire à mon père de ne plus rien m'enseigner, car cela risquait d'interférer avec mes études.

— Lui ? m'écriai-je surprise, il ne m'a jamais rien enseigné, Miss Caroline ! Atticus n'a pas le temps, ajoutai-je lorsqu'elle hocha la tête en souriant. Le soir, il est tellement fatigué qu'il se contente de lire au salon.

— Alors, qui s'en est chargé ? demanda-t-elle accommodante. C'est bien quelqu'un. Tu n'es pas née en sachant lire *The Mobile Register* !

— Jem dit que si. Il a vu dans un livre que j'étais une Bullfinch [1] et pas une Finch. Il dit que mon vrai nom est Jean Louise Bullfinch, qu'il y a eu un échange à ma naissance et qu'en fait je suis...

Miss Caroline dut croire que je mentais.

— Ne nous laissons pas emporter par notre imagination, ma petite. Tu vas dire à ton père de ne plus rien t'apprendre. Il vaut mieux que tu commences à lire avec un esprit neuf. Tu lui diras que je prends sa suite et que je tâcherai de réparer les dégâts...

— Mais...

— Ton père ne sait pas enseigner. Tu peux te rasseoir, maintenant.

Je marmonnai que j'étais désolée et regagnai ma place en méditant sur mon crime. Je n'avais jamais fait exprès d'apprendre à lire, mais, un beau jour, je m'étais retrouvée en train de me vautrer illicitement dans la presse quotidienne. Durant les longues heures à l'église – était-ce là que j'avais appris ? –, aussi loin que je puisse remonter, j'avais toujours su lire les cantiques. Maintenant que j'étais obligée d'y réfléchir, il me semblait que lire m'était venu tout aussi naturellement que boutonner dans le dos les bretelles de ma salopette sans me retourner, ou réussir une double boucle à mes lacets. Je ne me rappelais pas quand les lignes s'étaient séparées en mots en suivant le mouvement du doigt d'Atticus mais, dans mon souvenir j'ai toujours passé mes soirées à m'informer des nouvelles du jour, des projets de loi, des journaux de Lorenzo Dow [2] – de tout ce

_____

1. « A Bullfinch's Mythology » est une collection célèbre présentant la mythologie grecque.
2. Lorenzo Dow était un prêcheur méthodiste itinérant opérant dans les États de l'est et du sud des États-Unis.

qu'Atticus pouvait être en train de lire lorsque, chaque soir, je me glissais sur ses genoux. Jusqu'au jour où je craignis que cela me fût enlevé, je ne m'étais jamais rendu compte que j'aimais lire. Pense-t-on que l'on aime respirer ?

Consciente d'avoir contrarié Miss Caroline, je restai tranquille et regardai par la fenêtre jusqu'à la récréation, où Jem vint me tirer de la compagnie de mes camarades. Il me demanda comment je me débrouillais.

— Si j'étais pas obligée de rester, répondis-je, je partirais. Tu te rends compte, cette sacrée bonne femme dit qu'Atticus m'a appris à lire et qu'il faut qu'il arrête...

— T'en fais pas, Scout. Notre professeur prétend que Miss Caroline expérimente une nouvelle méthode d'enseignement qu'elle tient de son école d'instituteurs. Bientôt, toutes les classes en bénéficieront. On n'aura plus besoin d'apprendre grand-chose dans les livres – un peu comme si, pour connaître les vaches, on allait en traire une, tu saisis ?

— Ouais, mais je m'en fiche des vaches, je...

— Tu as tort. Elles occupent une grande place dans la vie du comté de Maycomb.

Je me bornai à lui demander s'il n'était pas devenu fou.

— Mais non, tête de mule ! J'essaie seulement de t'expliquer la nouvelle méthode utilisée avec les premières années. C'est le système Dewey Decimal.

N'ayant jamais remis en cause les affirmations de Jem, je ne voyais aucune raison de m'y mettre à présent. Le système Dewey Decimal consistait, en partie, à nous montrer des cartes sur lesquelles étaient imprimés : « le », « chat », « rat », « homme » et « vous », sans que nous ayons apparemment rien à y redire, si bien que la classe recevait en silence ces révélations impressionnistes. Comme je m'ennuyais, je commençai à écrire une lettre à Dill. Miss Caroline, me prenant sur le fait, me chargea de dire à mon père de cesser de me donner des leçons.

— D'ailleurs, ajouta-t-elle, en première année on n'utilise que les caractères d'imprimerie, vous n'apprendrez vraiment à écrire qu'en troisième année.

Ça, c'était la faute de Calpurnia. J'imagine qu'elle n'avait rien trouvé de mieux pour me faire tenir tranquille, les jours de pluie. Elle commençait par griffonner l'alphabet d'une main ferme sur une ardoise puis me faisait recopier dessous un chapitre de la Bible. Si je reproduisais son écriture de manière satisfaisante, elle me récompensait d'une tartine de beurre et de sucre. La méthode d'enseignement de Calpurnia ne laissait aucune place à la sentimentalité : rarement satisfaite, elle me récompensait rarement.

— Que ceux qui rentrent déjeuner à la maison lèvent le doigt, dit Miss Caroline, m'arrachant ainsi à ma rancune contre Calpurnia.

Tous les enfants de la ville levèrent le doigt. Elle nous jeta un coup d'œil.

— Que ceux qui ont apporté leur repas le posent sur leur bureau.

Des boîtes à mélasse apparurent du néant, faisant danser sur le plafond des reflets de lumière métallique. Miss Caroline parcourut les rangées, vérifiant le contenu des gamelles, hochant la tête s'il lui plaisait, fronçant légèrement les sourcils si ce n'était pas le cas. Elle s'arrêta devant Walter Cunningham :

— Où est le tien ? demanda-t-elle.

Rien qu'à son visage, on devinait qu'il avait des vers et ses pieds nus expliquaient pourquoi. Les gens les attrapaient en marchant sans chaussures dans les basses-cours et les porcheries. Si Walter avait eu des chaussures, il les aurait portées le jour de la rentrée et les aurait ensuite rangées jusqu'au cœur de l'hiver. Il portait une chemise propre et une salopette bien raccommodée.

— Tu as oublié ton déjeuner, ce matin ? demanda Miss Caroline.

Walter regarda droit devant lui. Je vis se tendre un muscle de sa mâchoire émaciée.

— Tu l'as oublié ? répéta-t-elle.

La mâchoire de Walter se crispa de nouveau :

— Ouais, ma'am, finit-il par grommeler.

Regagnant son bureau, elle ouvrit son sac.

— Tiens, voilà vingt-cinq cents. Va chercher quelque chose à manger, aujourd'hui. Tu pourras me rembourser demain.

Walter secoua la tête :

— Non merci, ma'am, articula-t-il avec une intonation traînante.

La voix de Miss Caroline se teinta d'impatience :

— Bon, Walter, viens prendre cette pièce.

Il secoua de nouveau la tête.

À la troisième fois, quelqu'un murmura :

— Va lui dire, Scout.

Je me retournai pour découvrir la plupart des enfants de la ville et tous ceux qui prenaient le car de ramassage, les yeux fixés sur moi. Comme Miss Caroline et moi avions déjà eu deux échanges, ils en concluaient avec innocence que nous nous connaissions assez pour pouvoir nous comprendre.

De bonne grâce, je me levai donc pour venir au secours de Walter :

— Euh... Miss Caroline ?

— Qu'y a-t-il, Jean Louise ?

— Miss Caroline, c'est un Cunningham.

Et je me rassis.

— Et alors, Jean Louise ?

Je pensais avoir été assez claire. En tout cas, pour le reste d'entre nous, il était clair que Walter Cunningham était en train de mentir : il n'avait pas oublié son repas, il n'en avait pas. Il ne déjeunerait ni aujourd'hui, ni demain, ni après-demain. Il n'avait sans doute jamais vu trois pièces de vingt-cinq cents à la fois de toute sa vie.

Je fis une seconde tentative :

— Walter appartient à la famille Cunningham, Miss Caroline.

— Je te demande pardon, Jean Louise ?

— C'est pas grave, ma'am, d'ici peu vous connaîtrez tous les gens du comté. Les Cunningham n'ont jamais accepté la charité de personne – ni de l'église ni de la municipalité. Ils ne possèdent pas grand-chose, mais ils se débrouillent avec ce qu'ils ont.

Si je connaissais particulièrement cette tribu, tout au moins l'une de ses branches, c'était à cause de ce qui s'était passé l'hiver précédent. Le père de Walter était l'un des clients d'Atticus. Un soir, après une assommante discussion au sujet de la saisie d'un bien mis en hypothèque, avant de s'en aller, Mr Cunningham avait dit :

— Mr Finch, je ne sais pas quand je pourrai vous payer.

— Ne vous en faites pas, Walter.

Lorsque je demandai à Jem ce qu'était une hypothèque et qu'il m'eut expliqué que cela signifiait qu'on n'avait plus que des repas hypothétiques, je demandai à Atticus si Mr Cunningham allait jamais nous payer.

— Pas en argent, répondit-il. Mais je serai payé d'ici un an, tu vas voir.

Je le vis. Un matin, Jem et moi trouvâmes un stère de bois de chauffage à l'arrière du jardin. Un autre jour, ce fut un sac de noix. À Noël nous parvint un cageot de houx et de salsepareille. Au printemps, quand nous découvrîmes un sac en toile plein de fanes de navet, Atticus déclara que Mr Cunningham avait réglé plus que son dû.

— Pourquoi te paie-t-il de cette façon ? demandai-je.

— Parce que c'est le seul moyen dont il dispose, il n'a pas d'argent.

— Est-ce que nous sommes pauvres, Atticus ?

Il hocha la tête :

— Eh oui !

Jem plissa le nez :

— Pas autant que les Cunningham ?

— Pas de la même façon. Eux, ce sont des gens de la campagne, des fermiers et la grande crise les a frappés plus durement que les autres.

Atticus expliqua que les professions libérales étaient pauvres parce que les fermiers l'étaient. Le comté de Maycomb étant un comté rural, l'argent avait du mal à tomber dans l'escarcelle des médecins, des dentistes et des avocats. La saisie ne constituait qu'une partie des soucis de Mr Cunningham. Le reste de ses terres étaient totalement hypothéquées et ses maigres gains partaient tous dans le remboursement des intérêts. Il pouvait prétendre à un travail rémunéré par des organismes d'intérêt public mais ses champs tomberaient alors vite en friche et il préférait avoir faim et voter comme il voulait. Atticus dit que Mr Cunningham était issu d'une race d'hommes résolus.

Comme les Cunningham n'avaient pas d'argent pour payer un avocat, ils nous payaient comme ils le pouvaient.

— Savais-tu, poursuivit Atticus, que le docteur Reynolds travaille aussi comme ça ? Il compte un sac de pommes de terre pour un accouchement. Miss Scout, si tu veux bien m'écouter, je vais t'expliquer ce qu'est une hypothèque. Les définitions de Jem sont parfois plus qu'approximatives.

Si j'avais pu raconter tout cela à Miss Caroline, je me serais épargné quelques désagréments et je lui aurais évité la mortification qui en résulta, mais hélas, je ne savais pas expliquer les choses comme Atticus. Je dis donc :

— Vous lui faites honte, Miss Caroline ! La famille de Walter n'aura jamais les moyens de vous rendre vos vingt-cinq cents, quant au bois de chauffage, il ne vous serait d'aucune utilité.

Miss Caroline se raidit, puis, m'attrapant par le col, me traîna à son bureau.

— Jean Louise, ça suffit, maintenant ! Tu as commencé l'année de travers, ma petite. Donne-moi tes mains.

Je croyais qu'elle allait cracher dedans, car c'était la seule raison pour laquelle les gens de Maycomb tendaient les mains : c'était la façon traditionnelle de sceller un contrat oral. Tout en me demandant quelle affaire nous avions conclue, je me tournai vers mes camarades à la recherche d'une réponse, mais ceux-ci me considéraient avec perplexité. Miss Caroline prit sa règle et me donna une demi-douzaine de petits coups puis m'envoya au coin. Un énorme éclat de rire secoua la classe quand elle finit par comprendre que Miss Caroline m'avait administré une correction.

Lorsque Miss Caroline les menaça tous du même sort, la classe s'esclaffa de nouveau et son hilarité ne retomba complètement que lorsque surgit l'ombre de

Mrs Blount. Originaire de Maycomb, et encore non initiée aux mystères du système Decimal, elle apparut, les mains sur les hanches, et annonça :

— Si j'entends encore un bruit dans cette classe, je me fâche tout rouge. Miss Caroline, les sixièmes années ne peuvent pas se concentrer sur les pyramides avec un tel remue-ménage !

Mon séjour au coin ne dura pas longtemps. Sauvée par la cloche, Miss Caroline nous regarda sortir en rangs pour aller déjeuner. Étant la dernière à partir, je la vis s'effondrer sur sa chaise et se cacher la tête dans les bras. Si elle s'était montrée plus gentille avec moi, j'en aurais éprouvé de la compassion. Elle était quand même bien jolie.

3

Ce ne fut pas sans un certain plaisir que je rattrapai Walter Cunningham dans la cour de récréation mais Jem accourut au moment où je lui faisais mordre la poussière, et me dit d'arrêter :

— Tu es plus grande que lui.

— Il est presque aussi vieux que toi ! Et il m'a fait commencer l'année de travers.

— Laisse-le tranquille, Scout ! Que se passe-t-il ?

— Il n'avait pas de déjeuner, dis-je avant d'expliquer mon intervention dans les affaires de régime de Walter.

Celui-ci, s'étant relevé, nous écoutait tranquillement, les poings serrés, comme s'il s'attendait à ce que nous lui sautions dessus tous les deux. Je marchai sur lui pour le chasser, mais Jem m'arrêta de la main. Il examina Walter, l'air interrogateur :

— Ton père est bien Mr Walter Cunningham, d'Old Sarum ?

Le garçon hocha la tête. Il donnait l'impression de se nourrir d'aliments pour poissons : ses yeux, aussi bleus que ceux de Dill Harris, étaient délavés et cerclés de rouge. En dehors du bout de son nez, rouge et humide, il avait le teint livide. Il jouait avec les bretelles de sa salopette, tripotant nerveusement les attaches de métal.

Tout d'un coup, Jem se mit à lui sourire :

— Viens déjeuner à la maison. Nous serons ravis de t'avoir.

L'expression de Walter s'illumina puis se rembrunit.

— Notre père est un ami du tien, insista mon frère. Scout est folle, elle ne te battra plus.

— Je n'en suis pas aussi sûre que toi ! lançai-je.

La façon qu'avait Jem de décider pour moi m'agaçait. D'un autre côté, de précieuses minutes étaient en train de se perdre, pour rien.

— Bon, Walter, je ne recommencerai pas, ajoutai-je. Tu aimes les haricots secs ? Cal fait très bien la cuisine.

Se mordillant les lèvres, Walter ne bougeait pas. Nous étions presque à la maison des Radley quand il cria :

— Hé ! J'arrive !

Lorsqu'il nous eut rattrapés, Jem entama la conversation :

— Tu savais que cette maison était hantée ? demanda-t-il chaleureusement en montrant la maison des Radley.

— Pas qu'un peu ! J'ai failli mourir ma première année de classe, en mangeant leurs noix. Les autres m'ont dit qu'il les empoisonnait et les jetait exprès par-dessus la palissade.

Mon frère paraissait moins craindre Boo Radley maintenant que Walter et moi marchions à ses côtés. Il se mit même à faire le fanfaron :

— Une fois je suis allé jusqu'à la maison.

— Quand on est allé une fois jusqu'à la maison, on n'a plus besoin de courir chaque fois qu'on passe devant, lançai-je en l'air.

— Tu dis ça pour qui, chipie ?

— Pour toi, parce que tu cours quand tu es tout seul.

Le temps que nous arrivions à la maison, Walter avait oublié qu'il était un Cunningham. Jem se précipita à la cuisine pour demander à Calpurnia de mettre un couvert supplémentaire car nous avions un invité. Atticus le reçut à bras ouverts et l'entraîna dans une discussion sur les récoltes que ni Jem ni moi n'étions capables de suivre.

— C'est la raison pour laquelle je n'arrive pas à passer dans la classe supérieure, Mr Finch. Je dois manquer l'école tous les printemps pour aider papa à labourer, mais il y a maintenant quelqu'un à la maison qui a l'âge de travailler aux champs.

— Est-ce que vous le payez en boisseaux de pommes de terre ? demandai-je.

Mais, de la tête, Atticus me fit signe de me taire.

Tout en emplissant son assiette, Walter s'entretenait avec Atticus comme une grande personne. Jem et moi n'en revenions pas. Atticus était lancé dans un exposé sur les problèmes de la ferme, quand Walter l'interrompit pour demander s'il y avait de la mélasse dans la maison. Atticus appela Calpurnia qui revint avec le pichet de mélasse. Elle attendit derrière Walter pendant qu'il se servait, versant généreusement du sirop sur ses légumes et sur sa viande. Il en aurait sans doute mis aussi dans son verre de lait si je n'avais pas demandé ce que diable il fabriquait.

La soucoupe en argent tinta quand il y replaça le pichet et il posa vivement les mains sur ses genoux en baissant la tête.

Atticus me jeta de nouveau un regard de reproche.

— Mais, protestai-je, il a inondé son plat de sirop ! Il en a mis partout...

C'est alors que Calpurnia me pria de venir à la cuisine. Elle était furieuse et, quand elle était furieuse, sa grammaire devenait très fantaisiste. En temps normal, elle parlait aussi bien que n'importe qui à Maycomb.

Atticus disait qu'elle avait une meilleure éducation que la plupart des gens de couleur.

Quand elle me regarda, les ridules autour de ses yeux se creusèrent davantage :

— Y a des gens qui mangent pas comme nous, chuchota-t-elle avec véhémence. Toi t'as pas à les c'itiquer à tab'. C'ga'çon est ton invité et s'y veut dévo'er aussi la nappe, t'as 'ien à di'. T'as comp'is ?

— C'est pas un invité, Calpurnia, ce n'est qu'un Cunningham...

— Tais-toi ! N'impo'te qui qui met les pieds dans c'te maison c't'un invité et va pas p'end'tes g'ands ai'avec comme s'i qu't'étais la'eine ! Vot'famille elle est p't'êt mieux qu'les Cunningham mais ça t'pe'met pas d'les mép'iser comme ça. Si t'es pas capab'd'te t'ni'bien à tab', t'as qu'à fini'ton déjeuner à la cuisine.

Elle m'envoya dans la salle à manger par les portes battantes, avec une bonne claque ; je récupérai mon assiette et terminai mon repas à la cuisine, soulagée néanmoins de ne pas avoir à subir l'humiliation de les affronter à nouveau. Je dis à Calpurnia qu'elle ne perdait rien pour attendre ; un de ces jours, quand elle aurait le dos tourné, j'irais me noyer dans le tourbillon des Barker et elle regretterait alors ce qu'elle m'avait fait. En plus, ajoutai-je, j'avais déjà eu des ennuis à cause d'elle aujourd'hui : elle m'avait appris à écrire et tout était sa faute.

— Cesse de di'des bêtises ! m'intima-t-elle.

Jem et Walter repartirent à l'école avant moi : je restai en arrière quitte à courir toute seule devant la maison des Radley, pour informer Atticus de l'injustice de Calpurnia.

— De toute façon, elle aime mieux Jem que moi.

Sur cette conclusion, je lui conseillai de la renvoyer au plus vite.

— Tu ne vois pas que tu la contraries deux fois plus que ton frère ? répondit-il d'une voix dure. Je n'ai pas du tout l'intention de la renvoyer, ni maintenant ni jamais. As-tu réfléchi au fait que nous ne pourrions tenir une journée sans elle ? Pense à tout ce qu'elle fait pour toi et sois plus gentille, tu m'entends ?

Je retournai à l'école l'âme pleine de ressentiment contre Calpurnia jusqu'à ce qu'un cri soudain me tire de ces sombres pensées. En levant la tête, je vis Miss Caroline debout au milieu de la classe, le visage submergé d'horreur. Apparemment, elle s'était assez remise de sa matinée pour persévérer dans sa profession.

— Il est vivant ! cria-t-elle.

La population mâle se précipita comme un seul homme à son secours. « Mon Dieu ! pensai-je, elle a dû voir une souris. » Little Chuck Little, dont la patience envers tous les êtres vivants était légendaire, demanda :

— Dans quel sens est-il parti, Miss Caroline ? Dites-le-nous vite !

Il se tourna vers un garçon qui se trouvait derrière lui :

— D.C., ferme la porte, on va l'attraper. Vite, ma'am, où est-ce qu'il est parti ?

Miss Caroline pointa un doigt tremblant, non pas vers le plancher ni vers un bureau, mais vers un individu imposant que je ne connaissais pas. Le visage de Little Chuck se crispa et il dit gentiment :

— Vers lui, ma'am ? Alors, oui, il est bien vivant. Il vous a fait peur ?

— Je passais par là, dit Miss Caroline d'un ton désespéré, quand il a glissé de ses cheveux... oui, de ses cheveux...

Little Chuck eut un large sourire :

— Faut pas avoir peur d'un toto, ma'am ! Vous en aviez jamais vu ? N'ayez pas peur, vous n'avez qu'à retourner à votre bureau pour nous apprendre encore des choses.

Little Chuck Little faisait lui aussi partie de ces gens qui ne savent jamais s'ils auront de quoi manger au prochain repas, mais c'était un gentleman-né. Lui glissant la main sous le coude, il reconduisit Miss Caroline à sa place.

— Vous tracassez plus, ma'am. Faut pas avoir peur d'un toto. Je vais vous chercher de l'eau fraîche.

L'hôte du pou ne paraissait pas le moins du monde affecté par le drame qu'il venait de provoquer. Se grattant le cuir chevelu, il localisa le parasite et le pinça entre le pouce et l'index.

Miss Caroline le regarda faire avec un mélange de fascination et d'horreur. Little Chuck apporta de l'eau dans un gobelet en carton qu'elle but avec reconnaissance. Elle finit par retrouver sa voix :

— Comment t'appelles-tu, mon garçon ? s'enquit-elle doucement.

Le garçon plissa les yeux :

— Qui, moi ?

Elle fit oui de la tête.

— Burris Ewell.

Miss Caroline examina sa liste.

— J'ai bien un Ewell, mais sans le prénom... peux-tu me l'épeler ?

— J'saurais pas. Chez moi, on m'appelle Burris.

— Eh bien, Burris, dit Miss Caroline, je pense qu'il vaut mieux t'excuser pour le reste de l'après-midi. Je veux que tu rentres chez toi pour te laver les cheveux.

Tirant un épais volume de son bureau, elle le feuilleta, en lut quelques lignes en silence puis reprit :

— Voilà un bon remède pour... Burris, tu vas retourner chez toi et te lessiver la tête. Quand tu auras fini, applique-toi du kérosène sur le cuir chevelu.

— Pour quoi faire, m'dame ?

— Pour te débarrasser de tes... totos. Vois-tu, Burris, tes camarades pourraient les attraper et ce n'est pas ce que tu veux, n'est-ce pas ?

Le garçon se leva. Je n'avais jamais vu personne d'aussi répugnant. Il avait le cou gris de crasse, le dos des mains couleur rouille, les ongles noirs jusqu'à la chair. Il regarda Miss Caroline. Il y avait un espace propre, de la taille d'un poing, sur son visage. Personne ne l'avait encore remarqué, sans doute parce que Miss Caroline et moi avions distrait la classe une grande partie de la matinée.

— Et, Burris, ajouta-t-elle, n'oublie pas de prendre un bain avant de revenir demain.

Il partit d'un rire insolent :

— Faut pas croire qu'vous m'renvoyez, m'dame. J'allais partir... J'ai fini mon année.

Miss Caroline le regarda sans comprendre.

— Que veux-tu dire ?

Pour toute réponse, il laissa échapper un grognement méprisant.

Ce fut l'un des plus âgés de la classe qui lui répondit :

— C'est un Ewell, ma'am.

Je me demandai s'il aurait plus de succès avec cette explication que moi avec la mienne, le matin. Mais Miss Caroline paraissait disposée à l'écouter :

— Il y en a plein l'école. Chaque année, ils viennent le jour de la rentrée, puis ils s'en vont. L'inspectrice les a menacés de leur envoyer le shérif s'ils n'y allaient pas, mais elle n'a jamais réussi à les faire rester. Elle croit qu'elle applique la loi en se contentant d'inscrire leurs noms sur les listes et en les faisant venir le premier jour. Vous êtes censée les noter absents pour le reste de l'année...

— Mais qu'en disent leurs parents ? demanda Miss Caroline avec inquiétude.

— Ils n'ont pas de mère et leur p'pa est très mal vu.

Cette description parut flatter Burris :

— Ça fait trois ans que j'viens en première année le jour de la rentrée, dit-il avec exubérance. J'espère bien que, si je suis bon cette année, on me f'ra passer en seconde année.

— Rassieds-toi, Burris, dit Miss Caroline.

Au moment où elle prononça ces mots, je compris qu'elle venait de faire une grave erreur. La condescendance du garçon tourna à la colère :

— M'cherchez pas, m'dame !

Little Chuck Little se leva :

— Faut le laisser partir, ma'am ! Il ne plaisante pas, vous savez. Il est capable de vous chercher des crosses et y a des gosses, ici.

Il faisait partie des plus petits mais, quand Burris Ewell se tourna vers lui, il plongea la main dans sa poche en disant :

— Fais gaffe ! Si t'avances, t'es mort. Va-t'en, maintenant.

Burris parut impressionné par ce gamin qui était deux fois moins grand que lui et Miss Caroline profita de son hésitation :

— Rentre chez toi, Burris. Si tu ne le fais pas, j'appelle le directeur, dit-elle. De toute façon, il faudra que je signale cet incident.

Le garçon grogna et se dirigea tranquillement vers la porte.

Hors de portée de Little Chuck, il se retourna pour lancer :

— C'est ça, faites part et allez vous faire voir ! C'est pas une salope morveuse d'institutrice qui va m'faire peur ! Vous m'renvoyez nulle part, m'dame, mettez-vous bien ça dans la tête, nulle part !

Il attendit de la voir pleurer pour s'éloigner d'un pas traînant.

Aussitôt, nous nous rassemblâmes autour de son bureau pour essayer de la consoler : « C'était vraiment un type méchant... un lâche... personne ne vous demande d'enseigner à des élèves comme lui... ces gens-là n'ont vraiment pas les manières de Maycomb... Ne vous en faites pas, ma'am. Si vous nous lisiez une histoire, Miss Caroline ? Celle du chat était très bien, ce matin... »

Miss Caroline sourit, se moucha et dit :

— Merci, mes trésors.

Elle nous fit regagner nos places, ouvrit un livre et remplit la classe de perplexité avec un long récit sur un crapaud qui habitait un château.

En passant devant la maison des Radley pour la quatrième fois de la journée – dont deux au pas de course – ma tristesse était aussi profonde que la sienne. Si toute l'année s'annonçait aussi mouvementée que ce premier jour, je m'amuserais peut-être un peu, mais la perspective de passer neuf mois sans pouvoir lire ni écrire me donnait envie de m'en aller.

En fin d'après-midi j'avais mis au point un plan de fuite ; lorsque Jem et moi fîmes la course pour aller au-devant d'Atticus quand il rentra du travail, je ne me pressai pas. Nous avions l'habitude de nous précipiter vers lui dès que nous le voyions tourner au coin du bureau de poste. Il paraissait avoir oublié ma disgrâce de midi. Il nous posa mille questions sur l'école, auxquelles je ne répondis que par monosyllabes, et il n'insista pas.

Calpurnia comprit peut-être que j'avais passé une journée sinistre : elle me laissa la regarder préparer le dîner.

— Ferme les yeux et ouvre la bouche, dit-elle, et tu auras une surprise.

Elle ne faisait pas si souvent du *crackling bread*, sous prétexte qu'elle n'en avait jamais le temps, mais cela lui serait plus facile maintenant que nous allions tous les deux à l'école. Elle savait que j'adorais ce gâteau.

— Tu m'as manqué aujourd'hui, dit-elle. La maison m'a semblé si vide qu'à deux heures j'ai dû allumer la radio pour ne pas me sentir trop seule.

— Tiens ? Pourtant, à moins qu'il pleuve, Jem et moi on est jamais là.

— Je sais, mais il y a toujours l'un d'entre vous à portée de voix. Je me demande combien de temps je passe dans une journée à vous appeler. Enfin, ajouta-t-elle en se levant de sa chaise, je pense que les *crackling breads* sont cuits, maintenant. Va-t'en vite et laisse-moi préparer la table.

Elle se pencha pour m'embrasser. Je m'en allai en me demandant ce qui lui prenait. Sans doute voulait-elle se réconcilier avec moi. Elle qui s'était toujours montrée trop sévère avec moi avait enfin compris qu'elle allait trop loin. Elle le regrettait, mais était trop entêtée pour l'avouer. J'avais eu plus que mon compte d'injustices pour la journée.

Après le dîner, Atticus s'assit avec le journal et m'appela :

— Scout, tu viens lire ?

Le Seigneur voulait m'éprouver au-delà de mes forces, je me réfugiai donc sur la véranda. Atticus m'y
rejoignit :

— Ça ne va pas, Scout ?

Je répondis que je ne me sentais pas très bien et que
je ne pensais pas retourner à l'école, s'il n'y voyait
pas d'inconvénient.

Atticus s'assit sur la balancelle en croisant les jambes. Ses doigts jouaient avec sa montre de gousset ; il
disait que c'était le seul moyen qui lui permettait de
réfléchir. Il laissa passer un silence indulgent et j'en
profitai pour renforcer ma position :

— Tu n'es jamais allé à l'école et tu t'en sors très
bien. Alors je vais rester à la maison, moi aussi. Tu
n'auras qu'à me donner des leçons comme Grand-père
l'a fait pour toi et oncle Jack.

— Non, je ne peux pas. Il faut que je gagne ma vie.
Et puis, on me mettrait en prison si je te gardais à la
maison... Tu prendras une dose de magnésie ce soir, et
demain, à l'école !

— Je vais très bien, je n'en ai pas besoin !

— C'est ce que je pensais. Alors où est le problème ?

Petit à petit, je lui racontai toutes mes misères de
la journée.

— ... et elle a dit que tu m'apprenais tout de travers,
que nous ne pourrions plus jamais lire ensemble, plus
jamais. S'il te plaît, ne m'y renvoie pas, père !

Il se leva et marcha jusqu'au bout de la véranda.
Après avoir examiné la glycine, il revint nonchalamment vers moi.

— D'abord, Scout, un petit truc pour que tout se
passe mieux entre les autres, quels qu'ils soient, et toi :

tu ne comprendras jamais aucune personne tant que tu n'envisageras pas la situation de son point de vue...

— Pardon ?

— ... tant que tu ne te glisseras pas dans sa peau et que tu n'essaieras pas de te mettre à sa place.

Atticus dit que j'avais appris beaucoup de choses aujourd'hui, ainsi du reste que Miss Caroline qui, elle, avait appris à ne pas faire l'aumône à un Cunningham ; seulement, si Walter et moi nous étions mis à sa place, nous aurions compris qu'elle avait agi de bonne foi. Nous ne pouvions nous attendre qu'au bout d'une seule journée elle connaisse toutes les coutumes de Maycomb et nous ne pouvions lui tenir rigueur de ne pas tout savoir.

— Mince alors ! dis-je. Elle m'a bien tenu rigueur de ne pas savoir que j'aurais dû ne pas lire ce qu'elle me montrait ! Écoute, Atticus, j'ai pas besoin d'aller à l'école !

Une idée venait de me traverser l'esprit :

— Et Burris Ewell, alors ? Il y va que le jour de la rentrée. L'inspectrice pense qu'elle applique la loi en l'inscrivant sur les listes...

— Tu ne peux pas te comparer à lui, Scout. Parfois, dans des cas particuliers, il vaut mieux faire une entorse à la loi. En ce qui te concerne, elle doit être rigoureusement observée. Tu dois donc aller à l'école.

— Je ne vois pas pourquoi moi plus que lui.

— Alors, écoute.

Atticus m'expliqua que les Ewell étaient la honte de Maycomb depuis trois générations. Il ne se souvenait pas qu'aucun d'entre eux ait jamais eu une honnête journée de travail. À Noël, quand il irait jeter l'arbre, il m'emmènerait avec lui pour me montrer où et comment ils vivaient. C'étaient des êtres humains, mais ils vivaient comme des animaux.

— Ils pourraient aller à l'école autant qu'ils le voudraient s'ils avaient le moindre désir de s'instruire, dit Atticus. Il existe des moyens de les y retenir de force, mais il serait absurde de vouloir obliger des gens comme les Ewell à s'adapter à un nouvel environnement...

— Si j'allais pas à l'école demain, tu m'y obligerais.

— Tenons-nous-en là, dit Atticus sèchement. Toi, Miss Scout Finch, tu fais partie des gens ordinaires. Tu es tenue d'obéir aux lois.

Il dit que les Ewell faisaient partie d'une société exclusivement composée d'Ewell. Il arrivait que les gens ordinaires aient l'intelligence de leur accorder certains privilèges en fermant les yeux sur quelques-unes de leurs activités. D'une part en ne les obligeant pas à aller à l'école, d'autre part en laissant Mr Bob Ewell, le père de Burris, chasser et braconner en toute saison.

— C'est pas bien, Atticus, dis-je.

Dans le comté de Maycomb, chasser en dehors de la saison était considéré comme une infraction à la loi, comme un véritable crime aux yeux de la population.

— Je t'accorde que c'est contraire à la loi, dit mon père, et c'est certainement mal, mais quand un homme dépense toute son aide sociale en mauvais whisky au risque de laisser ses enfants mourir de faim, je ne connais pas un fermier des alentours qui oserait mesurer à ces gosses le gibier que peut chasser leur père.

— Mr Ewell ne devrait pas faire ça...

— Évidemment. Pourtant, il ne changera jamais. Faut-il que ses fautes retombent sur ses enfants ?

— Non, père, murmurai-je avant de faire une dernière objection : Mais si je continue à aller à l'école, nous ne pourrons plus jamais lire ensemble...

— Et cela t'ennuie beaucoup ?

— Oui, père.

Atticus me regarda avec l'expression qui me donnait toujours de l'espoir.

— Sais-tu ce qu'est un compromis ? demanda-t-il.

— Une entorse à la loi ?

— Non, c'est un accord obtenu par concessions mutuelles. Voici ce que je te propose : si tu admets que tu dois aller à l'école, nous continuerons à lire tous les soirs comme avant. Marché conclu ?

— Oui, père !

Me voyant prête à cracher, il dit :

— Considérons notre accord scellé sans recourir aux formalités habituelles.

J'ouvrais la porte quand il ajouta :

— Au fait, Scout, tu ferais mieux de ne pas parler de notre accord à l'école.

— Pourquoi ?

— Je crains que nos activités fassent l'objet de la plus vive désapprobation de la part des personnalités les plus éminentes.

Jem et moi avions l'habitude de ces formules testamentaires et Atticus acceptait que nous l'interrompions quand elles dépassaient notre entendement.

— Euh, pardon ?

— Je ne suis jamais allé à l'école, mais j'ai dans l'idée que si tu dis à Miss Caroline que nous lisons ensemble tous les soirs, elle en aura après moi et, ça, je préférerais y échapper.

Atticus nous fit bien rire, ce soir-là, en nous lisant gravement un article sur un homme qui s'était installé en haut d'un mât sans raison apparente, raison qui parut suffisante à Jem pour qu'il passe tout le samedi suivant au sommet de notre cabane dans les arbres. Il y resta du petit déjeuner au coucher du soleil et y aurait passé la nuit si Atticus ne lui avait coupé les vivres. J'avais passé la plus grande partie de la journée à monter et à descendre, à me charger de ses courses, à lui apporter des livres, de la nourriture et de l'eau ; je lui apportais des couvertures pour la nuit quand Atticus me dit que, si je cessais de m'occuper de lui, Jem finirait par descendre. Il avait raison.

4

Le reste de mon année scolaire ne fut pas plus réjouis-
sant que le jour de la rentrée. En fait, il évolua lentement
de l'état de Projet interminable à celui d'Unité, pour
laquelle des kilomètres de papier et de crayons de couleur furent dépensés par l'État d'Alabama dans le but
louable, mais vain, de m'apprendre la Dynamique de
Groupe. Ce que Jem appelait le système Dewey Decimal fut appliqué à toute l'école dès la fin de l'année,
sans me laisser la moindre chance de le comparer avec
d'autres techniques d'enseignement. Je ne pouvais que
regarder autour de moi : Atticus et mon oncle, qui
avaient fait leurs études à la maison, savaient tout – du
moins, ce que l'un ignorait, l'autre le savait. En outre,
je ne pouvais m'empêcher de remarquer que mon père
siégeait depuis des années à la Chambre des représentants de l'État, qu'il se faisait réélire chaque fois sans
la moindre opposition et n'était pour rien dans les ajus-
tements que mes professeurs croyaient essentiels au
développement d'un futur bon citoyen. Jem, qui avait
commencé avec la méthode Duncecap, pour continuer
avec la Decimal, semblait à son aise aussi bien seul
qu'en groupe, mais Jem était un mauvais exemple :
aucun système d'enseignement mis au point par un
homme n'aurait pu l'empêcher de se jeter sur les livres.
Quant à moi, je ne savais rien, sauf ce que je glanais

dans le *Time Magazine* et dans tout ce que je trouvais à lire à la maison, mais, tandis que je progressais poussivement dans la morne routine du système scolaire du comté de Maycomb, je ne pouvais me défendre de l'impression d'avoir été flouée ; en quoi, je l'ignorais, néanmoins, je n'arrivais pas à croire que ce que l'État avait en tête pour moi était douze années d'ennui mortel.

Tout au long de l'année, libérée trente minutes avant Jem qui devait rester à l'école jusqu'à quinze heures, je passais devant la maison des Radley en courant aussi vite que possible, ne m'arrêtant qu'une fois à l'abri de notre véranda. Un après-midi, alors que je prenais mes jambes à mon cou, quelque chose attira mon attention si fort que je pris une grande inspiration, regardai longuement autour de moi puis revins sur mes pas.

Deux chênes verts ouvraient le terrain des Radley, leurs racines s'étirant jusque sous la chaussée qui était couverte de bosses. C'était l'un de ces arbres qui avait attiré mon attention.

Un papier d'aluminium était collé dans un trou de l'arbre, juste à la hauteur de mes yeux, et accrochait le soleil de l'après-midi. Je me hissai sur la pointe des pieds, regardai à nouveau à la hâte autour de moi, tendis la main vers le trou et en tirai deux plaques de chewing-gums privées de leur papier d'emballage.

Mon premier réflexe fut de les fourrer dans ma bouche aussi vite que possible, mais, me rappelant où je me trouvais, je courus à la maison et, une fois sur la véranda, j'examinai de plus près mon butin. Les plaques paraissaient fraîches ; je les reniflai, elles avaient l'odeur qu'il fallait. Je les léchai et attendis un instant. Comme je ne mourais pas, je les enfournai d'un coup : d'authentiques Wrigley's Double-Mint.

Quand Jem rentra de l'école, il me demanda d'où je

les tenais. Je lui dis que je les avais trouvés. Jem grogna :

— Il ne faut pas manger ce qui a traîné par terre, Scout.

— Ça traînait pas par terre, c'était dans un arbre.

Jem grogna.

— Si, justement ! insistai-je. C'était dans cet arbre, là-bas, celui qui sort de l'école.

— Crache ça tout de suite !

Je crachai les chewing-gums. De toute façon, ils n'avaient presque plus de goût.

— Je les ai mâchés tout l'après-midi et j'en suis pas morte, même pas malade !

Jem tapa du pied :

— Tu sais bien que tu dois rien toucher dans cet endroit, même pas les arbres ! Cela pourrait te tuer.

— Tu as bien touché la maison, toi !

— C'était pas pareil. Monte te gargariser, tout de suite, tu m'entends ?

— J'ai pas envie, ça enlèvera le goût de ma bouche.

— Si tu n'y vas pas, je le dis à Calpurnia !

Préférant ne pas affronter celle-ci, j'obéis à Jem. Je ne sais pas pourquoi, mais ma première année d'école avait apporté un grand changement dans nos rapports : la tyrannie de Calpurnia, son injustice, sa manie de se mêler de mes affaires avaient fait place à quelques gentils ronchonnements marquant sa désapprobation. De mon côté, j'avais parfois trop de soucis pour ne pas en plus la provoquer.

L'été approchait ; Jem et moi l'attendions avec impatience. C'était notre saison préférée : on pouvait dormir sur des lits de camp sur la véranda ou essayer de dormir dans la cabane dans les arbres. Il y avait plein de bonnes choses à manger, l'été : le paysage desséché se parait de milliers de couleurs ; mais l'été, c'était surtout Dill.

Le dernier jour, l'école nous libéra plus tôt et Jem et moi pûmes rentrer ensemble.

— Je crois que ce bon vieux Dill arrivera demain, dis-je.

— Plutôt après-demain. Dans le Mississippi, ils sortent un jour après nous.

En arrivant à hauteur des chênes verts de la maison des Radley, je désignai pour la centième fois la cavité où j'avais trouvé les chewing-gums, dans l'espoir de convaincre Jem, et découvris un autre papier d'aluminium.

— Je le vois, Scout ! Je le vois...

Jem regarda autour de nous, tendit le bras et empocha précautionneusement un tout petit paquet brillant. Nous courûmes vers la maison et, sur la véranda, nous vîmes que c'était une petite boîte enveloppée de morceaux d'aluminium provenant d'emballages de chewing-gums. C'était une boîte en velours mauve, du genre de celles qui contiennent des alliances. Jem fit jouer le minuscule mécanisme d'ouverture. Dedans, il y avait deux pièces d'un penny, propres et scintillantes, posées l'une sur l'autre. Il les examina.

— Des têtes d'Indiens. Regarde, Scout, l'une est de 1906 et l'autre de 1900. Elles sont très vieilles.

— De 1900, répétai-je. Dis donc...

— Tais-toi un peu ! Je réfléchis.

— Tu crois que c'est la cachette de quelqu'un ?

— Nan, personne passe par là, sauf nous. Ou alors c'est à une grande personne...

— Les grandes personnes, elles ont pas de cachettes. Tu crois qu'on peut les garder, Jem ?

— J'en sais rien. À qui on devrait les donner ? Il est

sûr que personne ne passe jamais par là, Cecil prend la rue qui passe derrière et fait tout le tour par la ville pour rentrer chez lui.

Cecil Jacobs, qui habitait au bout de notre rue, à côté de la poste, effectuait un kilomètre et demi tous les jours pour éviter la maison des Radley et celle de la vieille Mrs Lafayette Dubose. Mrs Dubose habitait à deux numéros de nous ; les voisins étaient unanimes à penser que c'était la plus méchante vieille femme de la terre. Mon frère ne s'aventurait devant chez elle qu'en présence d'Atticus.

— Qu'est-ce que tu crois qu'on doit faire, Jem ?

Qui trouvait un objet le gardait, à moins que son propriétaire se manifeste. On pouvait cueillir un camélia de temps en temps, boire un peu du lait de la vache de Mrs Maudie Atkinson en été, manger une ou deux grappes du scuppernong[1] de quelqu'un d'autre, mais l'argent, c'était différent.

— J'ai trouvé ! dit Jem. On va les garder jusqu'à la rentrée et là, on demandera à l'école si c'est à quelqu'un. Elles appartiennent peut-être à un des enfants qui prennent le car ; il les aura apportées à l'école aujourd'hui et les aura oubliées. En tout cas, elles appartiennent à quelqu'un. Regarde comme elles brillent. Quelqu'un les a mises de côté.

— D'accord, mais pourquoi mettrait-on de côté du chewing-gum de cette façon ? Ça dure pas, le chewing-gum.

— Je sais pas, Scout. Pourtant quelqu'un doit tenir à ces pièces...

— Pourquoi ?

---

1. Sorte de raisin du sud des États-Unis (mot algonquin). *(N.d.T.)*

— C'est des têtes d'Indiens. Elles viennent donc des Indiens ; elles sont magiques, elles portent bonheur. Pas comme si elles pouvaient faire surgir un poulet rôti alors que tu ne t'y attends pas, mais elles peuvent garantir une longue vie, une bonne santé, une réussite aux examens... Il y a quelqu'un qui doit y attacher beaucoup de valeur. Je vais les mettre dans mon coffre.

Avant de monter dans sa chambre, Jem resta un long moment à regarder la maison des Radley. Il semblait toujours pensif.

Deux jours plus tard, Dill arriva nimbé de gloire : il avait pris le train tout seul de Meridian à Maycomb Junction (un titre de courtoisie – Maycomb Junction se trouvait dans le comté d'Abbott) où, ayant pris l'unique taxi du Maycomb, Miss Rachel était venue l'attendre ; il avait déjeuné dans le wagon-restaurant, il avait vu deux frères jumeaux attachés l'un à l'autre descendre du train à Bay St. Louis et maintint son histoire malgré nos menaces. Il avait renoncé à son abominable short bleu boutonné à sa chemise et portait un vrai pantalon court avec une ceinture ; il avait plus forci que grandi, et il dit qu'il avait vu son père. Le père de Dill était plus grand que le nôtre, il portait une barbe noire (pointue), et c'était le président des chemins de fer L&N.

— J'ai aussi aidé un peu le mécanicien, ajouta Dill en bâillant.

— Mon œil ! dit Jem. À quoi on joue, aujourd'hui ?

— À Tom, Sam et Dick, répondit-il. Allons devant la maison.

Il voulait jouer aux Frères Rover parce que c'étaient trois rôles importants. Il en avait assez de nous servir de faire-valoir.

— J'en ai assez de ces trois-là, dis-je.

J'en avais assez de jouer Tom Rover qui perdait subitement la mémoire en plein milieu de l'histoire et n'intervenait plus avant la fin lorsqu'on le retrouvait en Alaska.

— Invente-nous une histoire, Jem, dis-je.

— J'en ai marre d'inventer.

Nos premiers jours de liberté et nous en avions assez ! Je me demandai comment allait se dérouler cet été.

Nous avions marché nonchalamment vers l'avant du jardin. Dill regarda la morne façade des Radley.

— Je... sens... la mort, dit-il.

« Vrai de vrai ! ajouta-t-il quand je lui dis de la fermer.

— Tu veux dire que quand quelqu'un est en train de mourir, tu le sens ?

— Non, ça veut dire que je sens si quelqu'un va mourir. C'est une vieille dame qui m'a appris ça.

Dill se pencha sur moi et me renifla.

— Jean... Louise... Finch, tu vas mourir dans trois jours.

— Dill, si tu te tais pas, je te casse la figure, vrai de vrai...

— C'est à toi de te taire, grogna Jem. On dirait que tu crois aux Fumants.

— Et toi, on dirait que tu n'y crois pas, répliquai-je.

— C'est quoi, un Fumant ? interrogea Dill.

— Tu t'es jamais promené tout seul sur une route isolée la nuit ? demanda mon frère. Tu n'es jamais passé dans un courant chaud ? Un Fumant, c'est quelqu'un qui peut pas aller au ciel, alors il erre sur les routes désertes et si tu passes à travers lui, tu en deviens un à ton tour après ta mort et, la nuit, tu viens sucer le souffle des gens...

— Comment on fait pour pas passer à travers lui ?

— On peut pas. Quelquefois, ils s'étirent sur toute la largeur de la route, mais si tu es obligé de le traverser, tu dois dire « Ange-brillant, mort-vivant ; va-t'en de cette route, ne suce pas mon souffle ». Ça les empêche de s'enrouler autour de toi...

— N'en crois pas un mot, Dill, déclarai-je. Calpurnia dit que ce sont des histoires de nègres.

Jem me fusilla du regard mais changea de sujet :

— Bon, alors, on joue à quelque chose ou non ?

— Si on faisait des tours de pneu ? suggérai-je.

Jem soupira :

— Tu sais bien que je suis trop grand !

— Tu n'as qu'à nous pousser.

Je courus vers l'arrière du jardin et sortis un vieux pneu de voiture de sous la véranda et, d'un coup, l'envoyai vers l'avant du jardin.

— Je suis la première ! dis-je.

Dill décréta que ce devrait être lui puisqu'il venait d'arriver.

Jem arbitra entre nous en m'accordant le premier tour et un tour supplémentaire à Dill, et je me pliai en deux à l'intérieur du pneu.

Jusque-là, je ne m'étais pas rendu compte que Jem m'en voulait de l'avoir contredit sur les Fumants et qu'il attendait patiemment l'occasion de me rendre la monnaie de ma pièce. Ce qu'il fit en envoyant le pneu de toutes ses forces dévaler le trottoir. Le sol, le ciel et les maisons se mélangèrent devant mes yeux, je sentis des élancements dans mes oreilles et je me mis à suffoquer. Je ne pouvais pas sortir les mains pour arrêter le pneu car elles étaient coincées entre ma poitrine et mes genoux. Il ne me restait plus qu'à espérer que Jem parvienne à nous dépasser, le pneu et moi, ou qu'une bosse de la chaussée nous arrête. Je l'entendais derrière moi, me poursuivant en criant.

Le pneu rebondit sur le gravier, patina sur la chaussée pour aller s'écraser contre une barrière et m'éjecta sur la chaussée comme un vulgaire bouchon. À demi étourdie et nauséeuse, j'étais étendue sur le ciment, secouant malgré tout la tête pour réduire mes oreilles au silence. J'entendis alors la voix de Jem :

— Scout, sors de là ! Viens !

Levant la tête, je vis que je me trouvais devant les marches de la maison des Radley. Je restai figée.

— Viens, Scout. Ne reste pas là ! hurlait Jem. Lève-toi donc !

Je me mis enfin sur mes pieds, je tremblais de tous mes membres.

— Prends le pneu, brailla Jem. Apporte-le ! Est-ce que tu es devenue folle ?

Quand je me sentis capable de m'orienter, je courus vers eux aussi vite que me le permettaient mes genoux flageolants.

— Pourquoi tu l'as pas pris ? hurla Jem.

— T'as qu'à le prendre toi-même ! criai-je.

Il ne répondit pas.

— Vas-y, insistai-je, c'est pas très loin du portail ! Tu as bien touché cette maison un jour, souviens-toi !

Il me jeta un regard noir mais, ne pouvant refuser, courut le long du trottoir, fit du surplace devant le portail, puis, se jetant à l'eau, alla récupérer le pneu.

— Tu vois ? triompha-t-il. Il ne s'est rien passé. Je te jure, Scout, parfois tu te conduis tellement comme une fille que c'en est gênant.

Il ne savait pas tout, mais je décidai de ne pas lui dire.

Calpurnia apparut devant l'entrée en criant :

— Venez prendre de la limonade ! Ne restez pas au soleil ou vous allez griller vivants !

La limonade au milieu de la matinée faisait partie des rituels de l'été. Calpurnia posa un pichet et trois verres sur la véranda puis retourna à ses occupations. Je n'étais pas particulièrement inquiète de ne pas être dans les petits papiers de Jem. La limonade lui rendrait sa bonne humeur.

Il avala d'un trait son deuxième verre et se frappa la poitrine.

— Je sais à quoi on va jouer ! annonça-t-il. À quelque chose de nouveau et de différent.

— À quoi ? demanda Dill.

— À Boo Radley.

Les intentions de Jem étaient parfois transparentes : il avait inventé cela pour me faire comprendre qu'il n'avait pas peur des Radley et pour faire ressortir son héroïsme face à ma lâcheté.

— À Boo Radley ? reprit Dill. Comment ?

Jem dit :

— Scout, tu peux jouer Mrs Radley...

— Si je veux. Je ne pense pas...

— Quel est le problème ? demanda Dill. Tu as encore peur ?

— Il peut sortir la nuit, quand on dort... dis-je.

— Comment veux-tu qu'il sache ce que nous faisons ? siffla Jem. Et puis je crois qu'il est plus là. Il est mort il y a des années et ils l'ont emmuré dans la cheminée.

— Si Scout a peur, on peut jouer tous les deux, et elle regardera.

J'aurais mis ma main au feu que Boo Radley se trouvait dans cette maison, mais je ne pouvais le prouver et préférai me taire de peur d'être accusée de croire aux

Fumants, phénomène contre lequel j'étais immunisée pendant la journée.

Jem distribua les rôles : je serais Mrs Radley et je me contenterais de sortir sur la véranda pour la balayer. Dill serait Mr Radley père : il marcherait de long en large sur le trottoir et tousserait quand Jem lui parlerait. Bien entendu, mon frère ferait Boo : il irait se cacher sous les marches d'où il pousserait des cris et des hurlements de temps à autre.

À mesure que l'été s'avança, notre jeu se transforma. Nous le fignolâmes dans les détails, y ajoutant des dialogues et des intrigues, jusqu'à en faire une véritable petite pièce qui se modifiait un peu chaque jour.

Dill était le roi des méchants : il se glissait dans n'importe quel rôle au point de nous apparaître comme un géant si la méchanceté de son personnage l'exigeait. Il excellait particulièrement dans le mélodrame. Je jouais à contrecœur les différentes sortes de dames qui intervenaient dans l'histoire. Je les trouvais moins drôles que Tarzan et passai l'été à les jouer, non sans une certaine anxiété, bien que Jem assurât que Boo Radley étant mort, il ne pouvait plus rien m'arriver, ni le jour, avec lui et Calpurnia, ni la nuit, avec Atticus à la maison.

Jem était de l'étoffe dont on fait les héros.

Notre pièce était un petit drame mélancolique, tissé de lambeaux de potins et autres fables du quartier : Mrs Radley avait été belle jusqu'à son mariage avec Mr Radley père qui avait dilapidé toute sa fortune. Elle avait aussi perdu presque toutes ses dents, ses cheveux et son index droit (invention de Dill. Boo le lui avait mangé une nuit où il n'avait trouvé ni chat ni écureuil à dévorer) ; elle restait dans le salon à pleurer presque tout le temps pendant que Boo tailladait l'un après l'autre tous les meubles de la maison.

Nous jouions tous les trois les garçons qui avaient eu des ennuis ; pour changer, je jouais le rôle du juge. Dill emmenait Jem et le fourrait sous les marches à coups de balai-brosse. Selon les besoins, mon frère reparaissait sous l'identité du shérif, de divers habitants de la ville et de Miss Stephanie Crawford qui en savait sur les Radley plus que personne à Maycomb.

Quand nous en arrivâmes à la grande scène de Boo, Jem se glissa dans la maison, chipa les ciseaux dans le tiroir de la machine à coudre à un moment où Calpurnia avait le dos tourné, puis vint s'asseoir sur la balançoire pour y découper des journaux. Dill passa devant lui, toussota et Jem fit semblant de lui plonger les ciseaux dans la cuisse. D'où j'étais, c'était criant de vérité.

Lorsque Mr Radley passait devant nous, au cours de sa sortie quotidienne en ville, nous ne bougions pas et restions silencieux jusqu'à ce qu'il eût disparu de notre vue, tout en nous demandant ce qu'il nous ferait s'il se doutait de quoi que ce soit. Nous interrompions nos activités chaque fois que l'un de nos voisins se montrait : une fois, je vis Miss Maudie Atkinson en train de nous regarder, de son jardin, ses cisailles à la main.

Un jour, nous étions si absorbés par la représentation du chapitre vingt-cinq, tome deux, d'*Un homme et sa famille*, que nous ne vîmes pas Atticus qui nous observait du trottoir d'en face, en se frappant le genou d'un magazine roulé. Au soleil, il était midi.

— À quoi jouez-vous ? demanda-t-il.

— À rien, dit Jem.

Sa dérobade me fit comprendre qu'il s'agissait d'un secret, je n'intervins donc pas.

— Alors que fais-tu avec ces ciseaux ? Pourquoi mets-tu en pièces ce journal ? Gare à toi si c'est celui d'aujourd'hui !

— Rien.

— Rien quoi ?

— Rien, père.

— Donne-moi cette paire de ciseaux. Ce n'est pas un jouet. Ceci aurait-il, par hasard, un rapport avec les Radley ?

— Non, père, répondit Jem en rougissant.

— Je l'espère bien.

Là-dessus, il rentra à la maison.

— Jem...

— Ferme-la ! Il est dans le salon, il peut nous entendre !

Une fois à l'abri dans le jardin, Dill demanda à Jem si nous pouvions continuer à jouer.

— Je sais pas. Atticus n'a pas dit que nous ne le pouvions pas...

— Jem, dis-je, je pense qu'il sait très bien ce que nous faisons.

— Certainement pas. Sinon, il l'aurait dit.

Je n'en étais pas si sûre, mais Jem déclara que j'étais une fille et que les filles s'imaginaient toujours des choses et que c'était pour cette raison que les gens les détestaient tant, et que si je me mettais à me conduire comme ça, je n'avais qu'à m'en aller et trouver quelqu'un d'autre avec qui jouer.

— D'accord, dis-je, tu n'as qu'à continuer. Tu verras bien.

L'intervention d'Atticus était la seconde raison qui me poussait à abandonner ce jeu. La première datait du jour où j'avais déboulé avec mon pneu dans la cour des Radley. Malgré ma tête en citrouille, mon mal de cœur et les cris de Jem, j'avais entendu un autre bruit, si bas qu'il était inaudible du trottoir. Quelqu'un riait à l'intérieur de la maison.

5

À force de harceler Jem, je finis par le convaincre, ainsi que je l'espérais, et, à mon grand soulagement, nous jouâmes un peu moins à ce jeu. Il maintenait pourtant qu'Atticus ne nous l'ayant pas interdit, nous pouvions donc y jouer et, si jamais il l'interdisait, Jem avait prévu une échappatoire : il suffirait de changer les noms des personnages, ainsi l'accusation ne tiendrait plus.

Dill était à fond pour cette solution ; il devenait exaspérant à force de ne plus lâcher Jem d'une semelle. Au début de l'été, il m'avait demandé de l'épouser puis s'était empressé de l'oublier. Il s'était arrogé des droits sur moi, avait fait de moi sa propriété, jurant qu'il n'aimerait jamais une autre fille que moi, pour ensuite me négliger. Je le rouai de coups à deux reprises, mais cela n'eut aucun effet. Il se rapprocha de plus en plus de Jem. Tous deux passaient des journées entières dans la cabane dans les arbres à comploter et à faire des projets, ne m'appelant que lorsqu'ils avaient besoin d'une tierce personne. Mais je me tins un moment à l'écart de leurs plans les plus téméraires et, au risque de me faire traiter de fille, passai presque toutes les soirées d'été auprès de Miss Maudie Atkinson, sur sa véranda.

Jem et moi avions toujours eu le droit d'aller dans le jardin de Miss Maudie, à condition de ne pas approcher de ses azalées, mais nos rapports avec elle n'étaient pas clairement définis. Jusqu'à ce que Jem et Dill m'aient exclue de leurs projets, elle n'était qu'une voisine parmi d'autres, mais plutôt bienveillante.

Notre accord tacite avec elle nous autorisait à jouer sur sa pelouse, à manger ses grappes de scuppernong tant que nous ne sautions pas sur la tonnelle, et à explorer son vaste terrain ; les termes de cet accord étaient si généreux que nous lui adressions rarement la parole tant nous étions soucieux de préserver le fragile équilibre de nos relations ; toutefois, l'attitude de Jem et Dill eut pour résultat de me rapprocher d'elle.

Miss Maudie détestait sa maison : elle estimait perdre son temps si elle restait à l'intérieur. C'était une veuve, une dame caméléon, qui travaillait toute la journée dans ses massifs de fleurs, vêtue d'une salopette d'homme et coiffée d'un vieux chapeau de paille mais qui, après son bain de cinq heures, reparaissait sur sa véranda, dans sa majestueuse beauté.

Elle aimait tout ce qui poussait sur la terre de Dieu, même les mauvaises herbes. À une exception près. Le moindre brin de souchet rond déclenchait quelque chose qui ressemblait à une seconde bataille de la Marne : elle fondait dessus, armée d'un pot d'étain et le foudroyait par-dessous avec une substance toxique si violente qu'elle prétendait qu'elle nous tuerait si nous ne nous tenions pas à l'écart.

— Pourquoi vous l'arrachez pas ? demandai-je après avoir assisté à une interminable campagne contre un brin qui ne mesurait pas cinq centimètres.

— Comment cela, malheureuse enfant, l'arracher ?

Brandissant la pousse avachie, elle en pinça le fin pédoncule. Des graines microscopiques en sortirent.

— Regarde, un seul brin peut dévaster tout un jardin.

Quand arrive l'automne, cela sèche et un coup de vent peut les répandre dans tout le comté de Maycomb.

À son expression on pouvait penser qu'il s'agissait d'un événement comparable à une calamité de l'Ancien Testament.

Elle s'exprimait avec une grande précision pour une habitante du Maycomb. Elle nous appelait par nos noms complets et, quand elle souriait, laissait voir deux minuscules crochets d'or fixés à ses canines supérieures. Béate d'admiration, je lui dis que j'espérais finir un jour par en avoir.

— Regarde ! dit-elle alors.

D'un claquement de langue, elle détacha son bridge, geste chaleureux qui cimenta notre amitié.

La gentillesse de Miss Maudie s'étendait à Jem et à Dill, quand ils interrompaient leurs occupations : nous récoltions les bénéfices d'un talent qu'elle nous avait caché jusque-là : elle faisait les meilleurs gâteaux du quartier. Dès qu'elle eut acquis notre confiance, chaque fois qu'elle préparait un gâteau, elle en cuisait un gros et trois petits, puis nous appelait à travers la rue :

— Jem Finch, Scout Finch, Charles Baker Harris, venez !

Notre promptitude était toujours récompensée.

En été, les crépuscules sont longs et paisibles. Le plus souvent, Miss Maudie et moi restions silencieuses sur sa véranda, regardant le ciel virer du jaune au rose au fur et à mesure que le soleil déclinait, et les vols de martinets passer au ras des maisons avant de disparaître derrière le sommet des toits de l'école.

— Miss Maudie, demandai-je un soir, vous croyez que Boo Radley est toujours vivant ?

— Il s'appelle Arthur et il est vivant, répondit-elle.

Elle se balançait lentement dans son grand fauteuil en chêne.

— Sens-tu mes mimosas ? Ce soir, on croirait un souffle d'anges.

— Oui, ma'am. Comment vous le savez ?

— Comment je sais quoi, ma petite ?

— Que B... Mr Arthur est toujours vivant ?

— Quelle question morbide ! Il est vrai que toute cette histoire l'est. Je sais qu'il est vivant, Jean Louise, parce que je n'ai pas encore vu de croque-mort venir le chercher.

— Il est peut-être mort et ils l'ont emmuré dans la cheminée.

— Qui t'a mis une idée pareille dans la tête ?

— Jem. Il pense que c'est ce qu'ils ont fait.

— Oh là là ! Il ressemble de plus en plus à Jack Finch !

Miss Maudie connaissait oncle Jack, le frère d'Atticus, depuis leur enfance. À peu près du même âge, ils avaient grandi ensemble à Finch's Landing. Miss Maudie était la fille d'un propriétaire voisin, le docteur Frank Buford. Bien que médecin, il était obsédé par tout ce qui poussait dans le sol, aussi resta-t-il pauvre. L'oncle Jack limita sa passion pour la culture à ses jardinières de Nashville et resta riche. Nous le voyions tous les ans à Noël et, tous les ans à Noël, il criait à travers la rue à Miss Maudie de venir l'épouser. Et elle répondait à tue-tête : « Crie plus fort, Jack, que l'on t'entende jusqu'à la poste. Quant à moi, je n'ai toujours pas compris ! »

Jem et moi trouvions que c'était une étrange façon de demander une dame en mariage mais l'oncle Jack était assez original. Il disait qu'il essayait d'avoir Miss Maudie à l'usure, ce à quoi il s'efforçait en vain depuis quarante ans, qu'il était la dernière personne au monde qu'elle songerait à épouser mais la première qu'elle songeait à taquiner et que la meilleure défense consistait en une offensive vigoureuse, autant de points que nous comprenions sans peine.

— Arthur Radley reste à la maison et voilà tout, dit Miss Maudie. N'est-ce pas ce que tu ferais si tu ne voulais pas sortir ?

— Oui, ma'am, mais j'aurais envie de sortir. Pourquoi il veut pas ?

Miss Maudie plissa les yeux :

— Tu connais cette histoire aussi bien que moi.

— Oui, mais je sais pas pourquoi. Personne m'a jamais expliqué pourquoi.

Miss Maudie fit claquer son bridge.

— Tu n'ignores pas que le vieux Mr Radley était membre des baptistes laveurs de pieds[1]...

— Comme vous, non ?

— Mes convictions ne sont pas aussi fortes, ma petite fille, je suis simplement baptiste.

— Vous ne croyez pas qu'on doit pratiquer le lavage des pieds ?

— Si. À la maison, dans la baignoire.

— Mais nous ne pouvons pas communier avec vous tous...

Trouvant manifestement plus facile de m'expliquer le baptisme primitif que le refus de la communion œcuménique, Miss Maudie déclara :

---

1. Les baptistes laveurs de pieds sont une subdivision des baptistes primitifs, dont il est aussi question dans cette page. En vertu de leur application littérale de la Bible, en référence à la Cène, ils lavent les pieds pendant la communion. Comme les baptistes primitifs, ce sont des calvinistes purs et durs, extrêmement austères.

— Les baptistes primitifs croient que tout plaisir est un péché. Te rends-tu compte que certains d'entre eux sont sortis des bois, un samedi et, en passant devant ma maison, m'ont menacée de l'enfer, moi et mes fleurs ?

— Vos fleurs aussi ?

— Oui, mademoiselle ! Elles n'ont qu'à brûler avec moi. Ils trouvaient que je passais trop de temps dehors et pas assez à lire la Bible à l'intérieur.

Ma foi dans l'évangile lu en chaire se ressentit de la vision de Miss Maudie brûlant à jamais dans divers enfers protestants. C'est vrai qu'elle avait la langue acérée et qu'elle ne faisait pas le bien autour d'elle dans le quartier, comme Miss Stephanie Crawford. Néanmoins, personne d'un peu sensé ne se fiait à Miss Stephanie, tandis que Jem et moi avions une absolue confiance en Miss Maudie. Elle ne nous avait jamais dénoncés, elle n'avait jamais joué au chat et à la souris avec nous et ne s'immisçait pas dans notre vie privée. C'était notre amie. Il était incompréhensible qu'une personne aussi raisonnable puisse courir le risque de tourments éternels.

— C'est pas juste, Miss Maudie, vous êtes la dame la plus gentille que je connaisse !

Elle sourit.

— Merci, mademoiselle. Le problème est que les laveurs de pieds considèrent les femmes comme étant le péché par définition. Ils prennent la Bible au pied de la lettre, tu sais.

— C'est pour cette raison que Mr Arthur reste à la maison, pour ne pas rencontrer de femmes ?

— Je n'en ai aucune idée.

— Ça tient pas debout. Il me semble que si Mr Arthur rêvait du Ciel il sortirait au moins sur sa véranda. Atticus prétend que l'amour de Dieu commence par l'amour de soi...

Miss Maudie cessa de se balancer et sa voix se durcit :

— Tu es trop petite pour le comprendre, mais parfois, la Bible est plus dangereuse entre les mains d'un homme qu'une bouteille de whisky entre celles de ton père.

Je m'insurgeai :

— Atticus ne boit pas de whisky ! Il en a jamais bu une goutte de sa vie... enfin si, il a dit qu'il en avait goûté une fois et que ça ne lui avait pas plu.

Miss Maudie se mit à rire.

— Je ne parlais pas spécialement de ton père, dit-elle. Je voulais simplement dire que s'il buvait au point de s'enivrer, il ne serait pas aussi dur que d'autres hommes lorsqu'ils sont au mieux de leur forme. Il y a des gens qui... qui sont si préoccupés par l'autre monde qu'ils n'ont jamais appris à vivre dans celui-ci et tu n'as qu'à descendre la rue pour en voir les résultats.

— Vous croyez que c'est vrai, toutes ces choses qui se disent au sujet de B... de Mr Arthur ?

— Quelles choses ?

Je lui dis ce que je savais.

— Les trois quarts de ces bobards viennent des gens de couleur et le dernier quart de Stephanie Crawford, dit Miss Maudie d'un air sombre. Elle-même m'a raconté qu'elle s'était réveillée une fois, en pleine nuit, l'avait découvert qui la regardait derrière la fenêtre. Je lui ai dit : « Qu'as-tu fait, Stephanie, tu t'es poussée dans le lit pour lui faire de la place ? » Ça lui a clos le bec un moment.

J'en étais certaine. La voix de Miss Maudie suffisait à clore le bec de n'importe qui.

— Non, ma petite fille, reprit-elle, c'est cette maison qui est triste. Je me souviens d'Arthur Radley quand il était petit. Il me parlait toujours poliment, peu importe ce que les gens ont raconté sur lui. Aussi poliment qu'il le pouvait.

— Vous croyez qu'il est fou ?

Miss Maudie secoua la tête.

— S'il ne l'était pas, il doit l'être maintenant. On ne sait jamais ce qui se passe vraiment chez les gens, derrière ces portes fermées, quels secrets...

Sentant qu'il était de mon devoir de défendre mon père, je dis :

— Atticus ne nous fait jamais rien à Jem et à moi dans la maison qu'il ne nous fasse pas dehors !

— Ma chère enfant, je parlais en termes généraux, sans même penser à ton père, mais puisque nous y sommes, j'atteste, en effet, qu'Atticus se comporte de la même façon dans sa maison que dans la rue. Cela te ferait-il plaisir d'emporter chez toi du gâteau que je viens de faire ?

Cela me fit très plaisir.

Le lendemain matin, en m'éveillant, je trouvai Jem et Dill en grande conversation à l'arrière du jardin. Quand je les rejoignis, ils me dirent de partir, comme d'habitude.

— Non ! Je suis autant chez moi ici que toi, Jem Finch, et j'ai autant le droit que toi d'y jouer.

Après un bref conciliabule, Dill déclara :

— Si tu restes, tu devras faire ce qu'on te dira.

— Dites donc ! Qu'est-ce que vous vous croyez, tout d'un coup ?

— Si tu ne promets pas, on ne te dira rien, poursuivit Dill.

— On dirait que tu as grandi de vingt-cinq centimètres en une nuit ! D'accord, de quoi s'agit-il ?

Jem annonça tranquillement :

— On va passer un mot à Boo Radley.

— Mais comment ?

J'essayai de combattre la terreur qui montait mécaniquement en moi. Miss Maudie pouvait dire ce qu'elle voulait, elle était vieille et douillettement installée sur sa véranda. Il en allait autrement pour nous.

Jem avait simplement l'intention d'attacher la lettre au bout d'une canne à pêche et de la passer entre les volets. Si quelqu'un arrivait, Dill agiterait la sonnette.

Dill leva sa main droite. Il tenait la clochette en argent dont ma mère se servait autrefois pour le dîner.

— Je vais passer sur le côté de la maison, reprit Jem. On a regardé hier depuis l'autre côté de la rue, il y a un volet mal ajusté, là-bas. Je pourrai peut-être même le déposer sur le rebord de la fenêtre.

— Jem...

— Maintenant que tu y es, tu peux plus t'en aller ! Alors tu restes, chipie !

— Ça va ! D'accord ! Mais je ne veux pas regarder. Jem, il y avait quelqu'un...

— Si, tu vas regarder ! Tu surveilleras l'arrière de la maison et Dill l'avant ainsi que la rue, et si quelqu'un arrive, il sonnera. Vu ?

— Bon, si tu veux. Qu'est-ce que tu lui as écrit ?

Dill répondit :

— On lui demande très poliment de sortir de temps en temps, et de nous dire ce qu'il fait là-dedans... On lui promet de ne pas lui faire de mal et de lui acheter une glace.

— Vous êtes devenus fous ! Il va nous tuer !

— C'est moi qui ai eu l'idée, reprit Dill. Je suis sûr

que s'il sortait pour s'asseoir un moment avec nous il se sentirait mieux.

— Comment sais-tu qu'il ne va pas bien ?

— Comment te sentirais-tu, toi, si tu avais été enfermée pendant cent ans avec des chats pour toute nourriture ? Je parie qu'il a une barbe qui descend jusque-là...

— Comme ton papa ?

— Il a pas de barbe, il...

Dill s'interrompit comme s'il essayait de se souvenir.

— Ha ha ! Je t'ai bien eu ! m'exclamai-je. Tu as dit avant que tu partes par le train que ton papa avait une barbe noire...

— Non, justement, parce qu'il l'a rasée l'été dernier ! Là ! Je te montrerai la lettre ! Et il m'a aussi envoyé deux dollars !

— C'est ça ! Et aussi une panoplie de la police montée. Tu nous l'as jamais montrée, n'est-ce pas ? Alors tu peux toujours raconter ce que tu veux, mon vieux...

Dill Harris était le plus grand menteur que j'aie jamais rencontré. Il se vantait, entre autres, d'être monté dix-sept fois dans un avion postal, d'être allé en Nouvelle-Écosse, d'avoir vu un éléphant et d'avoir pour grand-père le général de brigade Joe Wheeler qui lui avait laissé son sabre.

— Taisez-vous ! ordonna Jem.

Il se précipita sous la véranda et revint avec une perche en bambou jaune.

— Tu crois qu'elle sera assez longue pour l'atteindre depuis le trottoir ?

— Quand on a le courage d'aller toucher une maison, on n'a pas besoin d'une canne à pêche, dis-je. Tu n'as qu'à aller frapper à la porte d'entrée.

— C'est... pas pareil, dit Jem. Combien de fois devrai-je te le dire ?

Dill sortit de sa poche un morceau de papier et le tendit à Jem. Prudemment, nous nous dirigeâmes tous les trois vers la vieille maison. Dill se posta derrière le réverbère au centre de la façade tandis que Jem et moi nous glissions le long du trottoir parallèle au côté de la bâtisse. Je marchai en avant de mon frère et m'installai à un endroit d'où je pouvais surveiller tout le virage.

— Ça va, annonçai-je. Personne en vue.

Jem regarda en direction de Dill qui hocha la tête.

Puis il attacha la lettre au bout de la perche qu'il fit passer à travers la cour jusqu'à la fenêtre qu'il avait choisie. Il s'en fallait de plusieurs centimètres pour qu'elle atteigne la maison et Jem se pencha autant qu'il le put. Le voyant ainsi peiner, j'abandonnai mon poste pour le rejoindre.

— J'arrive pas à l'enlever de la perche, maugréa-t-il, et quand j'y arrive, impossible de la maintenir. Retourne surveiller la rue, Scout.

Je retournai surveiller la rue vide au niveau du tournant. De temps en temps, je regardais par-dessus mon épaule Jem qui tentait patiemment de poser la lettre sur le rebord de la fenêtre. Elle ne cessait de voleter vers le sol et Jem la piquait de la perche pour la ramasser : je songeai que, même si Boo Radley la recevait un jour, il ne pourrait pas la lire. J'étais en train d'observer la rue quand la clochette sonna.

Me redressant, je me retournai en titubant pour affronter Boo Radley et ses crocs sanglants, mais ce fut Dill que j'aperçus, agitant la clochette de toutes ses forces à la figure d'Atticus.

Jem parut tellement épouvanté que je n'eus pas le cœur de lui dire que je l'avais averti. Il traîna les pieds et sa canne derrière lui sur le trottoir.

— Arrêtez avec cette cloche ! dit Atticus.

Dill immobilisa le battant ; dans le silence qui suivit, je me pris à souhaiter qu'il se remît à sonner. Atticus repoussa son chapeau vers l'arrière de sa tête, mit les mains sur ses hanches :

— Jem ! Qu'étais-tu en train de faire ?

— Rien, père.

— Ce n'est pas une réponse. Dis-moi la vérité.

— Je... nous voulions juste donner quelque chose à Mr Radley.

— Et que vouliez-vous lui donner ?

— Juste une lettre.

— Montre-la-moi.

Jem lui tendit un morceau de papier dégoûtant. Atticus le prit et essaya de le lire :

— Pourquoi voulez-vous que Mr Radley sorte ?

— Nous... intervint Dill.

Il s'interrompit quand Atticus tourna son regard vers lui.

— Écoute-moi bien, mon garçon, reprit-il en s'adressant à Jem. Je vais te dire quelque chose et je ne le répéterai pas : cesse de tourmenter cet homme. Et cela vaut pour vous trois !

Ce que faisait Mr Radley ne regardait que lui. S'il désirait sortir, il sortirait. S'il désirait rester chez lui, il en avait le droit sans avoir à rendre de comptes à trois enfants curieux, ce qui était un euphémisme, s'agissant de nous. Aimerions-nous qu'Atticus surgisse dans notre chambre sans frapper, en plein milieu de la nuit ? C'était exactement ce que nous étions en train de faire à Mr Radley. Son comportement pouvait nous sembler bizarre à nous, mais pas à lui. En outre n'avions-nous jamais songé que la façon la plus courtoise de communiquer avec quelqu'un consistait à passer par la porte d'entrée et non par une fenêtre dérobée ? Enfin, nous étions priés de nous tenir éloignés de cette maison à moins que nous ne soyons invités à y entrer, et de ne pas jouer à ces jeux idiots auxquels il nous avait vus jouer, ni de nous moquer de quelqu'un habitant cette rue ou cette ville...

— On ne se moquait pas de lui, assura Jem, on voulait juste...

— Ainsi c'était bien ce que vous faisiez, n'est-ce pas ?

— Nous moquer de lui ?

— Non, dit Atticus, jouer l'histoire de sa vie pour l'édification du quartier.

Jem sembla affecté :

— J'ai pas dit qu'on faisait ça ! Je l'ai pas dit !

Atticus sourit froidement :

— C'est pourtant ce que tu viens de me dire. Vous arrêtez immédiatement ces sottises. Tous les trois !

Jem en resta coi.

— Tu veux être avocat, je crois ?

La bouche de notre père était étrangement ferme, comme s'il essayait de la transformer en une ligne droite.

Jem comprit que ce n'était pas le moment de discuter et se tut. Lorsque Atticus regagna la maison pour y prendre un dossier qu'il avait oublié d'emporter avec lui, ce matin-là, Jem comprit enfin qu'il s'était fait avoir par le plus vieux piège des avocats. Il attendit, à respectable distance des marches de la véranda, qu'Atticus ressorte et prenne la direction de la ville. Dès qu'il fut hors de portée de voix, Jem lui cria :

— Je croyais que je voulais être avocat mais je n'en suis plus aussi sûr, maintenant !

6

— Oui, dit notre père lorsque Jem lui demanda si nous pouvions aller au bord de la mare de Miss Rachel avec Dill, parce que c'était sa dernière nuit à Maycomb.

« Dites-lui au revoir de ma part, et que nous nous verrons l'été prochain.

Nous passâmes par-dessus le muret qui séparait le jardin de Miss Rachel de notre allée. Jem imita le sifflement du colin de Virginie et Dill lui répondit dans l'obscurité.

— Il n'y a pas un souffle d'air, dit mon frère. Regarde, là-bas.

Il désignait, à l'est, une lune gigantesque qui se levait derrière les pacaniers de Miss Maudie.

— Ça donne l'impression qu'il fait encore plus chaud.

— Tu y vois une croix cette nuit ? demanda Dill sans lever la tête.

Il était en train de se fabriquer une cigarette avec du papier journal et de la ficelle.

— Non, rien que la dame. N'allume pas ça, Dill, tu vas enfumer tout ce coin de la ville.

À Maycomb, on voyait une dame dans la lune. Assise à une coiffeuse, elle se peignait les cheveux.

— On va s'ennuyer sans toi, mon vieux, dis-je. Je me demande si on ne devrait pas surveiller Mr Avery.

Mr Avery prenait pension en face, chez Mrs Henry Lafayette Dubose. Chaque dimanche, il collectait la petite monnaie des fidèles à la quête et, chaque soir jusqu'à neuf heures, il s'installait sur la véranda et éternuait. Nous fûmes un soir les témoins privilégiés d'un exploit qui dut être le dernier de sa vie car nous eûmes beau le guetter, il ne le rééita jamais. Jem et moi descendions le perron de Miss Rachel, quand Dill nous interpella :

— Mince ! Regardez, là-bas !

Il désignait la maison d'en face. Nous n'aperçûmes d'abord que la véranda couverte de kudzu [1]. Mais une inspection plus poussée révéla un jet d'eau en arc de cercle jaillissant du feuillage et éclaboussant le rond de lumière jaune du réverbère, trois mètres plus bas. Jem dit que Mr Avery avait mal calculé son coup, Dill ajouta qu'il devait boire plus de trois litres par jour ; s'ensuivit une comparaison entre les distances relatives et leurs prouesses respectives et je me sentis à nouveau exclue faute d'avoir la moindre aptitude dans ce domaine.

Dill s'étira, bâilla tout en lançant d'un ton trop désinvolte :

— Et si on allait faire un tour ?

Cela me parut louche. Personne à Maycomb n'allait faire un tour sans raison.

— Où ça, Dill ?

D'un signe de la tête, il indiqua le sud.

— D'accord, dit Jem.

Comme je protestais, il répondit suavement :

— T'es pas obligée de nous suivre, sainte-nitouche.

---

1. Sorte de vigne vierge japonaise introduite au XIXe siècle dans le sud-est des États-Unis.

— Tu dois pas y aller. Rappelle-toi...

Jem n'était pas du genre à s'appesantir sur les défaites passées : à croire que la seule leçon qu'il ait apprise d'Atticus était un aperçu de l'art du contre-interrogatoire.

— On va rien faire, Scout. On va seulement jusqu'au réverbère et on revient.

Nous descendîmes la rue en silence, écoutant grincer sous le poids de leurs occupants les fauteuils à bascule sur les vérandas, écoutant les doux murmures nocturnes des grandes personnes de notre rue. Parfois résonnait le rire de Miss Stephanie Crawford.

— Alors ? interrogea Dill.

— Bon, dit Jem. Si tu rentrais, Scout ?

— Qu'est-ce que vous allez faire ?

Ils avaient seulement l'intention de jeter un coup d'œil par la fenêtre au volet mal ajusté pour tâcher d'apercevoir Boo Radley et, si je ne voulais pas venir avec eux, je pouvais rentrer tout droit à la maison et fermer mon clapet. C'était tout.

— Mais pourquoi donc avez-vous attendu jusqu'à cette nuit ?

Parce que, de nuit, personne ne pourrait les voir, parce que Atticus serait tellement plongé dans un livre qu'il n'entendrait même pas la fin du monde, parce que si Boo Radley les tuait, ils manqueraient l'école sans avoir perdu un jour de vacances, et parce qu'il était plus facile de voir à l'intérieur d'une maison obscure dans les ténèbres qu'en plein jour. Avais-je bien compris ?

— Jem, *je t'en prie...*

— Scout, pour la dernière fois, boucle-la ou rentre à la maison... Je le dis devant Dieu : chaque jour qui passe, tu te conduis de plus en plus comme une fille !

Après cette remarque, je n'avais pas d'autre choix

que de me joindre à eux. Nous décidâmes qu'il valait mieux ramper sous le haut grillage à l'arrière du terrain des Radley pour avoir plus de chances de passer inaperçus. Le grillage clôturait un grand jardin et un petit appentis en bois.

Jem souleva le grillage et fit signe à Dill de se glisser dessous. Je suivis et tins à mon tour le grillage pour mon frère qui passa de justesse.

— Pas un bruit, lança-t-il à voix basse. Ne va surtout pas te prendre les pieds dans les choux, ça fait un boucan à réveiller un mort.

À cause de cette admonestation, je dus avancer d'un pas à la minute mais accélérai en voyant Jem loin devant, qui me faisait signe dans le clair de lune. Nous parvînmes au portillon séparant le potager du jardin proprement dit. Jem l'effleura. Il grinça.

— Crache dessus, murmura Dill.

— À cause de toi, on est pris au piège ! marmonnai-je. On ne pourra pas sortir de là si facilement.

— Chut ! Crache dessus, Scout !

On cracha sec dessus et Jem ouvrit lentement le portillon en le soulevant un peu et en l'appuyant contre la clôture. Nous étions à l'arrière de la maison.

Il était encore moins accueillant que la façade. Une véranda délabrée courait sur toute sa largeur ; entre deux portes se trouvaient deux fenêtres sombres. Une des colonnes soutenant l'un des bords du toit avait été remplacée par un grossier piquet en bois. Un vieux four Franklin occupait l'un des coins de la véranda ; au-dessus, le miroir d'un porte-chapeaux captait l'éclat de la lune et brillait de manière sinistre.

— Arr... geignit doucement Jem en soulevant son pied.

— Qu'est-ce qu'il y a ?

— Rien de grave, dit-il dans un souffle.

Nous eûmes la confirmation que l'imprévu pouvait surgir de partout lorsque Dill, devant nous, souffla « Bon-Dieu » en séparant les mots.

Nous nous faufilâmes sur le côté de la maison, sous la fenêtre au volet mal ajusté. Le rebord se trouvait à plusieurs centimètres au-dessus de la tête de Jem.

— On va te faire la courte échelle, chuchota-t-il à Dill. Attends.

Il m'attrapa le poignet droit de la main gauche et je fis de même avec son poignet droit avant de m'accroupir avec lui. Dill n'eut plus qu'à s'asseoir sur ce siège improvisé. Nous nous redressâmes et il saisit le rebord de la fenêtre.

— Vite ! murmura Jem. On tiendra pas très long-temps.

Dill m'ayant donné un coup sur l'épaule, nous le reposâmes sur le sol.

— Qu'est-ce que tu as vu ?

— Rien. Des rideaux. Mais il y a un rai de lumière qui vient de quelque part.

— Partons d'ici, souffla Jem. Retournons à l'arrière.

J'allais protester, mais il fut plus rapide :

— Chut !

— On va essayer la fenêtre à l'arrière.

— Dill, *non* ! dis-je.

Dill s'arrêta et laissa Jem continuer. La première marche grinça sous les pieds de mon frère. Il s'immobilisa puis fit porter le poids de son corps à différents endroits. La marche ne faisait plus de bruit. Il en escalada deux autres, posa le pied sur la véranda, s'y hissa, vacilla un long moment. Il reprit son équilibre et se mit à genoux. Il avança ainsi jusqu'à la fenêtre, leva la tête et regarda à l'intérieur.

C'est alors que je vis l'ombre. L'ombre d'un homme coiffé d'un chapeau. Je crus d'abord qu'il s'agissait d'un arbre, mais il n'y avait pas de vent et les troncs ne marchent pas. Le clair de lune baignait la véranda et l'ombre, nette et claire, se dirigeait vers Jem.

En la voyant à son tour, Dill se cacha le visage dans les mains.

Quand elle passa sur Jem, il l'aperçut enfin. Il s'immobilisa, les bras au-dessus de sa tête. L'ombre s'arrêta à environ trente centimètres de lui. Son bras retomba. Elle ne bougeait plus. Puis elle se tourna, passa sur Jem, retraversa la véranda et disparut sur le côté de la maison, retournant d'où elle venait.

Jem sauta de la véranda et nous rejoignit au galop. Il ouvrit le portillon à la volée, nous fit passer en un éclair et nous poussa entre deux rangées de choux bruissants. À mi-chemin, je trébuchai dans les plates-bandes ; à ce moment-là, un coup de feu claqua dans la nuit.

Dill et Jem se jetèrent à terre à côté de moi. La respiration de Jem était proche des sanglots :

— La clôture de l'école... vite, Scout !

Jem souleva le bas du grillage ; Dill et moi roulâmes dessous ; nous nous trouvions à mi-chemin de l'abri que représentait le grand chêne solitaire de la cour de récréation quand nous nous rendîmes compte que Jem n'était pas avec nous. Nous revînmes sur nos pas en courant et le trouvâmes en train de se débattre avec le grillage ; il se débarrassa de son pantalon à coups de pied et courut vers le chêne en caleçon.

Enfin en sécurité, nous laissâmes une douce torpeur nous envahir. Seul Jem continuait à réfléchir :

— Il faut rentrer à la maison. Ils vont voir que nous ne sommes pas là.

Après avoir traversé la cour au trot, rampé sous la

clôture du pré derrière chez nous, escaladé la palissade fermant l'arrière de notre jardin, nous arrivâmes devant les marches de la véranda sans que Jem nous eût accordé le temps de souffler.

La respiration enfin normale, nous rejoignîmes aussi tranquillement que possible l'avant du jardin. Un coup d'œil dans la rue montra un attroupement à la grille des Radley.

— Il vaut mieux qu'on y aille, dit Jem. Sinon ils trouveront bizarre que nous restions à l'écart.

Mr Nathan Radley se tenait devant son portail, un fusil cassé sur le bras. Atticus était à côté de Miss Maudie et de Miss Stephanie Crawford, Miss Rachel et Mr Avery près d'eux. Aucun d'entre eux ne nous vit arriver.

Nous nous faufilâmes près de Miss Maudie qui regardait autour d'elle.

— Où étiez-vous, tous les trois ? Vous n'avez pas entendu ce raffut ?

— Que s'est-il passé ? demanda Jem.

— Mr Radley a tiré sur un nègre dans son carré de choux.

— Oh ! Il l'a touché ?

— Non, dit Miss Stephanie, il a tiré en l'air, mais l'homme doit être blême de peur. Il dit que celui qui verra un nègre blanc par ici saura que c'est lui. Il dit que son autre cartouche partira au prochain bruit qu'il entendra dans ce carré et que, cette fois, il ne tirera pas en l'air, que ce soit un chien, un nègre ou... Jem Finch !

— Pardon ? demanda Jem.

Atticus intervint :

— Où est ton pantalon, mon garçon ?

— Mon pantalon, père ?

— Exactement.

À quoi bon nier en caleçon, devant Dieu et tout le monde ? Je poussai un soupir.

— Heu... Mr Finch ?

Dans la lueur du réverbère, j'aperçus Dill en train de pondre une idée, les yeux écarquillés, son visage de chérubin plus poupin que jamais.

— Qu'est-ce qu'il y a, Dill ? demanda Atticus.

— Euh... je lui ai gagné son pantalon, dit-il sans conviction.

— Toi ? Et comment ?

Dill se passa la main derrière le crâne puis la ramena sur le front.

— On jouait au strip-poker là-bas, du côté de la mare.

Jem et moi nous détendîmes aussitôt, les voisins semblaient satisfaits. Ils se raidirent tous. Mais qu'était-ce que le strip-poker ?

Nous n'eûmes pas l'occasion de le découvrir. Miss Rachel se mit à pousser des cris rappelant la sirène d'incendie de la ville :

— Dou-oux Jésus, Dill Harris ! Toi jouer aux cartes au bord de ma mare ? Je vais t'apprendre à jouer au strip-poker ! Tu vas voir !

Atticus sauva Dill d'un démembrement immédiat :

— Une minute, Miss Rachel, dit-il. Je ne les ai jamais entendus dire qu'ils jouaient aux cartes. Vous y jouiez tous les trois ?

Jem vola au secours de Dill et, les yeux fermés, dit :

— Non, père, seulement avec des allumettes.

J'admirai mon frère. Les allumettes étaient dangereuses mais les cartes fatales.

— Jem et Scout, dit Atticus, je ne veux plus jamais entendre parler de poker sous quelque forme que ce soit. Va chez Dill chercher ton pantalon, Jem, et remets-le.

— Ne t'en fais pas, Dill, dit Jem tandis que nous remontions la rue au trot. Elle ne te fera rien, il va calmer ta tante. Bravo pour ta présence d'esprit, mon vieux. Écoute, tu entends ?

Nous arrêtant, nous entendîmes la voix d'Atticus :

— ... pas grave... ils ne recommenceront pas, Miss Rachel...

Dill fut rassuré mais ni Jem ni moi. Il fallait encore que Jem produise un pantalon le lendemain matin.

— Je t'en donnerais bien un, offrit Dill lorsque nous arrivâmes sur la véranda de Miss Rachel.

Jem répondit qu'il ne pourrait entrer dedans mais le remercia tout de même. Nous nous dîmes au revoir et Dill rentra chez lui. Il dut tout d'un coup se rappeler que nous étions fiancés, car il revint vers moi en courant et me donna un petit baiser rapide devant Jem.

— Vous allez m'écrire, j'espère ? brailla-t-il dans notre dos.

Même si Jem était rentré avec son pantalon, nous n'aurions pas bien dormi, cette nuit-là, sur la terrasse. Tous les bruits qui me parvenaient, tandis que j'étais sur mon lit de camp sur la véranda du fond, prenaient une ampleur au moins triple de la normale ; chaque crissement sur le gravier était le pas de Boo Radley qui venait se venger, chaque nègre passant en riant dans la nuit était Boo Radley qui s'était échappé et nous cherchait ; les insectes qui s'écrasaient contre la moustiquaire étaient les doigts fous de Boo Radley en train de la déchirer ; les margousiers étaient des esprits malins et vivants en train de rôder. Je flottais entre le sommeil et la veille, quand j'entendis Jem murmurer :

— Tu dors, Œil de Lynx ?

— Ça va pas ?

— Chut ! Atticus a éteint sa lampe.

Dans le clair de lune déclinant, je vis Jem balancer un pied vers le plancher.

— Je vais le chercher, dit-il.

Je me redressai d'un coup :

— Tu ne peux pas. Je ne te laisserai pas y aller.

Il se débattait avec sa chemise qu'il essayait d'enfiler.

— Je suis bien obligé.

— Si tu y vas, je réveille Atticus.

— Si tu le réveilles, je te tue.

Je l'attirai à mes côtés sur le lit de camp pour essayer de le raisonner :

— Mr Nathan va le trouver demain matin, Jem. Il sait que tu l'as perdu. Quand il le montrera à Atticus, ce ne sera pas drôle mais tu n'en mourras pas. Recouche-toi.

— Je le sais bien, répliqua-t-il. Et c'est pour cette raison que je vais le chercher.

J'en eus la nausée. Retourner là-bas tout seul... Je me souvenais des paroles de Miss Stephanie : la seconde cartouche de Mr Nathan serait pour le responsable du prochain bruit qu'il entendrait, nègre, chien, ou... Jem le savait aussi bien que moi.

J'étais désespérée :

— Écoute, ça n'en vaut pas la peine, Jem, plaidai-je. Une raclée, ça fait mal mais ça ne dure pas. Tandis que là, c'est ta tête que tu risques, Jem, fais pas ça...

Il poussa un long soupir patient.

— Je... c'est comme ça, Scout, marmonna-t-il. Atticus ne m'a jamais fouetté de ma vie. Je veux pas que ça m'arrive maintenant.

Il avait raison de s'inquiéter. Atticus nous en menaçait un jour sur deux.

— Tu veux dire que tu n'as jamais été pris de ta vie.

— Peut-être, oui, mais... je veux pas que ça change, Scout. On n'aurait pas dû faire ce qu'on a fait ce soir.

C'est à ce moment-là, je crois, que Jem et moi commençâmes à nous éloigner l'un de l'autre. Parfois je ne le comprenais pas mais mon étonnement s'estompait vite. Cette fois, il me submergeait.

— Écoute, implorai-je, réfléchis une minute... tu vas pas aller là-bas tout seul...

— La ferme !

— C'est pas comme s'il ne devait plus jamais t'adresser la parole, Jem, je vais le réveiller, je te jure que je vais...

Attrapant le col de mon pyjama, il me secoua violemment.

— Alors je vais avec toi, dis-je en m'étranglant.

— Sûrement pas, tu ferais trop de bruit !

C'était sans espoir. J'ouvris la porte arrière et la maintins ouverte pendant qu'il descendait les marches de la véranda. Il devait être deux heures du matin. La lune était à son déclin et les ombres devenaient de plus en plus indistinctes en s'évanouissant dans la nuit. La queue de la chemise blanche de Jem apparaissait et disparaissait comme un petit fantôme fuyant l'aube en dansant. Une brise légère rafraîchit la sueur qui ruisselait sur mes flancs.

Il refit tout le chemin, traversa le pré, la cour de récréation, jusqu'à la clôture, du moins l'imaginai-je suivant ce chemin. Cela lui prendrait assez longtemps, il n'y avait pas encore lieu de s'inquiéter. J'attendis jusqu'au moment où l'on pouvait à raison se faire du souci et guettai le coup de feu de Mr Radley. Il me sembla alors entendre la palissade grincer, mais sans doute prenais-je mes désirs pour des réalités.

Puis Atticus toussa. Je retins mon souffle. Il nous arrivait, lors d'un pèlerinage nocturne aux toilettes, de le trouver en train de lire. Il prétendait se réveiller souvent la nuit, vérifier que nous allions bien et se mettre à lire jusqu'à ce que le sommeil le gagne. J'attendis que sa lampe s'allume, plissant les yeux à l'idée que le salon allait s'illuminer. Il ne se passa rien, je respirai.

Les noctambules étaient allés se coucher, mais les fruits mûrs des margousiers martelaient le toit quand le vent les agitait et, dans l'obscurité désolée, on n'entendait plus que l'aboiement de chiens au loin.

Et puis il me revint. Sa chemise blanche sauta la clôture et grandit peu à peu. Il monta les marches, ferma la moustiquaire derrière lui et s'assit sur son lit de camp. Sans un mot, il brandit son pantalon. Il s'étendit et, un instant plus tard, j'entendis son lit de camp trembler. Il se calma vite. Je ne l'entendis plus bouger.

7

Jem demeura maussade et silencieux une bonne semaine. Comme Atticus me l'avait une fois conseillé, j'essayai de me glisser dans sa peau et de me mettre à sa place : si je m'étais rendue seule chez les Radley à deux heures du matin, mon enterrement aurait eu lieu le lendemain après-midi. Aussi le laissai-je tranquille.

L'école reprit. La seconde année était aussi nulle que la première, si ce n'est pire : on vous montrait toujours des cartes sans vous laisser lire ni écrire. On pouvait mesurer les progrès de Miss Caroline aux fréquents éclats de rire qu'on entendait dans la classe voisine ; il est vrai que l'équipe habituelle avait encore redoublé la première année et l'aidait à maintenir l'ordre. Le seul avantage de la seconde année était que je finissais aussi tard que Jem et que nous pouvions rentrer ensemble à trois heures.

Un après-midi, alors que nous traversions la cour de récréation pour rentrer chez nous, Jem dit soudain :

— Il y a quelque chose que je ne t'ai pas raconté.

Comme il s'agissait de sa première phrase complète depuis des jours, je l'encourageai à poursuivre :

— À quel propos ?

— De l'autre nuit.

— Tu ne m'en as jamais rien dit.

Jem écarta d'un geste mes paroles comme s'il s'agissait d'un vol de moucherons. Il resta un moment silencieux avant de se lancer :

— Quand je suis retourné chercher mon pantalon...
– il était complètement accroché aux grillages quand je l'ai enlevé, je n'arrivais pas à l'en détacher... –, quand je suis revenu...

Il prit une longue inspiration :

— Quand je suis revenu, il était plié sur la clôture... comme s'il m'attendait.

— Sur la clôture ?

— Oui, et ce n'est pas tout...

La voix de Jem baissa d'un ton :

— Je te l'ai montré en rentrant. Il avait été raccommodé. Pas par une main de femme, mais comme si c'était moi qui avais essayé de le faire. Tout de travers. Comme si...

— Comme si quelqu'un savait que tu reviendrais le chercher.

Il haussa les épaules :

— Comme si quelqu'un lisait dans mes pensées... comme si quelqu'un pouvait dire ce que j'allais faire ! Qui serait capable de prévoir ce que je vais faire, à moins de bien me connaître, Scout ?

C'était plus un appel au secours qu'une question. Je le rassurai :

— Personne n'en serait capable, à moins de vivre avec toi, et encore, quelquefois je n'y arrive pas.

Nous parvînmes à la hauteur de notre arbre. Il y avait une pelote de ficelle grise dans la cavité du tronc.

— Ne la prends pas, Jem ! C'est la cachette de quelqu'un.

— Ça m'étonnerait.

— Si. Tiens, imagine que quelqu'un comme Walter Cunningham vienne ici à chaque récréation pour y cacher ses affaires ; et nous, on arrive et on les lui prend. Écoute, il n'y a qu'à laisser cette ficelle ici un jour ou deux. Si elle y est encore à ce moment-là, on la prendra. D'accord ?

— D'accord, il se peut que tu aies raison. C'est peut-être un petit gosse qui cache ses affaires là pour que les plus grands ne les voient pas. D'ailleurs, on n'a jamais rien trouvé ici pendant les vacances.

— C'est parce qu'on vient jamais par ici en été, remarquai-je.

Nous rentrâmes à la maison. Le lendemain, la ficelle se trouvait toujours là où nous l'avions laissée. Comme elle y était encore le troisième jour, Jem la mit dans sa poche. À partir de ce moment-là, nous considérâmes que tout ce que nous trouvions dans cette cavité était notre propriété.

La seconde année était sinistre, mais Jem m'assura que plus je grandirais plus l'école m'intéresserait, qu'il avait commencé de la même façon et que ce n'était qu'à partir de la sixième année qu'on apprenait quelque chose de valable. La sixième année parut lui plaire dès le début : il passa par une brève phase égyptienne qui me déconcerta ; il essaya de marcher un pied derrière l'autre, complètement à plat, un bras devant lui, l'autre derrière. Il déclara que les Égyptiens marchaient ainsi ; je répondis que, dans ce cas, je ne voyais pas comment ils réussissaient à faire quoi que ce soit, mais Jem affirma qu'ils avaient accompli plus de choses que les Américains... avaient inventé le papier toilette et l'embaumement perpétuel, et il demanda où nous en serions aujourd'hui, sans eux. Atticus me dit de supprimer les adjectifs pour obtenir les faits.

Il n'y a pas de saisons bien définies, en Alabama ; l'été tourne à l'automne et il arrive que l'automne ne soit jamais suivi par l'hiver, mais se transforme en un bref printemps qui se fond bientôt en été. Cet automne fut long, à peine assez frais pour porter des vestes légères. Jem et moi trottions sur notre orbite par un doux après-midi d'octobre, quand notre attention fut de nouveau attirée par la cavité du tronc. Cette fois, quelque chose de blanc s'y trouvait.

Jem me laissa la priorité : j'en tirai deux figurines sculptées dans du savon. L'une d'entre elles représentait un garçon, l'autre s'évasait en une robe sculptée de manière rudimentaire.

Avant de me rappeler qu'il n'y avait rien de pire pour vous porter la poisse, je poussai un cri et les laissai tomber.

Jem les ramassa.

— Qu'est-ce qui te prend ? cria-t-il.

Il ôta la poussière rouge des figurines.

— Elles sont belles. Je n'en ai jamais vu d'aussi belles.

Il me les tendit. C'étaient deux enfants en miniature, parfaitement imités. Le garçon portait un short et une tignasse en savon lui tombait dans les yeux. Je levai le regard sur Jem. Une mèche de cheveux raides et bruns cachait ses sourcils. Je ne l'avais encore jamais remarqué.

Pendant ce temps, Jem me comparait à la poupée à la robe. Elle avait une frange. Comme moi.

— C'est nous, dit-il.

— Qui les a faites, d'après toi ?

— Tu connais quelqu'un dans le coin qui sait tailler ? demanda-t-il.

— Mr Avery.

— Non, je ne veux pas dire tailler du bois, mais sculpter.

Mr Avery travaillait en moyenne une branche par semaine ; il la réduisait en cure-dent et la mâchonnait.

— Il y aurait bien l'ami de cœur de Miss Stephanie Crawford, dis-je.

— Oui, il sait sculpter, mais il habite à la campagne. Comment veux-tu qu'il s'intéresse à nous ?

— Peut-être qu'il s'installe sur la véranda et nous regarde nous, au lieu de Miss Stephanie. À sa place c'est ce que je ferais.

Jem me contempla si longtemps que je lui demandai ce qui se passait mais je ne reçus pour toute réponse qu'un « Rien, Scout ». En arrivant à la maison, il déposa les figurines dans son coffre.

Moins de deux semaines plus tard, nous trouvâmes un paquet entier de chewing-gums, que nous dégustâmes. Jem avait oublié que tout ce qui provenait de chez les Radley était empoisonné.

La semaine suivante, la cavité nous offrit une médaille ternie. Jem la montra à Atticus qui nous expliqua qu'il s'agissait d'une médaille d'orthographe ; avant notre naissance, les écoles du Maycomb organisaient ainsi des concours d'orthographe et distribuaient des médailles aux gagnants. Il en conclut que quelqu'un avait dû la perdre et nous demanda si nous en avions parlé autour de nous. Jem m'envoya un coup de pied en traître lorsque j'essayai de dire où nous l'avions trouvée, puis il demanda à Atticus s'il se souvenait de quelqu'un qui en aurait gagné une. Atticus dit que non.

Notre plus beau cadeau arriva quatre jours plus tard. C'était une montre de gousset qui ne marchait plus, ainsi qu'une chaîne avec un couteau en aluminium.

— Tu crois que c'est de l'or blanc, Jem ?

— J'en sais rien. Je vais la montrer à Atticus.

Celui-ci dit que l'ensemble vaudrait probablement dix dollars s'il était neuf.

— Tu l'as échangée à l'école ? demanda-t-il.

— Oh non, père !

Jem sortit aussitôt celle de notre grand-père qu'Atticus l'autorisait à porter une fois par semaine s'il en prenait soin. Les jours où il la portait, il marchait sur des œufs :

— Atticus, si tu veux bien, je prendrai plutôt celle-là. Je pourrai peut-être la réparer.

L'enthousiasme de la nouveauté passé, la montre de son grand-père était devenue un fardeau et Jem n'éprouvait plus la nécessité de vérifier l'heure toutes les cinq minutes.

Il fit du bon travail, seuls un ressort et deux minuscules pièces ne retrouvèrent pas leur place. Mais la montre ne fonctionna pas pour autant.

— Oh, soupira-t-il, elle ne marchera jamais ! Scout... ?

— Oui ?

— Tu crois qu'on devrait écrire un mot à la personne qui nous donne toutes ces affaires ?

— Bonne idée. On peut la remercier... Qu'est-ce qui ne va pas ?

Il se tenait les oreilles en secouant la tête dans tous les sens.

— J'y comprends rien, voilà ! Je sais pas pourquoi, Scout...

Il regarda en direction du salon :

— J'ai bien envie de dire à Atticus... Non, je ne crois pas.

— Je vais lui dire à ta place.

— Non, surtout pas, Scout ! Scout ?

— Quoi ?

Toute la soirée il avait été sur le point de me dire quelque chose. Son visage s'éclairait, il se penchait vers moi, puis il changeait d'avis. Il en changea encore cette fois.

— Oh, rien.

— Bon, on va écrire ce mot.

Je lui mis un bloc et un stylo sous le nez.

— D'accord. « Cher Monsieur... »

— Comment sais-tu que c'est un homme ? Je parie que c'est Miss Maudie ! J'en suis sûre depuis longtemps.

— Mais non ! Elle aime pas le chewing-gum.

Il se mit à sourire :

— Tu sais, elle raconte des trucs épatants, parfois. Un jour, je lui ai proposé une tablette et elle a dit non merci, que le chewing-gum se collait à son palais et qu'elle ne pouvait plus parler. Tu ne trouves pas ça épatant ?

— Si. C'est vrai qu'il lui arrive de dire des trucs bien. Mais, de toute façon, elle ne doit pas non plus avoir de montre de gousset.

— « Cher Monsieur, reprit Jem. Nous vous remercions pour le... » non, « nous vous remercions pour tout ce que vous avez mis dans l'arbre pour nous. Très sincèrement vôtres. Jeremy Atticus Finch ».

— Il ne saura pas qui tu es si tu signes comme ça, Jem !

Il effaça son nom et inscrivit : « Jem Finch ». Je signai : « Jean Louise Finch (Scout) », en dessous. Jem mit le mot dans une enveloppe.

Le lendemain matin, en allant à l'école, il courut devant moi et s'arrêta devant l'arbre. Il était en face de moi quand il releva la tête, je vis qu'il était blanc comme un linge.

— *Scout !*

Je courus vers lui.

Quelqu'un avait bouché notre trou avec du ciment.

— Pleure pas, Scout... pleure pas, t'en fais pas... murmura-t-il tout le reste du chemin.

À l'heure du déjeuner, il engouffra son repas, courut sur la véranda et se posta sur les marches. Je le suivis.

— Il est pas encore passé, dit-il.

Le lendemain, il reprit son poste avec plus de succès, cette fois.

— Comment ça va, Mr Nathan ? demanda-t-il.

— Bonjour, Jem, Scout, dit Mr Radley en passant.

— Mr Radley ! reprit Jem.

Mr Radley se retourna.

— Mr Radley, euh... c'est vous qui avez mis du ciment dans le trou de l'arbre, là-bas ?

— Oui. Pour le boucher.

— Pourquoi cela ?

— Parce qu'il est en train de mourir. Il faut combler leurs cavités quand ils sont malades. Tu devrais pourtant le savoir, Jem !

Jem ne dit plus rien jusqu'au soir. En passant devant notre arbre, il tapota le ciment d'un air profondément songeur. Comme il s'abîmait dans une humeur sombre, je préférai garder mes distances.

Comme d'habitude, nous allâmes attendre Atticus à son retour du bureau. Quand nous fûmes devant chez nous, Jem lui demanda :

— Atticus, s'il te plaît, regarde cet arbre là-bas.

— Lequel, mon garçon ?

— Celui qui fait le coin de la maison des Radley en venant de l'école.

— Oui ?

— Il est en train de mourir ?

— Non, je ne pense pas. Regarde ses feuilles, elles sont bien vertes et bien charnues, sans taches brunes...

— Il n'est même pas malade ?

— Il est en aussi bonne santé que toi. Pourquoi ?

— Mr Nathan Radley a dit qu'il était en train de mourir.

— Peut-être bien, après tout. Je suis sûr que Mr Radley connaît mieux ses arbres que nous.

Atticus nous laissa sur la véranda. Adossé à un pilier, Jem s'y frottait les épaules.

— Ça te démange ? lui demandai-je aussi poliment que je le pus.

Il ne répondit pas.

— Allez, viens ! dis-je.

— Dans un moment.

Il demeura là jusqu'à la tombée de la nuit, et je l'attendis. En entrant dans la maison, je vis qu'il avait pleuré ; il avait le visage noirci aux endroits où coulent les larmes. Mais je trouvais étrange de ne pas l'avoir entendu.

8

Pour des raisons que les prophètes les plus expérimentés de Maycomb ne comprirent pas, cette année-là, l'automne céda la place à l'hiver. Il y eut deux semaines de très grand froid, tel qu'on n'en avait pas connu depuis 1885 selon Atticus. Mr Avery dit qu'il était écrit sur la pierre de Rosette que lorsque les enfants désobéissaient à leurs parents, fumaient des cigarettes et se disputaient entre eux, les saisons se détraquaient : Jem et moi étions rongés par la culpabilité d'avoir provoqué ces aberrations de la nature et causé des désagréments à notre entourage autant qu'à nous-mêmes.

La vieille Mrs Radley mourut cet hiver-là, mais sa mort ne suscita guère de réactions. Les gens la voyaient rarement, sauf quand elle arrosait ses cannas. Jem et moi pensions que Boo avait fini par l'avoir, mais quand Atticus revint de sa visite de condoléances, à notre grande déception, il dit qu'elle était morte de mort naturelle.

— Demande-lui, murmura Jem.

— Non, toi, tu es le plus âgé.

— C'est pour ça que c'est toi qui dois lui demander.

— Atticus, dis-je, tu as vu Mr Arthur ?

Levant les yeux de son journal, Atticus posa un regard sévère sur moi :

— Non.

Jem m'empêcha de poser d'autres questions ; selon lui, Atticus était toujours irrité par notre jeu sur les Radley et il ne servirait à rien d'insister. Jem pensait qu'Atticus se doutait que, lors de la dernière nuit d'été, nos activités ne s'étaient pas limitées au strip-poker. Il n'en avait pas la preuve, c'était une simple intuition.

Le lendemain matin, je m'éveillai, regardai par la fenêtre et faillis mourir de frayeur. Mes cris tirèrent de la salle de bains Atticus qui était à moitié rasé.

— C'est la fin du monde ! Atticus, fais quelque chose...

Je le poussai à la fenêtre pour lui montrer.

— Mais non, dit-il, il neige.

Jem demanda à Atticus si elle tiendrait. Lui non plus n'avait jamais vu ce phénomène mais il en connaissait l'existence. Atticus dit qu'il n'en savait pas beaucoup plus que lui sur ce point.

— Enfin, je crois qu'elle est trop liquide pour ne pas bientôt tourner à la pluie.

Le téléphone sonna en plein petit déjeuner et Atticus se leva pour aller répondre.

— C'était Eula May, dit-il en revenant. Je cite : « Puisqu'il n'a pas neigé sur le comté de Maycomb depuis 1885, il n'y aura pas école aujourd'hui. »

Eula May était la chef opératrice du téléphone à Maycomb. Elle avait la responsabilité des messages publics, des invitations de mariage, des sirènes d'incendie et des directives de premiers secours en l'absence du docteur Reynolds.

Lorsque Atticus finit par nous rappeler à l'ordre et nous pria de regarder nos assiettes et non la fenêtre, Jem demanda :

— Comment fait-on un bonhomme de neige ?

— Je n'en ai pas la moindre idée. Je ne voudrais pas

vous décevoir, les enfants, mais je crains qu'il n'y ait même pas assez de neige pour faire une boule de neige.

Quand Calpurnia arriva, elle dit que ça tiendrait. En allant dans le jardin, nous vîmes qu'il était couvert d'une mince couche de neige molle.

— On ne devrait pas marcher dessus, observa Jem. Regarde, chacun de tes pas l'abîme.

Je me retournai pour regarder l'espèce de bouillie formée par mes empreintes. Jem dit que si nous attendions qu'il soit tombé un peu plus de neige, nous pourrions en faire un tas et, avec lui, un bonhomme de neige. Je sortis la langue pour attraper un gros flocon. Il me brûla.

— Jem ! C'est chaud !

— Mais non, c'est tellement froid que ça brûle, au contraire ! N'en mange pas, Scout, tu vas la gaspiller. Laisse-la tomber.

— Mais j'ai envie de marcher dessus.

— Je sais. On pourrait aller faire un tour chez Miss Maudie.

Il traversa l'avant du jardin en sautillant. Je le suivis en mettant mes pieds dans ses empreintes. Arrivés sur le trottoir devant la maison de Miss Maudie, nous fûmes accostés par Mr Avery. Il avait un visage rose et un gros ventre au-dessous de sa ceinture.

— Vous voyez ce que vous avez fait ? maugréa-t-il. Il n'avait pas neigé à Maycomb depuis Appomattox [1]. Ce sont les méchants enfants comme vous qui bouleversent les saisons.

Je me demandai si Mr Avery savait que nous l'avions

---

1. Le 9 avril 1865, c'est dans cette ville de Virginie que le général Lee se rendit au général Grant, ce qui marqua la fin de la guerre de Sécession.

surveillé l'été dernier dans l'espoir de le voir répéter son exploit ; je songeai que si ceci était notre récompense, le péché avait du bon. En revanche, je ne me demandai pas d'où Mr Avery tenait ses statistiques météorologiques : elles venaient directement de la pierre de Rosette.

— Jem Finch ! Eh, toi, Jem Finch !

— Miss Maudie t'appelle, Jem.

— Restez tous les deux au milieu du jardin ! cria celle-ci. Il y a des pousses d'armeria sous la neige, au pied de la véranda. Ne marchez pas dessus.

— Oui, m'dame ! répondit Jem. C'est beau, hein, Miss Maudie ?

— Je t'en ficherai, moi, du beau ! S'il gèle cette nuit, mes azalées seront perdues.

Le vieux chapeau de paille de Miss Maudie scintillait de cristaux de neige. Penchée au-dessus de petits buissons, elle les enveloppait dans des sacs de toile. Jem lui demanda pourquoi elle faisait cela.

— Pour leur tenir chaud, dit-elle.

— Comment les fleurs peuvent-elles avoir chaud ? Elles ne bougent pas !

— Je ne saurais répondre à cette question, Jem Finch. Tout ce que je sais, c'est que s'il gèle cette nuit, elles mourront, alors il faut les protéger. Tu comprends ?

— Oui, m'dame. Miss Maudie ?

— Je t'écoute.

— On peut vous emprunter un peu de votre neige, Scout et moi ?

— Plutôt deux fois qu'une ! Prenez tout. Il y a un vieux panier à fruits sous la véranda, remplissez-le donc !

Ses yeux se plissèrent :

— Jem Finch, que vas-tu faire de cette neige ?

— Vous verrez, dit-il.

Nous transférâmes autant de neige que nous pûmes du jardin de Miss Maudie au nôtre, ce qui nous trempa.

— Qu'allons-nous faire, Jem ? demandai-je.

— Tu verras. Tiens, prends le panier et rapporte toute la neige que tu pourras ramasser au fond du jardin et reviens en marchant bien sur tes traces, recommanda-t-il.

— On va faire un bébé de neige ?

— Non, un vrai bonhomme ! On n'a plus de temps à perdre !

Il courut chercher la houe du jardin et se mit à creuser rapidement derrière les réserves de bois en mettant soigneusement de côté tous les vers qu'il trouvait. Il rentra dans la maison, revint avec le panier à linge qu'il remplit de terre avant de l'apporter devant la maison.

Quand nous eûmes cinq paniers de terre et deux de neige, Jem décréta que nous pouvions commencer.

— Tu trouves pas que ça fait un peu dégoûtant ? lui demandai-je.

— Pour le moment, oui, mais ça ne le sera plus tout à l'heure.

Jem ramassa une brassée de boue qu'il transforma en monticule, il y ajouta une seconde brassée, et d'autres encore, jusqu'à obtenir un torse.

— Jem, je n'ai jamais entendu parler de bonshommes de neige nègres, dis-je.

— Il restera pas noir longtemps, grommela-t-il.

Jem alla chercher des brindilles de pêcher à l'arrière du jardin, il les tressa et les tordit pour en faire des bras qu'il recouvrit de boue.

— On dirait Miss Stephanie Crawford les mains sur les hanches, dis-je. Grasse à la taille, avec de tout petits bras.

— Je vais les faire plus grands.

Jem versa de l'eau sur l'homme de boue et rajouta de la terre. Il le regarda pensivement un moment et lui façonna un gros ventre au-dessous de la taille. Jem me regarda, les yeux pétillants :

— Mr Avery a quelque chose d'un bonhomme de neige, non ?

Prenant de la neige, il se mit à l'en recouvrir. Il m'autorisa à me charger du dos, se réservant les parties visibles. Petit à petit, Mr Avery devenait blanc.

Se servant de petits morceaux de bois pour les yeux, le nez, la bouche et des boutons, Jem réussit à donner à Mr Avery l'air en colère. Un bâton vint compléter l'œuvre. Jem recula et contempla sa création.

— Il est merveilleux, Jem. On croirait presque qu'il va parler.

— Tout à fait, dit-il modestement.

Nous n'eûmes pas le courage de patienter jusqu'au retour d'Atticus, nous lui téléphonâmes pour lui annoncer que nous avions une surprise pour lui. Il parut en effet surpris de voir que tout l'arrière du jardin se trouvait devant la maison, mais dit que nous avions fait un travail formidable.

— Je n'aurais pas cru que tu y arriverais, Jem. Désormais, je ne m'inquiéterai plus pour ton avenir, mon garçon, tu sauras toujours te débrouiller.

Les oreilles de Jem rougirent sous le compliment, mais il prit un air inquiet quand il vit Atticus revenir sur ses pas, examiner le bonhomme un moment. Atticus sourit, puis éclata de rire :

— Mon garçon, je ne sais pas ce que tu deviendras, ingénieur, avocat ou portraitiste ! Ce que tu as fait à l'avant du jardin n'est pas loin d'un acte de diffamation. Il va falloir déguiser un peu cet individu.

Il suggéra à Jem de lui affiner un peu le front, de prendre un balai dans la remise et de lui mettre un tablier.

Jem expliqua que s'il faisait cela, le bonhomme de neige se transformerait en bonhomme de boue.

— Peu importe ce que tu fais, pourvu que tu fasses quelque chose, dit Atticus. Tu ne peux pas t'amuser à faire des caricatures des voisins.

— Ce n'est pas une caractèreture, dit Jem, c'est seulement qu'il lui ressemble.

— Mr Avery pourrait ne pas être de cet avis.

— Attends, je sais ! s'exclama Jem.

Il traversa la rue en courant, disparut dans le jardin de Miss Maudie et revint triomphant. Il planta son chapeau de paille sur la tête du bonhomme et fourra ses cisailles dans le crochet formé par l'un de ses bras. Atticus dit que cela irait.

Miss Maudie ouvrit sa porte et sortit sur sa véranda. Elle regardait dans notre direction. Soudain, elle sourit :

— Jem Finch ! cria-t-elle. Petit diable ! Rapporte-moi mon chapeau !

Jem interrogea du regard mon père qui hocha la tête :

— Elle te taquine. Elle est très impressionnée par ta... réalisation.

Se dirigeant vers elle, Atticus la rejoignit et tous deux engagèrent une conversation ponctuée de gestes dont je ne saisis qu'une seule phrase :

— ... fabriqué un véritable morphodite dans ce jardin ! Atticus, tu n'arriveras jamais à les élever !

L'après-midi, la neige cessa de tomber, la température baissa et, au crépuscule, les pires prédictions de Mr Avery se réalisèrent : Calpurnia fit du feu dans toutes les cheminées de la maison mais nous avions quand même froid. Quand Atticus rentra ce soir-là, il dit que nous étions partis pour le froid et proposa à Calpurnia de passer la nuit avec nous. Considérant les hauts plafonds et les grandes fenêtres, elle déclara qu'il ferait sans doute plus chaud chez elle. Atticus la raccompagna en voiture.

Avant de me coucher, il ajouta du charbon dans le poêle de ma chambre. Il dit que le thermomètre indiquait moins dix et que lui-même n'avait jamais vu de nuit aussi froide et que notre bonhomme de neige devait maintenant être un bloc de glace.

Quelques minutes plus tard, me sembla-t-il, je fus réveillée par quelqu'un qui me secouait. Le manteau d'Atticus me recouvrait.

— C'est déjà le matin ?

— Lève-toi, mon bébé.

Atticus me tendit ma robe de chambre et mon manteau.

— Mets d'abord ta robe de chambre, dit-il.

Jem était à côté de lui, aussi échevelé que groggy, tenant d'une main son manteau fermé jusqu'au cou, l'autre main fourrée dans la poche. Il avait l'air curieusement énorme.

— Vite, ma chérie, dit Atticus. Voilà tes chaussures et tes chaussettes.

Je les mis mécaniquement.

— C'est le matin ?

— Non, il est un peu plus d'une heure. Dépêche-toi, maintenant.

L'idée qu'il se passait quelque chose d'anormal me vint enfin à l'esprit.

— Qu'est-ce qu'il y a ?

Mais il était déjà inutile qu'il me le dise. Tout comme les oiseaux savent où se réfugier quand il pleut, je sus qu'il se passait quelque chose dans notre rue. Des sons qui avaient la douceur du taffetas et des bruits étouffés de débandade m'emplirent d'angoisse.

— Quelqu'un a des ennuis ?

— Miss Maudie, ma chérie, dit doucement Atticus.

Par la porte d'entrée, nous aperçûmes les flammes qui jaillissaient de la salle à manger de Miss Maudie et, comme pour confirmer ce que nous voyions, le gémissement de la sirène des pompiers monta haut dans les aigus et se maintint dans cette tonalité.

— C'est trop tard, geignit Jem.

— Je l'imagine, répondit Atticus. Maintenant, écoutez, tous les deux. Descendez et attendez devant la maison des Radley. Ne restez pas là, vous m'entendez ? Vous voyez dans quelle direction souffle le vent ?

— Oh ! dit Jem. Tu ne crois pas qu'on devrait commencer à sortir les meubles ?

— Pas encore, mon garçon. Fais ce que je te dis. Cours, maintenant. Occupe-toi de Scout, tu entends ? Ne la quitte pas des yeux.

D'une poussée, Atticus nous dirigea vers la grille des Radley. Devant nous, la rue s'emplissait d'hommes et de voitures tandis que le feu dévorait silencieusement la maison de Miss Maudie.

— Pourquoi ils ne se dépêchent pas, marmonna Jem. Pourquoi ils ne se dépêchent pas ?

Nous comprîmes bientôt pourquoi. La vieille voiture de pompiers, en panne à cause du froid, arriva poussée depuis la ville par une foule d'hommes. Quand ils branchèrent les tuyaux à une bouche d'incendie, l'eau jaillit en l'air et retomba sur le trottoir en gazouillant.

— Oh, mon Dieu, Jem...

Il m'entoura de ses bras.

— Chut, Scout. Il n'y a pas encore lieu de s'inquiéter, je te dirai quand ce sera le cas.

Les hommes de Maycomb, plus ou moins habillés, déménageaient les meubles de Miss Maudie dans une cour de l'autre côté de la rue. Je vis Atticus transporter son lourd fauteuil à bascule en chêne et songeai que c'était bien de lui d'avoir eu la délicatesse de sauver ce qu'elle préférait.

Nous entendions parfois des cris. Puis, le visage de Mr Avery apparut à une fenêtre du premier. Il jeta un matelas dans la rue, ainsi que des meubles, jusqu'à ce que des hommes lui crient :

— Descendez donc, Dick ! L'escalier brûle. Sortez vite de là, Mr Avery !

Mr Avery se mit à enjamber la fenêtre.

— Scout, il est coincé, souffla Jem. Seigneur...

Mr Avery n'arrivait pas à se dégager. Je me cachai le visage sous les bras de mon frère et ne regardai plus jusqu'à ce qu'il criât :

— Il s'est libéré, Scout ! Il s'en sort !

Je relevai la tête pour voir Mr Avery traverser la véranda du haut. Il passa les jambes par-dessus la balustrade et se laissait glisser le long d'un pilier quand il dérapa. Il tomba, cria et se reçut dans les massifs de Miss Maudie.

Je remarquai soudain que les gens s'écartaient de la maison, venant vers nous. Le feu achevait de dévorer l'étage et progressait vers le toit : l'encadrement des fenêtres était noir sur un fond orange vif.

— Jem, on dirait une citrouille...

— Regarde, Scout !

De la fumée s'élevait de notre maison et de celle de Miss Rachel, comme du brouillard sur une rivière, et des hommes étaient en train de tirer les tuyaux dans leur direction. Derrière nous, la voiture de pompiers d'Abbottsville prit le virage toutes sirènes hurlantes pour piler devant chez nous.

— Le livre... dis-je.

— Quoi ? demanda Jem.

— *Tom Swift*, il n'est pas à moi mais à Dill...

— T'inquiète pas, Scout. Il n'y a pas encore de raison de s'inquiéter.

Tendant le doigt, il ajouta :

— Regarde là-bas.

Au milieu d'un attroupement, Atticus était là, les mains dans les poches de son manteau. Il avait l'air d'assister à un match de football. Miss Maudie se tenait à côté de lui.

— Tu vois, il ne s'inquiète pas encore.

— Pourquoi il va pas sur le toit de l'une des maisons ?

— Il est trop vieux, il se romprait le cou.

— Tu crois qu'on devrait y aller pour sortir nos affaires ?

— On va pas l'embêter maintenant. Il saura quand il faudra y aller, dit Jem.

La voiture de pompiers d'Abbottsville commença d'arroser notre maison. Un homme monté sur le toit indiquait où diriger la lance. Je voyais notre Véritable Morphodite devenir noir et s'effondrer ; le chapeau de Miss Maudie restait au sommet de ce tas de boue mais je ne distinguais plus ses cisailles. Dans la chaleur qui régnait entre notre maison et celles de Miss Rachel et de Miss Maudie, les hommes avaient depuis longtemps abandonné manteaux et peignoirs. Ils travaillaient en vestes de pyjama et en chemises de nuit enfilées dans leurs pantalons. Moi, en revanche, j'étais en train de geler sur place. Jem s'efforça de me réchauffer mais son bras ne suffisait pas. Je me dégageai pour croiser mes bras sur mes épaules. En sautillant, je sentis de nouveau mes pieds.

Une autre voiture de pompiers apparut et s'arrêta devant chez Miss Stephanie Crawford. Il n'y avait plus de bouches à incendie disponibles et les hommes essayaient d'arroser sa maison avec des extincteurs manuels.

Le toit en métal de Miss Maudie faisait couver les flammes ; la maison s'effondra dans un rugissement ; des flammes jaillirent de partout, elles furent suivies d'une rafale de coups de couvertures avec lesquelles les hommes installés sur les toits voisins éteignaient les étincelles et les morceaux de bois en feu.

L'aube se leva avant que les hommes commencent à partir, d'abord un par un, puis par groupes. Ils poussèrent la voiture de pompiers de Maycomb vers le centre ville, celle d'Abbottsville s'en alla, seule la troisième resta. Nous découvrîmes, le lendemain, qu'elle venait de Clark's Ferry, à cent kilomètres de là.

Jem et moi nous glissâmes de l'autre côté de la rue. Miss Maudie regardait le trou noir fumant au milieu de son jardin et Atticus secoua la tête pour nous faire comprendre qu'elle ne voulait pas parler. Il nous emmena à la maison en nous tenant par les épaules pour traverser la chaussée verglacée. Il dit que pour le moment Miss Maudie allait habiter chez Miss Stephanie.

— Qui veut du chocolat chaud ? demanda-t-il.

Je frissonnais quand il alluma le poêle de la cuisine.

En buvant mon cacao, je m'aperçus qu'il me regardait d'abord avec curiosité, puis avec sévérité.

— Je croyais vous avoir demandé à Jem et à toi de ne pas bouger, dit-il.

— Eh bien, c'est ce que nous avons fait. Nous n'avons pas bougé...

— Alors à qui est cette couverture ?

— Une couverture ?

— Oui, mademoiselle, une couverture qui ne nous appartient pas.

Je me rendis compte que j'étais enveloppée dans une grosse couverture de laine marron, à la façon des squaws.

— Atticus, je ne sais pas, père... je...

Me tournant vers Jem, je l'interrogeai du regard mais il paraissait encore plus stupéfait que moi. Il assura qu'il ignorait comment elle était arrivée là, que nous avions fait exactement ce qu'Atticus nous avait demandé, nous étions restés devant la grille des Radley, loin de tout le monde, nous n'avions pas bougé d'un pouce... Brusquement, il s'interrompit.

— Mr Nathan était devant l'incendie, bredouilla-t-il. Je l'ai vu, je l'ai vu, il traînait ce matelas... Atticus, je te jure...

— C'est bon, mon garçon.

Atticus eut un petit sourire.

— À croire que tout Maycomb était dehors cette nuit, d'une manière ou d'une autre. Jem, je crois qu'il y a du papier d'emballage dans le cagibi. Va le chercher et nous...

— Non, Atticus, non, père.

Jem semblait avoir perdu la tête. Il se mit à déverser nos secrets dans les moindres détails, se moquant totalement de ma sécurité, voire de la sienne, n'omettant rien, ni la cavité de l'arbre, ni le pantalon, ni le reste.

— ... Et si Mr Nathan a mis du ciment dans le tronc, Atticus, c'était pour nous empêcher d'y trouver des choses... je crois qu'il est fou, comme tout le monde le dit, mais, Atticus, je jure devant Dieu qu'il ne nous a jamais fait de mal, qu'il ne nous a jamais blessés, il aurait pu m'ouvrir la gorge d'une oreille à l'autre cette nuit-là, au lieu de quoi il a essayé de réparer mon pantalon... il ne nous a jamais fait de mal, Atticus...

— Du calme, mon garçon ! intervint doucement Atticus d'un ton si paisible qu'il me réconforta beaucoup.

À l'évidence, il n'avait pas compris un mot de ce qu'avait raconté Jem, car tout ce qu'il trouva à dire fut :

— Tu as raison. Nous ferions mieux de garder tout cela, ainsi que la couverture pour nous. Peut-être qu'un jour Scout pourra le remercier de lui avoir couvert les épaules.

— Remercier qui ? demandai-je.

— Boo Radley. Tu étais tellement occupée à regarder l'incendie que tu n'as pas remarqué qu'il est venu poser cette couverture sur tes épaules.

Mon estomac se liquéfia et je faillis vomir quand Jem prit la couverture et se faufila vers moi :

— Il s'est coulé furtivement hors de la maison... en a fait le tour... et s'est glissé ainsi vers toi.

Atticus l'interrompit sèchement :

— N'en profite pas pour aller inventer d'autres exploits, Jeremy !

Jem se renfrogna :

— Je ne vais rien lui faire !

Mais je vis une étincelle d'excitation disparaître de son œil.

— Tu te rends compte, Scout, si tu t'étais retournée à ce moment-là, tu l'aurais vu !

Calpurnia nous réveilla à midi. Atticus avait dit que nous n'avions pas besoin d'aller à l'école ce jour-là, que nous n'apprendrions rien après une nuit sans sommeil.

Elle nous conseilla d'en profiter pour aller nettoyer le jardin devant la maison.

Le chapeau de Miss Maudie était suspendu à une mince couche de glace, telle une mouche dans l'ambre, et il nous fallut creuser sous la boue pour récupérer ses cisailles. Nous la trouvâmes dans son jardin en train de contempler ses azalées glacées et piétinées.

— On vous rapporte vos affaires, Miss Maudie, lui dit Jem. On est très tristes pour vous.

Miss Maudie regarda autour d'elle et l'ombre de son ancien sourire flotta sur son visage :

— J'ai toujours souhaité avoir une maison plus petite, Jem Finch. Comme ça, maintenant, j'aurai plus de place pour mes azalées !

— Vous n'avez pas trop de peine ? demandai-je surprise.

Atticus nous avait dit que sa maison était pratiquement tout ce qu'elle possédait.

— De la peine, ma petite fille ? Tu sais bien que je détestais cette vieille baraque ; j'ai pensé à y mettre le feu des centaines de fois ! Seulement, on m'aurait enfermée.

— Mais...

— Ne t'inquiète pas pour moi, Jean Louise Finch. Tu ne sais pas encore tout de la vie. Je vais me reconstruire une petite maison et prendre quelques locataires et... Juste ciel ! J'aurai le plus joli jardin d'Alabama. Celui des Bellingrath aura l'air minable quand j'aurai commencé.

Jem et moi nous regardâmes.

— Comment ça a pris, Miss Maudie ? demanda-t-il.

— Je ne sais pas, Jem. Peut-être dans le conduit de la cuisine. J'y avais laissé du feu pour mes plantes en pot. Il paraît que tu as eu de la compagnie, la nuit dernière, Miss Jean Louise.

— Comment le savez-vous ?

— Atticus m'en a parlé en partant au bureau ce matin. Pour te dire la vérité, j'aurais bien aimé être avec toi à ce moment. Et j'aurais pensé à me retourner, moi.

La réaction de Miss Maudie me laissa perplexe. Elle venait de perdre presque tous ses biens et son cher jardin était sens dessus dessous et elle s'intéressait encore avec passion à nos affaires.

Sans doute vit-elle ma perplexité, car elle reprit :

— La seule chose qui me préoccupait la nuit dernière était le danger et la perturbation que j'ai provoqués. Tout le quartier aurait pu partir en fumée. Mr Avery est alité pour une semaine. Il l'a échappé belle. Il est trop vieux pour prendre de tels risques et je le lui ai dit. Dès que j'aurai pu me nettoyer les mains et que Stephanie Crawford ne regardera pas, je lui préparerai un Lane cake [1]. Cette pauvre Stephanie m'en réclame la recette depuis trente ans, mais si elle croit que je la lui donnerai pour la seule raison qu'elle m'héberge, elle se trompe lourdement.

Je songeai que, même si Miss Maudie craquait et la lui donnait, Miss Stephanie serait de toute façon incapable de la suivre. Miss Maudie m'avait montré, une fois, comment elle faisait. La recette exigeait entre autres choses un grand bol de sucre.

La journée s'écoula tranquillement. Il faisait si froid que nous entendions l'horloge du palais de justice cliqueter, vibrer et peiner avant de sonner l'heure. Le nez

---

1. Gâteau très populaire dans le sud des États-Unis, fourré d'un mélange de raisins secs, de noix de pécan et de noix de coco.

de Miss Maudie avait pris une couleur que je ne lui avais jamais vue et je lui demandai pourquoi.

— Parce que je suis dehors depuis six heures du matin, dit-elle. Il devrait être gelé à présent.

Elle leva les mains. De fines lignes s'entrelaçaient sur ses paumes, brunes de terre et de sang séché.

— Vous les avez massacrées, observa Jem. Pourquoi vous ne prenez pas un homme de couleur ?

Spontanément, il ajouta :

— Ou Scout et moi, on pourrait vous aider.

— Merci, jeune homme, mais vous avez déjà de quoi faire, là-bas.

Elle désigna notre jardin.

— Avec le morphodite ? demandai-je. Bof ! On peut s'en débarrasser en moins de deux.

Miss Maudie baissa les yeux vers moi et me regarda fixement tandis que ses lèvres remuaient silencieusement. Soudain, elle porta ses mains à sa tête et s'esclaffa. Elle riait encore quand nous la quittâmes.

Jem dit qu'il ne savait pas ce qu'elle avait, c'était tout Miss Maudie.

9

— Tu vas retirer ça, et vite !

Cet ordre que je donnai à Cecil Jacobs marqua le début d'une période pénible pour Jem et moi. Les poings serrés, j'étais prête à le frapper. Atticus m'avait promis que, s'il apprenait que je m'étais encore battue, il me ferait définitivement passer l'envie de recommencer ; j'étais beaucoup trop grande pour m'adonner à de tels enfantillages et plus vite j'apprendrais à me contenir, mieux ce serait pour tout le monde. Cela me sortit vite de la tête.

Ce fut la faute de Cecil Jacobs. La veille, il avait annoncé dans la cour de récréation que le père de Scout Finch défendait les nègres. Je niai, mais en parlai à Jem.

— Qu'est-ce qu'il voulait dire ? demandai-je.

— Rien. Interroge Atticus, tu verras.

Ce que je fis le soir même.

— Tu défends les nègres, Atticus ? lui demandai-je le soir même.

— Bien sûr. Ne dis pas « nègre », Scout, c'est vulgaire.

— Tout le monde dit ça, à l'école.

— Désormais, ce sera tout le monde sauf toi...

— Eh bien, si tu ne veux pas que je parle de cette manière, pourquoi m'envoies-tu à l'école ?

Mon père me regarda, l'air amusé. Malgré notre compromis, depuis la dose que j'avais absorbée le premier jour, j'avais poursuivi, sous une forme ou une autre, ma campagne contre l'école : au début du mois de septembre, j'avais été frappée de faiblesses, de vertiges, de difficultés gastriques. J'allai jusqu'à payer dix cents le privilège de me frotter la tête contre celle du fils de la cuisinière de Miss Rachel qui souffrait d'une teigne spectaculaire. Mais cela ne prit pas.

J'avais cependant une autre préoccupation :

— Tous les avocats défendent les n... Noirs, Atticus ?

— Bien sûr que oui, Scout.

— Alors pourquoi Cecil a-t-il dit que tu défendais les nègres ? On aurait cru que tu faisais quelque chose d'illégal.

Atticus poussa un soupir.

— C'est simplement que je défends un Noir du nom de Tom Robinson. Il habite ce petit quartier qui se trouve au-delà de la décharge publique. Il fait partie de l'église de Calpurnia et elle connaît bien sa famille. Elle dit que ce sont des gens honnêtes. Tu n'es pas assez grande pour comprendre certaines choses, mais d'aucuns prétendent, dans cette ville, que je ne devrais pas me fatiguer à défendre cet homme. C'est un cas spécial, le procès n'aura pas lieu avant la session d'été. John Taylor a eu la gentillesse de nous accorder un report...

— Si tu ne devrais pas le défendre, pourquoi le fais-tu quand même ?

— Pour plusieurs raisons, dit Atticus. La principale étant que si je ne le faisais pas je ne pourrais plus marcher la tête droite, ni représenter ce comté à la Chambre des représentants, ni même vous interdire quoi que ce soit à Jem ou à toi.

— Alors, si tu défendais pas cet homme, Jem et moi on n'aurait plus besoin de t'écouter ?

— C'est à peu près cela.

— Pourquoi ?

— Parce que je ne pourrais plus vous demander de faire attention à ce que je vous dis. Vois-tu, Scout, il se présente au moins une fois dans la vie d'un avocat une affaire qui le touche personnellement. Je crois que mon tour vient d'arriver. Tu entendras peut-être de vilaines remarques dessus, à l'école, mais je te demande une faveur : garde la tête haute et ne te sers pas de tes poings. Quoi que l'on te dise, ne te laisse pas emporter. Pour une fois, tâche de te battre avec ta tête... elle est bonne, même si elle est un peu dure.

— On va gagner, Atticus ?

— Non, ma chérie.

— Alors pourquoi...

— Ce n'est pas parce qu'on est battu d'avance qu'il ne faut pas essayer de gagner.

— Tu parles comme le cousin Ike Finch, dis-je.

Notre cousin Finch était le seul ancien combattant confédéré survivant du comté de Maycomb. Il portait une barbiche comme celle du général Hood dont il n'était pas peu fier. Nous allions le voir au moins une fois par an et je devais l'embrasser. C'était horrible. Jem et moi écoutions respectueusement Atticus et le cousin Ike refaire la guerre de Sécession.

— Vois-tu, Atticus, disait le cousin Ike, c'est le compromis du Missouri [1] qui nous a perdus mais si c'était à recommencer, je referais exactement ce que j'ai fait

---

1. Compromis conclu le 2 mars 1820 au Sénat, faisant du 36° 30'parallèle (frontière sud du Missouri) la ligne de séparation entre États esclavagistes et non esclavagistes.

et, cette fois, nous les battrions à plate couture... tiens, en 1864, quand Stonewall Jackson est arrivé... je vous demande pardon, les enfants, Ol'Blue Light [1] était déjà au paradis, Dieu l'ait en sa sainte garde...

— Viens là, Scout, dit Atticus.

Je me coulai sur ses genoux et nichai ma tête sous son cou. Il m'entoura de ses bras en me berçant doucement.

— C'est différent, cette fois, dit-il. Cette fois, nous ne nous battons pas contre les Yankees mais contre nos amis. Souviens-toi de ceci, même si les choses prennent un tour amer, ce sont toujours nos amis et nous sommes toujours ici chez nous.

Ayant tout ceci en tête, j'affrontai Cecil Jacobs dans la cour de récréation, le lendemain :

— Alors, tu retires tes paroles ?

— Tu peux toujours courir ! cria-t-il. Mes parents ont dit que ton père était la honte de la ville et que ce nègre devrait être pendu haut et court !

Je le visais déjà quand, me rappelant les paroles de mon père, je laissai tomber mes bras et passai mon chemin, tandis que résonnait à mes oreilles « Scout est une poule mouillée ! ». C'était la première fois que je refusais de me battre.

Mais, si je me battais avec Cecil, je décevrais Atticus. Il nous demandait si rarement une faveur que je pouvais bien me faire traiter de poule mouillée pour lui. Je me trouvai d'une noblesse extrême de m'être souvenue de ses paroles et demeurai noble trois semaines durant. Puis Noël arriva, et ce fut la catastrophe.

---

1. Hood et Stonewall Jackson sont deux généraux de l'armée confédérée. Ol'Blue Light était le surnom de ce dernier.

Jem et moi avions pour Noël des sentiments mélangés. Il y avait ses bons côtés, l'arbre et oncle Jack Finch. Chaque veille de Noël, nous allions le chercher à Maycomb Junction et il passait une semaine avec nous.

Le revers de la médaille était les caractères intransigeants de tante Alexandra et de Francis.

Je suppose que je devrais y inclure oncle Jimmy, le mari de tante Alexandra, mais comme il ne m'adressa pas un mot de toute ma vie, sauf, une fois, pour me dire « Descends de cette palissade », je n'ai jamais vu aucune raison de lui prêter attention. Tante Alexandra non plus d'ailleurs. Longtemps auparavant, dans un élan d'affection, ils avaient conçu un fils appelé Henry qui avait quitté la maison dès que cela lui avait été humainement possible, s'était marié et avait engendré Francis. Chaque année à Noël, Henry et sa femme laissaient en dépôt Francis chez ses grands-parents pour se livrer à leurs plaisirs personnels.

Malgré nos profonds soupirs, Atticus ne nous laissait jamais passer le jour de Noël à la maison. Dans mon souvenir, nous sommes allés à Finch's Landing chaque Noël. Notre tante était bonne cuisinière, ce qui compensait un peu l'obligation de passer une fête religieuse avec Francis Hancock. Il avait un an de plus que moi et je l'évitais. Par principe : il aimait tout ce que je désapprouvais et détestait mes distractions ingénues.

Tante Alexandra était la sœur d'Atticus, mais lorsque Jem me parla des substitutions d'enfants et des fratries, je décidai qu'elle avait été échangée à sa naissance, qu'on avait pu donner à mes grands-parents une Crawford à la place d'une Finch. Si les notions mystiques ayant trait aux montagnes m'avaient obsédée autant que les avocats et les juges, tante Alexandra aurait été semblable à l'Everest, froide et présente, ce qu'elle fut durant toute mon enfance.

Quand oncle Jack eut sauté du train, la veille de Noël, il nous fallut attendre que le porteur lui rende deux longs paquets. Jem et moi avions toujours trouvé drôle de le voir faire la bise à Atticus. Ils étaient les deux seuls hommes que nous ayons vus s'embrasser. Oncle Jack serrait la main à Jem et me soulevait dans ses bras, jamais assez haut car il mesurait une tête de moins qu'Atticus. Benjamin de la famille, il ressemblait beaucoup à tante Alexandra, mais, contrairement à elle, son nez et son menton pointus ne nous inspiraient aucune méfiance.

Il était l'un des rares hommes de science à ne m'avoir jamais terrorisée ; sans doute parce qu'il ne se comportait jamais en médecin. S'il lui arrivait de nous soigner de petits bobos, nous retirer une écharde du pied, par exemple, il nous disait exactement ce qu'il allait faire, puis évaluait le degré de douleur que nous pourrions en éprouver, enfin nous expliquait à quoi servaient les pinces qu'il utilisait. Un jour de Noël, je m'étais réfugiée dans un coin pour soigner une écharde tordue dans mon pied et ne permettais à personne de m'approcher. Quand oncle Jack m'attrapa, il commença par me faire rire avec l'histoire d'un pasteur qui détestait tant aller à l'église que, tous les jours, il s'installait en robe de chambre à sa barrière en fumant le narguilé et prononçait des sermons de cinq minutes à tout passant désirant un réconfort spirituel. J'interrompis oncle Jack pour lui demander quand il allait commencer son intervention, lorsqu'il brandit une écharde sanguinolente au bout d'une pince à épiler en m'annonçant qu'il l'avait extirpée pendant que je riais et que c'était ce que l'on appelait la relativité.

— Qu'est-ce qu'il y a dedans ? lui demandai-je en désignant les paquets que lui avait donnés le porteur.

— Ça ne te regarde pas, dit-il.

— Comment va Rose Aylmer ? demanda Jem.

C'était le chat d'oncle Jack, une jolie femelle dorée, dont il disait qu'elle était l'une des rares femmes qu'il puisse supporter de manière permanente. Il sortit des photos de sa poche pour nous les faire admirer.

— Elle grossit, observai-je.

— J'en ai l'impression. Elle dévore tous les doigts et toutes les oreilles qui traînent à l'hôpital.

— Hé, faut pas nous bourrer la caisse ! dis-je.

— Je te demande pardon ?

— Ne fais pas attention, intervint Atticus. Elle essaie de te provoquer. Cal dit qu'elle jure en parfait argot depuis une semaine maintenant.

Oncle Jack haussa les sourcils mais ne dit rien. En dehors du charme foncier de tels mots, j'agissais en application de la vague théorie que, si Atticus découvrait que je les avais appris à l'école, il ne m'y enverrait plus.

Cependant, quand je lui demandai, au dîner, de bien vouloir me passer ce foutu jambon, s'il te plaît, oncle Jack tendit un doigt dans ma direction :

— Tu viendras me voir, tout à l'heure, jeune dame.

Quand il alla s'asseoir dans le salon après le dîner, il se donna une tape sur les cuisses pour me faire venir sur ses genoux. J'aimais son odeur : il sentait l'alcool avec un quelque chose d'agréablement sucré. Écartant ma frange, il me regarda.

— Tu me rappelles plus Atticus que ta mère, dit-il. Et ton pantalon commence à être trop petit pour toi.

— Moi je trouve qu'il me va bien.

— Tu aimes bien les gros mots, on dirait ?

Je dis que oui.

— Eh bien, pas moi ! Sauf en cas de provocation extrême. Je vais passer une semaine ici et je ne veux plus t'entendre utiliser un tel langage. Tu auras des ennuis, Scout, si tu t'exprimes de cette façon devant tout le monde. Tu veux devenir une dame, plus tard, non ?

Je répondis que je n'y tenais pas particulièrement.

— Bien sûr que si ! Allez, viens m'aider à décorer l'arbre de Noël.

Je restai en sa compagnie jusqu'à ce qu'il fût l'heure de se coucher et, cette nuit, je rêvai que les deux longs paquets étaient pour Jem et moi. Le lendemain matin, Jem et moi nous précipitâmes dessus : c'étaient des cadeaux d'Atticus qui avait écrit à oncle Jack de les acheter et c'était ce que nous avions demandé.

— Ne les utilisez pas dans la maison, dit Atticus quand Jem visa un tableau.

— Il faudra que tu leur apprennes à tirer, dit oncle Jack.

— C'est à toi de le faire. Je n'ai fait que m'incliner devant l'inévitable.

Il fallut toute l'éloquence professionnelle d'Atticus pour nous éloigner de l'arbre de Noël. Il refusa de nous laisser emporter les carabines à Finch's Landing (j'envisageais déjà de tirer sur Francis) et dit que si nous faisions un faux pas il nous les prendrait pour de bon.

Finch's Landing était formé de trois cent soixante-six marches au pied d'un haut promontoire s'achevant sur une jetée. Un peu plus en aval, se dressaient les ruines d'un ancien débarcadère de coton où les Noirs des Finch chargeaient les balles et d'autres produits, déchargeaient des blocs de glace, de la farine et du sucre, des outils pour la ferme et des vêtements féminins. Une route à deux voies partait de la rive pour aller se perdre dans les arbres. Au bout de la route se trouvait une maison blanche entourée de terrasses au rez-de-chaussée et à l'étage. Notre ancêtre, Simon Finch, l'avait construite dans sa vieillesse pour satisfaire son acariâtre épouse ; mais, en dehors des terrasses, cette maison ne ressemblait en rien à celles de son époque. Les installations intérieures en disaient long sur sa candeur et la confiance qu'il faisait à sa progéniture.

Il y avait six chambres à l'étage, quatre pour les huit filles, une pour Welcome Finch, l'unique garçon, et une pour les parents de passage. Assez simple ; mais on ne pouvait se rendre dans les chambres des filles que par un seul escalier, et dans celles du garçon et des hôtes que par un autre. L'escalier des filles donnait directement dans la chambre des parents, au rez-de-chaussée, si bien que Simon était au courant de toutes les allées et venues nocturnes de ses filles.

La cuisine, à l'extérieur de la maison, y était reliée par un chemin de planches ; dans le jardin, une cloche rouillée sur un mât servait pour appeler la main-d'œuvre des champs ou pour sonner l'alarme ; il y avait un belvédère sur le toit, mais il ne servait qu'à Simon qui y montait pour surveiller ses surveillants, observer ses bateaux et épier ses voisins.

Bien entendu, la maison possédait sa rituelle légende sur les Yankees : une des filles Finch, récemment fiancée, revêtit son trousseau tout entier afin de le sauver des razzias qui avaient lieu dans le voisinage ; elle se trouva coincée dans la porte menant à l'escalier des filles mais parvint finalement à passer après avoir été aspergée d'eau. Quand nous arrivâmes, tante Alexandra embrassa oncle Jack, Francis embrassa oncle Jack, oncle Jimmy serra les mains d'oncle Jack sans rien dire, Jem et moi offrîmes nos cadeaux à Francis qui nous en donna un. Se sentant plus vieux que nous, Jem se mit dans l'orbite des adultes, me laissant me débrouiller avec notre cousin. Francis avait huit ans et coiffait ses cheveux en arrière à l'aide de brillantine.

— Qu'est-ce que tu as reçu pour Noël ? demandai-je poliment.

— Exactement ce que j'avais demandé.

C'est-à-dire une culotte courte, un cartable en cuir rouge, cinq chemises et une cravate qu'on n'avait pas besoin de nouer.

— Tu as été gâté, mentis-je. Jem et moi on a eu des carabines à air comprimé et Jem a reçu un ensemble de chimiste...

— Une panoplie pour enfants, je suppose.

— Non, un vrai ! Il va me fabriquer de l'encre invisible et j'écrirai à Dill avec.

Francis me demanda pourquoi.

— Eh bien, imagine la tête qu'il fera quand il recevra une lettre de moi sans rien dessus ! Ça va le faire tourner en bourrique !

Parler avec Francis me donnait l'impression de couler lentement au fond de l'océan. C'était l'enfant le plus ennuyeux que j'aie jamais rencontré. Comme il habitait Mobile, il ne pouvait me dénoncer à l'inspection académique, mais il s'arrangeait pour raconter tout ce qu'il savait à tante Alexandra qui, à son tour, s'épanchait auprès d'Atticus qui, soit oubliait, soit me passait un savon si quelque chose l'avait frappé. Mais la seule fois où je l'entendis s'emporter avec quelqu'un fut quand il s'exclama :

— Ma chère sœur, je fais ce que je peux !

Cela avait un rapport avec le fait que je portais en permanence une salopette.

Le problème de mes vêtements rendait tante Alexandra fanatique. Je ne pourrais jamais être une dame si je portais des pantalons ; quand j'objectai que je ne pourrais rien faire en robe, elle répliqua que je n'étais pas censée faire des choses nécessitant un pantalon. La conception qu'avait tante Alexandra de mon maintien impliquait que je joue avec des fourneaux miniatures, des services à thé de poupées, que je porte le collier qu'elle m'avait offert à ma naissance – auquel on ajoutait peu à peu des perles ; il fallait en outre que je sois le rayon de soleil qui éclairait la vie solitaire de mon père. Je fis valoir qu'on pouvait aussi être un rayon de soleil en pantalon, mais Tatie affirma qu'il fallait se comporter en rayon de soleil, or, malgré mon bon fond, je me conduisais de plus en plus mal d'année en année. Elle me blessait et me faisait constamment grincer des dents, mais, quand j'en parlai à Atticus, il me répondit qu'il y avait déjà assez de rayons de soleil dans la famille et que je n'avais qu'à continuer à vivre à ma façon, peu lui importait la manière dont je m'y prenais.

Au déjeuner de Noël, j'étais assise à la petite table de la salle à manger tandis que Jem et Francis s'asseyaient avec les adultes. Tatie continua ainsi de m'isoler longtemps après que les garçons eurent obtenu le droit de s'asseoir à la grande table. Je m'interrogeais souvent sur ce qu'elle me croyait capable de faire, me lever peut-être et jeter quelque chose par terre ? Je pensai à plusieurs reprises lui demander de me laisser m'asseoir à la grande table avec tout le monde, au moins une fois, afin de lui prouver combien je pouvais me montrer civilisée ; après tout, je prenais tous mes repas à la maison sans commettre d'impairs particuliers. Quand je priai Atticus d'user de son influence, il répondit qu'il n'en avait pas – nous étions des invités et nous devions nous asseoir où tante Alexandra nous l'indiquait. Il ajouta qu'elle ne comprenait pas très bien les filles parce qu'elle n'en avait jamais eu.

Mais sa cuisine fit passer tout le reste : trois sortes de viandes, des légumes d'été qu'elle avait elle-même mis en conserve ; des pêches au sirop, deux gâteaux différents et de l'ambroisie constituaient l'ordinaire du déjeuner de Noël. Ensuite, les adultes se dirigèrent vers le salon où ils s'assirent, dans un état d'hébétude. Jem s'étendit par terre et moi j'allai dans le jardin.

— Mets ton manteau, dit Atticus d'un ton si rêveur que je ne l'entendis pas.

Francis vint s'asseoir près de moi sur les marches de la véranda.

— Je n'ai jamais aussi bien mangé, dis-je.

— Grand-mère est une cuisinière fantastique. Elle va m'apprendre.

— Les garçons font pas la cuisine.

Je gloussai en imaginant Jem avec un tablier.

— Grand-mère dit que tous les hommes devraient apprendre à faire la cuisine, qu'ils devraient se montrer attentionnés avec leurs épouses et veiller sur elles quand elles ne se sentent pas bien, dit mon cousin.

— Je ne veux pas que Dill veille sur moi. Je préférerais m'occuper de lui.

— Dill ?

— Ouais. Ne le dis à personne, mais on va se marier dès qu'on sera assez grands. Il me l'a demandé cet été.

Francis s'esclaffa.

— Et alors ? demandai-je. Il a quelque chose qui te plaît pas ?

— Tu parles de ce petit avorton qui, d'après Grand-mère, passe tous les étés chez Miss Rachel ?

— Parfaitement !

— Je sais tout de lui, dit Francis.

— Comment ça ?

— Grand-mère dit qu'il n'a pas de maison...

— Bien sûr que si, il habite à Meridian !

— ... qu'il passe de parents en parents et que Miss Rachel le garde en été.

— C'est pas vrai !

Francis me décocha un sourire moqueur.

— Tu es drôlement bouchée, à certains moments, Jean Louise. J'imagine que tu n'es pas au courant de ce qui se passe.

— De quoi ?

— Si oncle Atticus te laisse jouer avec les chiens errants, ça le regarde, comme dit Grand-mère, et c'est donc pas ta faute. J'imagine que c'est pas ta faute non plus s'il aime les nègres, mais j'aime mieux te dire que toute la famille en est mortifiée...

— Francis, que diable racontes-tu ?

— Tu as très bien compris. Grand-mère dit que c'est déjà assez grave de vous laisser devenir des sauvageons, mais que si, maintenant, il se transforme en ami des nègres, on ne pourra plus se montrer dans la rue à Maycomb. Il est en train de nuire à toute la famille, figure-toi.

Il se leva et descendit en courant le chemin de planches qui menait aux anciennes cuisines. Quand il se sentit en sécurité, il lança :

— C'est rien qu'un ami des nègres.

Je rugis :

— C'est pas vrai ! Je sais pas de quoi tu parles, mais tu vas ravaler ce que tu viens de dire !

Dévalant les marches, je courus à sa poursuite. Je lui mis facilement la main au collet et lui dis de retirer immédiatement ce qu'il avait dit.

Francis se dégagea et fila dans l'ancienne cuisine.

— Ami des nègres ! hurla-t-il.

Quand on traque une proie, mieux vaut prendre son temps, ne rien dire et, aussi sûr que deux et deux font quatre, elle finira par céder à la curiosité et se montrer. Francis apparut à la porte de la cuisine :

— T'es encore fâchée, Jean Louise ? demanda-t-il timidement.

— Laisse tomber, va !

Il sortit sur les planches.

— Tu vas retirer tes paroles, Fran-cis ?

Je m'étais jetée trop vite sur lui. Il bondit en arrière dans la cuisine. Je retournai sur les marches de la véranda. Je pouvais faire preuve d'une infinie patience. J'attendais là depuis au moins cinq minutes quand j'entendis tante Alexandra :

— Où est Francis ?

— Là-bas, dans la cuisine.

— Il sait pourtant qu'il ne doit pas y jouer !

Mon cousin se montra à la porte et cria :

— Grand-mère, c'est elle qui m'a poussé là et elle ne veut plus me laisser sortir.

— Que signifie, Jean Louise ?

Je levai les yeux sur ma tante.

— Je ne l'ai pas poussé dedans, Tatie, et je ne l'empêche pas d'en sortir.

— Si ! cria Francis. Elle veut pas me laisser sortir !

— Vous vous êtes disputés ?

— Jean Louise s'est mise en colère contre moi, Grand-mère.

— Francis, sors de là ! Jean Louise, si j'ai encore une fois à me plaindre de toi, je le dirai à ton père. Ne t'ai-je pas entendue invoquer le diable il y a un moment ?

— Non.

— Il me semble que si. Ne recommence pas.

Tante Alexandra écoutait aux portes. Dès qu'elle eut disparu, Francis sortit, la tête haute, railleur :

— Ne me touche pas ! dit-il.

Il sauta dans le jardin et s'éloigna en arrachant des touffes d'herbes à coups de pied dans la pelouse, se tournant parfois pour me sourire. Jem apparut sur la véranda, nous regarda et disparut. Francis escalada le mimosa, redescendit, et se mit à déambuler dans le jardin, les mains dans les poches.

— Ha ! s'écria-t-il.

Je lui demandai pour qui il se prenait, pour oncle Jack ? Il répondit qu'il croyait qu'on m'avait dit de rester à ma place et de le laisser tranquille.

— Je ne t'embête pas, dis-je.

Il me regarda attentivement, en conclut que je devais être matée et se mit à chantonner :

— Ami des nègres...

Cette fois, il reçut mon poing en pleine figure. Ma gauche endolorie, je me lançai à l'attaque avec la droite, mais pas pour longtemps, car oncle Jack me bloqua le bras le long du corps en ordonnant :

— Arrête !

Tante Alexandra vint au secours de Francis, essuya ses larmes avec son mouchoir, lui caressa la tête, lui tapota les joues. Atticus, Jem et oncle Jimmy étaient accourus sur la véranda dès que Francis s'était mis à hurler.

— Qui a commencé ? demanda oncle Jack.

Francis et moi tendîmes ensemble le doigt l'un vers l'autre.

— Grand-mère ! brailla-t-il. Elle m'a traité de... prostituée et m'a sauté dessus.

— C'est vrai, Scout ? demanda oncle Jack.

— Je crois.

Quand il me dévisagea, il ressemblait à tante Alexandra.

— Tu sais ce que je t'ai dit, que tu aurais des ennuis si tu parlais ainsi ? Je te l'ai dit, non ?

— Oui, oncle Jack, mais...

— Alors les voilà tes ennuis ! Reste là !

Je me demandais si je ne ferais pas mieux de prendre mes jambes à mon cou. Je dus hésiter une seconde de trop : au moment où je me tournais pour m'enfuir, oncle Jack fut plus rapide et je me retrouvai soudain en train de regarder une minuscule fourmi qui se bagarrait contre une miette de pain dans l'herbe.

— Je ne te parlerai plus jamais de ma vie ! Je te déteste et je te méprise et j'espère que tu mourras demain !

Cette déclaration sembla encourager oncle Jack plus qu'autre chose. Je courus vers Atticus pour me faire consoler, mais il dit que je l'avais cherché et qu'il était temps de rentrer. Je grimpai à l'arrière de la voiture sans dire au revoir à personne et, une fois à la maison, je courus à ma chambre et en claquai la porte. Jem essaya de me dire quelque chose de gentil, mais je ne voulus pas l'écouter.

En examinant les dégâts, je constatai que je n'avais que sept ou huit marques rouges ; je réfléchissais à la relativité quand on frappa à la porte. Je demandai qui était là. Ce fut oncle Jack qui répondit.

— Va-t'en !

Oncle Jack dit que si je parlais comme ça il me donnerait une autre fessée, je me tins donc tranquille. Quand il entra, je me réfugiai dans un coin et lui tournai le dos.

— Scout, dit-il, tu me détestes encore ?

— Laisse-moi, s'il te plaît.

— Dis-moi, je ne croyais pas que tu m'en voudrais à ce point ! Tu me déçois – tu l'as cherchée, cette correction, et tu le sais bien.

— Pas du tout !

— Ma chérie, on ne traite pas les gens de...

— Tu es injuste ! Tu es injuste !

Oncle Jack prit l'air étonné.

— Injuste ? Comment ça ?

— Tu es vraiment gentil, oncle Jack, et je crois que je t'aime même après ce que tu as fait, mais tu ne comprends pas grand-chose aux enfants !

Il posa les mains sur ses hanches et baissa son regard vers moi :

— Et en quoi est-ce que je ne comprends pas les enfants, Miss Jean Louise ? Il ne fallait pas être sorcier pour comprendre ta conduite ! Tu t'es montrée turbulente, indisciplinée et grossière...

— Tu veux bien me laisser t'expliquer ? Je ne veux pas être insolente avec toi, j'essaie seulement de t'expliquer.

Oncle Jack s'assit sur le lit, fronça les sourcils en me regardant par en dessous :

— Vas-y, dit-il.

Je pris une grande respiration :

— D'abord, tu ne m'as jamais laissé la possibilité de te donner ma version des faits, tu m'es tout de suite tombé dessus. Quand on se dispute, Jem et moi, Atticus n'écoute pas que Jem, il me laisse aussi m'expliquer. Ensuite, tu m'avais dit de n'utiliser de gros mots qu'en cas de provocation extrême et Francis m'avait assez provoquée pour mériter de se faire casser la figure...

Oncle Jack se gratta la tête.

— Quelle est ta version des faits, Scout ?

— Francis a injurié Atticus et j'ai pas pu lui faire ravaler ses paroles.

— Qu'a-t-il dit ?

— Il a dit que c'était un ami des nègres. Je sais pas très bien ce que ça veut dire, mais la façon dont Francis le disait... Je vais te dire, oncle Jack, je jure devant Dieu que je ne le laisserai pas dire des choses sur Atticus.

— Il a vraiment dit cela d'Atticus ?

— Oui et pas qu'une fois, encore ! Il a dit qu'Atticus était la honte de la famille et qu'il nous éduquait comme des sauvages...

À l'expression d'oncle Jack, je crus que ça allait encore être ma fête. Mais il dit : « Bon ! on va voir ça », je compris que la fête serait pour Francis.

— J'ai bien envie de retourner faire un saut là-bas, ce soir, reprit-il.

— N'en parlons plus, mon oncle. Laisse tomber.

— Je n'ai pas l'intention de laisser tomber, justement. Il faut qu'Alexandra soit mise au courant. Quand je pense que... ce sale gamin ne perd rien pour attendre...

— Oncle Jack, je voudrais te demander quelque chose, promets-moi... de rien dire à Atticus. Il... il m'a demandé, un jour, de jamais m'emporter à propos de ce que je pourrais entendre contre lui, et je préférerais le laisser croire qu'on se battait pour quelque chose d'autre. Je t'en prie...

— Écoute, je ne veux pas que Francis s'en tire aussi bien...

— Il s'en est pas très bien tiré. Tu crois que tu pourrais me bander la main ? Elle saigne encore un peu.

— Certainement, ma poupée. Avec le plus grand plaisir ! Viens avec moi.

Il s'inclina galamment pour me laisser entrer dans la salle de bains, en bandant les articulations de mes

138

doigts, il me raconta l'histoire d'un drôle de vieux monsieur myope qui avait un chat, Hodge, et qui comptait tous les trous du trottoir quand il se promenait en ville.

— Là ! dit-il. Tu auras une cicatrice pas féminine du tout sur l'annulaire.

— Merci. Oncle Jack ?

— Mademoiselle ?

— C'est quoi, une prostituée ?

Oncle Jack se lança dans une autre longue histoire sur un ancien Premier ministre qui siégeait à la Chambre des Communes et soufflait sur des plumes en essayant de les maintenir en l'air, ce qui affolait ses ministres. Je suppose qu'il essayait de répondre à ma question, mais, en tout cas, ce n'était pas clair.

Plus tard, alors que j'étais censée être au lit, je descendis chercher un verre d'eau et entendis Atticus et mon oncle parler dans le salon :

— Jamais je ne me marierai, Atticus.

— Pourquoi ?

— Parce que je risquerais d'avoir des enfants.

— Tu as beaucoup à apprendre, Jack.

— Je sais. Ta fille m'a donné ma première leçon, cet après-midi. Elle a dit que je ne comprenais pas grand-chose aux enfants et m'a expliqué pourquoi. Elle avait parfaitement raison. Elle m'a dit comment j'aurais dû la traiter... si tu savais combien je m'en veux !

Atticus se mit à rire.

— Elle ne l'avait pas volé ! Ne te mets donc pas martel en tête !

Sur les charbons ardents, j'attendis qu'oncle Jack explique à Atticus ma version des faits. Mais il n'en fit rien, se contentant de murmurer :

— Son usage des injures ordurières ne laisse aucune place à l'imagination. Elle ne connaît pas le sens de la moitié des mots dont elle se sert... elle m'a demandé ce qu'était une prostituée...

— Tu le lui as dit ?

— Non, je lui ai parlé de Lord Melbourne.

— Jack ! Quand un enfant te demande quelque chose, réponds-lui, bon sang ! Mais n'en fais pas tout un plat ! Les enfants sont des enfants, mais ils savent repérer une esquive plus vite que les adultes et toute esquive les embrouille. Non, dit mon père, tu as bien réagi cet après-midi, même si c'était pour de mauvaises raisons. Tous les enfants passent par une phase où ils emploient des gros mots ; cette habitude leur passe quand ils s'aperçoivent qu'ils n'attirent pas pour autant l'attention sur eux. Mais ce n'est pas le cas de l'impétuosité. Scout doit apprendre à garder la tête froide et l'apprendre vite, compte tenu de ce que lui réservent les prochains mois. Enfin, elle fait quand même des progrès. Jem grandit et elle commence à bien suivre son exemple. Mais elle a parfois besoin qu'on l'y aide.

— Atticus, tu n'as jamais levé la main sur elle ?

— Je le reconnais. Jusqu'ici, j'ai réussi à m'en tenir aux menaces. Elle m'écoute autant qu'elle le peut. La moitié du temps, elle n'y arrive pas, mais elle fait des efforts.

— Ce n'est pas une réponse, dit oncle Jack.

— Non. La réponse est qu'elle sait que je sais qu'elle fait des efforts. Et ça change tout. Ce qui m'inquiète, c'est que Jem et elle vont bientôt avoir à faire face à de vilaines choses. Je sais que Jem tiendra le coup, mais Scout a si vite fait de sauter à la gorge de qui met son honneur en jeu...

De nouveau, j'attendis qu'oncle Jack rompe sa promesse. De nouveau, il n'en fit rien.

— Atticus, ce sera vraiment si dur que ça ? Tu n'as pas eu tellement le choix.

— Cela ne pourrait être pire, Jack. Tout ce que nous avons, c'est la parole d'un Noir contre celle des Ewell. Les dépositions se ramènent à « C'est toi qui l'as fait », « Non, c'est pas moi ». Il serait impossible d'espérer que le jury croie Tom Robinson plutôt que les Ewell – tu les connais ?

Oncle Jack dit que oui, il se souvenait d'eux. Il les décrivit, mais Atticus l'interrompit :

— Tu retardes d'une génération, bien que ceux d'aujourd'hui soient pareils.

— Alors que comptes-tu faire ?

— Avant d'en finir, j'ai l'intention d'ébranler un peu le jury. Et puis je pense que nous avons une chance raisonnable en appel. Je ne peux franchement pas en dire davantage, à ce stade. Tu sais, j'ai toujours espéré ne jamais me retrouver confronté à un cas de ce genre, mais John Taylor m'a désigné en disant : « C'est pour vous. »

— « Éloigne ce calice de moi », c'est ça ?

— Oui. Mais comment pourrais-je regarder mes enfants sinon ? Tu sais aussi bien que moi ce qui va se passer, Jack ; j'espère et je prie pour que Jem et Scout traversent cette épreuve sans trop d'amertume et, surtout, sans attraper la maladie chronique de Maycomb. Je ne comprendrai jamais comment des gens sensés peuvent devenir complètement fous dès qu'un Noir est impliqué dans une affaire. J'espère seulement que Jem et Scout s'adresseront à moi quand ils se poseront des questions, au lieu d'écouter les rumeurs de la ville. J'espère qu'ils me font assez confiance... Jean Louise ?

Je sursautai et passai la tête par la porte :

— Père ?

— Va te coucher.

Je filai dans ma chambre, grimpai dans mon lit. Oncle Jack était un chic type de ne pas m'avoir trahie. Mais je n'ai jamais compris comment Atticus avait su que j'écoutais. Et ce n'est que bien des années plus tard que je me rendis compte qu'il voulait que j'entende chacune de ses paroles.

10

Atticus était faible : il avait presque cinquante ans. Quand Jem et moi lui demandions pourquoi il était si vieux, il répondait qu'il avait commencé tard, ce qui, selon nous, avait des répercussions sur ses talents et sur sa virilité. Il était beaucoup plus âgé que les parents de nos camarades de classe et nous ne pouvions jamais renchérir à son propos quand ceux-ci disaient :

— *Moi, mon* père...

Jem adorait le football. Atticus n'était jamais trop fatigué pour faire des passes, mais quand Jem voulait le plaquer, il disait :

— Je suis trop vieux pour ça, mon garçon !

Notre père ne faisait rien. Il travaillait dans un bureau, pas dans un drugstore. Il ne conduisait pas un camion-poubelle, il n'était pas fermier ni garagiste ni quoi que ce soit susceptible de soulever l'admiration.

En plus, il portait des lunettes. Il était presque aveugle de l'œil gauche et prétendait que l'œil gauche était la tare familiale des Finch. Quand il voulait bien voir quelque chose, il tournait la tête pour regarder de l'œil droit.

Il ne faisait pas ce que faisaient les pères de nos camarades : il n'allait jamais à la chasse ni à la pêche, il ne jouait pas au poker, ne buvait pas, ne fumait pas. Il restait à lire au salon.

Pour autant, il ne passait pas aussi inaperçu que nous

le souhaitions : cette année-là, l'école bourdonnait de discussions sur le fait qu'il allait défendre Tom Robinson et ce n'était jamais pour en dire du bien. Après mon accrochage avec Cecil Jacobs et mon adoption d'une politique de lâcheté, on se donna le mot : Scout Finch ne se battrait plus parce que son papa le lui interdisait. Ce n'était pas tout à fait la vérité : je ne me battrais pas en public pour Atticus, mais la famille était un terrain privé. Je me battrais bec et ongles avec un cousin au troisième degré. Francis Hancock, par exemple, en savait quelque chose.

Quand il nous donna nos carabines, Atticus ne voulut pas nous apprendre à tirer. Ce fut oncle Jack qui nous en enseigna les premiers rudiments ; il nous dit que son frère ne s'intéressait pas aux armes. Un jour, Atticus dit à Jem :

— Je préférerais que vous ne tiriez que sur des boîtes de conserve, dans le jardin, mais je sais que vous allez vous en prendre aux oiseaux. Tirez sur tous les geais bleus que vous voudrez, si vous arrivez à les toucher, mais souvenez-vous que c'est un péché de tuer un oiseau moqueur [1].

Ce fut la seule fois où j'entendis Atticus dire qu'une chose était un péché et j'en parlai à Miss Maudie.

— Ton père a raison, dit-elle. Les moqueurs ne font rien d'autre que de la musique pour notre plaisir. Ils ne viennent pas picorer dans les jardins des gens, ils ne font pas leurs nids dans les séchoirs à maïs, ils ne font que chanter pour nous de tout leur cœur. Voilà pourquoi c'est un péché de tuer un oiseau moqueur.

---

1. Le *mockingbird* ou « mime polyglotte » est un oiseau du sud des États-Unis qui imite cris, chants et bruits divers.

— Miss Maudie, c'est un vieux quartier, hein ?

— Il était là avant que cette ville n'existe.

— Non, je veux dire que les gens qui habitent notre rue sont tous vieux. Jem et moi, on est les seuls enfants, par ici. Mrs Dubose a presque cent ans et Miss Rachel est vieille ainsi qu'Atticus et vous.

— Je ne trouve pas qu'on soit vieux à cinquante ans ! maugréa Miss Maudie. Je ne suis pas encore dans une petite voiture, ni ton père ! Mais je reconnais que la Providence a été assez bonne pour brûler mon vieux mausolée ; je suis trop vieille pour l'entretenir – tu as peut-être raison, Jean Louise, les gens du quartier sont installés dans leur routine. Tu ne vois pas souvent de jeunes par ici, n'est-ce pas ?

— Si, m'dame, à l'école.

— Je veux dire de jeunes adultes. Tu as de la chance, tu sais ? Toi et Jem profitez des avantages de l'âge de votre père. S'il avait trente ans, tu verrais la vie sous un autre angle.

— Sûrement, Atticus ne sait rien faire...

— Tu serais pourtant surprise par sa vitalité, dit Miss Maudie.

— Que sait-il faire ?

— Eh bien, il sait rendre un testament si hermétique que personne ne peut plus le trafiquer !

— Continuez...

— T'a-t-on dit qu'il était le meilleur joueur d'échecs de la ville ? Atticus arrivait à battre tout le monde sur les deux rives du fleuve en le remontant depuis Finch's Landing.

— Mon Dieu, Miss Maudie ! Jem et moi, on le bat sans arrêt !

— Il serait temps que tu comprennes que c'est parce

qu'il vous laisse gagner ! Tu sais qu'il joue de la guimbarde ?

Ce modeste talent ne fit que me donner encore plus honte de lui.

— Et aussi...

— Aussi quoi, Miss Maudie ?

— Aussi rien. Rien – avec tout ce que je viens de te dire, il me semble que tu as de quoi être fière de lui. Tout le monde ne sait pas jouer de la guimbarde. Maintenant, ne gêne pas les charpentiers ! Tu ferais mieux de rentrer chez toi, je vais m'occuper de mes azalées et ne pourrai pas te surveiller. Tu risquerais de te faire du mal, avec ces planches.

J'allai à l'arrière du jardin et trouvai Jem en train de s'exercer consciencieusement avec une boîte de conserve, ce qui me sembla idiot avec tous les geais bleus autour de lui. Je retournai vers l'avant de la maison pour passer les deux heures suivantes à construire un mur de défense compliqué le long de la véranda, à l'aide d'un pneu, d'un cageot à oranges, du panier à linge, de chaises et d'un petit drapeau américain que Jem avait trouvé dans une boîte de pop-corn et qu'il m'avait donné.

Quand Atticus rentra déjeuner, il me découvrit accroupie, en train de viser la rue.

— Sur quoi tires-tu ?

— Sur l'arrière-train de Miss Maudie.

Atticus se tourna pour voir ma cible généreuse penchée sur ses buissons. Il repoussa son chapeau en arrière et traversa la rue.

— Maudie ! cria-t-il, je crois que je ferais mieux de vous avertir. Vous êtes en grand danger !

Miss Maudie se redressa et regarda dans ma direction.

— Atticus, dit-elle, vous êtes un diable de l'enfer !

En revenant, Atticus m'ordonna de lever le camp.

— Que je ne te reprenne pas à pointer ce fusil sur quelqu'un !

Je souhaitais que mon père fût un diable de l'enfer. J'interrogeai Calpurnia à son sujet.

— Mr Finch ? Bien sûr qu'il sait faire des tas de choses !

— Par exemple ?

Elle se gratta la tête.

— Eh bien, rien ne me vient à l'esprit pour le moment.

Jem ne fit que confirmer mes impressions quand il demanda à Atticus s'il comptait prêter main forte aux méthodistes, à quoi celui-ci répondit qu'à son âge il risquait de se casser le cou. Les méthodistes essayaient de rembourser l'hypothèque de leur église et avaient invité les baptistes à une partie de touch-football [1]. Les pères de tous les enfants de la ville y participaient. Jem dit qu'il n'avait même pas envie d'y aller, mais il était incapable de résister à un match de football de quelque genre que ce soit. L'air morose, il se tint sur la ligne de touche entre Atticus et moi, et regarda le père de Cecil Jacobs marquer pour les baptistes.

Un samedi, Jem et moi décidâmes de sortir faire un tour avec nos carabines, à la recherche d'un lapin ou d'un écureuil. Nous avions dépassé la maison des Radley de plus de cinq cents mètres quand je remarquai que Jem louchait sur quelque chose au bas de la rue. Il avait tourné la tête d'un côté et regardait du coin de l'œil.

---

1. Variante un peu moins violente du football américain.

— Qu'est-ce que tu regardes ?

— Ce vieux chien là-bas.

— C'est le vieux Tim Johnson, non ?

— Ouais.

Tim Johnson appartenait à Mr Harry Johnson, le chauffeur du car de Mobile, qui habitait à l'extrémité sud de la ville. C'était un chien de chasse couleur puce, la mascotte de Maycomb.

— Qu'est-ce qu'il a ?

— Je sais pas, Scout. On ferait mieux de rentrer.

— Enfin, Jem, on est en février.

— Ça fait rien, je vais le dire à Calpurnia.

Nous courûmes vers la maison et nous précipitâmes à la cuisine.

— Cal, dit Jem, est-ce que tu veux bien aller sur le trottoir, une minute ?

— Pour quoi faire, Jem ? Je ne peux pas sortir chaque fois que tu en as envie !

— Il y a un vieux chien là-bas qui n'a pas l'air d'aller bien.

Calpurnia poussa un soupir.

— Je ne peux pas panser des pattes de chiens pour le moment. Tu trouveras de la gaze dans la salle de bains, occupe-t'en toi-même.

Jem secoua la tête.

— Il est malade, Cal. Il a quelque chose de pas normal.

— Que fait-il ? Il cherche à attraper sa queue ?

— Non, il fait comme ça.

Jem se mit à bouger sa bouche à la manière d'un poisson rouge, rentra la tête dans les épaules et agita nerveusement son torse.

— Il avance comme ça et pas comme il devrait.

La voix de Calpurnia se durcit :

— Tu me racontes des histoires, Jem Finch ?

— Non, Cal, je te jure que non.

— Il courait ?

— Non, il avance si lentement qu'il a l'air de faire du surplace. Il vient par ici.

Calpurnia se rinça les mains et suivit Jem devant la maison.

— Je ne vois aucun chien, dit-elle.

Elle nous suivit au-delà de la maison des Radley et regarda dans la direction que lui indiquait Jem. Tim Johnson n'était guère plus qu'un petit point dans le lointain, mais il se rapprochait. Il marchait d'un pas irrégulier, comme si ses pattes droites étaient plus courtes que les gauches. Il me faisait penser à une voiture ensablée.

— Il marche de travers, dit Jem.

Calpurnia regarda fixement, puis nous attrapa par les épaules et nous remmena précipitamment à la maison. Elle ferma la porte en bois derrière nous, courut au téléphone et cria :

— Passez-moi le bureau de Mr Finch !

Après un temps d'arrêt, elle reprit :

— Mr Finch, cria-t-elle, ici Cal ! Je le jure devant Dieu, il y a un chien enragé dans la rue... il vient par ici, oui, monsieur, il... Mr Finch, c'est... le vieux Tim Johnson, oui, monsieur... oui, monsieur... oui...

Elle raccrocha et secoua la tête quand nous essayâmes de lui demander ce qu'Atticus avait dit. Elle décrocha de nouveau le combiné et dit :

— Miss Eula May... Non, ma'am, j'ai fini avec Mr Finch, ne me le repassez pas... Écoutez, Miss Eula May, pouvez-vous appeler Miss Rachel et Miss Stephanie Crawford et toutes les personnes qui ont le téléphone dans cette rue, pour leur dire qu'il y a un chien enragé qui arrive ? S'il vous plaît, ma'am !

Calpurnia écouta :

— Je sais que nous sommes en février, Miss Eula May, mais je sais aussi reconnaître un chien enragé ! Je vous en prie, faites vite !

Elle se tourna vers Jem :

— Les Radley ont le téléphone ?

Il vérifia dans l'annuaire et dit que non.

— De toute façon, ils ne sortiront pas, Cal.

— C'est égal, je vais les avertir.

Elle se précipita vers la véranda, Jem et moi sur ses talons.

— Restez dans la maison, nous cria-t-elle.

Son message avait déjà été transmis à tout le quartier. Toutes les portes que nous pouvions voir étaient hermétiquement fermées. Nous ne vîmes aucune trace de Tim Johnson et suivîmes des yeux Calpurnia qui courait chez les Radley en tenant sa jupe et son tablier au-dessus de ses genoux. Elle monta les marches de la véranda à l'avant de la maison et frappa à grands coups à la porte d'entrée. Comme ils ne répondaient pas, elle se mit à crier :

— Mr Nathan, Mr Arthur, un chien enragé arrive par ici ! Un chien enragé !

— Elle est censée passer par la porte arrière, dis-je.

Jem secoua la tête.

— Ça ne fait aucune différence, maintenant.

Calpurnia martela en vain la porte de coups. Personne ne se manifesta ; personne ne semblait l'avoir entendue.

Comme elle rentrait précipitamment, une Ford noire tourna dans l'allée. Atticus et Mr Heck Tate en sortirent.

Mr Heck Tate était le shérif du comté de Maycomb. Il était aussi grand qu'Atticus, mais plus mince. Il avait un long nez et portait des bottes aux œillets métallisés brillants, un jean et un blouson, ainsi qu'un ceinturon à cartouchière. Il tenait un lourd fusil dans la main. Quand ils atteignirent la véranda Jem leur ouvrit la porte.

— Reste à l'intérieur, mon garçon ! dit Atticus. Cal, où est-il ?

— Il devrait être ici à présent, dit Calpurnia en montrant le bas de la rue.

— Il ne court pas, hein ? demanda Mr Tate.

— Non, Mr Heck, il en est au stade du tremblement.

— Si nous allions à sa recherche, Heck ? demanda Atticus.

— Il vaut mieux attendre, Mr Finch. En général, ils suivent une direction rectiligne mais on ne sait jamais. Il va peut-être prendre le virage, du moins je l'espère, ou bien il ira droit dans le jardin des Radley. Attendons une minute.

— Je ne crois pas qu'il ira chez les Radley, dit Atticus. La clôture l'en empêchera. Il va sans doute suivre la rue...

Je croyais que les chiens enragés avaient l'écume à la bouche, vous sautaient à la gorge, et je croyais qu'ils faisaient cela en août. Si Tim Johnson s'était conduit ainsi, j'aurais eu moins peur.

Rien n'est plus mort qu'une rue déserte, figée dans l'attente. Les arbres étaient immobiles, les oiseaux moqueurs silencieux, les charpentiers du chantier de Miss Maudie avaient disparu. J'entendis Mr Tate renifler, puis se moucher. Je le vis mettre son arme à la saignée de son bras. Le visage de Miss Stephanie Crawford se montra derrière la vitre de la porte d'entrée. Miss Maudie apparut à ses côtés. Atticus posa le pied sur un barreau de chaise et frotta lentement sa paume sur le côté de sa cuisse.

— Le voilà, annonça-t-il doucement.

Tim Johnson venait de se matérialiser, titubant en suivant le bord intérieur du virage, parallèlement à la maison des Radley.

— Regarde-le, murmura Jem. Mr Heck a dit qu'ils allaient tout droit. Il n'arrive même pas à suivre la route.

— Il a plutôt l'air malade qu'autre chose, objectai-je.

— Mets un obstacle devant lui et tu verras s'il ne va pas directement dessus.

Mr Tate porta la main à son front et se pencha en avant.

— Il a l'air de s'y engager, Mr Finch.

Tim Johnson avançait à la vitesse d'un escargot, mais sans s'arrêter pour jouer ou renifler des plantes. Il paraissait suivre un cap précis, poussé par une force invisible qui le guidait lentement vers nous. Il frissonnait comme un cheval chassant les mouches, ouvrait et refermait la mâchoire, progressant peu à peu dans notre direction.

— Il cherche un endroit pour mourir, dit Jem.

Mr Tate se retourna.

— Il est loin d'être mort, Jem, il n'a pas commencé à mourir.

Tim Johnson atteignit la rue qui partait de la maison des Radley et ce qui lui restait de son pauvre cerveau le fit arrêter et sembla réfléchir à la direction qu'il allait prendre. Il fit quelques pas hésitants et s'arrêta devant le portail des Radley ; puis il entreprit de tourner, non sans difficultés.

Atticus dit :

— Il est à portée de fusil, Heck. Vous feriez mieux de le tuer avant qu'il descende l'autre rue. Dieu sait qui pourrait s'y trouver ! Rentrez, Cal.

Calpurnia ouvrit la porte grillagée, la ferma au loquet, la rouvrit et la bloqua par son crochet. Elle essaya de s'interposer entre la porte et nous, mais Jem et moi regardâmes par-dessous ses bras.

— À vous l'honneur, Mr Finch, dit Mr Tate en lui tendant son fusil.

Jem et moi faillîmes nous évanouir.

— Ne perdez pas de temps, Heck ! dit Atticus. Allez-y.

— Mr Finch, il faut l'avoir du premier coup.

Atticus secoua violemment la tête.

— Ne restez donc pas planté là, Heck ! Il ne va pas vous attendre toute la journée...

— Mais regardez donc où il est, Mr Finch ! Si je le rate, il s'en ira droit chez les Radley. Vous savez bien que je ne suis pas un tireur d'élite !

— Je n'ai pas touché un fusil depuis trente ans...

Mr Tate jeta presque le fusil dans les bras d'Atticus.

— Je préférerais que vous vous en chargiez, dit-il.

Jem et moi regardâmes notre père prendre l'arme et aller au milieu de la rue. Il marchait vite, mais j'avais l'impression qu'il se mouvait comme quelqu'un nageant sous l'eau : le temps s'était ralenti et n'avançait plus qu'à un rythme qui vous donnait la nausée.

Lorsque Atticus remonta ses lunettes, Calpurnia murmura :

— Doux Jésus, aidez-le !

Et porta les mains à ses joues.

Atticus repoussa ses lunettes sur son front ; elles glissèrent et il les laissa tomber par terre. Dans le silence, je les entendis se casser. Il se frotta les yeux et le menton ; puis cligna longuement des paupières.

Devant le portail des Radley, ce qu'il restait d'intelligence à Tim Johnson l'avait conduit à une décision. Il avait fini par tourner sur lui-même afin de poursuivre sa direction première et remonter notre rue. Il fit deux pas en avant puis s'arrêta et leva la tête. Son corps se raidit.

Avec des mouvements si rapides qu'ils parurent simultanés, la main d'Atticus arma le fusil tout en le portant à son épaule.

Le coup partit. Tim Johnson bondit et s'effondra sur le trottoir comme un tas de chiffons marron et blanc. Sans savoir ce qui l'avait frappé.

Dévalant les marches de la véranda, Mr Tate courut vers la maison des Radley, s'arrêta devant le chien, s'accroupit, le retourna et, du doigt, se frappa l'arcade sourcilière gauche.

— Un petit peu trop à droite, Mr Finch.

— Comme toujours. S'il n'avait tenu qu'à moi, j'aurais pris un fusil de chasse.

Atticus se pencha pour ramasser ses lunettes, écrasa les verres brisés sous ses talons, rejoignit Mr Tate et abaissa son regard sur Tim Johnson.

Les portes se rouvrirent l'une après l'autre et la rue se ranima lentement. Miss Maudie descendit en compagnie de Miss Stephanie Crawford.

Jem était paralysé. Je le pinçai pour le faire bouger, mais quand Atticus nous vit arriver, il lança :

— Restez où vous êtes !

En revenant vers la maison avec Atticus, Mr Tate souriait.

— Je vais le faire ramasser par Zeebo, dit-il. Vous n'avez pas perdu la main, Mr Finch. On dit que ça ne s'oublie pas.

Atticus se taisait.

— Atticus ? dit Jem.

— Oui ?

— Rien.

— J'ai tout vu, Finch-la-Gâchette !

Atticus se retourna et se retrouva face à Miss Maudie. Tous deux se regardèrent sans rien dire et il monta dans la voiture du shérif.

— Viens ici, dit-il à Jem. Ne t'approche pas de ce chien, tu comprends. Il est aussi dangereux mort que vivant.

— Oui, père, dit Jem. Atticus...

— Quoi, mon garçon ?

— Rien.

— Qu'est-ce qui te prend, gamin ? dit Mr Tate en souriant à Jem. Tu as perdu ta langue ? Tu ne savais pas que ton père...

— Taisez-vous, Heck ! dit Atticus. Retournons en ville.

Tandis qu'ils démarraient, Jem et moi allâmes sur la véranda de Miss Stephanie où nous nous assîmes en attendant Zeebo et son camion-poubelle.

Jem restait assis, abasourdi et confus.

— Ouh là là ! dit Miss Stephanie. Qui aurait cru ça, un chien enragé en février ? Il n'était peut-être pas enragé, d'ailleurs, mais seulement fou. Je n'aimerais pas voir la tête de Harry Johnson quand il rentrera de Mobile et découvrira qu'Atticus Finch a tué son chien. Je parie qu'il avait simplement trop de puces...

Miss Maudie déclara que Miss Stephanie ne chanterait pas la même chanson si Tim Johnson était en train de remonter la rue, qu'on le saurait assez vite, qu'ils enverraient sa tête à Montgomery.

Jem recouvra vaguement la parole :

— Tu l'as vu, Scout ? Tu as vu comme il était, là ?... et tout d'un coup il s'est détendu et on aurait dit que ce fusil faisait partie de lui... et il a fait ça si vite, comme... Moi, je dois viser au moins dix minutes avant de toucher quelque chose...

Miss Maudie eut un sourire malicieux.

— Alors, Miss Jean Louise, tu crois toujours que ton père ne sait rien faire ? Tu as toujours honte de lui ?

— Non... dis-je humblement.

— J'avais oublié de te dire, l'autre jour, qu'en plus de jouer de la guimbarde, Atticus Finch avait été le meilleur tireur du comté de Maycomb en son temps.

— Et quel tireur... ajouta Jem.

— C'est bien ce que je dis, Jem Finch. J'imagine que vous allez changer de discours, maintenant. Vous ne saviez pas qu'il avait été surnommé Finch-la-Gâchette quand il était jeune ? À Finch's Landing, quand il tirait quinze coups et n'atteignait que quatorze cibles, il se plaignait de gâcher des munitions.

— Il nous en a jamais rien dit, marmonna Jem.

— Rien, pas un mot, vraiment ?

— Non, ma'am.

— Je me demande pourquoi il va jamais à la chasse, observai-je.

— Je vais te le dire, répliqua Miss Maudie. Avant tout, ton père est un homme civilisé. Ce don de tireur d'élite lui vient de Dieu. Oh ! il faut s'entraîner pour le porter à sa perfection, mais tirer n'a rien à voir avec jouer du piano ou quelque chose de ce genre. Je pense qu'il a rangé son fusil quand il s'est rendu compte que Dieu lui avait donné un avantage injuste sur la plupart des êtres vivants. J'imagine qu'il a décidé qu'il ne tirerait plus, à moins d'y être obligé et ça a été le cas aujourd'hui.

— Il devrait en être fier, dis-je.

— Les gens normaux ne tirent jamais aucune fierté de leurs talents, dit Miss Maudie.

Nous vîmes Zeebo arriver. Il prit une fourche à l'arrière de son camion, souleva précautionneusement

Tim Johnson. Il lança le chien dans la remorque, puis redescendit répandre le contenu d'un gros bidon à l'endroit où était tombé Tim.

— Ne venez pas traîner par ici pendant un moment ! cria-t-il.

En rentrant à la maison, je dis à Jem que nous allions vraiment avoir quelque chose à raconter, le lundi suivant à l'école. Il se tourna vers moi :

— N'en dis rien, Scout.

— Pourquoi ? Au contraire ! Tout le monde n'a pas pour père le meilleur tireur du comté de Maycomb.

Jem dit :

— Je crois que s'il avait voulu que nous le sachions, il nous l'aurait dit. S'il en était fier, il nous l'aurait dit.

— Ça lui était peut-être sorti de l'esprit, dis-je.

— Mais non ! Tu veux pas comprendre ! Atticus est vraiment vieux, mais ça me serait égal s'il ne savait rien faire... ça me serait égal.

Attrapant une pierre, il la lança joyeusement contre le garage et courut derrière en criant :

— Atticus est un gentleman, tout comme moi !

11

Quand nous étions petits, Jem et moi limitions nos activités au sud du quartier mais, une fois que je fus à mon aise en deuxième année et que nous cessâmes de tourmenter Boo Radley, le quartier commerçant de Maycomb nous attira fréquemment en haut de la rue, au-delà de la propriété de Mrs Henry Lafayette Dubose. Il était impossible de se rendre en ville sans passer devant chez elle, à moins de faire un détour d'un kilomètre et demi. Les rares occasions au cours desquelles je l'avais rencontrée ne me donnaient aucune envie de recommencer, mais Jem disait qu'il fallait que je mûrisse un peu.

Mrs Dubose vivait seule avec une petite Noire qui était là en permanence, à deux numéros de chez nous, dans une maison avec une véranda à laquelle on accédait par des marches escarpées dans l'enfilade d'une marquise. C'était une très vieille dame qui passait le plus clair de son temps dans son lit et le reste dans un fauteuil roulant. Certains prétendaient qu'elle avait conservé un pistolet de l'armée sudiste caché parmi ses nombreux châles et couvertures.

Jem et moi la détestions. Si elle était sur sa véranda quand nous passions, elle nous balayait d'un regard courroucé, nous soumettait à des questions impitoyables sur notre conduite et faisait des prédictions moroses sur l'avenir qui nous attendait et qui était toujours proche de zéro. Nous avions depuis longtemps renoncé à passer sur le trottoir d'en face car cela ne faisait que l'inciter à élever la voix et à faire ainsi profiter tout le voisinage de ses remarques.

Rien de ce que nous faisions ne trouvait grâce à ses yeux. Il suffisait que je dise, aussi radieusement que possible : « Salut, Mrs Dubose », pour m'entendre répondre : « On ne dit pas "salut", vilaine fille ! On dit "bon après-midi, Mrs Dubose !" »

C'était une vraie teigne. Lorsqu'elle entendit un jour Jem parler de notre père en l'appelant « Atticus », elle faillit avoir une attaque d'apoplexie. Elle ne se contenta pas de dire que nous étions les demeurés les plus insolents et les plus irrespectueux qu'elle ait jamais vus, mais ajouta qu'il était tout à fait regrettable que notre père ne se soit pas remarié après la mort de notre mère. On n'avait jamais vu de femme aussi adorable et cela vous brisait le cœur qu'Atticus Finch laissât ses enfants devenir des sauvageons. Je ne me souvenais pas de ma mère, mais Jem si – il m'en parlait parfois – et il pâlit lorsque Mrs Dubose nous cingla de son message.

Après avoir survécu à Boo Radley, à un chien enragé et à d'autres terreurs, Jem en était arrivé à la conclusion qu'il serait lâche de s'arrêter devant la maison de Miss Rachel et d'attendre là le retour d'Atticus. Il décréta que nous devions courir jusqu'au bureau de poste tous les soirs pour aller à sa rencontre. Atticus trouvait très fréquemment Jem furieux contre quelque chose que Mrs Dubose avait lancé sur notre passage ! « Du calme, mon garçon ! disait-il alors. C'est une vieille dame malade. Garde la tête haute et comporte-toi en gentleman. Quoi qu'elle te dise, tu as le devoir de ne pas t'emporter. »

Jem répondait qu'elle n'avait pas l'air bien malade à glapir comme ça. Lorsque nous arrivions devant chez elle, Atticus ôtait son chapeau et la saluait galamment : « Bonsoir, Mrs Dubose ! Quelle mine vous avez ce soir ! »

Je ne l'entendis jamais préciser quelle mine, au juste. Il l'informait des procès en cours, ajoutant qu'il lui souhaitait de tout cœur une bonne journée pour le lendemain. Puis il remettait son chapeau, me hissait sur ses épaules devant elle et nous regagnions la maison à la nuit tombante. Dans ces moments-là, je trouvais que mon père, qui détestait les armes à feu et n'avait jamais participé à aucune guerre, était l'homme le plus courageux qui soit.

Le lendemain du douzième anniversaire de Jem, son argent lui brûlant les poches, nous descendîmes en ville dès le début de l'après-midi. Il pensait avoir assez pour s'acheter une locomotive à vapeur miniature, ainsi qu'un bâton de majorette pour moi.

Il y avait longtemps que j'en avais envie ; je l'avais repéré dans le magasin de V. J. Elmore ; il était orné de paillettes et de guirlandes ; il coûtait dix-sept cents. J'avais alors pour ambition d'être assez grande pour parader avec la fanfare du lycée de Maycomb. Je m'exerçais partout où je pouvais à jeter en l'air un bâton et à le rattraper, ce à quoi j'arrivais presque. Mais cela avait amené Calpurnia à me défendre d'entrer dans la maison chaque fois qu'elle me voyait avec un bâton à la main. À mon sens, un authentique bâton de majorette devrait me permettre de surmonter ce problème et je trouvais généreux, de la part de Jem, de m'en acheter un.

Mrs Dubose se trouvait sur sa véranda quand nous passâmes devant sa maison.

— Où allez-vous à cette heure de la journée ? cria-t-elle. Vous faites l'école buissonnière, je parie ! Je vais téléphoner au proviseur pour l'avertir !

Posant les mains sur les roues de son fauteuil, elle exécuta un demi-tour parfait.

— Mais on est samedi, Mrs Dubose ! dit Jem.

— Et alors ? Ça ne change rien, dit-elle de manière étrange. Je me demande si votre père sait où vous êtes.

— Mrs Dubose, on va en ville tout seuls depuis qu'on est grands comme ça, dit-il en baissant la main à soixante centimètres du sol.

— Ne mens pas ! vociféra-t-elle. Jeremy Finch, Maudie Atkinson m'a dit que tu as cassé la tonnelle de son scuppernong ce matin. Elle va avertir ton père et tu verras tes oreilles ! Si tu n'es pas envoyé en maison de correction avant la semaine prochaine, c'est que je ne m'appelle pas Dubose !

Jem, qui ne s'était pas approché de la tonnelle de scuppernong de Miss Maudie depuis l'été dernier et savait que celle-ci ne le dénoncerait de toute façon jamais à Atticus, nia tout d'un bloc.

— Ne me contredis pas ! brailla Mrs Dubose. Quant à *toi*...

Elle pointa un index arthritique dans ma direction.

— ... que fais-tu en salopette ? Tu devrais porter une robe et un caraco, jeune dame ! Tu deviendras serveuse si personne ne te prend en main ! Une Finch, serveuse à l'OK Café. Ha ! Ha !

J'en fus terrifiée. L'OK Café était un établissement sombre au nord de la place. J'attrapai Jem par la main, mais il se dégagea d'une secousse.

— Allons, Scout ! murmura-t-il. Ne fais pas attention à elle, garde la tête haute et comporte-toi en gentleman.

Mrs Dubose ne nous lâchait plus :

— Et en plus d'une Finch serveuse de café, on en a déjà un autre qui défend les nègres au tribunal !

Jem se raidit. Mrs Dubose se rendit compte qu'elle avait tapé dans le mille :

— Mais oui, mais oui ! Où va le monde si un Finch agit à l'encontre de son éducation ? Je vous le demande !

Elle porta une main à sa bouche. Lorsqu'elle l'en retira, il y avait une longue traînée de salive blanche, tel un fil d'argent.

— Votre père ne vaut pas mieux que les nègres et la racaille qu'il défend !

Jem était écarlate. Je le tirai par sa manche. Nous repartîmes suivis par les imprécations sur la dégénérescence morale de la famille, dont la prémisse majeure était que, de toute façon, la moitié des Finch étaient à l'asile, mais que, si notre mère vivait encore, nous n'en serions pas là.

Je n'aurais su dire ce qui blessa le plus Jem, mais j'en voulus beaucoup à Mrs Dubose de sa remarque sur la santé mentale de la famille. Je m'étais presque habituée à ce qu'on insulte Atticus. Mais c'était la première fois que cela venait d'un adulte. À part ses remarques sur Atticus, les attaques de Mrs Dubose ne sortaient pas de la routine.

Quelque chose dans l'air annonçait l'été – il faisait frais à l'ombre mais le soleil était chaud, présage de bons moments : plus d'école et Dill.

Jem acheta sa locomotive à vapeur et nous allâmes chez Elmore pour mon bâton. Il ne prit aucun plaisir à son acquisition ; il la fourra dans sa poche et marcha silencieusement à côté de moi jusqu'à la maison. En chemin, je faillis heurter Mr Link Deas qui, me voyant manquer un lancer, s'exclama :

— Attention, Scout !

Quand nous arrivâmes à la hauteur de la maison de Mrs Dubose, mon bâton était tout crasseux à force d'être tombé par terre.

Elle ne se trouvait plus sur sa véranda.

Des années plus tard, je m'interrogeai parfois sur ce qui, exactement, avait pu pousser Jem à faire cela, à se soustraire aux règles du « conduis-toi en gentleman, mon garçon », et de la phase de rectitude maîtrisée dans laquelle il était récemment entré. Il avait probablement subi autant d'insanités que moi sur Atticus-défenseur-de-nègres et je tenais pour certain qu'il avait conservé son calme – il avait une nature paisible et ne se mettait pas facilement en rogne. À l'époque, cependant, je crus que la seule explication à son geste était tout simplement un bref accès de folie.

Jem agit comme je l'aurais fait instinctivement, n'était l'interdit d'Atticus qui, je le supposais, devait inclure de ne pas s'en prendre non plus aux horribles vieilles dames. Nous nous trouvions devant son portail quand Jem m'arracha mon bâton et se précipita sauvagement dans le jardin de Mrs Dubose, oubliant tout ce qu'Atticus lui avait dit, oubliant qu'elle cachait un pistolet sous ses châles, oubliant que si elle n'était pas là, Jessie s'y trouvait certainement.

Il ne se calma qu'après avoir décapité tous les buissons de camélias de Mrs Dubose et jonché le sol de feuilles et de boutons verts. Il plia alors mon bâton sur son genou, le cassa en deux et le jeta.

À ce moment-là, je me mis à hurler. Jem me tira les cheveux en disant qu'il s'en fichait, qu'il recommencerait s'il en avait l'occasion et que si je ne la fermais pas il m'arracherait tous les cheveux de la tête. Comme je ne me taisais pas, il me donna un coup de pied. Je perdis l'équilibre et tombai en avant. Jem me releva brutalement, l'air pourtant désolé. Nous n'avions plus rien à nous dire.

Nous n'allâmes pas attendre Atticus ce soir-là. Nous errâmes dans la cuisine jusqu'à ce que Calpurnia nous en chasse. Grâce à je ne sais quel système vaudou, elle avait l'air de savoir ce qui s'était passé. Elle était une source de réconfort rien moins que satisfaisante, mais elle donna à Jem une gaufre chaude au beurre qu'il coupa en deux et partagea avec moi. Elle avait un goût de coton.

Nous passâmes au salon. Je pris un magazine de football, découvris une photo de Dixie Howell [1], la montrai à Jem en disant :

— Il te ressemble.

C'était ce que j'avais trouvé de plus gentil à lui dire. Sans succès. Assis près d'une fenêtre, il était recroquevillé dans un fauteuil à bascule, l'air anxieux et renfrogné. Le jour baissait.

Deux ères géologiques plus tard, nous entendîmes les chaussures d'Atticus racler les marches de la véranda. La porte grillagée claqua, il y eut une pause – il s'arrêta devant le porte-chapeaux dans l'entrée – et nous l'entendîmes appeler : « Jem ! », d'une voix glacée comme le vent d'hiver.

Il alluma le lustre du salon et nous trouva là, pétrifiés. Dans une main, il tenait mon bâton, dont le pompon

---

1. Célèbre joueur de football américain de l'université d'Alabama dans les années trente.

jaune et sale traînait sur le tapis. Il tendait l'autre main, elle était pleine de boutons de camélias.

— Jem ! C'est toi qui as fait ça ?

— Oui, père.

— Pourquoi ?

— Parce que, répondit Jem doucement, elle a dit que tu défendais les nègres et la racaille.

— Et c'est pour cette raison que tu t'es conduit de la sorte ?

Jem remua les lèvres mais son « oui, père » fut inaudible.

— Mon garçon, je ne doute pas que tu sois agacé par les remarques des gens de ton âge sur le fait que, comme tu dis, je défends les nègres, mais faire une chose pareille à une vieille dame malade est inexcusable. Je te conseille fortement d'aller voir immédiatement Mrs Dubose et de lui parler. Reviens directement à la maison après.

Jem ne bougea pas.

— Je t'ai dit d'y aller !

Je suivis Jem quand il sortit.

— Reviens ici, toi ! me dit Atticus.

Je revins.

Atticus prit *The Mobile Press* et s'assit dans le fauteuil à bascule que Jem venait d'abandonner. Je ne comprenais absolument pas comment il pouvait rester là, à lire tranquillement le journal alors que son fils unique courait le risque d'être abattu par une relique de l'armée confédérée. Bien sûr, Jem me contrariait parfois au point de me donner des envies de meurtre mais, au fond, il était tout ce que j'avais. Atticus ne semblait pas s'en rendre compte ou, s'il le savait, ne s'en souciait pas.

Si bien que je l'en détestai ; mais on se fatigue vite

quand on a des ennuis : je vins bientôt me réfugier sur ses genoux et il m'entoura de ses bras.

— Tu es bien grande pour te faire bercer ! observat-il.

— Tu t'en fiches de ce qui va lui arriver ! Tu l'envoies se faire tuer alors qu'il ne faisait que te défendre.

Atticus nicha ma tête sous son menton.

— Ne te fais donc pas de souci pour lui. Je n'aurais jamais cru que ce serait Jem qui perdrait ainsi son calme pour cette affaire. Je pensais que ce serait toi qui me causerais le plus de souci.

Je dis que je ne voyais pas pourquoi nous devions absolument conserver notre sang-froid ; personne, à l'école, n'y était tenu.

— Scout, dit Atticus, cet été il te faudra te maîtriser pour des choses autrement plus graves... c'est injuste pour Jem et pour toi, je le sais, mais il faut parfois donner le meilleur de soi-même et la façon dont nous réagissons dans les moments cruciaux... enfin, tout ce que je peux te dire, c'est que, quand vous serez grands, Jem et toi, vous repenserez peut-être à ceci avec un peu de compassion et le sentiment que je ne vous ai pas déçus. Cette affaire Tom Robinson comporte un cas de conscience essentiel ; Scout, je ne pourrais plus aller à l'église et assister à l'office divin si je n'essayais pas d'aider cet homme.

— Atticus, tu dois te tromper... ?

— Comment cela ?

— Eh bien, la plupart des gens semblent penser qu'ils ont raison et toi non...

— Ils ont tout à fait le droit de le penser et leurs opinions méritent le plus grand respect, dit Atticus, mais avant de vivre en paix avec les autres, je dois vivre en paix avec moi-même. La seule chose qui ne doive pas céder à la loi de la majorité est la conscience de l'individu.

J'étais encore sur ses genoux quand Jem revint.

— Alors, mon garçon ?

Atticus me remit sur mes pieds tandis que j'examinais Jem à la dérobée. Il paraissait entier mais son expression ne me disait rien qui vaille. Elle lui avait peut-être fait prendre du calomel.

— J'ai nettoyé ses massifs et j'ai dit que je regrettais, mais c'est pas vrai, et que je reviendrais tous les samedis pour essayer de les faire repartir.

— Tu n'as pas à raconter que tu regrettes si c'est faux, dit Atticus. Tu as affaire à une vieille personne malade, Jem. Tu ne peux pas la tenir responsable de ce qu'elle dit ou fait. Évidemment, j'aurais préféré qu'elle m'en parle à moi plutôt qu'à vous mais on ne fait pas toujours ce que l'on veut.

Jem semblait fasciné par une rose du tapis.

— Atticus, dit-il, elle veut que je lui fasse la lecture.

— La lecture ?

— Oui, père. Elle veut que je vienne tous les après-midi après l'école et aussi le samedi pour lui faire la lecture à haute voix pendant deux heures. Y suis-je obligé, Atticus ?

— Naturellement.

— Mais elle me demande de le faire pendant un mois !

— Eh bien, tu le feras pendant un mois.

Jem planta son gros orteil au centre de la rose et appuya.

— Atticus, reprit-il enfin, vue du trottoir, sa maison paraît bien, mais à l'intérieur, elle est sombre et effrayante. Il y a des ombres et des trucs au plafond...

Atticus eut un sourire sévère.

— Cela devrait stimuler ton imagination. Tu n'auras qu'à imaginer que tu es chez les Radley.

Le lundi après-midi suivant, Jem et moi passâmes à pas de loup sous la marquise, puis escaladâmes les marches raides de la véranda de Mrs Dubose. Armé d'un *Ivanhoé* et affichant la supériorité que lui donnait son savoir, Jem frappa à la seconde porte d'entrée, sur la gauche.

— Mrs Dubose ? appela-t-il.

Jessie ouvrit la porte en bois et poussa la porte grillagée.

— C'est toi, Jem Finch, dit-elle. Tu as amené ta sœur, je ne sais pas si...

— Laisse-les entrer tous les deux ! dit Mrs Dubose.

S'effaçant, la jeune fille partit à la cuisine.

Une odeur étouffante nous saisit dès le seuil, une odeur que j'avais souvent rencontrée dans de vieilles maisons rongées par la pluie, où se trouvaient des lampes à kérosène, de grosses louches à eau et des draps non teints. Cela m'effrayait toujours et me mettait sur mes gardes.

Dans un coin de la pièce, il y avait un lit de cuivre et, dans celui-ci, Mrs Dubose. Je me demandai si ce n'étaient pas les méfaits de Jem qui l'y avaient mise et, l'espace d'un instant, je me sentis désolée de compassion. Elle était couchée sous un tas de couvertures matelassées et paraissait presque avenante.

Sur une table de toilette couverte de marbre, à côté du lit, étaient posés un verre avec une cuillère, une poire à oreille rouge, une boîte de coton hydrophile et un réveil d'acier sur trois pieds minuscules.

Elle nous reçut à sa façon :

— Alors, tu as amené ta sale petite sœur, hein ?

— Ma sœur n'est pas sale, dit Jem tranquillement, et je n'ai pas peur de vous.

Il avait pourtant les genoux qui tremblaient.

Je m'attendais à une semonce mais elle se contenta de dire :

— Tu peux commencer à lire, Jeremy.

Jem s'assit sur une chaise cannée et ouvrit *Ivanhoé*. Je tirai un autre siège et m'installai à côté de lui.

— Approchez-vous, dit Mrs Dubose. Viens près de mon lit.

Nous avançâmes nos chaises. Je ne m'étais jamais trouvée aussi près d'elle et j'avais une envie folle de reculer ma chaise.

Elle était affreuse, avec son visage couleur de taie d'oreiller sale ; les coins de sa bouche luisaient d'humidité qui, tel un glacier, descendait lentement vers les plis de son menton. Des taches de vieillesse constellaient ses joues et dans ses yeux bleu pâle perçaient de minuscules pupilles noires. Sur ses mains noueuses, les cuticules mangeaient à moitié ses ongles. Elle ne portait pas son dentier et, de temps en temps, hissait sa lèvre inférieure par-dessus la supérieure, protubérante, entraînant le menton dans son mouvement. Ce qui ne faisait qu'accélérer le mouvement de l'humidité.

Je la regardai le moins possible. Jem rouvrit *Ivanhoé* et se mit à lire. J'essayai de suivre le texte par-dessus son épaule mais il allait trop vite pour moi. Quand il arrivait à un mot qu'il ne connaissait pas, il le sautait, mais Mrs Dubose l'interrompait et le lui faisait épeler. Jem lut pendant une vingtaine de minutes, au cours desquelles je regardai la cheminée tachée de suie, par la fenêtre, n'importe où pour ne pas avoir à poser les yeux sur elle. Je remarquai qu'à la longue les corrections de Mrs Dubose se faisaient plus rares, qu'à un moment Jem avait même laissé une phrase en suspens. Elle n'écoutait plus.

Je tournai la tête vers le lit.

Il lui était arrivé quelque chose. Elle gisait sur le dos, les couvertures remontées jusqu'au menton. Seuls son visage et ses épaules étaient visibles ; sa tête remuait lentement de droite à gauche. De temps en temps, elle ouvrait toute grande la bouche et je voyais sa langue onduler faiblement. Des filets de salive s'amassaient sur ses lèvres ; elle les ravalait puis rouvrait sa bouche. Celle-ci semblait douée d'une existence propre, se mouvant indépendamment du reste de son corps, s'ouvrant et se fermant, telle une moule à marée basse. Parfois, elle faisait « pout » comme quelque substance impure portée à ébullition.

Je tirai Jem par la manche.

Il me regarda, puis le lit. La tête de la vieille dame continuait à dodeliner.

— Ça va, Mrs Dubose ? demanda-t-il.

Elle ne l'entendit pas.

Le réveil sonna, nous faisant mourir de peur. Une minute plus tard, les nerfs vibrant encore, Jem et moi nous retrouvâmes sur le trottoir en direction de la maison. Nous ne nous étions pas enfuis, Jessie nous avait renvoyés : elle fut dans la chambre avant la fin de la sonnerie du réveil et nous poussa vers la sortie.

— Ouste ! Rentrez chez vous !

Jem hésita devant la porte.

— C'est l'heure de son médicament, dit Jessie.

Comme la porte allait claquer derrière nous, je la vis se diriger rapidement vers le lit de Mrs Dubose.

Il n'était que quatre heures moins le quart quand nous

arrivâmes à la maison et nous jouâmes au ballon dans le jardin jusqu'à ce qu'il fût l'heure de partir à la rencontre d'Atticus. Il avait deux crayons jaunes pour moi et une revue de football pour Jem, sans doute une récompense tacite pour notre première séance avec Mrs Dubose. Jem lui raconta ce qui s'était passé.

— Elle vous a fait peur ? demanda Atticus.

— Non, père, mais elle est très pénible. Elle a des crises ou je ne sais pas quoi. Elle crache beaucoup.

— Elle n'y peut rien. Quand on est malade, on n'est pas toujours très agréable à regarder.

— Moi, j'ai eu peur, dis-je.

Atticus me regarda par-dessus ses lunettes :

— Tu n'es pas obligée d'accompagner Jem, tu sais.

Le lendemain après-midi, Mrs Dubose était dans le même état que la première fois, et le surlendemain aussi, jusqu'à ce qu'un rite régulier s'établît dans le déroulement des séances : tout commençait normalement, c'est-à-dire que Mrs Dubose harcelait Jem sur ses sujets préférés, ses camélias ou les propensions de notre père à aimer les nègres ; elle se taisait peu à peu puis disparaissait dans son monde. Le réveil sonnait, Jessie nous chassait et le reste de l'après-midi nous appartenait.

— Atticus, demandai-je un soir, c'est quoi exactement un ami des nègres ?

— Est-ce que quelqu'un t'a appelée ainsi ? demanda-t-il gravement.

— Non, père. Mrs Dubose t'appelle ainsi. Tous les jours elle s'amuse à le répéter. Francis t'a appelé ainsi à Noël. C'est la première fois que je l'ai entendu.

— C'est pour cette raison que tu lui as sauté dessus ?

— Oui, père...

— Dans ce cas, pourquoi me demandes-tu ce que ça signifie ?

Je tentai de lui expliquer que ce n'était pas tant cette formule qui m'avait mise en rage, que le ton de Francis.

— C'était comme s'il te traitait de morveux ou de quelque chose de ce genre.

— Scout, dit Atticus, « ami des nègres » est l'une de ces expressions qui n'ont pas grand sens – pas plus que morveux. C'est difficile à expliquer – les gens ignorants et vulgaires s'en servent quand ils croient que quelqu'un favorise les Noirs par rapport à eux. Vis-à-vis de personnes comme nous cela devient un terme très laid qui sert à se moquer des autres.

— Mais tu n'es pas vraiment un ami des nègres, hein ?

— Bien sûr que si, je m'efforce d'aimer tout le monde... parfois ce n'est pas facile – ma chérie, ne considère jamais comme une insulte ce que d'aucuns prennent pour un gros mot. Cela te prouve seulement que tu as affaire à quelqu'un de pas très estimable et tu ne dois pas t'en offenser. Alors ne laisse pas Mrs Dubose te mettre hors de toi. Elle a déjà assez d'ennuis comme ça.

Un mois plus tard, un après-midi, Jem progressait dans Sir Walter Scout, comme il l'appelait, et Mrs Dubose le corrigeait à chaque instant, quand on frappa à la porte.

— Entrez ! cria-t-elle.

Atticus entra. Il s'approcha du lit et prit la main de Mrs Dubose.

— Je n'ai pas vu les enfants en rentrant du bureau, dit-il. Je me suis douté qu'ils se trouvaient toujours ici.

Mrs Dubose lui sourit. Je ne l'aurais jamais crue capable de lui parler alors qu'elle semblait tant le haïr.

— Savez-vous quelle heure il est, Atticus ? Exactement cinq heures et demie. Je veux que vous le sachiez.

Je me rendis soudain compte que chaque jour nous restions un peu plus longtemps chez elle, que le réveil sonnait chaque fois un peu plus tard, à peu près au moment où elle avait une crise. Ce jour-là, elle avait tourmenté Jem pendant près de deux heures sans se décider à avoir sa crise et je me sentis prise au piège. Le réveil était en général le signal de notre délivrance ; que ferions-nous si, un jour, il ne sonnait pas ?

— J'ai l'impression que Jem arrive à la fin de son mois de lecture, dit Atticus.

— Plus qu'une semaine, je pense, répondit-elle. Uniquement pour être sûre...

Jem se leva.

— Mais...

Atticus fit un signe de la main et Jem se tut. En regagnant la maison, il protesta qu'il ne devait venir qu'un mois, que ce mois était terminé et que ce n'était pas juste.

— Encore une semaine, mon garçon, dit Atticus.

— Non ! dit Jem.

— Si ! dit Atticus.

Et la semaine suivante, nous retournâmes chez Mrs Dubose. Le réveil ne sonnait plus, mais elle nous libérait d'un « Ça ira » si tard que nous trouvions Atticus dans le salon en train de lire son journal. Bien qu'elle ne souffrît plus de ses crises, elle restait pareille à elle-même : quand Sir Walter Scott se lançait dans de longues descriptions de douves et de châteaux, elle s'ennuyait et s'en prenait à nous :

— Jeremy, je t'ai dit que tu regretterais ta vie entière d'avoir abîmé mes camélias. Tu commences à regretter, j'espère ?

173

Jem répondait que oui, certainement.

— Tu pensais pouvoir détruire mes camélias neige-des-montagnes, non ? Eh bien, Jessie dit qu'ils repoussent. La prochaine fois tu sauras comment t'y prendre, hein : tu les arracheras par les racines, n'est-ce pas ?

Jem répondait que oui, certainement.

— Ne marmonne pas dans ton coin, mon garçon ! Lève la tête et dis « oui, madame » ! Ne t'imagine pas que tu t'en tireras comme ça, avec ce que fait ton père !

Jem levait le menton et regardait Mrs Dubose dans les yeux sans le moindre ressentiment. Au cours des semaines passées, il avait adopté une expression de détachement poli qu'il lui opposait en réponse à ses pires inventions.

Enfin, le dernier jour arriva. Quand Mrs Dubose dit : « Ça ira », elle ajouta : « Et c'est tout. Bonne journée. »

C'était fini. Nous bondîmes sur le trottoir dans un jaillissement de soulagement, sautant et criant de joie.

Le printemps fut agréable : les jours rallongeaient, nous laissant plus de temps pour jouer. L'esprit de Jem était surtout occupé par les statistiques vitales de tous les lycées qui pratiquaient le football, dans le pays. Tous les soirs, Atticus nous lisait la page des sports dans les journaux. L'Alabama pourrait aller de nouveau au Rose Bowl cette année, à en juger par ses espoirs aux noms imprononçables. Un soir qu'Atticus en était au milieu de la colonne de Windy Seaton, le téléphone sonna.

Il répondit, puis se dirigea vers le porte-chapeaux, dans l'entrée.

— Je vais voir Mrs Dubose un moment, dit-il. Je n'en ai pas pour longtemps.

Mais l'heure de me coucher était passée depuis longtemps lorsqu'il rentra, une boîte de bonbons à la main.

Il s'assit dans le salon et posa la boîte par terre, à côté de son fauteuil.

— Qu'est-ce qu'elle voulait ? demanda Jem.

Nous ne l'avions plus vue depuis un bon mois. Elle n'était plus jamais sur sa véranda quand nous passions devant chez elle.

— Elle est morte, mon garçon. Il y a quelques minutes.

— Oh ! dit Jem. Bien.

— Oui, c'est le mot juste, dit Atticus, elle ne souffre plus. Elle était malade depuis longtemps. Sais-tu ce qu'étaient ses crises ?

Jem secoua la tête.

— Elle était droguée à la morphine, dit Atticus. Elle en prenait depuis des années comme analgésique, sur ordonnance de son médecin. Elle en aurait usé jusqu'à la fin de ses jours et serait morte sans trop souffrir si elle n'avait été si entêtée...

— Pardon ? dit Jem.

— Juste avant ton exploit elle m'avait appelé pour faire son testament. Le docteur Reynolds lui avait dit qu'il ne lui restait que quelques mois à vivre. Ses affaires étaient parfaitement en ordre, seulement elle prétendait qu'il lui restait une affaire à régler.

— Laquelle ? demanda Jem perplexe.

— Elle prétendait quitter ce monde sans rien devoir ni à quelqu'un ni à quelque chose. Jem, quand on est malade comme elle l'était, on prend n'importe quoi pour se soulager, mais pas elle ; elle tenait à se désintoxiquer avant de mourir et c'est ce qu'elle a fait.

— Tu veux dire que c'était ça ses crises ? demanda Jem.

— Oui. Tandis que tu lisais, je parie qu'elle n'entendait pas un mot de ce que tu disais tant son esprit et son corps étaient concentrés sur l'alarme de ce réveil. Si tu n'étais pas tombé entre ses mains, je t'aurais obligé à y aller quand même. Tu lui as servi de distraction. Il y avait une autre raison...

— Elle est morte libérée de la morphine ?

— Libre comme l'air. Elle est restée consciente presque jusqu'au bout, consciente, dit-il en souriant, et irascible. Elle a continué à désapprouver vigoureusement mes actes et à dire que je finirais sans doute mon existence à tenter de te faire mettre en liberté conditionnelle. Elle a demandé à Jessie de te préparer ceci...

Atticus se pencha pour attraper la boîte de bonbons qu'il tendit à Jem.

Celui-ci l'ouvrit. À l'intérieur, entouré d'ouate, se trouvait un magnifique camélia de cire blanche, un neige-des-montagnes.

Les yeux de Jem lui en sortirent presque de la tête.

— Vieille diablesse, vieille diablesse ! cria-t-il en l'envoyant promener. Pourquoi ne peut-elle pas me laisser tranquille ?

Atticus se leva d'un coup, se planta droit devant lui. Jem se cacha le visage dans la chemise d'Atticus.

— Chut ! dit celui-ci. Je crois que c'était sa manière à elle de te dire « tout va bien, maintenant, Jem. Tout va bien ». C'était une grande dame, tu sais.

— Une dame ?

Jem leva vers lui son visage empourpré.

— Une dame ? Après tout ce qu'elle a dit sur toi ?

— Mais oui ! Elle voyait le monde à sa façon, bien différente de la mienne, je te l'accorde... Je t'ai déjà dit que si tu n'avais pas perdu ton sang-froid, je t'aurais quand même envoyé lui faire la lecture. Je voulais que tu comprennes quelque chose, que tu voies ce qu'est le vrai courage, au lieu de t'imaginer que c'est un homme avec un fusil dans la main. Le courage, c'est savoir que tu pars battu, mais d'agir quand même sans s'arrêter. Tu gagnes rarement mais cela peut arriver. Mrs Dubose a gagné, de ses quarante-cinq kilos. Ainsi qu'elle l'entendait, elle est morte libre de toute attache. C'était la personne la plus courageuse que j'aie connue.

Jem ramassa la boîte et la jeta au feu. Il garda le camélia et, en allant me coucher, je le vis en caresser les larges pétales. Atticus lisait le journal.

DEUXIÈME PARTIE

12

Jem avait douze ans. Il était difficile à vivre, inconstant et lunatique. Il avait un appétit épouvantable et il me disait si souvent d'arrêter de l'enquiquiner que j'en vins à consulter Atticus :

— Tu ne crois pas qu'il a un ver solitaire ?

Atticus dit que non, c'était seulement qu'il grandissait, je devais me montrer patiente avec lui et le déranger le moins possible.

Ce changement s'était opéré en quelques semaines. Mrs Dubose n'était pas encore froide dans sa tombe. Pourtant Jem semblait assez reconnaissant que je l'accompagne quand il allait lui faire la lecture. Du jour au lendemain il parut s'être armé de principes bizarres qu'il essayait de m'imposer. À plusieurs reprises, il alla jusqu'à me dicter ma conduite. Après une altercation, lorsque Jem s'écria : « Il serait temps que tu deviennes une vraie fille et que tu te conduises bien ! », je me mis à pleurer et courus me réfugier chez Calpurnia.

— Ne t'en fais pas trop pour Mister Jem... commença-t-elle.

— Mi-ster Jem ?

— Oui, maintenant c'est Mister Jem.

— Il n'est pas si vieux, dis-je. Tout ce dont il a besoin, c'est d'une bonne correction et je ne suis pas assez grande pour la lui donner.

— Mon chou, je n'y peux rien si Mister Jem grandit. Il voudra de plus en plus qu'on le laisse tranquille, maintenant, à s'occuper d'affaires de garçon ; alors, quand tu te sentiras trop seule, viens me voir à la cuisine. Nous trouverons toujours de quoi nous occuper toutes les deux.

L'été ne se présentait pas trop mal : Jem pouvait faire ce qui lui plaisait. En attendant l'arrivée de Dill, je me contenterai de Calpurnia. Elle paraissait contente de me voir quand je venais à la cuisine et, en la regardant, je commençais à penser qu'être une fille nécessitait des qualités.

Mais l'été arriva et Dill n'était toujours pas là. Je reçus de lui une lettre et une photo. Il m'annonçait qu'il avait un nouveau père dont il m'envoyait le portrait, et qu'il devrait rester à Meridian parce qu'ils allaient construire un bateau de pêche. Son père était avocat comme Atticus, mais beaucoup plus jeune. Il avait un visage agréable et je me réjouis que Dill ait pu faire sa conquête, mais j'étais déçue. Dill terminait en promettant de m'aimer toujours et de ne pas m'inquiéter : il viendrait un jour me chercher pour m'épouser, dès qu'il aurait pu réunir assez d'argent, il fallait que je lui écrive en attendant.

L'idée d'un fiancé permanent ne compensait que médiocrement son absence : je n'y avais jamais songé mais, à mes yeux, l'été c'était Dill en train de fumer de la ficelle au bord de la mare, les yeux brillants de Dill quand il élaborait des plans compliqués pour faire sortir Boo Radley ; l'été c'étaient ses baisers furtifs dès que Jem avait le dos tourné, les impatiences qui nous prenaient parfois. Avec lui, la vie était banale, sans lui, elle devenait insupportable. J'en eus le cafard pendant deux jours.

Comme si cela ne suffisait pas, la Chambre des représentants de l'État fut convoquée en urgence et Atticus nous quitta pour deux semaines. Le gouverneur désirait remettre à flot le navire de l'État. Il y avait des grèves avec occupation d'usine à Birmingham ; dans les villes, les queues devant les soupes populaires s'allongeaient de jour en jour ; dans les campagnes, la population ne cessait de s'appauvrir. Mais ces événements étaient bien éloignés de notre monde à Jem et à moi.

Nous eûmes la surprise, un matin, de découvrir un dessin humoristique dans *The Montgomery Adviser*, portant la légende : « Le serin [1] de Maycomb ». Il montrait Atticus en culotte courte et pieds nus, enchaîné à un bureau, écrivant studieusement sur une ardoise pendant que des filles délurées lui criaient « You-hou ».

— C'est un compliment, expliqua Jem. Il passe son temps à s'occuper de choses que personne ne ferait sans lui.

— Ah ?

En plus de ses nouveaux traits de caractère, Jem avait adopté un air de sagesse exaspérant.

— Enfin, Scout, par exemple, la réorganisation du système fiscal des comtés que la plupart des gens trouvent trop austère à leur goût.

— Comment le sais-tu ?

— Oh, fiche-moi la paix ! Je lis le journal.

Il obtint ce qu'il voulait. Je me rendis à la cuisine.

Calpurnia était en train d'éplucher des petits pois. Levant la tête, elle demanda soudain :

— Que vais-je faire de vous si je veux aller à l'office, dimanche ?

---

1. En anglais, « Finch » désigne l'espèce des fringillidés dont fait, entre autres, partie le serin.

— Rien de spécial. Atticus nous a laissé de l'argent pour la quête.

Elle plissa les yeux. Je savais ce qu'elle était en train de penser.

— Cal, dis-je, tu sais qu'on se tiendra bien. On n'a plus rien fait de mal à l'église depuis des années.

À l'évidence, elle se rappelait un dimanche pluvieux où nous nous étions retrouvés à l'école du dimanche sans père ni moniteur. Laissée à elle-même, la classe attacha Eunice Ann Simpson sur une chaise et l'enferma dans la chaufferie où nous l'oubliâmes. Nous montâmes en rangs à l'église et écoutions tranquillement le sermon quand un épouvantable bruit monta des tuyaux du radiateur : il recommença jusqu'à ce que quelqu'un aille voir ce qu'il se passait et ramène Eunice qui disait qu'elle ne voulait plus jouer Shadrac [1]. Jem déclara que si elle avait eu une foi suffisante, elle ne se serait pas brûlée. Mais il faisait vraiment chaud, là-dedans.

— Et puis ce n'est pas la première fois qu'Atticus nous laisse, protestai-je.

— Oui, mais il vérifie que votre moniteur sera là. Je ne l'ai pas entendu en parler cette fois... il a dû oublier.

Elle se gratta la tête et se mit tout à coup à sourire :

— Et si Mister Jem et toi veniez à l'église avec moi, demain ?

— Vraiment ?

— Qu'est-ce que tu en penses ? demanda-t-elle avec un sourire.

Si Calpurnia m'avait jamais lavée avec vigueur, ce n'était rien comparé à la surveillance qu'elle exerça ce

---

1. Référence à Daniel 3, 12-27 où trois Juifs, dont Shadrac, jetés dans la fournaise ardente par le roi Nabuchodonosor, survivent à cette épreuve.

samedi soir. Elle m'obligea à me savonner complètement à deux reprises, changea chaque fois l'eau de la baignoire pour me rincer ; elle me plongea les cheveux dans une cuvette et les shampouina avec de l'Octagon[1] et du savon blanc. Depuis des années, elle laissait Jem se laver seul mais, ce soir-là, elle fit irruption dans son intimité et provoqua une explosion de colère :

— Personne ne peut donc prendre un bain, dans cette maison, sans que toute la famille regarde ?

Le lendemain, elle se leva plus tôt qu'à l'accoutumée, « pour vérifier nos habits ». Quand Calpurnia passait la nuit à la maison, elle dormait sur un lit de camp dans la cuisine ; ce matin-là, il était recouvert de nos habits du dimanche. Elle avait tant amidonné ma robe que celle-ci se gonflait comme une tente quand je m'asseyais. Elle me fit enfiler un jupon et me serra une large ceinture rose autour de la taille, frotta mes chaussures vernies jusqu'à y voir son visage.

— On se croirait à Mardi gras, dit Jem. Pourquoi fais-tu tant d'histoires, Cal ?

— Je ne veux pas qu'on dise que je ne m'occupe pas de mes enfants, marmonna-t-elle. Mister Jem, vous ne pouvez pas mettre cette cravate avec ce costume. Elle est verte.

— Et alors ?

— Pas avec un costume bleu. Vous ne voyez pas ?

— Hi-hi ! ricanai-je. Jem est daltonien !

Il rougit de colère mais Calpurnia intervint :

— Cessez de vous disputer ! Je veux vous voir sourire en allant au Premier Achat.

1. Équivalent de notre savon de Marseille.

L'église méthodiste épiscopale africaine du Premier Achat se trouvait dans les Quartiers à la périphérie sud de la ville, sur le chemin des anciennes scieries. C'était un vieux bâtiment à la façade écaillée, la seule église de Maycomb à posséder un clocher. Son nom venait de ce qu'elle avait été payée par les premiers salaires des esclaves affranchis. Les Noirs s'y rassemblaient pour le culte le dimanche et les Blancs y jouaient aux cartes en semaine.

La cour de l'église avait un sol d'argile dur comme de la brique, ainsi que le cimetière à côté. Les corps de ceux qui mouraient en période de sécheresse étaient recouverts de morceaux de glace en attendant que la pluie ramollisse la terre. Quelques pierres tombales achevaient de tomber en poussière ; les plus récentes étaient ornées de verre de couleurs vives et de bouteilles de Coca-Cola brisées. Des paratonnerres gardaient les tombes où les morts ne reposaient pas en paix ; il y avait des restes de bougies sur les sépultures d'enfants. C'était un cimetière agréable.

La chaude odeur douce-amère des Noirs propres nous accueillit à notre arrivée – brillantine « Cœur d'Amour » mêlée d'Asafoetida, de tabac à priser et à chiquer, d'eau de Cologne d'Hoyt, de menthe poivrée et de talc au lilas.

Quand ils nous virent avec Calpurnia, les hommes reculèrent et ôtèrent leurs chapeaux ; les femmes croisèrent les bras sur leurs tailles, gestes quotidiens de respect. Se séparant, ils nous ouvrirent un chemin vers la porte de l'église. Calpurnia marchait entre Jem et moi, répondant aux salutations de ses voisins dans leurs tenues colorées.

— Où allez-vous comme ça, Miss Cal ? dit une voix derrière nous.

Les mains de Calpurnia se posèrent sur nos épaules et nous nous arrêtâmes pour regarder autour de nous : dans l'allée derrière nous se tenait une grande femme noire appuyée sur une jambe, le coude gauche replié sur la hanche, pointant vers nous une paume ouverte. Elle avait la tête ronde avec d'étonnants yeux en amande, un nez droit et une bouche incurvée à l'indienne. Elle devait bien mesurer deux mètres dix de haut.

Je sentis la main de Calpurnia s'enfoncer dans mon épaule.

— Qu'est-ce que tu veux, Lula ? demanda-t-elle d'un ton calme et méprisant que je ne lui avais jamais entendu.

— J'veux savoi'pou'quoi tu t'imballes des gosses blancs dans une église nèg'.

— Y sont mes invités, dit Calpurnia.

Sa voix me parut à nouveau bizarre : elle parlait comme eux.

— Ouais, et j'pa'ie qu't'es invitée chez les Finch pendant la semaine.

Un murmure s'éleva dans la foule.

— Toi, ne réponds pas ! me souffla Calpurnia.

Néanmoins, les roses de son chapeau tremblaient d'indignation.

Comme Lula s'approchait de nous, elle lui dit :

— Arrête-toi là, négresse !

Lula s'arrêta, mais déclara :

— T'as pas le d'oit d't'imbaler des gosses blancs ici... Y ont leu'église, nous la nôt'e. C'est chez nous, ici, n'est-ce pas, Miss Cal !

— Et c'est pas le même bon Dieu pou'tout le monde ? répondit Cal.

— Rentrons, Cal, intervint Jem. Ils ne veulent pas de nous ici...

J'étais d'accord : ils ne voulaient pas de nous ici. J'eus l'impression, plus que je ne le vis, qu'ils marchaient sur nous. Ils semblaient se rapprocher, mais en levant les yeux vers Calpurnia je vis son regard amusé. En regardant de nouveau l'allée, je constatai que Lula était partie. Il y avait à sa place une masse compacte de gens de couleur.

L'un d'entre eux fit un pas en avant. C'était Zeebo, le ramasseur de poubelles.

— Mister Jem, dit-il, nous sommes t'ès heu'eux de vous avoi'ici tous les deux. Faites pas attention à Lula, elle est ag'essive pa'ce que le'évé'end Sykes a menacé de l'exclure de l'église. C'est une pertu'bat'ice depuis longtemps, avec ses d'ôles d'idées et son a'ogance – nous sommes t'ès heu'eux de vous avoi'ici tous les deux.

Là-dessus, Calpurnia nous conduisit à la porte de l'église où nous fûmes accueillis par le révérend Sykes qui nous fit asseoir au premier rang.

À l'intérieur, il n'y avait ni plafond pour cacher la charpente, ni peinture. Le long des murs, des lampes à kérosène éteintes pendaient à des crochets de cuivre. Des gradins en pin servaient de bancs. Derrière la chaire de chêne brut, une bannière en soie d'un rose fané proclamait que Dieu était Amour, c'était l'unique décoration de l'église en dehors d'une rotogravure de *La Lumière du Monde* de Hunt. Pas de trace de piano, d'orgue, de livres de chant, de programme de l'office et autres impedimenta ecclésiastiques que nous voyions chaque dimanche. Il faisait sombre, ici, avec une fraîcheur humide lentement absorbée par la masse des fidèles. À chaque place se trouvait un pauvre éventail de

188

carton illustré d'un jardin de Gethsémani aux couleurs criardes offert par les équipements Tyndal's (Nous-avons-ce-qu'il-vous-faut).

Calpurnia nous fit signe de nous glisser au bout de la rangée et se plaça entre nous. Elle fouilla dans son sac, sortit son mouchoir qu'elle dénoua pour en dégager un rouleau de monnaie. Elle me donna une pièce de dix cents et une autre à Jem.

— Nous avons les nôtres, murmura-t-il.

— Gardez-les. Vous êtes mes invités.

Le visage de Jem traduisit un instant son indécision face à la question morale que posait le fait de garder son argent, puis sa courtoisie innée l'emporta et il rangea sa pièce dans sa poche. Je fis de même sans plus de scrupule.

— Cal, chuchotai-je, où sont les livres de cantiques ?

— Nous n'en avons pas.

— Alors comment... ?

— Chut ! dit-elle.

Le révérend Sykes venait de monter en chaire et regardait l'assistance pour obtenir le silence. C'était un petit homme trapu en costume noir, cravate noire, chemise blanche, avec une chaîne de montre en or qui brillait dans la lumière des vitres dépolies.

— Chers frères et chères sœurs, dit-il, nous sommes particulièrement heureux de recevoir des hôtes, ce matin. Mr et Miss Finch. Vous connaissez tous leur père. Avant de commencer, je vais lire quelques annonces.

Il remua des papiers, en choisit un et le tint à bout de bras :

— La Société des missions se réunit chez sœur Annette Reeves mardi prochain. Apportez votre ouvrage.

Il lut une autre feuille :

— Vous êtes tous au courant des ennuis du frère Tom Robinson. C'est un fidèle membre de notre communauté depuis son enfance. La quête d'aujourd'hui et des trois dimanches à venir est destinée à Helen, sa femme, pour l'aider à entretenir sa famille.

Je flanquai un coup à Jem :

— C'est le Tom qu'Atticus dé...

— Chut !

Je me tournai vers Calpurnia mais elle m'empêcha d'achever. Résignée, je reportai mon attention sur le pasteur qui paraissait attendre que je me calme.

— Notre chef de chant peut-il entamer le premier cantique ? demanda-t-il.

Zeebo se leva de son banc et descendit l'allée centrale, s'arrêtant en face de nous et de l'assemblée ; il portait un vieux livre de cantiques qu'il ouvrit en disant :

— Nous allons chanter le numéro deux cent soixante-trois.

C'en fut trop pour moi :

— Comment on va chanter si on n'a pas de livre ?

Calpurnia sourit :

— Chut, mon chou, murmura-t-elle. Tu vas voir.

Zeebo s'éclaircit la gorge et lut d'une voix rappelant le grondement d'une artillerie dans le lointain :

— « Il y a un pays au-delà du fleuve [1]. »

Miraculeusement, une centaine de voix chantèrent, parfaitement juste, les paroles de Zeebo. La dernière syllabe, tenue dans un bourdonnement rauque, fut suivie par la voix de Zeebo :

_____

1. Premier vers du gospel *When They Ring the Golden Bells for You and Me.*

— « Appelé la douceur éternelle. »

De nouveau, la musique nous enveloppa ; la dernière note vibra tandis que Zeebo lisait le verset suivant :

— « Dont nous n'atteindrons la rive que par la force de notre foi. »

L'assemblée hésita, Zeebo répéta soigneusement le verset et il fut chanté. Au refrain, il ferma le livre, indiquant ainsi aux fidèles qu'ils devaient continuer seuls.

Tandis que mouraient les notes de « Jubilé », il reprit :

— « Dans cette lointaine douceur éternelle, juste au-delà du fleuve scintillant. »

Verset après verset, les voix suivirent à l'unisson jusqu'à ce que le cantique s'achevât dans un murmure mélancolique.

Je regardai Jem qui regardait Zeebo du coin de l'œil. Je n'y croyais pas moi non plus, mais nous l'avions tous les deux entendu.

Le révérend Sykes pria alors le Seigneur de bénir les malades et ceux qui souffraient, pratique qui ne différait pas de celle de notre église si ce n'est que le révérend Sykes appela l'attention de Dieu sur plusieurs cas particuliers.

Le sermon était une franche dénonciation du péché, un austère discours sur la devise de la bannière qui se trouvait derrière lui : il mit ses ouailles en garde contre les conséquences funestes des boissons capiteuses, du jeu et des femmes de mauvaise vie. Les bootleggers causaient pas mal de dégâts dans les Quartiers, mais les femmes étaient pires. Ainsi que cela m'était souvent arrivé dans ma propre église, je me trouvai de nouveau confrontée à la doctrine de l'impureté des femmes qui semblait préoccuper tous les hommes d'Église.

Jem et moi avions entendu le même sermon dimanche après dimanche, à un détail près : le révérend Sykes se servait sans vergogne de sa chaire pour exprimer ce qu'il pensait des manquements individuels à la grâce : Jim Hardy ne venait plus à l'église depuis cinq dimanches, alors qu'il n'était pas malade ; Constance Jackson devrait prendre garde à sa conduite... elle était au bord d'une querelle avec ses voisins en élevant la seule clôture érigée par malveillance de toute l'histoire des Quartiers.

Le révérend Sykes acheva son sermon. Il s'installa à côté d'une table devant la chaire et demanda l'offrande du matin, pratique qui nous était inconnue, à Jem et à moi. Un par un, les fidèles s'avancèrent et jetèrent des pièces de monnaie dans une cafetière émaillée noire. Jem et moi suivîmes le mouvement et, quand notre obole tinta, nous reçûmes un aimable « Merci, merci ».

À notre grand étonnement, le révérend vida la cafetière sur la table, ramassa l'argent, se redressa et annonça :

— Ce n'est pas suffisant, il nous faut dix dollars.

Il y eut des mouvements divers parmi l'assistance.

— Vous savez tous pour qui c'est... Helen ne peut pas laisser ses enfants pour aller travailler pendant que Tom est en prison. Si chacun donne dix cents de plus, nous les aurons...

Il agita les bras pour faire signe à quelqu'un au fond de l'église.

— Alec, ferme les portes. Personne ne s'en ira tant que nous n'aurons pas ces dix dollars.

Calpurnia fouilla dans son sac pour en extirper un porte-monnaie de cuir tout abîmé.

— Maintenant, Cal, chuchota Jem quand elle lui tendit une pièce brillante de vingt-cinq cents, nous pouvons donner les nôtres. Donne-moi ton argent, Scout.

L'église devenait étouffante et je compris que le pasteur avait l'intention de tirer cette somme à la sueur du front de ses ouailles. Les éventails crépitaient, les pieds s'agitaient, les chiqueurs étaient à l'agonie.

Le pasteur me fit sursauter en lançant sévèrement :

— Carlow Richardson, je ne t'ai pas encore vu dans cette allée.

Un homme mince en pantalon kaki vint déposer une pièce. L'assemblée émit un murmure d'approbation.

Le révérend Sykes dit alors :

— Je veux que tous ceux d'entre vous qui n'ont pas d'enfant fassent un sacrifice en offrant dix cents de plus. Comme ça nous aurons la somme.

Lentement, péniblement, les dix dollars furent enfin rassemblés. On ouvrit la porte et une rafale d'air chaud nous revivifia. Zeebo entama *Sur les rives orageuses du Jourdain* et l'office s'acheva.

J'avais envie de rester et d'explorer les lieux, mais Calpurnia me propulsa dans l'allée devant elle. À la sortie, tandis qu'elle s'arrêtait pour parler avec Zeebo et sa famille, Jem et moi bavardâmes avec le révérend Sykes. Je brûlais de lui poser de nombreuses questions, mais je décidai d'attendre et de les poser à Calpurnia.

— Nous étions particulièrement heureux de vous avoir parmi nous, dit le révérend. Cette église n'a pas de meilleur ami que votre père.

La curiosité m'emporta :

— Pourquoi vous avez fait cette quête pour la femme de Tom Robinson ?

— Vous n'avez pas entendu ? Helen a trois enfants en bas âge et elle ne peut pas aller travailler...

— Elle ne peut pas les emmener avec elle, révérend ? demandai-je.

Les Noirs employés aux travaux agricoles ayant de

jeunes enfants avaient pour habitude de les installer là où ils trouvaient de l'ombre pendant qu'ils travaillaient à côté – en général, les bébés se retrouvaient entre deux rangs de coton. Ceux qui ne savaient pas encore s'asseoir étaient portés comme les bébés indiens sur le dos de leur mère ou dans des sacs à coton.

Le pasteur hésita :

— Pour tout vous dire, Miss Jean Louise, Helen a du mal à trouver du travail pour l'instant... au moment de la cueillette, je pense que Mr Link Deas la prendra.

— Pourquoi, révérend ?

Avant qu'il pût répondre, je sentis la main de Calpurnia sur mon épaule. Aussitôt, je dis :

— Nous vous remercions de nous avoir laissés venir.

Jem renchérit et nous rentrâmes à la maison.

— Cal, demandai-je, je sais que Tom Robinson est en prison et qu'il a fait quelque chose de terrible, mais pourquoi les gens ne veulent-ils pas engager Helen ?

Dans sa robe de mousseline bleu marine et son chapeau en forme de bassine, elle marchait entre mon frère et moi.

— C'est à cause de ce dont les gens accusent Tom, dit-elle. Ils n'ont pas très envie d'avoir... d'avoir le moindre rapport avec sa famille.

— Qu'est-ce qu'il a fait au juste, Cal ?

Elle soupira :

— Mr Bob Ewell père l'accuse d'avoir violé sa fille et l'a fait arrêter et mettre en prison...

— Mr Ewell ?

Cela stimula ma mémoire :

— Est-ce qu'il a un rapport avec ces Ewell qui viennent à l'école le jour de la rentrée et s'en vont après ? Atticus a dit que c'étaient des pourritures... je ne l'avais jamais entendu parler de personne de cette manière. Il a dit...

— Oui, ce sont eux.

— Alors, si tout le monde à Maycomb sait quelle sorte de gens sont ces Ewell, ils devaient être heureux d'engager Helen... c'est quoi « violer », Cal ?

— Tu poseras la question à Mr Finch. Il te l'expliquera mieux que moi. Vous avez faim, tous les deux ? Le révérend nous a gardés longtemps, ce matin. D'habitude, il n'est pas aussi ennuyeux.

— Il est exactement comme notre pasteur, intervint Jem. Mais pourquoi vous chantez les cantiques de cette façon ?

— Par la reprise du verset ?

— C'est comme ça que ça s'appelle ?

— Oui. Ça existe depuis toujours.

Jem observa qu'ils pourraient économiser l'argent de la quête pendant un an pour acheter des livres de cantiques.

Calpurnia se mit à rire :

— Ça ne servirait à rien. Ils ne savent pas lire.

— Ils ne savent pas lire ? demandai-je. Tous ces gens ?

— Eh oui ! Sauf trois ou quatre personnes du Premier Achat... dont moi.

— Dans quelle école es-tu allée, Cal ? demanda Jem.

— Aucune. Attendez, qui m'a appris l'alphabet ? La tante de Miss Maudie Atkinson, la vieille Miss Buford...

— Tu es si vieille que ça ?

Elle sourit :

— Je suis plus vieille que Mr Finch. Enfin, je ne sais pas de combien. Un jour nous avons essayé de nous souvenir... Je ne me rappelle que quelques années de plus que lui, je ne suis donc pas beaucoup plus vieille, en partant du principe que les hommes n'ont pas une aussi bonne mémoire que les femmes.

— Quand est ton anniversaire, Cal ?

— Je le fête à Noël, c'est plus facile pour s'en souvenir... je n'ai pas de vrai jour d'anniversaire.

— Mais, Cal, protesta Jem, tu n'as pas du tout l'air d'avoir l'âge d'Atticus.

— On voit moins facilement l'âge des gens de couleur.

— Peut-être parce qu'ils ne savent pas lire. C'est toi qui as appris à Zeebo ?

— Oui, Mister Jem. Il n'y avait pas non plus d'école, quand il était petit. Alors je lui ai donné des leçons.

Zeebo était le fils aîné de Calpurnia. En me donnant la peine d'y réfléchir, j'aurais su qu'elle n'était pas toute jeune – Zeebo avait des enfants adolescents – mais je n'y avais encore jamais songé.

— Tu lui as appris dans un abécédaire, comme à nous ? demandai-je.

— Non, je lui faisais déchiffrer tous les jours une page de la Bible et puis il y avait un livre dans lequel Miss Buford m'avait appris... je parie que vous ne savez pas où je l'ai eu.

Nous ne le savions pas.

— C'est votre grand-père Finch qui me l'a donné, dit Calpurnia.

— Tu étais de Finch's Landing, toi aussi ? demanda Jem. Tu ne nous l'avais jamais dit.

— Pourtant j'y étais, Mister Jem. J'ai grandi là-bas, entre la maison Buford et la vôtre. Je passais mes journées à travailler pour les Finch ou pour les Buford et je suis partie pour Maycomb quand votre papa et votre maman se sont mariés.

— Quel livre était-ce, Cal ?

— Les *Commentaires* de Blackstone [1].

Jem en fut abasourdi.

— Tu veux dire que tu as appris à Zeebo *là-dedans* ?

— Oui, pourquoi, Mister Jem ?

Elle posa timidement ses doigts sur ses lèvres.

— C'étaient les seuls livres que je possédais. Votre grand-père disait que Mr Blackstone écrivait dans un bel anglais...

— Voilà pourquoi tu ne parles pas comme les autres, dit Jem.

— Quels autres ?

— Les autres gens de couleur. Mais, Cal, tu as parlé comme eux à l'église...

Que Calpurnia menait une modeste double vie ne m'avait jamais effleurée. Non plus que l'idée qu'elle avait une existence distincte en dehors de notre maison, pour ne rien dire de sa maîtrise de deux langues.

— Cal, repris-je, pourquoi tu parles le langage nègre aux... à tes frères si tu sais que c'est pas bien ?

— Eh bien, d'abord, je suis noire...

— C'est pas une raison pour parler comme ça, alors que tu t'exprimes très bien, dit Jem.

Rabattant son chapeau, Calpurnia se gratta la tête puis reposa soigneusement son couvre-chef sur ses oreilles.

— C'est difficile à expliquer, reprit-elle. Imaginez que vous et Scout parliez comme les gens de couleur à la maison... ce serait déplacé, non ? Ce serait pareil pour moi, si je parlais comme les Blancs à mon église et

---

1. Juriste anglais du XVIIIe siècle, auteur des *Commentaires sur la loi d'Angleterre*.

avec mes voisins. Ils croiraient que je veux prendre des grands airs.

— Mais tu sais bien que c'est faux, Cal ! dis-je.

— Il n'est pas nécessaire de raconter tout ce qu'on sait. Ce ne sont pas des manières de dame. Et puis les gens n'aiment pas que quelqu'un se vante d'en savoir plus qu'eux. Cela les agace. On ne les changera pas en parlant bien, il faut qu'ils aient envie d'apprendre d'eux-mêmes et s'ils ne le veulent pas, il n'y a rien à faire, sinon se taire ou parler comme eux.

— Cal, je pourrais venir te voir, quelquefois ?

Elle baissa les yeux sur moi :

— Me voir, ma chérie ? Mais tu me vois tous les jours.

— Dans ta maison. Le soir après le travail ? Atticus pourra m'amener.

— Tant que tu voudras. Nous serons ravis de te recevoir.

Nous étions sur le trottoir des Radley.

— Regardez la véranda là-bas, dit Jem.

Je levai la tête vers la maison des Radley, m'attendant à voir son occupant fantôme prenant le soleil sur la balancelle. Mais celle-ci était vide.

— Je voulais dire notre véranda, rectifia Jem.

Je regardai plus bas dans la rue. Fanatique, droite comme un i, inflexible, tante Alexandra était assise dans un fauteuil à bascule exactement comme si elle s'y était assise chaque jour de sa vie.

13

« Mets mon sac dans la grande chambre, Calpurnia » fut la première chose que dit tante Alexandra. La seconde fut : « Jean Louise, cesse de te gratter la tête. »

Calpurnia souleva le lourd bagage de tante Alexandra et ouvrit la porte.

— Je vais le prendre, intervint Jem.

J'entendis la valise tomber lourdement sur le plancher de la chambre. Ce son avait une sourde présence.

— Vous venez nous rendre visite, Tatie ? demandai-je.

Les visites de notre tante étaient rares et elle voyageait en grande pompe. Elle possédait une honnête Buick vert vif et un chauffeur noir, tous deux maintenus dans un état de propreté malsain. Cependant, ni l'une ni l'autre n'étaient visibles en ce moment.

— Votre père ne vous a pas avertis ? demanda-t-elle.

Jem et moi secouâmes la tête.

— Il aura oublié. Il n'est pas encore là ?

— Non, d'habitude, il ne rentre que tout à fait en fin d'après-midi, répondit Jem.

— Eh bien, votre père et moi avons décidé que je ferais bien de venir passer quelque temps avec vous.

À Maycomb, « quelque temps » pouvait signifier trois jours comme trente ans. Mon regard croisa celui de Jem.

— Jem grandit, et toi aussi, me dit-elle. Nous avons décidé qu'il serait préférable pour toi d'avoir une présence féminine. D'ici quelques années, Jean Louise, tu t'intéresseras aux vêtements et aux garçons...

J'aurais pu lui opposer plusieurs réponses : Cal était une fille, je n'étais pas près de m'intéresser aux garçons, quant aux vêtements, ils ne m'intéresseraient jamais... cependant je tins ma langue.

— Et oncle Jimmy ? reprit Jem. Il va venir, lui aussi ?

— Oh non ! Il reste à Finch's Landing. Il doit s'occuper de son entretien.

— Il ne vous manquera pas trop ?

En posant cette question, je me rendis compte qu'elle manquait de tact. Qu'il fût présent ou absent ne faisait pas grande différence, il ne disait jamais rien. Tante Alexandra fit mine de n'avoir pas entendu.

Je ne savais pas quoi lui dire d'autre. D'ailleurs, je ne trouvais jamais rien à lui dire, et je m'assis en songeant aux laborieuses conversations que nous avions eues par le passé : « Comment vas-tu, Jean Louise ? – Bien, merci ma tante, et vous ? – Très bien, merci ; que deviens-tu donc ? – Rien. – Tu ne fais rien ? – Non, ma tante. – Tu as bien des amis ? – Oui, ma tante. – Et que faites-vous ensemble ? – Rien. »

À l'évidence, elle me trouvait assommante ; d'ailleurs je l'entendis dire un jour à Atticus que j'étais molle.

Il y avait quelque chose derrière tout cela, mais je ne tenais pas à ce qu'elle me l'apprenne à ce moment-là : nous étions dimanche et tante Alexandra était carrément irritable le jour du Seigneur. Ce devait être le corset qu'elle ne mettait que ce jour-là. Non qu'elle fût grosse, mais elle se portait bien et choisissait des vêtements assurant un soutien suffisant pour remonter sa poitrine à des hauteurs vertigineuses, serrer sa taille, s'évaser sur son derrière et suggérer qu'elle avait eu autrefois une taille de guêpe. C'était impressionnant de tous les points de vue.

Le reste de l'après-midi se passa dans le doux ennui qui s'abat lors des visites de parents, mais il s'évanouit lorsque nous entendîmes une voiture tourner dans l'allée. C'était Atticus qui rentrait de Montgomery. Oubliant sa dignité, Jem courut avec moi à sa rencontre, lui prit sa serviette et son sac. Je sautai dans ses bras, reçus son baiser distrait, et demandai :

— Tu m'as rapporté un livre ? Tu sais que tante Alexandra est là ?

Il répondit aux deux par l'affirmative.

— Tu es contente qu'elle vienne vivre avec nous ?

Je dis que j'étais ravie, ce qui était un mensonge, mais on peut mentir dans certaines circonstances et on doit le faire quand on est impuissant devant les choses.

— Nous avons pensé que cela vous ferait du bien... enfin, c'est comme ça, Scout. Ta tante me rend un grand service et à vous aussi. Je ne peux pas passer toutes mes journées avec vous et l'été sera chaud.

— Oui, père, dis-je.

Je n'avais pas compris un mot de ce qu'il avait dit. Je me doutais, cependant, que l'entrée en scène de tante Alexandra était moins le fait d'Atticus que le sien. Elle avait l'habitude de décréter Ce Qui Est Bon Pour La Famille et j'imagine que son installation chez nous entrait dans cette catégorie.

Maycomb la reçut à bras ouverts. Miss Maudie Atkinson lui prépara un Lane cake tellement imbibé d'alcool qu'il m'enivra ; Miss Stephanie Crawford lui rendit de longues visites au cours desquelles elle ne cessait de secouer la tête et de dire : « Hé, hé, hé. » Miss Rachel, notre voisine, l'invitait pour le café l'après-midi et Mr Nathan Radley s'aventura jusque devant sa maison pour lui dire qu'il était content de la voir.

Quand elle fut installée et que la vie reprit son cours, tante Alexandra paraissait avoir toujours vécu avec nous. Ses collations servies à la Société des missions ajoutèrent à sa réputation d'hôtesse (elle n'autorisait pas Calpurnia à confectionner les mets délicats nécessaires au soutien de la Société pendant les longs rapports sur les Asiatiques convertis au christianisme en échange d'un bol de riz) ; elle s'inscrivit au club des Copistes de Maycomb dont elle devint bientôt la secrétaire. Aux yeux de tous ceux qui participaient à la vie du comté, tante Alexandra était l'une des dernières de son espèce : elle avait des manières de demoiselle de bonne famille ; dès qu'il était question de morale, elle s'en faisait l'ardent défenseur ; elle n'était jamais contente ; c'était une bavarde impénitente. À l'époque où elle allait à l'école, il n'était jamais question du manque de confiance en soi dans les livres de classe. Elle en ignorait donc le sens. Elle ne s'ennuyait jamais et, à la moindre occasion, exerçait ses prérogatives royales : elle organisait, conseillait, avertissait et mettait en garde.

Elle ne laissait jamais passer l'occasion de souligner les défauts des autres groupes tribaux pour mieux glorifier le nôtre, habitude qui amusait Jem plus qu'elle ne l'agaçait :

— Tatie ferait bien de surveiller son langage... elle a tendance à égratigner la plupart des habitants de Maycomb alors qu'ils nous sont apparentés.

Pour souligner la morale du suicide du jeune Sam Merriweather, tante Alexandra déclara qu'il était causé par une tendance morbide de sa famille. Qu'une adolescente de seize ans glousse dans la chorale et elle disait :

— Cela vous montre exactement la frivolité des femmes de la famille Penfield.

Apparemment, tout le monde, à Maycomb, avait une propension – à la boisson, au jeu, à la mesquinerie, à la plaisanterie.

Un jour où elle nous assurait que la propension de Miss Stephanie Crawford à se mêler des affaires des autres était héréditaire, Atticus intervint :

— Ma chère sœur, quand on y réfléchit, notre génération a été à peu près la première de la famille Finch à ne pas se marier entre cousins. Dirais-tu que les Finch ont une propension à l'inceste ?

Tatie dit que non, mais que c'était de là que nous tenions nos petites mains et nos petits pieds.

Je n'ai jamais compris son obsession de l'hérédité. Pour moi, les gens bien étaient ceux qui faisaient de leur mieux en fonction de leur intelligence, mais, sans l'exprimer ouvertement, tante Alexandra semblait penser que plus une famille avait passé de temps sur une propriété, meilleure elle était.

— Alors, les Ewell sont des gens bien, remarqua Jem.

Depuis trois générations, leur tribu, dont faisaient partie Burris Ewell et ses frères, occupait le même lopin de terre derrière la décharge de Maycomb, et prospérait grâce à l'aide sociale du comté.

Néanmoins, la théorie de tante Alexandra n'était pas entièrement fausse. Maycomb était une ville ancienne, à trente kilomètres à l'est de Finch's Landing ; curieusement, pour une vieille ville, elle se trouvait à l'intérieur des terres. En fait, elle aurait dû se situer plus près du fleuve, n'était la ruse d'un certain Sinkfield qui, à l'aube de l'histoire de la ville, possédait une taverne au croisement de deux pistes, le seul établissement de ce genre sur tout le territoire. Peu patriote, il servait et fournissait en munitions tant les Indiens que les colons ; sans se soucier de savoir s'il était un habitant du territoire de l'Alabama ou un membre de la nation Creek, du moment que les affaires marchaient. Son commerce prospéra encore lorsque, dans le but de promouvoir la tranquillité de ce nouveau comté, le gouverneur William Wyatt Bibb chargea une équipe d'en déterminer le centre exact, afin d'y établir le siège de son gouvernement. Les inspecteurs, descendus chez Sinkfield, lui dirent qu'il se trouvait aux limites du comté de Maycomb et lui montrèrent où serait probablement installé le siège du comté. Si Sinkfield n'était pas audacieusement intervenu pour préserver la valeur de ses avoirs, Maycomb aurait été édifiée au beau milieu du marécage de Winston, endroit totalement dénué d'intérêt. Au lieu de quoi, la ville grandit et s'étala à partir de son centre, la taverne Sinkfield. Un soir en effet, l'aubergiste, ayant enivré ses hôtes au point de les rendre totalement myopes, les incita à sortir leurs cartes et leurs graphiques, à retrancher un petit quelque chose par ici, à ajouter un petit bout par là, de façon que le centre du comté correspondît à ses désirs. Il les renvoya le lendemain, armés de leurs cartes et de cinq litres de gnôle dans leurs sacoches – deux pour chacun d'entre eux et un pour le gouverneur.

Sa première raison d'être consistant à recevoir le siège du gouvernement, Maycomb ne fut pas affligée de la saleté typique des villes d'Alabama de taille comparable. Dès le départ, ses bâtiments furent construits en dur, son palais de justice avait fière allure et ses rues étaient agréablement larges. Il y avait une forte proportion de professions libérales : on venait s'y faire arracher les dents, réparer son chariot, vérifier son cœur, placer son argent et sauver son âme. Mais on pouvait discuter du bien-fondé de la manœuvre de Sinkfield car il avait situé la nouvelle ville trop loin de l'unique moyen de transport de ce temps-là – la navigation fluviale – et il fallait deux jours aux habitants du nord du comté pour aller à Maycomb y faire leurs achats. De ce fait, la ville ne s'agrandit pas durant une centaine d'années, telle une île au milieu d'un océan de champs de coton et de forêts.

Si Maycomb fut épargnée par la guerre de Sécession, la ruine économique et la Reconstruction l'obligèrent cependant à se développer. De l'intérieur. Les nouveaux arrivants étaient rares, on se mariait entre familles si bien que les habitants finirent par avoir tous une vague ressemblance. Il arrivait bien que certains ramènent un étranger de Montgomery ou de Mobile, mais sans que cela eût un grand effet sur l'air de famille des habitants de la ville. Et il en allait encore plus ou moins ainsi du temps de mon enfance.

Il y avait en fait un système de castes à Maycomb qui, selon moi, fonctionnait ainsi : chacun des vieux citadins, la génération actuelle des familles qui vivaient côte à côte depuis des années et des années, lisait à livre ouvert dans les autres familles ; ils ne s'étonnaient ni de leurs attitudes, ni des nuances de leur caractère, ni même de leurs gestes que chaque génération avait répétés et peaufinés. Les affirmations selon lesquelles les-Crawford-se-mêlaient-de-ce-qui-ne-les-regardait-pas, un-Merriweather-sur-trois-avait-des-pulsions-morbides, les-Delafield-étaient-fâchés-avec-la-vérité, tous-les-Buford-marchaient-comme-ça étaient de simples modes d'emploi pour la vie quotidienne ; on n'acceptait jamais un chèque des Delafield sans avoir discrètement téléphoné à la banque. Miss Maudie Atkinson avait le dos rond parce que c'était une Buford ; que Mrs Grace Merriweather descende le gin des bouteilles de Lydia E. Pinkham [1] n'avait rien d'extraordinaire, sa mère en faisait autant.

Tante Alexandra se coula dans le monde de Maycomb comme une main dans un gant, mais non dans celui de Jem et dans le mien. Je m'étais si souvent demandé comment elle pouvait être la sœur d'Atticus et d'oncle Jack que me revinrent en mémoire des histoires plus ou moins oubliées d'échanges et de racines de mandragore, que m'avait autrefois racontées Jem.

Durant ce premier mois, ce ne furent que des spéculations abstraites car elle s'adressait rarement à nous ; nous ne la voyions qu'aux repas et le soir avant d'aller nous coucher. C'était l'été et nous vivions dehors. Il m'arrivait, certains après-midi, de rentrer en courant chercher un verre d'eau et je trouvais alors le salon empli de dames qui buvaient du thé, bavardaient, s'éventaient ; invariablement, je m'entendais appeler :

— Jean Louise, viens dire bonjour.

Quand j'apparaissais sur le seuil, Tatie semblait regretter sa demande : en général, j'entrais couverte de boue ou de sable.

— Viens voir ta cousine Lily, me dit-elle un jour où elle m'avait interceptée dans l'entrée.

— Qui ?

— Ta cousine Lily, dit tante Alexandra.

— C'est notre cousine ? Je ne savais pas.

---

1. Préparatrice de décoctions médicales destinées aux femmes, mais à forte concentration d'alcool.

Tante Alexandra réussit à sourire d'une manière traduisant ses excuses à la cousine Lily et sa ferme désapprobation à mon égard. Quand la cousine Lily Brooke partit, je compris que j'allais me faire attraper.

Il était bien triste que mon père eût négligé de me parler de la famille Finch ou de rendre ses enfants fiers d'en faire partie. Elle convoqua Jem qui s'assit avec méfiance à côté de moi sur le canapé. Elle quitta la pièce et revint avec un livre à la couverture mauve, sur laquelle était gravé en lettres d'or : *Les Méditations de Joshua S. St. Clair*.

— C'est votre cousin qui l'a écrit, dit tante Alexandra. Quelqu'un de remarquable.

Jem examina le petit volume :

— Est-ce le cousin Joshua qui a été enfermé si longtemps ?

— Comment sais-tu cela ? demanda tante Alexandra.

— Atticus nous a dit qu'il était tombé sur la tête à l'université. Qu'il avait tenté d'assassiner le président après s'être fait passer pour un inspecteur des égouts, qu'il avait essayé de lui tirer dessus avec un vieux fusil à pierre qui lui a explosé entre les mains. Atticus dit qu'il en a coûté cinq cents dollars à la famille pour le tirer de ce mauvais pas.

Tante Alexandra se taisait, raide comme une cigogne.

— C'est tout, dit-elle. Nous en reparlerons.

Avant de me coucher, je cherchais un livre dans la chambre de Jem quand Atticus frappa et entra. Il s'assit au bord du lit, nous regarda, l'air grave, puis sourit.

Avant de parler, il se racla la gorge et je songeai qu'il vieillissait. Mais il avait le même air que d'habitude.

— Je ne sais pas très bien comment vous dire ça, commença-t-il.

— Eh bien, dis-le simplement, répondit Jem. On a fait une bêtise ?

Notre père changea de position, mal à l'aise.

— Non, je veux simplement vous expliquer que... votre tante Alexandra m'a prié de... mon garçon, tu sais que tu es un Finch, n'est-ce pas ?

— C'est ce qu'on m'a dit.

Le regardant du coin de l'œil, Jem ajouta d'une voix trop aiguë :

— Qu'est-ce qui se passe, Atticus ?

Atticus croisa les genoux puis les bras.

— J'essaie de vous expliquer les choses de la vie.

Jem prit une expression dégoûtée :

— Je suis au courant de tous ces trucs-là, dit-il.

Atticus devint soudain sérieux. De sa voix d'avocat, sans l'ombre d'une altération, il dit :

— Votre tante m'a demandé de vous faire comprendre que vous n'êtes pas issus d'un milieu ordinaire, que vous êtes l'aboutissement de plusieurs générations de personnes qui avaient reçu une bonne éducation...

Atticus s'arrêta et me regarda repérer un insecte insaisissable sur ma jambe.

— Une bonne éducation, reprit-il quand je l'eus trouvé et écrasé, et que vous devriez essayer de vivre conformément à votre nom.

Atticus poursuivit malgré nous :

— Elle m'a prié de vous dire que vous devez essayer de vous comporter comme la petite dame et le gentleman que vous êtes. Elle veut vous parler de votre famille et de ce qu'elle représente pour le comté de Maycomb depuis des années, afin que vous preniez conscience de ce que vous êtes, et que vous vous conduisiez en conséquence, conclut-il à la hâte.

Médusés, Jem et moi nous regardâmes l'un l'autre,

puis Atticus que son col semblait serrer. Nous ne fîmes aucun commentaire.

Je ramassai un peigne sur la commode de Jem et fis courir ses dents sur le rebord du meuble.

— Arrête ! dit Atticus.

Sa sécheresse me frappa. Le peigne s'immobilisa à mi-chemin et je le jetai brusquement. Sans trop savoir pourquoi, je me mis à pleurer sans pouvoir m'arrêter. Ce n'était plus mon père. Mon père n'avait jamais eu de pareilles pensées et il ne parlait pas de cette manière. C'était tante Alexandra qui l'avait poussé à cela. À travers mes pleurs, je vis que Jem semblait tout aussi désolé, la tête penchée de côté.

Je n'avais nulle part où me réfugier mais, en me tournant pour partir, je vis le veston ouvert d'Atticus et y enfouis ma tête, écoutant les petits bruits intérieurs qui traversaient la fine étoffe bleue : le tic-tac de sa montre, le crissement furtif de sa chemise amidonnée, le souffle doux de sa respiration.

— Tu as des gargouillements d'estomac, observai-je.

— Je sais, dit-il.

— Tu devrais prendre du bicarbonate.

— En effet, dit-il.

— Atticus, tous ces trucs de bonne éducation, ça va changer quelque chose ? Je veux dire, est-ce que tu vas... ?

Je sentis sa main se poser sur ma tête.

— Ne t'inquiète pas, dit-il. Tu as encore le temps pour te faire du souci.

À ces paroles, je sus qu'il nous était revenu. Mon sang se remit à circuler dans mes jambes et je levai la tête :

— Tu veux vraiment qu'on fasse tout ça ? Je ne me souviens pas de tout ce que les Finch sont censés faire...

— Je ne tiens pas à ce que tu t'en souviennes. Oublie tout ça.

Se dirigeant vers la porte, il s'en alla, ferma derrière lui avec un peu trop de vigueur mais, se rattrapant à la dernière seconde, releva doucement la poignée. Nous regardions encore dans sa direction quand il rouvrit pour passer le visage. Ses sourcils étaient levés, ses lunettes avaient glissé sur son nez.

— Je ressemble de plus en plus au cousin Joshua, pas vrai ? Vous croyez que je finirai par coûter cinq cents dollars à la famille ?

Je sais maintenant où il voulait en venir, mais Atticus n'était qu'un homme. Il appartient aux femmes de se charger d'une telle mission.

14

Si nous n'entendîmes plus tante Alexandra parler de la famille Finch, la ville, elle, ne cessait de le faire. Le samedi, armés de nos pièces de cinq cents, lorsque Jem m'autorisait à l'accompagner (il était à présent totalement allergique à ma personne en public), nous nous frayions un passage au milieu de la foule en sueur et nous entendions de temps à autre : « Voilà ses gosses ! » ou « Tiens, des Finch ! ».

Nous tournant pour faire face à nos accusateurs, nous ne trouvions que quelques fermiers en train d'examiner les poires à lavement dans la vitrine de la pharmacie Mayco. Ou deux paysannes courtaudes en chapeau de paille, assises dans une automobile tirée par une mule.

— N'importe qui peut venir violer qui il veut, avec le peu de cas qu'en font ceux qui dirigent ce comté !

Obscure observation prononcée par un monsieur maigre qui passait devant nous. Ce qui me rappela que j'avais une question à poser à Atticus :

— C'est quoi, violer ? lui demandai-je ce soir-là.

Atticus émergea de derrière son journal, jeta un regard autour de lui. Il était assis dans son fauteuil près de la fenêtre. En grandissant, Jem et moi avions trouvé généreux de lui accorder trente minutes de tranquillité après le dîner.

Il soupira et déclara que violer, c'était connaître charnellement une femme de force et sans son consentement.

— Et c'est simplement pour ça que Calpurnia a fait tant d'histoires quand je lui ai demandé de quoi il s'agissait ?

Atticus prit un air songeur :

— Qu'est-ce que tu me racontes, encore ?

— En rentrant de l'église, l'autre jour, je lui ai demandé de quoi il s'agissait et elle m'a dit de voir ça avec toi mais j'ai oublié et j'y repense seulement maintenant.

Son journal était tombé sur ses genoux.

— Redis-moi ça ? demanda-t-il.

Je lui racontai en détail notre expédition à l'église avec Calpurnia. Atticus paraissait apprécier mon récit mais tante Alexandra, qui cousait tranquillement dans son coin, posa sa broderie et nous regarda fixement.

— Ainsi vous reveniez tous de l'église de Calpurnia, ce dimanche-là ?

— Oui, ma tante, dit Jem, elle nous avait emmenés avec elle.

Ce qui me rappela une chose :

— C'est vrai, et elle m'a dit que je pourrais venir la voir un après-midi chez elle. Atticus, je pourrai y aller, dimanche prochain ? Elle a dit qu'elle viendrait me chercher si tu avais pris la voiture.

— Certainement pas !

C'était tante Alexandra qui avait répondu. Abasourdie, je fis volte-face, puis me retournai vers Atticus, assez vite pour capter son rapide coup d'œil sur sa sœur. Mais il était trop tard.

— Je t'ai rien demandé ! ripostai-je.

Pour un homme de sa taille, Atticus arrivait à

s'asseoir et à se lever plus vite que n'importe qui. Il se dressa d'un coup :

— Présente immédiatement tes excuses à ta tante !

— Mais ce n'est pas à elle que j'ai posé la question, c'est à toi.

Tournant la tête, il me cloua au mur de son meilleur œil et ajouta d'une voix implacable :

— Tu présentes d'abord tes excuses à ta tante !

— Pardon, Tatie, marmonnai-je.

— Maintenant, reprit-il, mettons les choses au point : tu fais ce que Calpurnia te dit, tu fais ce que je te dis et, aussi longtemps que ta tante habitera cette maison, tu feras ce qu'elle te dira, compris ?

Je compris, réfléchis un moment et conclus que le seul moyen de me retirer avec un reste de dignité consistait à me rendre aux toilettes où je demeurai assez longtemps pour qu'ils pensent que j'avais réellement besoin d'y aller. En revenant, je traînai dans l'entrée et entendis qu'une violente discussion avait lieu au salon. Par la porte, je vis Jem sur le canapé, disparaissant derrière un magazine de football, remuant la tête comme si ces pages présentaient un match de tennis en direct.

— ... il faut que tu prennes une décision en ce qui la concerne, disait Tatie. Tu n'as que trop traîné, Atticus, beaucoup trop.

— Je ne vois pas le mal qu'il y a à la laisser aller là-bas. Cal s'en occuperait aussi bien qu'ici.

Qui était cette « la » dont ils parlaient ? J'eus un coup au cœur, c'était moi. Je sentis les murs capitonnés d'une maison de correction se refermer sur moi et, pour la seconde fois de ma vie, j'eus envie de m'enfuir. Sur-le-champ.

— Atticus, c'est bien gentil d'avoir bon cœur, mais

tu es vraiment trop indulgent ; tu dois penser à ta fille. Elle grandit.

— Et je ne cesse d'y songer.

— Alors cesse de tourner autour du pot. Tôt ou tard, tu devras regarder les choses en face, autant le faire ce soir. Nous n'avons pas besoin d'elle pour le moment.

Atticus répliqua d'un ton égal :

— Alexandra, Calpurnia ne quittera cette maison que lorsqu'elle le désirera. Pense ce que tu veux, mais je n'aurais pu m'en tirer sans son aide durant toutes ces années. Elle nous est aussi dévouée que n'importe quel membre de la famille et tu ferais mieux d'accepter les choses comme elles sont. En outre, ma chère sœur, je ne tiens pas à ce que tu t'éreintes pour nous. Il n'y a aucune raison que tu fasses cela, nous avons toujours autant besoin de Cal.

— Mais, Atticus...

— Et puis je ne pense pas que les enfants aient eu à souffrir de son éducation. En fait, elle s'est souvent montrée plus dure envers eux que ne l'aurait été une mère... elle ne leur a jamais rien passé, elle ne s'est jamais laissé attendrir, comme la plupart des gouvernantes de couleur. Elle s'est efforcée de leur inculquer ses propres principes, d'excellents principes. Qui plus est, les enfants l'adorent.

Je respirai de nouveau. Ce n'était pas de moi, mais seulement de Calpurnia qu'ils parlaient. Rassérénée, j'entrai dans le salon. Atticus s'était réfugié derrière son journal et tante Alexandra s'acharnait sur sa broderie. Pic, pic, pic, son aiguille abîmait son tambour à broderie. Elle s'arrêta pour tendre davantage le tissu : pic-pic-pic. Elle était furieuse.

Jem se leva, traversa le tapis à pas de loup, me fit

signe de le suivre, m'entraîna dans sa chambre et ferma la porte, l'air grave.

— Ils se sont disputés, Scout.

Jem et moi nous disputions souvent, ces temps-ci, mais je n'avais jamais vu ni entendu personne se quereller avec Atticus. Ce n'était pas un spectacle agréable.

— Scout, tâche de ne pas contrarier Tatie, tu entends ?

Les remarques d'Atticus me pesaient encore sur le cœur, si bien que je ne saisis pas la requête contenue dans la question de Jem. Je remontai sur mes grands chevaux :

— Tu vas pas me dire ce que j'ai à faire, non ?

— Mais non ! Seulement, il a assez de soucis en ce moment sans qu'on lui en donne nous aussi.

— Lesquels ?

Atticus ne semblait pourtant pas avoir de soucis particuliers.

— Il se fait un sang d'encre à cause de cette affaire Tom Robinson...

Je répondis qu'Atticus ne s'inquiétait de rien du tout. D'ailleurs, l'affaire ne nous troublait guère, sauf à peu près une fois par semaine, et jamais longtemps.

— C'est parce que tu n'es pas capable de réfléchir plus d'une minute à quelque chose, répliqua Jem. Les grandes personnes, c'est pas pareil, nous...

Ses airs supérieurs étaient devenus parfaitement insupportables ces jours-ci. Il ne songeait plus qu'à lire et à sortir seul. Néanmoins, il continuait à me passer tout ce qu'il lisait, avec une nuance, cependant : autrefois, c'était parce qu'il pensait que cela me plairait ; maintenant, pour que cela serve à mon édification autant qu'à mon instruction.

— Hé, Jem, arrête de crâner ! Tu te prends pour qui ?

— Je ne plaisante pas, Scout. Si tu contraries Tatie, je... je te donnerai une fessée.

Là, il dépassait les bornes.

— Espèce de sale morphodite ! Tu vas voir !

Il était assis sur le lit, ce qui me permit de l'attraper par les cheveux et de lui flanquer mon poing sur la bouche. Il me gifla et je tentai un direct du gauche mais un coup dans l'estomac m'envoya au tapis. J'avais le souffle à moitié coupé, mais cela m'était égal parce que je voyais qu'il rendait coup pour coup. Nous étions encore sur un pied d'égalité.

— Tu fais plus ton fier, maintenant ! m'exclamai-je en le réattaquant.

Il n'avait pas bougé du lit et, n'arrivant pas à trouver une position d'appui, je me jetai sur lui de toutes mes forces, frappant, tirant, pinçant, lui mettant le doigt dans l'œil. Ce qui avait commencé comme un match de boxe tournait au pugilat. Nous étions encore en train de nous battre lorsque Atticus nous sépara.

— Ça suffit ! ordonna-t-il. Au lit, tous les deux, immédiatement !

— Lalalère ! lançai-je à Jem.

Il allait devoir se coucher aussi tôt que moi.

— Qui a commencé ? demanda Atticus sans relever.

— C'est Jem ! Il a essayé de me dire ce que j'avais à faire. Je suis quand même pas obligée de lui obéir à lui *aussi* ?

Atticus sourit.

— Disons que tu devras lui obéir chaque fois qu'il pourra t'y obliger. Ça te va ?

Tante Alexandra avait assisté à toute la scène sans un mot et, quand elle redescendit l'escalier avec Atticus, nous l'entendîmes :

— ... tout à fait ce dont je te parlais.

Ce qui eut pour effet de nous réconcilier.

Nos chambres communiquaient entre elles ; lorsque je fermai la porte qui les séparait, Jem dit :

— Bonne nuit, Scout.

— Bonne nuit, murmurai-je en cherchant mon chemin vers l'interrupteur.

En passant devant le lit, je heurtai quelque chose de tiède, de résistant et d'assez lisse. Pas tout à fait du caoutchouc, il me sembla d'ailleurs que c'était vivant. Je l'entendis également remuer.

J'allumai pour regarder par terre à côté du lit. Ce sur quoi j'avais marché était parti. Je frappai à la porte de Jem.

— Qu'est-ce qu'il y a ? demanda-t-il.

— Ça fait quel effet de marcher sur un serpent ?

— C'est un peu rêche, froid, poussiéreux, pourquoi ?

— Je crois qu'il y en a un sous mon lit. Tu peux venir voir ?

— Tu rigoles ?

Il ouvrit la porte. Il était en culotte de pyjama. Je remarquai non sans satisfaction qu'il avait encore la marque de mon poing sur la bouche. Quand il comprit que je ne plaisantais pas, il maugréa :

— Si tu t'imagines que je vais me coucher par terre pour voir s'il y a un serpent, tu te fourres le doigt dans l'œil ! Attends une minute.

Il alla chercher le balai dans la cuisine.

— Mieux vaut que tu montes sur le lit, dit-il.

— Tu crois que c'en est vraiment un ?

Ce genre d'incident se produisait peu fréquemment. Bâties sur des pilotis de pierre à quelques pieds au-dessus du sol, nos maisons ne possédaient pas de caves et, si les reptiles pouvaient s'y glisser, cela arrivait rarement. Miss Rachel Haverford justifiait sa petite manie de prendre un whisky sec tous les matins par la frayeur dont elle ne s'était jamais remise, le jour où elle avait découvert un serpent à sonnette tapi dans son armoire, sur son linge, alors qu'elle venait de pendre un déshabillé.

Jem passa une première fois le balai sous le lit, je regardai les pieds pour vérifier qu'aucun serpent n'en sortait. Rien ne bougea. Jem recommença.

— Ça grogne, un serpent ?

— C'est pas un serpent, dit Jem, c'est quelqu'un.

Brusquement, un paquet brun crasseux sortit comme une flèche de sous le lit. Jem leva le balai et manqua de quelques centimètres la tête de Dill lorsqu'elle apparut.

— Dieu Tout-Puissant ! s'écria Jem d'une voix déférente.

Nous regardâmes Dill émerger par étapes. Se levant, il se dégourdit les épaules, remit ses pieds à l'endroit, se frotta la nuque. Une fois sa circulation rétablie, il lança enfin :

— Salut.

Jem invoqua Dieu à nouveau. Je restai sans voix.

— Je suis à moitié mort de faim, reprit Dill. Vous avez quelque chose à manger ?

Comme dans un rêve, je me rendis à la cuisine pour lui en rapporter du lait et les galettes de maïs qui restaient du dîner. Dill les dévora, mâchant avec ses dents de devant comme à son habitude.

Je retrouvai enfin l'usage de la parole :

— Comment es-tu arrivé ici ?

Par des chemins détournés. Restauré, Dill nous raconta son histoire : enchaîné et abandonné à la cave pour y mourir (il y avait des caves à Meridian) par son nouveau père qui le détestait, il avait survécu grâce à l'aide clandestine d'un fermier de passage qui, entendant ses appels à l'aide, lui avait envoyé des petits pois crus (le brave homme en avait fait passer un boisseau cosse par cosse à travers le système d'aération), Dill avait fini par se libérer en arrachant les chaînes du mur. Ayant toujours des menottes aux poignets, il s'était ainsi éloigné de cinq kilomètres de Meridian avant de tomber sur un cirque qui l'engagea aussitôt pour nettoyer le chameau. Il le suivit à travers tout le Mississippi jusqu'à ce que son infaillible sens de l'orientation lui indiquât qu'il se trouvait dans le comté d'Abbott, en Alabama, et qu'il n'avait que le fleuve à traverser pour arriver à Maycomb. Il avait fait à pied le reste du chemin.

— Comment tu es arrivé ? demanda Jem.

Il avait pris treize dollars dans le porte-monnaie de sa mère, attrapé le train de neuf heures à Meridian pour descendre à Maycomb Junction. Il avait marché quinze ou dix-sept kilomètres sur les vingt qui le séparaient de Maycomb, évitant la route, se faufilant dans les broussailles au cas où on serait à sa recherche ; puis il avait parcouru le reste du chemin accroché à l'arrière d'une charrette de coton. À son avis, il était sous le lit depuis deux heures ; il nous avait entendus dans la salle à manger et le tintement des fourchettes sur les assiettes avait failli le rendre fou. Il commençait à croire que Jem et moi n'irions jamais nous coucher ; il avait failli se montrer pour me prêter main-forte contre Jem, puisque celui-ci était devenu très grand, mais, sachant que Mr Finch interviendrait rapidement, il avait finalement préféré ne pas bouger. Il était épuisé, d'une saleté inimaginable, mais il était là.

— Ils ne doivent pas se douter que tu es ici, dit Jem, nous le saurions s'ils te cherchaient...

— Je parie qu'ils en sont encore à fouiller tous les cinémas de Meridian, ricana Dill.

— Tu devrais prévenir ta mère, conseilla Jem. Tu devrais lui dire que tu es là...

En cillant, Dill regarda Jem. Celui-ci baissa la tête puis se leva et acheva de briser ce qui nous restait de complicité enfantine : il sortit de la chambre et descendit dans l'entrée.

— Atticus, appela-t-il d'une voix lointaine, tu peux venir une minute, père ?

Sous ses plaques de sueur crasseuse, Dill pâlit. Au bord de la nausée, je vis Atticus sur le seuil de la porte. Il s'avança au milieu de la pièce et, les mains dans les poches, regarda Dill.

Je retrouvai l'usage de la parole :

— T'inquiète pas, Dill. S'il veut quelque chose, il te le dira.

Dill me regarda.

— Je veux dire que tout va bien, expliquai-je. Il te brusquera pas, tu sais ; tu ne dois pas avoir peur d'Atticus.

— J'ai pas peur... marmonna Dill.

— Juste faim, je parie.

Atticus parlait avec son agréable laconisme habituel.

— Scout, reprit-il, nous avons sûrement mieux que des galettes de maïs froides, non ? Nourris-moi ce jeune homme et nous aviserons quand je reviendrai.

— Mr Finch, ne dites rien à tante Rachel, ne me renvoyez pas là-bas, je vous en prie, monsieur ! Je m'enfuirais de nouveau...

— Allons, mon garçon ! dit Atticus. Personne ne va t'obliger à aller où que ce soit sinon au lit. Je vais avertir Miss Rachel de ta présence et lui demander si tu peux passer la nuit ici – tu aimerais ça, n'est-ce pas ? Et fais-moi le plaisir de rendre au comté un peu de ce qui lui appartient, nous souffrons déjà bien assez de l'érosion naturelle des sols.

Les yeux écarquillés, Dill suivit du regard mon père qui s'en allait.

— Il essayait d'être drôle, dis-je. Il veut dire que tu dois prendre un bain. Tu vois, je t'avais dit qu'il ne te ferait pas de mal !

Jem se tenait dans un coin de la chambre, ressemblant au traître qu'il était.

— Dill, j'étais obligé de lui dire, commença-t-il. Tu ne peux pas t'enfuir à cinq cents kilomètres de chez toi sans que ta mère le sache.

Nous le plantâmes là sans un mot.

Dill mangea, mangea et mangea. Il n'avait pas mangé depuis la veille. Il avait dépensé tout son argent pour un billet, pris le chemin de fer comme il l'avait souvent fait, bavardé tranquillement avec le chef de train qui le connaissait bien, mais il n'avait pas eu le courage d'invoquer la loi sur les petits enfants voyageant seuls : le chef de train prêtait de quoi dîner à ceux qui avaient perdu leur argent et le père le remboursait à l'arrivée.

Dill nettoya tous les restes et essayait d'attraper une boîte de porc aux haricots dans l'office, quand le « Dou-oux Jé-sus ! » de Miss Rachel retentit dans l'entrée. Il se mit à frissonner comme un lapin.

Il endura stoïquement ses « Tu Vas Voir À La Maison ! », « Tes Parents Sont Morts d'Inquiétude ! », demeura à peu près calme durant « Ce Sont Tous Les Harris Qui Ressortent En Toi ! », sourit à son « Je Pense Que Tu Peux Rester Une Nuit » et lui rendit l'étreinte qu'elle lui accorda enfin.

Atticus remonta ses lunettes et se frotta le visage.

— Votre père est fatigué, dit tante Alexandra.

Ses premiers mots depuis des heures, me sembla-t-il.

Elle avait été là tout le temps, trop stupéfaite pour ouvrir la bouche.

— Les enfants, allez vous coucher maintenant.

Nous les abandonnâmes dans la salle à manger, Atticus continuait à se frotter le visage. Nous l'entendîmes dire en riant :

— Du viol à l'émeute puis à la fugue ! Je suis curieux de savoir ce que vont nous apporter les deux prochaines heures.

Puisque tout semblait finalement bien tourner, Dill et moi décidâmes de nous montrer généreux envers Jem. D'ailleurs, Dill devait dormir avec lui, aussi valait-il mieux reprendre le dialogue.

J'enfilai mon pyjama, lus un peu et me sentis tout à coup incapable de garder mes yeux ouverts. Dill et Jem ne faisaient pas de bruit ; lorsque j'éteignis ma lampe de chevet, il n'y avait aucun rai de lumière sous la porte de communication.

Je dus dormir assez longtemps car, lorsqu'un coup m'éveilla, la pièce était plongée dans la faible lueur de la lune à son déclin.

— Remue-toi, Scout !

— Il a cru bien agir, marmonnai-je. Lui fais pas la tête.

Dill se mit dans le lit à côté de moi.

— Je fais pas la tête, dit-il. Je voulais juste dormir avec toi. Tu es réveillée ?

Maintenant je l'étais mais pas très bien.

— Pourquoi tu as fait ça ?

Pas de réponse.

— Je te demande : pourquoi tu t'es enfui ? Il était vraiment aussi méchant que tu l'as dit ?

— Nan...

— Vous n'avez pas construit ce bateau, comme tu me l'as écrit ?

— Il me l'avait promis mais on l'a jamais fait.

Me soulevant sur un coude, je regardai sa silhouette :

— C'est pas une raison pour s'enfuir. Ils se donnent pas la peine de faire la moitié de ce qu'ils promettent.

— C'était pas ça, ils... ils s'en fichaient tous les deux, de moi.

Je n'avais jamais entendu de raison aussi bizarre pour faire une fugue.

— Comment ça ?

— Ils étaient tout le temps partis et, quand ils étaient à la maison, ils s'enfermaient dans une chambre.

— Pour quoi faire ?

— Rien, pour s'asseoir et pour lire, mais ils voulaient pas que je reste avec eux.

Je poussai mon oreiller contre la tête du lit et m'assis.

— Tu sais quoi ? Je voulais m'enfuir, cette nuit, parce qu'ici, ils sont tout le temps là. On peut pas non plus les avoir sur le dos tout le temps. Dill...

La façon dont il respira ressemblait à un soupir indulgent.

— ... bonne nuit. Atticus est absent toute la journée et, parfois, la moitié de la nuit, il part à la Chambre des représentants et je ne sais quoi encore... On peut pas les avoir sur le dos à longueur de journée, Dill, sinon on peut plus rien faire.

— C'est pas ça.

Tandis qu'il m'expliquait, je me demandai à quoi ressemblerait la vie si Jem était différent, ne serait-ce que de ce qu'il était devenu ces derniers temps, ce que je ferais si Atticus n'avait pas besoin de ma présence, de mon aide, de mes conseils. Il ne pourrait pas se débrouiller un jour sans moi. Même Calpurnia ne s'en tirerait pas si je n'étais pas là. Ils avaient besoin de moi.

— Dill, c'est pas possible ce que tu racontes... tes parents ne pourraient rien faire sans toi. Ils doivent juste être un peu méchants avec toi. Je vais te dire ce que tu devrais faire...

La voix de Dill poursuivit fermement dans l'obscurité :

— Ce que j'essaie de te faire comprendre, c'est qu'ils se passent très bien de moi, je ne leur sers à rien. Ils sont pas méchants. Ils m'achètent tout ce que je veux mais c'est pour que je leur fiche la paix : « Tu-as-plein-d'objets-dans-ta-chambre, maintenant-que-tu-as-reçu-ce-livre-lis-le ! »

Il essaya de parler d'une voix plus basse :

— T'es pas un garçon, toi. Les garçons vont jouer au base-ball avec d'autres garçons, ils traînent pas à la maison à embêter leurs parents.

Dill reprit sa voix normale :

— Oh ! Ils sont pas méchants. Ils vous embrassent et vous serrent dans leurs bras pour vous dire bonne nuit et bonjour et au revoir et qu'ils vous aiment... Scout, si on commandait un bébé ?

— Où ?

Dill avait entendu parler d'un homme qui avait une barque, il ramait vers une île brumeuse où se trouvaient tous les bébés ; il suffisait d'en commander un...

— C'est un mensonge ! Tatie dit que Dieu les envoie par la cheminée. Enfin, je crois que c'est ce qu'elle a dit...

Pour une fois, tante Alexandra ne s'était pas exprimée très clairement.

— Alors là, c'est pas vrai ! On se donne des bébés l'un à l'autre. Mais il y a cet homme aussi... il a tous ces bébés qui attendent qu'on les réveille, il leur insuffle la vie...

Dill était reparti. Tant de jolies choses flottaient dans son esprit rêveur. Il était capable de lire deux livres entiers le temps que j'en lise un, mais il préférait la magie de sa propre imagination. Il savait calculer à la vitesse de l'éclair mais il préférait son propre monde crépusculaire, un monde où les bébés dormaient en attendant d'être cueillis comme les lis du matin. Il se parlait lentement pour s'endormir et m'emportait avec lui mais, dans la quiétude de son île de brume s'éleva l'image fanée d'une maison grise aux tristes portes marron.

— Dill ?

— Hein ?

— D'après toi, pourquoi Boo Radley ne s'est jamais enfui ?

Il poussa un long soupir et me tourna le dos.

— Peut-être parce qu'il a nulle part où aller...

15

Après bien des appels téléphoniques, la plupart plaidant en faveur du défendeur, et une longue lettre de pardon de sa mère, il fut décidé que Dill pouvait rester. Nous passâmes ensemble une semaine tranquille qui, rétrospectivement, nous parut bien courte. Un cauchemar était suspendu au-dessus de nos têtes.

Tout commença un soir après le dîner. Dill était passé nous rendre visite ; tante Alexandra était dans son fauteuil dans le coin, Atticus dans le sien ; Jem et moi lisions par terre. La semaine avait été paisible : j'avais bien obéi à Tatie ; Jem ne s'intéressait plus à notre cabane dans les arbres, mais il nous avait aidés, Dill et moi, à fabriquer une nouvelle échelle de corde pour y monter ; Dill avait mis au point un plan infaillible pour faire sortir Boo Radley sans nous faire courir de risques (semer une piste de gouttes de citron de la porte arrière à la façade de la maison, et il la suivrait, comme une fourmi). On frappa à la porte d'entrée. Jem alla ouvrir et dit que c'était Mr Heck Tate.

— Dis-lui d'entrer, dit Atticus.

— Je l'ai déjà fait. Il y a des hommes dans le jardin, ils veulent que tu viennes.

À Maycomb, les hommes adultes ne se rassemblaient devant une maison que pour deux raisons : un décès ou une affaire politique. Je me demandai qui était mort.

Comme Jem et moi nous dirigions vers la porte d'entrée, Atticus nous rappela :

— Rentrez dans la maison.

Après avoir éteint la lumière du salon, Jem pressa le front contre la moustiquaire d'une fenêtre. Tante Alexandra protesta.

— Juste une minute, Tatie, insista-t-il, que nous voyions qui c'est.

Dill et moi nous postâmes derrière l'autre fenêtre. Une foule d'hommes entourait Atticus. Ils semblaient tous parler à la fois.

— ... transférer demain à la prison du comté, disait Mr Tate. Je ne m'attends pas à des problèmes, mais je ne peux pas garantir qu'il n'y en aura pas...

— Voyons, Heck ! répliqua Atticus. Nous sommes à Maycomb.

— ... je disais seulement que je n'étais pas tranquille...

— Heck, nous avons obtenu un report de cette affaire justement pour être sûrs qu'il n'y ait pas de raison de s'inquiéter. Nous sommes samedi, poursuivait Atticus, le procès aura sans doute lieu lundi. Vous pouvez le garder une nuit, non ? Je ne crois pas que qui que ce soit à Maycomb m'en veuille d'avoir un client par ces temps difficiles.

Un murmure d'amusement s'éleva et disparut brusquement quand Mr Link Deas intervint :

— Personne, ici, ne fera rien, c'est cette bande d'Old Sarum qui m'inquiète... vous ne pouvez pas obtenir un... comment dit-on, Heck ?

— Un changement de juridiction, dit Mr Tate. Cela ne servirait pas à grand-chose, encore que...

La réponse d'Atticus était inaudible. Je me tournai vers Jem qui me fit signe de me taire.

— ... et puis, poursuivait Atticus, vous n'avez tout de même pas peur de cette foule, non ?

— ... dont ils sont capables quand ils sont éméchés.

— En général, ils ne boivent pas le dimanche, objecta Atticus ; ils passent presque toute la journée à l'église.

— Mais cette fois c'est particulier, dit quelqu'un.

On les entendit murmurer et bourdonner jusqu'à ce que Tatie s'écrie que si Jem ne rallumait pas dans le salon, il couvrirait de honte toute la famille. Jem ne parut pas l'entendre.

— ... ne vois pas pourquoi c'est vous qui avez à traiter cette affaire, disait Mr Link Deas. Vous avez tout à y perdre, Atticus, absolument tout.

— En êtes-vous certain ?

Lorsque Atticus posait cette question, c'était qu'on se trouvait en mauvaise posture. « Tu es certaine de vouloir aller ici, Scout ? » Pif, paf, pof, et l'échiquier se vidait de tous mes pions. « Tu es certain de ce que tu avances, mon garçon ? Tiens, lis ça. » Et Jem se débattait le reste de la soirée dans les discours de Henry W. Grady [1].

— Link, ce type finira peut-être sur une chaise électrique mais pas avant que toute la vérité n'ait été faite.

Atticus parlait d'une voix égale :

— Et la vérité, vous la connaissez.

Un murmure s'éleva parmi les hommes, qui devint menaçant lorsque Atticus recula et que les hommes se rapprochèrent de lui.

Soudain, Jem cria :

— Atticus, le téléphone !

---

1. Henry W. Grady (1850-1899), porte-parole du *New South*, prônant l'industrialisation du Sud par les capitaux du Nord.

Les hommes sursautèrent un peu et s'éloignèrent ; il y avait parmi eux des gens que nous voyions tous les jours, des commerçants, des fermiers qui habitaient la ville ; le docteur Reynolds était là, Mr Avery aussi.

— Eh bien, réponds, mon garçon ! rétorqua Atticus.

Ils se dispersèrent en riant. Quand Atticus alluma le plafonnier du salon, il trouva Jem à la fenêtre, blanc comme un linge à l'exception du bout de son nez qui gardait la marque de la moustiquaire.

— Qu'est-ce que vous fabriquez, dans le noir ? demanda-t-il.

Jem le regarda regagner son fauteuil et y reprendre son journal. Il m'arrive encore de penser qu'Atticus soumettait tous les événements de sa vie à une tranquille évaluation derrière *The Mobile Register*, *The Birmingham News* et *The Montgomery Adviser*.

— C'est à toi qu'ils en voulaient, non ? interrogea Jem. Ils allaient t'emmener, n'est-ce pas ?

Atticus abaissa son journal et le dévisagea :

— Nous n'avons pas lu la même histoire.

Il ajouta doucement :

— Non, mon garçon, ces gens sont nos amis.

— Ce n'était pas un... une bande ?

Jem l'observait du coin de l'œil.

Atticus essaya de réprimer un sourire sans y réussir.

— Non, nous n'avons pas de bandes de voyous à Maycomb. Je n'ai jamais entendu parler de ça ici.

— Le Ku Klux Klan s'en est pris aux catholiques, à une époque.

— Je n'ai jamais non plus entendu parler de catholiques à Maycomb, dit Atticus. Tu confonds avec autre chose. Vers 1920, il y avait bien un Klan par ici, mais c'était une organisation politique plus qu'autre chose et il n'arrivait pas à faire peur à qui que ce soit. Ses membres ont manifesté, une nuit, devant la maison de Mr Sam Levy, mais Sam est apparu sur sa terrasse et leur a dit qu'ils allaient vraiment trop loin, qu'il leur avait vendu les chemises qu'ils avaient sur le dos. Il leur a fait tellement honte qu'ils sont tous partis.

La famille Levy remplissait tous les critères pour être rangée dans la catégorie des gens bien : ils faisaient de leur mieux selon leur conscience et ils occupaient le même lopin de terre depuis cinq générations.

— Le Ku Klux Klan a disparu, reprit Atticus. Il ne reviendra jamais.

J'accompagnai Dill chez lui et rentrai à temps pour surprendre Atticus en train de dire à Tatie :

— ... en faveur des femmes du Sud autant que de tout le monde, mais pas pour préserver une fiction polie au prix d'une vie humaine.

Déclaration qui me laissa soupçonner qu'ils s'étaient à nouveau disputés.

Je cherchai Jem et le trouvai sur son lit, plongé dans un abîme de réflexion.

— Ils ont remis ça ? demandai-je.

— En quelque sorte. Elle lui casse les pieds, avec Tom Robinson. C'est tout juste si elle n'a pas dit qu'Atticus déshonorait la famille. Scout... j'ai peur.

— De quoi ?

— Pour Atticus. Quelqu'un pourrait lui faire du mal.

Jem préféra cependant ne pas être plus explicite ; tout ce qu'il répondit à mes questions fut : « va-t'en » et « laisse-moi tranquille ! ».

Le lendemain était un dimanche. Entre la fin de l'école du dimanche et le début du service, quand les fidèles sortaient se dégourdir les jambes, je vis Atticus devant l'église, au milieu d'un autre groupe d'hommes. Mr Heck Tate était présent et je me demandai s'il ne venait pas de recevoir la grâce car il n'allait jamais à l'église. Même Mr Underwood était là, lui qui ne fréquentait aucun organisme si ce n'était *The Maycomb Tribune* dont il était le seul propriétaire, rédacteur et imprimeur. Il passait ses journées à sa linotype en buvant de temps en temps du vin de cerise à un énorme pichet en permanence à sa portée. Il allait rarement aux nouvelles ; les gens les lui apportaient. Certains prétendaient qu'il tirait chaque édition de *The Maycomb Tribune* de sa seule imagination et l'imprimait ensuite. C'était plausible. Il fallait donc qu'il se soit passé quelque chose pour qu'il soit sorti de son antre.

Je rejoignis Atticus qui franchissait le portail en disant qu'ils avaient transféré Tom Robinson à la prison de Maycomb. Il ajouta, plus pour lui-même que pour moi, que s'ils l'avaient laissé là au départ, il n'y aurait pas eu toute cette agitation. Je le regardai prendre place au troisième rang, marmonnant avec un temps de retard sur les fidèles : « Plus près de toi, mon Dieu... »

Il ne s'asseyait jamais avec Tatie, Jem et moi. Il aimait être seul à l'église.

La présence de tante Alexandra rendait encore plus agaçante la paix trompeuse du dimanche. Atticus filait directement à son cabinet après le déjeuner, où, lorsqu'il nous arrivait d'aller le chercher, nous le trouvions en train de lire dans son fauteuil pivotant. Tante Alexandra s'étendait pour une sieste de deux heures et nous interdisait de faire le moindre bruit dans le jardin car les voisins se reposaient. En raison de son grand âge, Jem se retirait dans sa chambre avec une pile de revues de football. Dill et moi passions donc nos dimanches sur la pointe des pieds dans le pré.

Comme le tir était interdit le dimanche, nous poussions à coups de pied le ballon de Jem autour du pré pendant un moment, mais ce n'était pas très amusant. Dill me demanda si je n'aimerais pas m'en prendre à Boo Radley. Je répondis qu'à mon avis ce n'était pas bien de le déranger et passai le reste de l'après-midi à lui raconter les événements de l'hiver dernier. Il en fut fort impressionné.

Nous nous séparâmes pour le dîner et, après le repas, Jem et moi nous préparions à passer une soirée comme tant d'autres quand Atticus fit quelque chose d'étonnant : il entra dans le salon tenant sous le bras une grande rallonge électrique avec une ampoule au bout.

— Je sors un moment, annonça-t-il. Les enfants, vous serez au lit avant mon retour, alors je vous dis bonsoir tout de suite.

Là-dessus, il mit son chapeau et passa par la porte arrière de la maison.

— Il prend la voiture, dit Jem.

Notre père avait quelques traits particuliers : l'un d'entre eux était qu'il ne prenait jamais de dessert, l'autre qu'il aimait marcher. Aussi loin que je me le rappelle, il y avait toujours eu dans le garage une Chevrolet en excellent état et Atticus faisait de nombreux kilomètres avec elle pour ses voyages d'affaires, mais, à Maycomb, il se rendait à son cabinet à pied quatre fois par jour, faisant ainsi environ trois kilomètres. À Maycomb, si l'on sortait se promener sans but précis, on passait pour n'avoir pas le cerveau très précis non plus.

Peu après, je souhaitai bonne nuit à ma tante et à mon frère et me trouvais en pleine lecture quand j'entendis Jem farfouiller dans sa chambre. Chacun des bruits qu'il faisait en se mettant au lit m'était si familier que je frappai à sa porte :

— Pourquoi tu te couches pas ?

— Je vais faire un tour en ville.

Il changeait de pantalon.

— Pourquoi ? Il est presque dix heures, Jem.

Il le savait bien, mais sortait néanmoins.

— Alors, je vais avec toi. Et, si tu ne veux pas, j'irai quand même, vu ?

Jem vit surtout qu'il devrait se battre avec moi s'il voulait que je reste à la maison et il dut penser qu'une bagarre contrarierait tante Alexandra. Il céda donc à contrecœur.

Je m'habillai en hâte. Nous attendîmes que la lampe de Tatie soit éteinte pour sortir doucement par-derrière.

— Dill va vouloir venir, soufflai-je.

— Bon, d'accord, dit Jem sombrement.

Nous passâmes par-dessus le mur de l'allée, traversâmes le jardin de Miss Rachel et nous arrêtâmes devant la fenêtre de Dill. Jem imita le colin de Virginie. Le visage de Dill apparut derrière la moustiquaire, disparut et, cinq minutes plus tard, il ouvrait la porte grillagée et se glissait dehors. En vieux de la vieille, il n'ouvrit la bouche qu'une fois sur le trottoir :

— Qu'est-ce qui se passe ?

— Jem est pris d'observite aiguë.

Affliction qui, selon Calpurnia, frappait tous les garçons de son âge.

— J'ai un pressentiment, dit Jem, un vrai.

Nous passâmes devant la maison de Mrs Dubose, vide et aux volets fermés, où les camélias grandissaient parmi les mauvaises herbes et le sorgho d'Alep. Huit maisons nous séparaient du bureau de poste au coin de la rue.

Le côté sud de la place était désert. Des buissons d'araucarias géants se hérissaient aux quatre coins, entre eux, une rambarde en fer brillait à la lueur des réverbères. Il y avait de la lumière dans les toilettes publiques, sinon le côté du palais de justice était plongé dans l'obscurité. Une galerie de magasins entourait la place, de faibles lueurs provenaient du fond des boutiques.

Le cabinet d'Atticus se trouvait dans l'enceinte du palais de justice quand il avait commencé à exercer mais, quelques années plus tard, il avait pris ses quartiers dans l'immeuble plus tranquille de la banque de Maycomb. En tournant au coin de la place, nous vîmes la voiture garée devant la banque.

— Il est là, dit Jem.

Il n'y était pas. Son cabinet se trouvait au bout d'un long couloir. De l'entrée, nous aurions dû voir *Atticus Finch, avocat* apparaître en petites lettres sobres sur la porte vitrée éclairée ; or, celle-ci disparaissait dans l'ombre.

Jem examina l'entrée de la banque pour s'en assurer, tourna la poignée. C'était fermé.

— On va remonter la rue. Il est peut-être allé voir Mr Underwood.

Non seulement celui-ci dirigeait *The Maycomb Tribune*, mais il y vivait. Plus exactement, il habitait l'étage supérieur. Il pouvait rendre compte des événements du tribunal et de la prison en regardant de la fenêtre de sa chambre. Le bâtiment public se trouvait au coin nord-ouest de la place. Pour l'atteindre, il fallait passer devant la prison.

La prison de Maycomb était le bâtiment le plus vénérable et le plus hideux de la ville. Atticus disait que le cousin Joshua St. Clair aurait pu en être l'architecte. Il devait certainement correspondre au rêve de quelqu'un. Totalement déplacé dans une ville de magasins aux lignes carrées et de maisons aux toits en pente, c'était un canular gothique en miniature, large d'une cellule, haut de deux, complété par de minuscules remparts soutenus par des arcs-boutants. Son allure baroque était renforcée par les briques rouges de sa façade et les épais barreaux d'acier de ses fenêtres d'église. Elle ne se dressait pas sur une colline isolée mais se trouvait coincée entre le magasin d'équipements Tyndal's et les locaux de *The Maycomb Tribune*. C'était un sujet de conversation unique pour les habitants : ses détracteurs disaient qu'elle ressemblait à des toilettes victoriennes ; ses défenseurs qu'elle donnait à la ville un cachet respectable, et qu'aucun étranger ne pouvait se douter qu'elle était pleine de nègres.

En longeant le trottoir, nous aperçûmes une lueur solitaire brillant au loin.

— C'est drôle, dit Jem. La prison n'est pas éclairée au-dehors.

— On dirait que c'est par-dessus la porte, observa Dill.

Une grande rallonge courait entre les barreaux d'une fenêtre de l'étage et le long de la façade. Éclairé par une ampoule nue, Atticus était assis, adossé à la porte d'entrée, sur une chaise provenant de son cabinet. Il lisait, sans se soucier des insectes qui voletaient autour de sa tête.

J'allais courir quand Jem m'arrêta :

— N'y va pas. Ça risque de ne pas lui plaire. Il va bien, alors rentrons. Je voulais juste savoir où il était.

Nous empruntions un raccourci à travers la place quand quatre voitures poussiéreuses arrivèrent de la route de Meridian, se suivant lentement. Elles firent le tour de la place, passèrent devant la banque et s'arrêtèrent en face de la prison.

Personne n'en descendit. Nous vîmes Atticus lever les yeux de son journal. Il le ferma, le plia lentement, le posa sur ses genoux et poussa son chapeau à l'arrière de sa tête. Comme s'il les attendait.

— Venez, murmura Jem.

Nous retraversâmes la place et la rue à toute vitesse pour nous réfugier à l'abri de Jitney Jungle, l'unique supermarché de Maycomb. Jem jeta un coup d'œil furtif sur le trottoir.

— On peut se rapprocher, dit-il.

Nous courûmes vers les équipements Tyndal's. Nous étions assez proches, tout en restant discrets. Par petits groupes, des hommes sortirent des voitures. À la lumière, quand ils s'approchèrent de la porte de la prison, leurs ombres se transformèrent en carrures solides. Atticus ne bougea pas. Les hommes nous le cachaient complètement.

— Il est là, Mr Finch ? demanda l'un d'eux.

— Oui. Et il dort. Ne le réveillez pas, répondit Atticus.

En réponse au vœu de mon père s'ensuivit ce qui m'apparut par la suite comme un gag d'humour noir : ils se mirent effectivement à parler à voix basse.

— Vous savez ce que nous voulons, dit un autre. Écartez-vous de cette porte, Mr Finch.

— Vous pouvez retourner chez vous, Walter, répliqua Atticus aimablement. Heck Tate est quelque part par ici.

— Tu parles qu'il y est ! rétorqua un troisième. Lui et sa bande, ils se cachent si profond dans les bois qu'ils n'en sortiront pas avant demain matin.

— Tiens ? Et pourquoi ?

— Partis à la chasse aux bécassines, répondit-il laconiquement. Vous n'aviez pas pensé à ça, Mr Finch ?

— Si, mais je n'y croyais pas, répondit mon père d'une voix égale. Et alors, ça change les choses ?

236

— Et comment donc ! lança une autre voix basse qui appartenait à une ombre.

— En êtes-vous bien certain ?

C'était la seconde fois que j'entendais Atticus poser cette question en deux jours. Cela voulait dire que quelqu'un allait se faire ramasser. Ne voulant à aucun prix manquer cela, je lâchai Jem pour courir à toutes jambes vers Atticus.

Jem cria et tenta de m'attraper mais j'étais déjà loin, me faufilant parmi des corps sombres qui sentaient fort, avant de surgir dans le cercle de lumière.

— Hé, Atticus !

Je croyais lui faire une bonne surprise mais son expression coupa ma joie tout net. Un éclair de pure frayeur traversa ses yeux, mais disparut à la vue de Jem et de Dill se coulant dans la lumière.

Cela sentait le whisky éventé et la porcherie, et lorsque je regardai autour de moi, je découvris que ces hommes étaient des étrangers. Ce n'étaient pas ceux de la veille. Rouge de honte, je compris que je venais de sauter triomphalement au milieu d'un cercle de gens que je n'avais jamais vus auparavant.

Atticus se leva lentement, avec des gestes de vieillard. Il posa son journal avec beaucoup de soin, le fermant en suivant les pliures. Ses mains tremblaient un peu.

— Rentre à la maison, Jem. Emmène Scout et Dill.

Nous avions l'habitude d'obtempérer aux ordres d'Atticus, bien que pas nécessairement de bon cœur, mais à la manière dont il se tenait, il était clair que Jem n'avait pas l'intention de bouger.

— Rentrez à la maison, j'ai dit !

Jem secoua la tête. Comme Atticus mettait ses poings sur les hanches, il fit de même. Lorsqu'ils se firent face, je constatai qu'ils ne se ressemblaient guère : les cheveux châtains et les yeux noisette de Jem, son visage ovale et ses oreilles bien ourlées lui venaient de notre mère et contrastaient curieusement avec les cheveux noirs aux tempes grisonnantes et les traits carrés d'Atticus. Mais d'une certaine manière, leur attitude de défi mutuel montrait leur ressemblance.

— Mon garçon, je t'ai dit de rentrer.

Jem secoua la tête.

— Je vais t'y envoyer, moi ! intervint un solide gaillard en attrapant Jem par le col.

Il le souleva quasiment du sol.

— Ne le touchez pas !

D'un coup de pied vif, je frappai l'homme. Comme j'étais pieds nus, je fus surprise de le voir tomber à la renverse, plié de douleur. Je voulais le frapper au tibia, mais j'avais visé trop haut.

— Ça suffit, Scout !

Atticus posa la main sur mon épaule.

— On ne donne pas de coups de pied aux gens, ajouta-t-il alors que j'allais protester de mon bon droit.

— Alors, que personne ne touche à Jem de cette manière ! m'écriai-je.

— Très bien, Mr Finch, faites-les partir d'ici, grommela quelqu'un. Vous avez quinze secondes pour vous en débarrasser.

Au milieu de cette étrange assemblée, Atticus s'efforça de se faire entendre de Jem. « Je ne partirai pas », répondait-il avec fermeté aux menaces et requêtes d'Atticus. « Je t'en prie, Jem. Ramène-les à la maison ! »

Je commençais à en avoir un peu assez, tout en sentant que Jem devait avoir de bonnes raisons pour agir de la sorte. Je regardai la foule. C'était une nuit d'été, mais pour la plupart d'entre eux, ces hommes portaient des salopettes et des chemises de toile boutonnées jusqu'au cou ; je les trouvai bien frileux pour descendre leurs manches et les boutonner aux poignets. Certains avaient même carrément enfoncé leurs chapeaux sur les oreilles. Ils affichaient l'air renfrogné et endormi de gens qui n'ont pas l'habitude de se coucher tard. De nouveau, je cherchai un visage familier et, au centre de leur demi-cercle, je finis par en trouver un :

— Bonsoir, Mr Cunningham !

L'intéressé ne parut pas m'entendre.

— Hé, Mr Cunningham, comment va votre hypothèque ?

Les affaires de Mr Walter Cunningham n'avaient pas de secret pour moi ; Atticus m'en avait un jour longuement parlé. Le gros homme cligna des paupières et passa les pouces dans les bretelles de sa salopette. Il avait l'air mal à son aise et s'éclaircit la gorge et détourna les yeux. Mon ouverture amicale était tombée à l'eau.

Mr Cunningham n'avait pas de chapeau, pourtant la moitié supérieure de son front était blanche et tranchait sur son visage tanné par le soleil, prouvant qu'il portait souvent un chapeau. Il bougea ses pieds, enfermés dans ses lourdes chaussures de travail.

— Vous ne vous souvenez pas de moi, Mr Cunningham ? Je suis Jean Louise Finch. Vous nous avez apporté des noix un jour, vous vous en souvenez ?

Je commençais à comprendre ce que l'on pouvait ressentir quand une relation de passage ne vous reconnaissait pas.

— Je vais à la même école que Walter, insistai-je. C'est bien votre fils, non ? N'est-ce pas, monsieur ?

Mr Cunningham remua imperceptiblement la tête. Il me reconnaissait, finalement.

— Il est dans ma classe et il travaille très bien. Il est

gentil, ajoutai-je, vraiment gentil. On l'a invité à déjeuner chez nous, un jour. Il vous a peut-être parlé de moi ; je l'ai battu, une fois, mais il m'en a pas voulu. Dites-lui bonjour de ma part, d'accord ?

Atticus avait dit qu'il était poli de parler aux gens de choses qui les intéressaient et non de celles qui vous intéressaient, vous. Mr Cunningham ne manifestant pas un grand intérêt pour son fils, je revins à son hypothèque, dans un ultime effort pour le mettre à l'aise.

— Les hypothèques sont une mauvaise chose, étais-je en train de lui affirmer lorsque je pris soudain conscience que je m'adressais au groupe tout entier.

Tous les hommes me regardaient, certains bouche bée. Atticus avait cessé de bousculer Jem : tous deux se tenaient à côté de Dill, leur attention était proche de la fascination. Même Atticus avait la bouche à demi ouverte, attitude qu'il avait pourtant qualifiée, une fois, de grossière. Nos regards se croisèrent et il ferma la bouche.

— Eh bien, Atticus, je disais juste à Mr Cunningham que les hypothèques n'étaient pas une bonne chose, mais tu as dit qu'il fallait pas s'inquiéter... qu'il faut parfois du temps... mais que vous en verriez bien le bout...

Je commençais à sentir la transpiration à la racine de mes cheveux ; je pouvais faire face à n'importe quoi, sauf à un groupe de gens en train de me regarder. Ils étaient totalement silencieux.

Je finis par me taire, me demandant quelle idiotie j'avais pu proférer, moi qui croyais avoir trouvé un bon sujet de conversation.

— Qu'est-ce qui se passe ? demandai-je.

Atticus ne répondit pas. Je regardai autour de moi et levai le regard vers Mr Cunningham dont le visage restait impassible. Puis il eut un geste bizarre : il s'accroupit et me prit par les épaules.

— Je lui transmettrai ton bonjour, petite dame.

Puis il se redressa et fit un geste de sa grosse patte.

— Allez, on s'en va ! lança-t-il. On s'en va, les amis.

Comme ils étaient venus, ils regagnèrent leurs vieilles guimbardes par petits groupes. Les portières claquèrent, les moteurs hoquetèrent et tous disparurent.

Je me tournai vers Atticus, mais il était allé vers la prison et s'y appuyait, le front contre le mur. Je le rejoignis et le tirai par la manche.

— On peut rentrer, maintenant ?

Il fit oui de la tête, sortit son mouchoir, le passa sur son visage puis se moucha violemment.

— Mr Finch ?

Une douce voix rauque s'éleva du premier étage.

— Ils sont pa'tis ?

Reculant, Atticus leva la tête :

— Oui. Dormez, Tom. Ils ne viendront plus vous ennuyer.

Venant d'une direction différente, une autre voix déchira la nuit :

— Je voudrais bien voir ça ! Je vous couvrais depuis le début, Atticus.

Armé d'un fusil à deux coups, Mr Underwood se penchait à sa fenêtre, au-dessus des locaux de *The Maycomb Tribune*.

J'aurais dû être au lit depuis longtemps et je commençais à me sentir fatiguée. Atticus et Mr Underwood semblaient partis pour discuter toute la nuit, Mr Underwood depuis sa fenêtre et Atticus en levant la tête vers lui. Atticus finit par revenir, il éteignit la lampe au-dessus de la porte de la prison et prit sa chaise.

— Donnez-la-moi, Mr Finch, proposa Dill.

Il n'avait pas dit un mot de la soirée.

— Merci, mon garçon.

Emboîtant le pas à Jem et Atticus, Dill et moi partîmes vers l'immeuble de la banque. Encombré par sa chaise, Dill marchait plus lentement qu'eux. Atticus et Jem étaient loin devant et je supposai qu'Atticus lui passait un savon pour avoir refusé de rentrer. Mais je me trompais. Quand ils arrivèrent sous un réverbère, je vis qu'Atticus lui frottait la tête, le seul geste d'affection que nous lui connaissions.

16

Jem m'entendit. Il passa la tête par la porte de communication. Il arrivait près de mon lit, quand la chambre d'Atticus s'éclaira soudain. Nous restâmes immobiles jusqu'à ce qu'elle s'éteignît. Nous l'entendîmes se retourner et attendîmes qu'il ne bougeât plus.

Jem m'emmena dans sa chambre et me fit une place dans son lit.

— Essaie de dormir, dit-il. Après-demain, tout sera peut-être terminé.

Nous étions rentrés sans bruit afin de ne pas réveiller Tatie. Atticus avait coupé le moteur en haut de l'allée et continué en roue libre jusqu'au garage. Nous passâmes par la porte de derrière et montâmes à nos chambres sans un mot. Exténuée, j'allais m'endormir quand le souvenir d'Atticus pliant calmement son journal et repoussant son chapeau en arrière se transforma en Atticus debout au milieu d'une rue déserte, remontant ses lunettes sur le front. Comprenant d'un coup le sens exact des événements de la nuit, je me mis à pleurer. Jem se montra terriblement gentil : pour une fois, il ne me rappela pas que les gens de presque neuf ans ne se laissaient pas aller ainsi.

Personne n'avait beaucoup d'appétit ce matin-là, à part Jem qui dévora trois œufs. Atticus le regardait avec une franche admiration ; tante Alexandra sirotait son café en irradiant des ondes de désapprobation : les enfants qui se glissaient la nuit hors de la maison jetaient le déshonneur sur la famille. Atticus dit qu'il était bien content que ses petits déshonneurs soient venus le trouver, mais Tatie répliqua :

— Voyons ! Mr Underwood a été là tout le temps.

— Tu sais que c'est bizarre de la part de Braxton. Il déteste les Noirs et ne supporte pas leur présence.

À Maycomb, on considérait Mr Underwood comme un petit homme vif et impie. Dans un accès d'excentricité, son père l'avait prénommé Braxton Bragg [1], ce dont Mr Underwood fit de son mieux pour s'accommoder. Atticus disait que donner à ses enfants le nom de généraux confédérés revenait à fabriquer de futurs ivrognes.

Calpurnia resservait du café à tante Alexandra et elle secoua la tête devant ce que je pensais être un regard irrésistiblement implorant.

— Tu es encore trop petite ! décréta-t-elle. Je te dirai quand tu ne le seras plus.

Je dis que cela pourrait améliorer l'état de mon estomac.

— Bon, si tu y tiens...

Prenant une tasse dans le placard, elle y versa une cuillerée à soupe de café et l'emplit de lait jusqu'au rebord. Je la remerciai en lui tirant la langue puis, levant les yeux, je vis que Tatie fronçait les sourcils ; mais c'était à Atticus que cette mimique était destinée.

Elle attendit que Calpurnia eût regagné la cuisine pour lancer :

---

1. Nom de l'un des généraux de l'armée confédérée. Son peu d'efficacité et ses hésitations en firent une personnalité controversée.

— Ne parle pas ainsi devant eux !

— Parler comment, devant qui ? demanda-t-il.

— Comme ça, devant Calpurnia. Tu as dit juste devant elle que Braxton Underwood détestait les Noirs.

— Mais je suis sûr qu'elle le sait ! Tout le monde le sait, à Maycomb.

J'avais commencé à remarquer un changement subtil ces derniers jours chez Atticus, quand il parlait à tante Alexandra. Il se braquait sans jamais manifester ouvertement de l'irritation. Il y avait une légère raideur dans sa voix lorsqu'il déclara :

— Tout ce qui est bon à dire à table l'est devant Calpurnia. Elle sait quelle place elle occupe dans cette famille.

— Je ne pense pas que ce soit une bonne habitude, Atticus. Cela les encourage. Tu sais combien ils peuvent bavarder entre eux. Tout ce qui se passe dans cette ville est connu dans les Quartiers avant le soir.

Mon père reposa son couteau.

— Je ne connais aucune loi leur interdisant de parler. Peut-être que si nous ne leur fournissions pas tant matière à bavardage, ils se tairaient. Pourquoi ne bois-tu pas ton café, Scout ?

Je jouais avec ma cuillère en le remuant.

— Je croyais que Mr Cunningham était un de nos amis. Tu me l'avais dit il y a longtemps.

— Il l'est toujours.

— Mais la nuit dernière, il voulait te faire du mal.

Atticus posa sa fourchette à côté de son couteau et repoussa son assiette.

— Mr Cunningham est foncièrement un brave homme. Seulement, il porte des œillères, comme nous tous.

Jem intervint :

— Ce ne sont pas des œillères ! Il avait l'intention de te tuer la nuit dernière quand il est arrivé.

— Il aurait peut-être pu me faire un mauvais parti, admit Atticus, mais, mon garçon, tu comprendras un peu mieux les gens quand tu seras plus grand. Une foule, quelle qu'elle soit, est toujours composée de gens. Mr Cunningham faisait partie de cette foule la nuit dernière, mais il était toujours un homme. Toute foule, dans n'importe quelle petite ville du Sud, est composée de gens que tu connais... Ce n'est pas à leur honneur, non ?

— Bien sûr que non.

— Et, vois-tu, il a suffi d'une enfant de huit ans pour les ramener à la raison. Ce qui prouve qu'on peut arrêter une bande de bêtes sauvages, tout simplement parce qu'ils restent des êtres humains. Tiens, ce serait peut-être une idée de fonder une milice d'enfants... en tout cas, cette nuit, les enfants, vous avez forcé Mr Cunningham à se mettre cinq minutes à ma place, et cela a suffi.

Il était à espérer que Jem comprendrait un peu mieux les gens quand il serait plus grand, parce que ce ne serait pas mon cas.

— Le jour où Walter remettra les pieds à l'école sera le dernier de sa vie ! affirmai-je.

— Tu ne toucheras pas à un seul de ses cheveux, dit Atticus tout net. Et je ne veux pas, quoi qu'il arrive, que vous éprouviez de la rancune à cause de cet événement.

— Regarde ce qui se passe ! dit tante Alexandra. Ne me dis pas que je ne t'avais pas averti !

Atticus répondit qu'il ne dirait jamais cela, recula sa chaise et se leva.

— J'ai une rude journée devant moi, alors excusez-moi. Jem, s'il te plaît, je veux que ni toi ni Scout ne descendiez en ville aujourd'hui.

Quand il partit, Dill débloua dans la salle à manger.

— Toute la ville est au courant ! annonça-t-il. Tout le monde sait comment nous avons repoussé une centaine de personnes à mains nues.

Tante Alexandra le fit taire d'un regard.

— Ils n'étaient pas une centaine, rectifia-t-elle, et personne n'a repoussé personne. Il s'agissait seulement d'une descente de ces Cunningham, des ivrognes et des agités.

— Laisse, Tatie, Dill exagère toujours un peu ! dit Jem.

Il nous fit signe de le suivre.

— Vous restez tous dans le jardin, aujourd'hui ! s'écria-t-elle en nous voyant partir vers la véranda.

On se serait cru un samedi ; les gens du sud du comté passaient devant notre maison en un flot tranquille, mais ininterrompu.

Mr Dolphus Raymond vacilla sur son pur-sang.

— Je ne sais pas comment il tient en selle, murmura Jem. Ni comment on peut être ivre avant huit heures du matin.

Un chariot empli de dames passa dans un bruit de ferraille ; elles étaient vêtues de robes de coton à manches longues et coiffées de bonnets pour les protéger du soleil. Un homme barbu au chapeau de laine les conduisait.

— Je crois que ce sont des mennonites, expliqua Jem à Dill. Ils ne portent pas de boutons à leurs vêtements.

Ils habitaient au fond des bois, traitaient surtout avec les habitants de l'autre rive et ne venaient que rarement à Maycomb. Dill parut intéressé.

— Ils ont tous les yeux bleus, poursuivit Jem, et les hommes ne se rasent plus après leur mariage. Leurs femmes aiment qu'ils les chatouillent avec leur barbe.

Mr X Billups passa sur sa mule et nous fit signe.

— C'est un drôle de bonhomme, dit Jem. « X », c'est son nom, pas une initiale. Il était au tribunal un jour, et on lui a demandé son nom. Il a dit X Billups. Le greffier lui a demandé de l'épeler et il a dit « X ». L'autre a reposé sa question et il a dit « X ». Ils ont insisté jusqu'à ce qu'il prenne un bout de papier pour y écrire « X » et le montre à tout le monde. Ils ont voulu savoir où il avait trouvé ce prénom et il a expliqué que c'était ainsi que ses parents avaient signé à sa naissance.

Tandis que défilait le comté sous nos yeux, Jem raconta à Dill des anecdotes et les particularités des personnalités les plus marquantes : Mr Tensaw Jones votait pour la Prohibition pure et dure ; Miss Emily Davis aimait priser en privé ; Mr Byron Waller jouait du violon ; Mr Jake Slade en était à son troisième dentier.

Un chariot plein de personnes à l'air sévère apparut. Quand ils arrivèrent à la hauteur du jardin de Miss Maudie Atkinson, croulant sous les fleurs, celle-ci apparut sur sa véranda. Elle aussi possédait une particularité : elle était trop loin pour que nous distinguions clairement ses traits, mais nous devinions toujours son humeur à la façon dont elle se tenait. À cette minute, elle avait les poings sur les hanches, les épaules légèrement tombantes, la tête penchée de côté, les lunettes scintillantes au soleil. Nous savions qu'elle arborait un sourire pétillant de malice.

Le conducteur fit ralentir ses mules et une femme cria d'une voix perçante : « Celui qui est venu dans la vanité partira dans l'obscurité. »

Miss Maudie répondit : « Un cœur joyeux rend le visage serein. »

À voir le conducteur pousser ses mules, je supposai que les laveurs de pieds croyaient entendre le Diable détourner les Écritures à son avantage. Qu'ils puissent reprocher son jardin à Miss Maudie restait à mes yeux un mystère, d'autant que, pour quelqu'un qui passait toute la journée dehors, elle possédait une formidable connaissance de la Bible.

— Vous allez au tribunal ce matin ? demanda Jem.

Nous avions traversé la rue.

— Non, dit-elle. Je n'ai pas d'affaires au tribunal ce matin.

— Vous ne voulez pas assister au procès ? interrogea Dill.

— Non. Je trouve morbide de regarder un pauvre diable essayer de défendre sa peau. Regardez-moi ces gens, ils se croient aux arènes de Rome !

— Il faut le juger en public, Miss Maudie, dis-je. Ce ne serait pas bien de faire autrement.

— Je le sais parfaitement, dit-elle. Mais ce n'est pas parce que c'est public que je dois y aller, n'est-ce pas ?

Miss Stephanie Crawford pointa le bout de son nez. Elle portait gants et chapeau.

— Oh là là ! s'exclama-t-elle. Regardez-moi tous ces gens !... On croirait que William Jennings Bryan [1] en personne va faire un discours.

— Et où allez-vous donc, Stephanie ? s'enquit Miss Maudie.

— Au Jitney Jungle.

Miss Maudie fit remarquer qu'elle n'avait jamais vu Miss Stephanie Crawford se rendre à ce magasin coiffée d'un chapeau.

---

1. Homme politique américain (1860-1925), trois fois candidat à la présidence pour le parti démocrate. Profondément attaché aux valeurs morales et religieuses, il se fit le défenseur d'un projet interdisant l'enseignement de l'évolution dans les écoles américaines.

— Enfin, convint cette dernière, j'ai pensé que je pourrais peut-être jeter un coup d'œil au tribunal pour voir comment s'en tire Atticus.

— Veillez à ce qu'il ne vous assigne pas à comparaître.

Nous demandâmes à Miss Maudie de nous expliquer son propos : elle dit que Miss Stephanie semblait tellement en savoir sur l'affaire qu'elle pourrait tout aussi bien être citée comme témoin.

Nous patientâmes jusqu'à midi, quand Atticus rentra déjeuner et dit qu'ils avaient passé la matinée à choisir le jury. Après le repas, nous allâmes chercher Dill et descendîmes en ville.

Il y régnait une atmosphère de kermesse. Plus une place de libre pour y attacher un autre animal, mules et chariots étaient installés sous tous les arbres disponibles. La place du palais de justice était encombrée de pique-niqueurs assis sur des feuilles de journaux, arrosant leurs gâteaux au sirop de lait chaud transporté dans des bocaux de fruits. Certains rongeaient du poulet froid et des côtes de porc frites, froides elles aussi. Les plus riches faisaient descendre leur nourriture à coups de Coca-Cola du drugstore dans des verres au fond bombé. Des enfants aux figures sales jouaient à *pop-the-whig* au milieu de la foule et des bébés prenaient leur déjeuner au sein de leur mère.

À l'écart, les Noirs se restauraient tranquillement au soleil de sardines, de biscuits salés et des arômes plus relevés de Nehi-Cola. Mr Dolphus Raymond se trouvait parmi eux.

— Jem, observa Dill, il boit dans un sac.

C'était bien ce qu'il semblait faire : deux pailles jaunes du drugstore reliaient sa bouche aux profondeurs d'un sac en papier brun.

— J'ai jamais vu personne faire ça, murmura Dill. Qu'est-ce qu'il cache, là-dedans ?

Jem pouffa de rire :

— Une bouteille de Coca-Cola remplie de whisky. C'est pour ne pas choquer les dames. Tu le verras siroter ça tout l'après-midi. Il va sortir, tout à l'heure, pour refaire le plein.

— Pourquoi est-il avec les gens de couleur ?

— Il fait toujours ça. Il préfère leur compagnie à la nôtre, je crois. Il vit à la limite du comté, avec une femme de couleur et toutes sortes de petits métis. Je t'en montrerai, si j'en vois.

— Il a pourtant pas l'air d'un pauvre type, reprit Dill.

— C'en est pas un. Il possède toute la rive du fleuve, là-bas, en plus, il provient d'une très vieille famille.

— Alors pourquoi il se conduit comme ça ?

— C'est sa façon d'être. Il paraît qu'il s'est jamais remis de son mariage. Il devait épouser l'une des... des filles Spender, je crois. Il devait y avoir un grand mariage, mais il n'a jamais eu lieu – après la répétition, sa fiancée est montée et s'est fait sauter la cervelle. Avec un fusil. Elle a appuyé sur la détente avec le pied.

— On a su pourquoi ?

— Non, dit Jem. Personne ne l'a jamais su exactement, sauf Mr Dolphus. On a dit que c'était parce qu'elle avait découvert l'existence de sa femme de couleur ; il croyait pouvoir la garder tout en étant marié. Depuis, il n'a jamais vraiment dessoûlé. Mais il est très gentil avec ses gosses...

— Jem, demandai-je, c'est quoi un métis ?

— Un enfant à moitié blanc, à moitié noir. Tu en as vu, Scout. Tu sais, ce petit rouquin aux cheveux frisés qui livre chez l'épicier. Il est à moitié blanc. Ils sont très tristes.

— Pourquoi tristes ?

— Parce qu'ils n'appartiennent à aucune communauté. Les gens de couleur n'en veulent pas parce qu'ils sont à moitié blancs ; les Blancs n'en veulent pas parce qu'ils sont de couleur ; alors ils sont entre les deux, c'est-à-dire nulle part. Mais Mr Dolphus en aurait déjà envoyé deux au Nord. Ils s'en fichent, là-bas. Tiens, en voilà un.

Un petit garçon cramponné à la main d'une femme noire venait dans notre direction. Il me parut tout ce qu'il y avait de plus noir : il avait une belle couleur chocolat, le nez épaté et les dents blanches. De temps en temps, il sautillait gaiement et la femme lui tirait la main pour le faire cesser.

Jem attendit qu'ils fussent passés.

— C'est un des petits, dit-il.

— Comment tu le sais ? demanda Dill. Il m'a paru tout noir.

— Ce n'est pas toujours facile de les reconnaître si on ne le sait pas. Mais il est bien le fils de Mr Raymond.

— Mais comment fais-tu pour le savoir ? insistai-je.

— Je te l'ai dit, Scout, il faut les connaître.

— Et comment sais-tu, alors, que nous ne sommes pas noirs, nous aussi ?

— Oncle Jack Finch dit qu'on ne peut être sûr de rien mais aussi loin qu'on peut remonter parmi les Finch, il n'y a pas de trace de sang noir ; seulement rien ne dit qu'ils ne sont pas venus d'Éthiopie pendant l'Ancien Testament.

— Si on est venu à l'époque de l'Ancien Testament, c'est trop vieux pour avoir encore de l'importance.

— C'est ce qui me semblait, dit Jem, mais, par ici, quand tu as une seule goutte de sang noir, tu deviens tout noir. Hé, regardez !...

À un signal invisible, les gens qui déjeunaient sur la place se relevèrent, jetèrent çà et là leurs papiers, cellophanes, et emballages. Les enfants rejoignirent leurs mères, les bébés furent posés sur les hanches lorsque des hommes en chapeaux maculés de sueur rassemblèrent leurs familles et les menèrent en troupeau vers l'entrée du palais de justice. Dans le coin le plus éloigné de la place, les Noirs et Mr Dolphus Raymond se levèrent et époussetèrent leurs pantalons. Il y avait peu de femmes et d'enfants parmi eux, ce qui semblait dissiper l'atmosphère de vacances. Ils attendirent patiemment aux portes, derrière les familles blanches.

— Allons-y, proposa Dill.

— Non, répondit Jem, il vaut mieux les laisser tous entrer d'abord. Atticus ne serait sans doute pas content de nous voir.

Sur un point, le palais de justice de Maycomb faisait vaguement penser à Arlington : les piliers en béton supportant son toit au sud étaient trop lourds pour leur léger fardeau. Ils étaient tout ce qui restait du tribunal original qui avait brûlé en 1856. On avait construit un autre palais de justice autour d'eux, ou plutôt, malgré eux. À part le perron sud, tout le tribunal du comté de Maycomb était de style victorien et présentait une allure inoffensive quand on le regardait depuis le nord. De l'autre côté, en revanche, ces colonnes néo-grecques juraient avec l'énorme tour de l'horloge du dix-neuvième, au mécanisme rouillé qui n'était plus fiable, et en disaient long sur la détermination de la population locale à conserver pieusement la moindre relique du passé.

Pour accéder au tribunal, au premier étage, il fallait passer devant divers cagibis sans lumière : le contrôleur des impôts, le percepteur, le responsable administratif du comté, l'avocat du comté, le greffier, le *probate judge* vivaient dans des clapiers froids et mal éclairés qui sentaient les livres de comptes en train de pourrir, le ciment humide et l'urine fétide. Il était nécessaire d'y allumer la lumière en plein jour et une couche de poussière couvrait en permanence le plancher rugueux. Les occupants de ces bureaux portaient les stigmates de leur environnement : ils semblaient n'avoir jamais connu ni le vent ni le soleil.

Nous savions qu'il y aurait foule mais nous ne nous attendions pas à la multitude qui encombrait le palier. Je fus séparée de Jem et de Dill, et pus me faufiler vers le mur longeant la cage d'escalier, sachant que Jem finirait par partir à ma recherche. Je me retrouvai au milieu du club des Oisifs et me fis aussi discrète que possible. C'était un groupe de vieux messieurs en chemise blanche et pantalon kaki à bretelles, qui avaient passé leur vie à ne rien faire et qui, au crépuscule de leur vie, continuaient sur leur lancée, assis sur des bancs de pin sous les chênes verts de la place. Atticus disait qu'en critiques attentifs des affaires passant en jugement, à force de fréquenter la cour, ils connaissaient aussi bien la loi que le président du tribunal. En général, ils en étaient les seuls spectateurs et, aujourd'hui, ils ne paraissaient pas apprécier cette interruption de leur confortable routine. Quand ils parlaient, c'était d'un ton plein de nonchalante importance. La conversation portait sur mon père.

— ... paraît bien sûr de lui, disait l'un.

— Oh là ! Je ne dirais pas ça ! répondit l'autre. Atticus Finch lit beaucoup, énormément, même.

— Il lit, c'est entendu, mais c'est à peu près tout ce qu'il fait.

Le club ricana.

— Attends, Billy ! intervint un troisième, tu sais que c'est le tribunal qui l'a commis d'office pour défendre ce nègre.

— Ouais, mais Atticus a réellement l'intention de le défendre, et c'est ce qui ne me plaît pas.

C'était un élément nouveau et il éclairait les choses d'un jour nouveau : Atticus était donc obligé de défendre Tom Robinson, qu'il le veuille ou non. Je trouvai étrange qu'il ne nous en eût rien dit – nous aurions pu à maintes reprises nous servir de cet argument pour le défendre et nous avec lui : nous aurions eu moins de bagarres et de disputes. Mais cela expliquait-il l'attitude de la ville ? Atticus avait été commis d'office et avait l'intention de défendre son client. Et c'était ce qui ne leur plaisait pas. Bizarre ?

Les Noirs, qui avaient attendu que les Blancs soient montés, commençaient à entrer.

— Attendez encore une minute ! lança un membre du club en brandissant sa canne. Ne montez pas tout de suite cet escalier !

Les articulations raides, le club entreprit sa montée et heurta Jem et Dill qui redescendaient, à ma recherche. Ils se faufilèrent entre eux, tandis que Jem criait :

— Dépêche-toi, Scout ! Il n'y a plus une place assise. On va devoir rester debout !

« Regarde-moi ça ! ajouta-t-il avec irritation en voyant les gens de couleur se précipiter dans l'escalier.

Les vieillards qui les précédaient allaient occuper la plupart des places debout. Nous n'avions pas une chance, et tout était de ma faute, précisa Jem. Nous restâmes tristement contre le mur.

— Vous ne pouvez pas tous entrer ?

Le révérend Sykes nous dévisageait, un chapeau noir à la main.

— Bonjour, révérend, dit Jem. Non, Scout a tout gâché.

— Attendez, on va voir ce qu'on peut faire.

Il monta au second étage et reparut, quelques instants plus tard.

— Il ne reste pas une place dans la salle. Cela vous irait de venir vous asseoir dans les tribunes, avec moi ?

— Ça oui ! s'écria Jem.

Ravis, nous précédâmes le révérend Sykes. Nous montâmes par un escalier dérobé et attendîmes à la porte. Le pasteur arriva derrière nous en soufflant et nous guida doucement parmi les Noirs des tribunes. Quatre d'entre eux se levèrent pour nous céder leur place au premier rang.

Les tribunes réservées aux gens de couleur couraient comme une mezzanine sur trois murs de la salle et, de là, on voyait tout.

Les jurés étaient assis à gauche, sous les longues fenêtres. Brûlés par le soleil, grands et maigres, ils paraissaient être tous des fermiers, mais c'était normal : il était rare que des citadins fassent partie du jury, soit ils étaient rayés des listes soit ils en étaient dispensés. Un ou deux d'entre eux avaient de vagues allures de Cunningham sur leur trente et un. Pour le moment, ils se tenaient droits et semblaient attentifs.

Le procureur et un autre homme, Atticus et Tom Robinson étaient assis à des tables et nous tournaient le dos. Il y avait un livre marron et quelques blocs de papier jaune sur la table du procureur ; celle d'Atticus était vide.

Assis sur des chaises à siège en cuir, juste derrière la barrière qui séparait la cour du public, les témoins nous tournaient également le dos.

Juché sur son estrade, le juge Taylor avait l'air d'un

vieux requin assoupi dont le poisson pilote écrivait rapidement au-dessous de lui. Le juge Taylor ressemblait à la plupart des juges que je connaissais : aimable, les cheveux blancs, le visage légèrement rubicond, c'était un homme qui présidait son tribunal avec une inquiétante simplicité – il lui arrivait de mettre les pieds sur son bureau ou de se nettoyer les ongles avec son canif. Pendant les longues audiences de conciliation, surtout après le déjeuner, il donnait l'impression de somnoler, impression à jamais dissipée depuis qu'un avocat avait envoyé délibérément une pile de livres sur le plancher dans une ultime tentative pour le réveiller. Sans ouvrir les yeux, le juge Taylor avait murmuré :

— Mr Whitley, recommencez cela et il vous en coûtera cent dollars.

C'était un homme d'une grande érudition juridique et, bien qu'il parût prendre ses fonctions à la légère, il dirigeait en réalité ses audiences d'une main de fer. On ne le vit qu'une seule fois paralysé lors d'une audience publique, à cause des Cunningham. Old Sarum, leur territoire, était peuplé par deux familles, à l'origine distinctes et séparées mais qui, par malheur, portaient à peu près le même patronyme. Les Cunningham épousèrent les Coningham jusqu'à ce que l'orthographe de leurs noms devienne théorique – tout au moins jusqu'à ce qu'un Cunningham entrât en conflit avec un Coningham sur des titres de propriété de terres, et lui fasse un procès. Au cours d'une de ces controverses, Jeems Cunningham témoigna que sa mère signait Cunningham quand il s'agissait de possessions de biens mais que c'était en fait une Coningham, qu'elle n'avait pas une bonne orthographe, lisait peu et avait l'habitude de regarder dans le vide lorsqu'elle s'asseyait sur la véranda. Après avoir écouté durant neuf heures les excentricités des habitants d'Old Sarum, le juge Taylor déclara la cour incompétente. Quand on lui demanda sur quels motifs, il répondit qu'il y avait eu entente préalable entre les parties et ajouta qu'il espérait de tout cœur que les plaideurs se satisferaient d'avoir chacun pu s'exprimer en public. Ce qui fut le cas. C'était en fait avant tout ce qu'ils voulaient.

Le juge Taylor avait une curieuse habitude fascinante : il permettait qu'on fume dans son tribunal sans pour autant le faire lui-même. Avec un peu de chance, on avait parfois le privilège de le voir porter à sa bouche un long cigare, qu'il n'allumait jamais, et le mâchonner lentement. Petit à petit, le cigare finissait par disparaître, pour resurgir, quelques heures plus tard, sous la forme d'un résidu lisse et plat, une fois son essence extraite et mêlée aux sucs digestifs du juge. Je demandai un jour à Atticus comment Mrs Taylor pouvait encore l'embrasser mais, selon lui, ils ne s'embrassaient pas souvent.

Le box des témoins se trouvait à la droite du juge et, quand nous prîmes place, Mr Heck Tate s'y tenait déjà.

17

— Jem, dis-je, ce sont les Ewell, là-bas ?

— Chut ! Mr Heck Tate est en train de témoigner.

Mr Tate s'était habillé pour l'occasion. Il portait un costume ordinaire et, du coup, ressemblait à peu près à n'importe qui : plus de grandes bottes, ni de blouson ni de cartouchière. À compter de ce moment, il cessa de me terrifier. Il se tenait en avant sur le fauteuil des témoins, les mains serrées entre ses genoux, écoutant attentivement le procureur.

Nous ne connaissions pas bien le procureur, un certain Mr Gilmer. Il venait d'Abbottsville ; nous ne le voyions que lorsque la cour siégeait, autant dire rarement en ce qui nous concernait, parce que la cour ne nous intéressait pas particulièrement, Jem et moi... C'était un homme chauve au visage lisse, qui pouvait avoir aussi bien quarante ans que soixante. Bien qu'il nous tournât le dos, nous savions qu'il avait un léger strabisme à un œil, ce dont il tirait parti : il paraissait regarder quelqu'un alors qu'il n'en faisait rien ; il était donc la terreur des jurés et des témoins qui, se croyant surveillés de près, l'écoutaient avec attention.

— ... nous en faire le récit à votre manière, disait Mr Gilmer.

— Eh bien ! commença Mr Tate en tripotant ses lunettes et en parlant à ses genoux, j'ai été appelé...

— Pourriez-vous vous adresser au jury, Mr Tate ?
Merci. Qui vous a appelé ?

— Bob est venu me chercher... Mr Bob Ewell, un
soir, là-bas...

— Quel soir, monsieur ?

— Le vingt et un novembre, dit Mr Tate. J'allais
quitter mon bureau pour rentrer chez moi quand B...
Mr Ewell est entré dans tous ses états et m'a dit d'aller
tout de suite chez lui, qu'un nègre avait violé sa fille.

— Vous y êtes allé ?

— Naturellement ! J'ai pris la voiture et y suis allé
aussi vite que possible.

— Et qu'avez-vous trouvé ?

— La jeune fille par terre au milieu de la pièce du
devant, à droite en entrant. Elle avait été bien battue
mais j'ai pu la relever et elle s'est lavé la figure dans
un seau qui se trouvait dans le coin et elle a dit que ça
allait. Je lui ai demandé qui lui avait fait ça et elle a dit
que c'était Tom Robinson...

Le juge Taylor, qui s'était concentré sur ses ongles,
leva la tête, comme s'il s'attendait à une objection, mais
Atticus ne broncha pas.

— ... lui ai demandé si c'était lui qui l'avait battue
comme ça et elle a dit que oui. Lui ai demandé s'il avait
abusé d'elle et elle a dit que oui. Alors je suis descendu
chercher Robinson chez lui. Elle l'a identifié comme
étant son agresseur, alors je l'ai emmené. C'est tout.

— Merci, dit Mr Gilmer.

Le juge Taylor demanda :

— Des questions, Atticus ?

— Oui, dit mon père.

Il était assis derrière sa table, sa chaise de travers,
les jambes croisées, un bras reposant sur le dossier de
son siège.

260

— Avez-vous appelé un médecin, shérif ? Est-ce que quelqu'un a appelé un médecin ? demanda Atticus.

— Non, monsieur, dit Mr Tate.

— Vous n'avez pas appelé de médecin ?

— Non, monsieur, répéta Mr Tate.

— Pourquoi ?

La voix d'Atticus était tendue.

— Je vais vous le dire, Mr Finch. Ce n'était pas la peine. Elle avait été salement cognée. Il s'était passé quelque chose, c'était évident.

— Mais vous n'avez pas appelé de médecin ? Pendant que vous étiez là-bas, est-ce que quelqu'un en a fait appeler un, est allé en chercher un, l'a emmenée chez un médecin ?

— Non, monsieur...

Le juge l'interrompit :

— Il a répondu trois fois à la question, Atticus. Il n'a pas appelé de médecin.

— Je voulais juste en être certain, monsieur le juge, répondit Atticus.

Le juge sourit.

La main de Jem, qui était posée sur la balustrade, se crispa. Il retint soudain son souffle. Jetant un coup d'œil à la salle au-dessous, je ne vis aucune réaction de ce genre et me demandai s'il ne cherchait pas à faire l'intéressant. Dill suivait tranquillement, de même que le révérend Sykes à côté de lui.

— Qu'est-ce qu'il y a ? chuchotai-je, m'attirant un brusque « chut ! ».

— Shérif, reprit Atticus, vous dites qu'elle avait été salement cognée. De quelle façon ?

— C'est-à-dire...

— Contentez-vous de décrire ses blessures, Heck.

— Eh bien, elle avait été frappée à la tête. Elle avait

déjà des bleus sur les bras alors que ça s'était passé environ une demi-heure auparavant...

— Comment le savez-vous ?

Mr Tate sourit :

— Enfin, c'est ce qu'ils ont dit. Quoi qu'il en soit, elle avait déjà de beaux bleus quand je suis arrivé et on voyait qu'elle allait avoir un œil au beurre noir.

— Quel œil ?

Mr Tate cligna des yeux et se passa la main dans les cheveux.

— Voyons... dit-il doucement.

Puis il regarda Atticus, comme s'il estimait sa question puérile.

— Vous n'arrivez pas à vous en souvenir ? demanda Atticus.

Mr Tate tendit la main vers une personne invisible à quelques centimètres de lui :

— La gauche, déclara-t-il.

— Attendez, une minute, shérif, dit Atticus. La gauche en face de vous ou la gauche de votre côté ?

— Ah oui ! Ça fait la droite ! C'était son œil droit, Mr Finch. Je m'en souviens à présent, elle avait été frappée de ce côté du visage...

Mr Tate cligna de nouveau des yeux, comme s'il venait de prendre conscience d'un fait. Puis il tourna la tête et regarda Tom Robinson. Instinctivement, celui-ci leva son visage.

Atticus venait lui aussi de comprendre quelque chose, ce qui le fit bondir sur ses pieds.

— Shérif, veuillez répéter ce que vous avez dit.

— J'ai dit que c'était son œil droit.

— Non...

Atticus se dirigea vers le bureau du greffier, se pencha sur la main en train de griffonner furieusement ;

celle-ci s'arrêta, retourna sa page de sténo et le greffier lut : « Mr Finch. Je m'en souviens à présent, elle avait été frappée de ce côté du visage... »

Atticus se tourna vers Mr Tate :

— Quel côté, encore, Heck ?

— Le côté droit, Mr Finch, mais elle avait reçu d'autres bleus... voulez-vous que je vous en parle ?

Atticus, qui semblait sur le point d'aborder une autre question, se ravisa et dit :

— Oui, quelles étaient ses autres blessures ?

Comme Mr Tate répondait, Atticus regarda du côté de Tom Robinson comme pour indiquer qu'ils ne s'attendaient pas à cela.

— ... ses bras étaient couverts de bleus et elle m'a montré son cou qui portait clairement des traces de doigts sur la gorge...

— Tout autour de la gorge ? Sur la nuque ?

— Je dirais qu'il y en avait tout autour, Mr Finch.

— Vraiment ?

— Oui, elle avait une petite gorge que n'importe qui pouvait enserrer de ses...

— Contentez-vous de répondre aux questions par oui par non, shérif, dit Atticus sèchement.

Mr Tate se tut.

Atticus s'assit en faisant un signe de tête au procureur, lequel fit signe que non au juge qui pointa le menton vers Mr Tate qui se leva avec raideur et descendit du box des témoins.

Au-dessous de nous, des têtes se tournèrent, des pieds raclèrent le plancher, des bébés changèrent d'épaule et quelques enfants s'éclipsèrent de la salle d'audience. Derrière nous, les Noirs chuchotaient doucement entre eux ; Dill demanda au révérend Sykes quel était le problème, mais celui-ci répondit qu'il n'en savait rien. Pour le moment, les choses étaient parfaitement ennuyeuses : personne n'avait explosé, les avocats des deux parties ne s'étaient pas disputés, il n'y avait eu aucun drame ; à la grande déception de tous, semblait-il. Atticus procédait avec affabilité, comme s'il avait affaire à une contestation de propriété. Avec son infinie capacité à calmer les mers agitées, il pouvait rendre un cas de viol aussi aride qu'un sermon. Dissipée ma terreur des odeurs de whisky éventé et de basse-cour, de ces hommes sombres aux yeux endormis, d'une voix rauque demandant dans la nuit : « Mr Finch, ils sont pa'tis ? » La lumière du jour avait emporté notre cauchemar, tout se terminerait bien.

Le public semblait aussi détendu que le juge Taylor, excepté Jem. Sa bouche se tordait en un demi-sourire déterminé et quelque chose faisait briller ses yeux ; il dit quelque chose à propos d'un témoignage concordant, qui me confirma dans l'idée qu'il faisait l'intéressant.

— ... Robert E. Lee Ewell !

En réponse à la voix tonitruante de l'huissier, un petit bonhomme, qui avait tout d'un petit coq, se leva et s'approcha de la barre en se rengorgeant, la nuque rougissante à l'appel de son nom. Quand il se tourna pour prêter serment, nous vîmes que son visage était tout aussi rouge. Nous ne lui trouvâmes aucune ressemblance avec son homonyme, le général confédéré. Une touffe de cheveux fins, fraîchement lavés, se dressait sur son front ; il avait le nez fin, pointu et brillant, pas de menton à proprement parler car il disparaissait dans son cou fripé.

— ... et qu'Dieu m'vienne en aide, acheva-t-il d'un ton triomphant.

Toutes les villes de la taille de Maycomb possédaient

leur famille Ewell. Nulle fluctuation économique ne changeait leur situation. Les gens comme les Ewell vivaient aux crochets du comté en temps de prospérité comme de crise grave. Aucun inspecteur scolaire ne pouvait garder leur nombreuse marmaille à l'école, aucun responsable de la santé publique ne parvenait à les débarrasser de leurs tares congénitales, de leurs différents vers et des maladies engendrées par le manque d'hygiène.

Les Ewell de Maycomb habitaient derrière la décharge publique, dans ce qui était jadis une cabane de Noirs. Ses murs de planches étaient doublés de tôle ondulée, les bardeaux du toit étaient faits de boîtes de conserve aplaties à coups de marteau, si bien que seule sa forme suggérait encore sa destination originale : carrée, avec quatre pièces minuscules, ouvrant sur un semblant d'entrée, la cabane reposait tant bien que mal sur quatre blocs de calcaire de tailles différentes. Ses fenêtres étaient de simples ouvertures dans les murs, recouvertes en été de bandes graisseuses d'étamine afin d'éloigner les bestioles qui grouillaient sur la décharge de Maycomb.

Ces bestioles étaient d'ailleurs condamnées à manger de la vache enragée car les Ewell fouillaient chaque jour les ordures et le fruit de leur recherche (quand il n'était pas mangé) faisait ressembler leur lopin de terre autour de la cabane à une maison d'enfants retardés : ce qui pouvait passer pour une palissade était formé de branchages, de manches à balais ou d'outils, tous terminés par des têtes de marteaux rouillées, de râteaux édentés, de pelles, de haches et de houes détériorées, retenus entre eux par des morceaux de barbelés. Cette barricade entourait une cour sale contenant les restes d'une Ford modèle T (sur des blocs), une chaise de dentiste déglinguée, une ancienne glacière et d'autres objets de moindre importance : de vieilles chaussures, des radios cassées, des cadres, des bocaux à fruits parmi lesquels picoraient des poulets orange faméliques, mais encore pleins d'espoir.

Cependant un coin de la cour déconcertait Maycomb. Contre la palissade étaient alignés six seaux d'émail ébréchés contenant des géraniums d'un rouge éclatant, soignés avec autant d'attention que s'ils avaient appartenu à Miss Maudie Atkinson, à la condition que celle-ci eût daigné accueillir un géranium dans son jardin. Les gens disaient qu'ils appartenaient à Mayella Ewell.

Personne n'était parfaitement sûr du nombre d'enfants qui vivaient là. Certains parlaient de six, d'autres de neuf. Il y avait toujours plusieurs figures sales aux fenêtres quand on passait devant la maison, ce que personne n'avait l'occasion de faire, sauf à Noël, lorsque les églises distribuaient des corbeilles et que le maire priait de bien vouloir aider les éboueurs en allant jeter nous-mêmes nos arbres et nos ordures.

Au Noël précédent, Atticus nous avait emmenés avec lui lorsqu'il avait accédé à la demande du maire. En quittant la route, un chemin de terre passait le long de la décharge et menait à un petit lotissement noir, à environ cinq cents mètres de la bicoque des Ewell. Il fallait ensuite soit revenir en marche arrière jusqu'à la route, soit aller jusqu'au bout du chemin et faire demi-tour devant les maisons des Noirs, ce que faisaient la plupart des gens. Dans le crépuscule glacé de décembre, celles-ci paraissaient propres et douillettes, de la fumée bleue s'élevait des cheminées et les entrées brillaient de la couleur ambre des feux intérieurs. D'exquises odeurs flottaient dans l'atmosphère : poulet, bacon frit aussi craquant que l'air du soir. Jem et moi avions cru sentir un ragoût d'écureuil, mais le vieux campagnard qu'était Atticus identifia de l'opossum et du lapin, arômes qui disparurent quand nous repassâmes devant la résidence des Ewell.

La seule supériorité du petit homme à la barre des témoins sur ses voisins les plus proches était qu'à la condition de prendre un bain bien chaud et de se récurer avec du gros savon, il avait la peau blanche.

— Mr Robert Ewell ? demanda Mr Gilmer.

— C'est ça, chef, dit le témoin.

Le dos de Mr Gilmer se raidit un peu et j'en fus navrée pour lui. Mais je ferais peut-être bien d'expliquer d'abord quelque chose. J'ai entendu dire que les enfants d'avocats commettaient l'erreur, en voyant leurs parents dans le feu des débats à l'audience, de prendre la partie adverse pour l'ennemi personnel de leurs parents, de souffrir le martyre et d'être surpris de les voir souvent ressortir bras dessus bras dessous avec leurs persécuteurs à la première suspension d'audience. Ceci n'était ni le cas de Jem ni le mien. Nous n'étions pas traumatisés de voir notre père gagner ou perdre. Je regrette de ne pouvoir épicer ainsi mon récit mais, si je le faisais, cela ne serait pas exact. Nous savions cependant à quel moment le débat se faisait plus acrimonieux que professionnel, mais uniquement lorsqu'il s'agissait d'autres avocats que notre père. Je n'ai jamais entendu de toute ma vie Atticus élever la voix, sauf le jour où il eut affaire à un témoin sourd. Mr Gilmer faisait son métier et Atticus le sien. De plus, Mr Ewell était le témoin de Mr Gilmer et c'était la dernière personne envers qui celui-ci aurait eu intérêt à se montrer impoli.

« Êtes-vous le père de Mayella Ewell ? » fut la question suivante.

« En tout cas, si j'le suis pas, j'peux plus rien y faire, vu qu'sa mère elle est morte », fut la réponse.

Le juge Taylor s'agita, tourna lentement son fauteuil pivotant et considéra le témoin avec affabilité :

— Êtes-vous le père de Mayella Ewell ? demanda-t-il d'un ton qui coupa net les rires au-dessous de nous.

— Oui, monsieur, dit Mr Ewell humblement.

Le juge Taylor poursuivit d'un ton bienveillant :

— C'est la première fois que vous venez au tribunal ? Je ne me souviens pas de vous y avoir jamais vu.

Le témoin ayant hoché la tête, il poursuivit :

— Que les choses soient claires. Il n'y aura plus aucune spéculation manifestement obscène sur aucun sujet, de la part de personne dans cette salle tant que je présiderai. Avez-vous compris ?

J'en doutai fort, malgré le signe d'assentiment de Mr Ewell. Le juge Taylor soupira et dit :

— Très bien. Mr Gilmer ?

— Merci, monsieur. Mr Ewell, pourriez-vous nous raconter à votre manière ce qui s'est passé le soir du vingt et un novembre, je vous prie ?

Jem sourit et repoussa ses cheveux en arrière. « À votre manière » était le tic de Mr Gilmer. Nous nous demandions souvent s'il craignait que son témoin puisse faire son récit à la manière de quelqu'un d'autre.

— Bon. L'soir du vingt et un novembre, j'rentrais d'la forêt, chargé d'p'tit bois et juste quand j'arrive à la palissade, j'entends Mayella brailler dans la maison comme un porc qu'on égorge...

Le juge Taylor jeta un regard sévère au témoin mais dut conclure que ses spéculations étaient dépourvues d'intention maligne car il reprit son air somnolent :

— Quelle heure était-il ?

— Juste avant l'coucher du soleil. Bon, j'disais que Mayella braillait plus fort que Jésus sur la...

Un autre regard du juge le fit taire.

— Oui, reprit Mr Gilmer, elle criait ?

Mr Ewell regarda le juge avec perplexité :

— Ouais, Mayella faisait c'te boucan du diable, alors j'lâche mon chargement et j'cours aussi vite que j'peux mais j'me tamponne dans la barrière et quand j'me dégage, j'cours vers la fenêtre et qu'est-ce que j'vois...

Le visage de Mr Ewell devint écarlate. Se levant, il désigna Tom Robinson du doigt :

— J'vois ce nègre noir en train d'besogner ma Mayella !

Le juge Taylor avait beau être serein en audience et se servir rarement de son marteau, il en frappa son bureau cinq minutes durant. Atticus s'était approché de l'estrade pour lui parler ; Mr Heck Tate, en tant que shérif du comté, passa dans l'allée centrale et tenta de calmer l'assistance. Derrière nous, un grognement de colère assourdi montait chez les gens de couleur.

Le révérend Sykes se pencha par-dessus Dill et moi pour tirer Jem par le coude :

— Mr Jem, dit-il, vous feriez mieux de ramener Miss Jean Louise à la maison. Mr Jem, vous m'entendez ?

Jem tourna la tête :

— Scout, rentre à la maison. Dill, toi et Scout, vous devez rentrer !

— Essaie un peu de m'y obliger ! dis-je en me rappelant la merveilleuse formule d'Atticus.

Jem me fusilla du regard puis dit au pasteur :

— Je pense que ça va, révérend, elle ne comprend pas.

J'en fus mortellement offensée.

— Bien sûr que si ! Je comprends aussi bien que toi !

— Tais-toi donc ! Elle ne comprend pas, révérend, elle n'a même pas neuf ans...

Les yeux noirs du pasteur nous regardèrent avec inquiétude :

— Mr Finch sait que vous êtes tous là ? Ce n'est pas un spectacle pour Miss Jean Louise, ni pour vous, d'ailleurs, les garçons.

Jem secoua la tête.

— Il peut pas nous voir d'où il est. Tout va bien, révérend !

Je savais que Jem gagnerait parce que rien ne pourrait le faire partir à présent. Dill et moi n'avions rien à craindre, pour le moment : Atticus pouvait très bien nous voir d'où il était, il suffisait qu'il regarde dans notre direction.

Tandis que le juge martelait son bureau, Mr Ewell resta assis, l'air suffisant, observant l'effet de son œuvre. En une formule, il avait transformé de joyeux pique-niqueurs en une foule maussade, tendue, murmurant, peu à peu hypnotisée par le marteau dont les coups diminuaient d'intensité, jusqu'à ce que le seul bruit dans la salle d'audience se réduisît à un petit tap-tap-tap : le juge aurait tout aussi bien pu taper sur son bureau à coups de crayon.

De nouveau maître de la situation, il s'adossa à son siège, l'air brusquement fatigué ; on voyait qu'il était âgé et je pensai à ce qu'avait dit Atticus : Mrs Taylor et lui ne s'embrassaient pas beaucoup – il devait avoir près de soixante-dix ans.

— Une requête a été déposée, dit-il, demandant que la salle soit évacuée, au moins par les femmes et les enfants. Nous la rejetons pour le moment. Les gens voient généralement ce qu'ils sont venus voir et entendent ce à quoi ils s'attendaient et ils ont le droit de vouloir que leurs enfants y assistent, mais je peux vous garantir une chose : ce que vous verrez et que vous entendrez le sera en silence, ou vous quitterez cette salle après avoir été poursuivis par mes soins pour outrage à la cour. Mr Ewell, vous maintiendrez votre déposition, si possible, dans les limites d'un langage conforme aux usages chrétiens. Poursuivez, Mr Gilmer.

Mr Ewell me fit penser à un sourd-muet. J'étais certaine qu'il n'avait jamais entendu les mots que venait de lui adresser le juge – sa bouche semblait s'efforcer de les répéter silencieusement – mais leur poids était gravé sur son visage qui en avait perdu toute sa suffisance ; elle avait été remplacée par une opiniâtre gravité qui n'abusa pas le juge : tant que Mr Ewell se trouva à la barre des témoins, il ne le quitta plus des yeux, comme pour le mettre au défi de faire un nouvel écart.

Mr Gilmer et Atticus se regardèrent. Mon père avait repris sa place, le poing sous une joue, et nous ne pouvions voir son visage. Mr Gilmer paraissait plutôt désespéré. Une question du juge Taylor sembla le détendre :

— Mr Ewell, avez-vous vu le défendeur avoir des rapports sexuels avec votre fille ?

— Oui.

Le public resta tranquille mais le défendeur dit quelque chose. Atticus lui parla à l'oreille et Tom Robinson se tut.

— Vous avez dit que vous étiez à la fenêtre ? demanda Mr Gilmer.

— Oui, monsieur.

— À quelle hauteur se trouve-t-elle du sol ?

— À peu près un mètre.

— Et, d'où vous étiez, vous voyiez bien la pièce ?

— Oui, monsieur.

— Quel aspect offrait la pièce ?

— Tout était sens dessus dessous comme si on s'y était battu.

— Qu'avez-vous fait, en voyant le défendeur ?

— Ben, j'ai couru autour d'la maison mais y s'est taillé avant qu'j'arrive. J'avais vu qui c'était, bon. J'étais trop affolé par l'état de Mayella pour y filer au train. J'ai couru dans la maison et elle était par terre en train d'gueuler...

— Alors qu'avez-vous fait ?

— Ben j'ai tout d'suite couru chercher Tate. J'savais très bien qui c'est qu'avait fait l'coup. Il habite plus bas, dans c'trou à nègres ; j'passe devant tous les jours. M'sieur le juge, ça fait quinze ans qu'je demande au comté d'nettoyer c't'infection, là-bas ! Y sont dangereux et y dévaluent ma propriété...

— Merci, Mr Ewell, coupa vivement Mr Gilmer.

Le témoin descendit si vite de son box qu'il rentra dans Atticus qui s'était levé pour l'interroger. Le juge Taylor autorisa la salle à rire.

— Un instant, monsieur, dit Atticus courtoisement. Pourrais-je vous poser une ou deux questions ?

Mr Ewell regagna sa chaise, s'y installa et considéra Atticus d'un air plein de morgue et de suspicion, expression commune à tous les témoins du comté de Maycomb quand ils affrontaient l'avocat de la partie adverse.

— Mr Ewell, commença Atticus, on dirait que tout le monde a beaucoup couru, ce soir-là. Voyons, vous avez couru vers la maison, vous avez couru à la fenêtre, vous avez couru à l'intérieur, vous avez couru auprès de Mayella, vous avez couru avertir Mr Tate. Parmi toutes vos courses, auriez-vous aussi couru chercher un médecin ?

— Pas besoin. J'avais vu c'qui s'était passé.

272

— Enfin, il y a une chose que je ne comprends pas, dit Atticus. N'étiez-vous pas inquiet de l'état de votre fille ?

— Et comment que j'l'étais ! J'ai vu qui c'est qu'a fait ça.

— Non, je veux parler de son état physique. N'avez-vous pas pensé que la nature de ses blessures justifiait des soins médicaux urgents ?

— Quoi ?

— N'avez-vous pas pensé qu'elle devait voir un médecin immédiatement ?

Le témoin dit qu'il n'y avait jamais songé, qu'il n'avait jamais appelé un médecin pour aucun de ses enfants de toute sa vie et que, s'il l'avait fait, il en aurait eu pour cinq dollars.

— C'est tout ? demanda-t-il.

— Pas tout à fait, poursuivit tranquillement Atticus. Mr Ewell, vous avez entendu le témoignage du shérif, n'est-ce pas ?

— Comment ça ?

— Vous étiez dans la salle quand Mr Heck Tate se trouvait à la place où vous êtes maintenant, non ? Vous avez bien entendu tout ce qu'il a dit !

Mr Ewell examina soigneusement la question avant de conclure à son innocuité.

— Oui, dit-il.

— Êtes-vous d'accord avec sa description des blessures de Mayella ?

— Comment ça ?

Atticus se retourna pour sourire à Mr Gilmer. Mr Ewell paraissait déterminé à ne pas lever le petit doigt pour aider la défense.

— Mr Tate a témoigné qu'elle avait l'œil droit poché, qu'elle avait été frappée autour de...

— Ah ouais ! dit le témoin. J'suis d'accord avec tout c'qu'a dit Tate.

— Vraiment ? demanda Atticus doucement. Je voudrais juste m'en assurer.

Se dirigeant vers le greffier, il lui dit quelque chose et, pendant quelques minutes, ce dernier nous redonna lecture du témoignage de Mr Tate comme s'il s'agissait des cours de la Bourse :

« ... la gauche ah oui ça fait sa droite c'était son œil droit, Mr Finch, je m'en souviens à présent, elle avait été frappée... »

Il tourna la page :

« ... de ce côté du visage shérif veuillez répéter ce que vous avez dit j'ai dit que c'était son œil droit... »

— Merci, Bert, dit Atticus. Vous venez de l'entendre encore une fois, Mr Ewell. Avez-vous quelque chose à ajouter ? Êtes-vous d'accord avec le shérif ?

— J'dis comme Tate. Elle avait un œil au beurre noir et elle avait été salement battue.

Le petit homme semblait avoir oublié son humiliante fausse sortie. À l'évidence, il pensait qu'Atticus ne faisait pas le poids. Il semblait redevenir rougeaud ; il bombait le torse, il avait retrouvé toute son allure de petit coq rouge. Je me dis que les boutons de sa chemise allaient sauter à la question suivante d'Atticus :

— Mr Ewell, savez-vous lire et écrire ?

Mr Gilmer coupa :

— Objection ! Je ne vois pas ce que cette question a à voir avec cette affaire. Hors de propos et sans intérêt.

Le juge Taylor ouvrit la bouche mais Atticus fut plus rapide :

— Monsieur le juge, si vous autorisez cette question ainsi que la suivante, vous verrez rapidement.

— Très bien, voyons donc, acquiesça le juge, mais

faites en sorte que nous voyions effectivement, Atticus. Objection rejetée.

Mr Gilmer semblait aussi curieux que le reste de la salle de découvrir le rapport qui pouvait exister entre le niveau d'instruction de Mr Ewell et cette affaire.

— Je répète la question, reprit Atticus. Savez-vous lire et écrire ?

— J'pense bien !

— Pourriez-vous écrire votre nom et nous le montrer ?

— C'te blague ! Comment qu'vous croyez qu'je signe mes chèques d'aide sociale ?

En jouant ainsi les petits rigolos, Mr Ewell était en train de s'attirer la sympathie de ses concitoyens dont les murmures et les rires étouffés saluaient chacune des répliques.

Je devins nerveuse. Atticus semblait savoir ce qu'il faisait mais j'avais l'impression qu'il avançait un peu à l'aveuglette. Ne jamais, jamais, jamais, dans un contre-interrogatoire, poser à un témoin une question dont vous ne connaissiez déjà la réponse ; j'avais absorbé ce principe en même temps que mes premiers biberons. Sinon, vous risquez d'obtenir une réponse dont vous ne voulez pas, une réponse susceptible de ruiner votre argumentation.

Atticus fouilla dans une poche intérieure de son veston et en sortit une enveloppe, puis dans celle de son gilet d'où il tira un stylo-plume. Sans se presser, de façon que le jury ne perdît pas un de ses gestes, il en ôta le capuchon qu'il posa délicatement sur son bureau, secoua un peu la plume puis la tendit au témoin avec l'enveloppe :

— Pourriez-vous écrire votre nom ? demanda-t-il. Ostensiblement pour que le jury vous voie faire.

Mr Ewell écrivit au dos de l'enveloppe et leva le visage avec suffisance pour constater que le juge le dévisageait comme s'il avait affaire à un gardénia odorant, en pleine floraison, à la barre des témoins et que Mr Gilmer était mi-assis, mi-debout à sa table. Les jurés l'observaient, l'un d'entre eux s'était penché en avant, les mains sur la balustrade.

— Qu'est-ce qu'y a d'si intéressant ? demanda-t-il.

— Vous êtes gaucher, Mr Ewell, dit le juge Taylor.

Mr Ewell se tourna d'un mouvement irrité vers ce dernier et dit qu'il ne voyait pas ce que le fait d'être gaucher venait faire ici, qu'il était un bon chrétien et qu'Atticus Finch essayait de le rouler, que des avocats roués comme lui le roulaient toujours avec leurs roublardises. Il venait de raconter ce qui s'était produit, il recommencerait autant de fois qu'il le faudrait – ce qu'il fit. Rien de ce qu'Atticus lui demanda ensuite ne vint contredire son histoire : il avait regardé par la fenêtre puis fait fuir le nègre, puis couru avertir le shérif. Atticus finit par le congédier.

Mr Gilmer lui posa une question supplémentaire :

— Êtes-vous gaucher ou ambidextre, Mr Ewell ?

— De quoi ? Certainement pas ! J'peux m'servir d'une main comme de l'autre. D'une main comme de l'autre, ajouta-t-il en toisant la table de la défense.

Jem semblait complètement rassuré. Il tapotait tranquillement la balustrade et murmura :

— On le tient.

Je n'en étais pas aussi sûre : Atticus tentait de montrer, à mon avis, que Mr Ewell pouvait avoir lui-même battu Mayella. Jusque-là, je suivais le raisonnement. Si elle avait l'œil droit poché et avait surtout été frappée du côté droit, cela tendait à démontrer que l'agresseur était gaucher. Sherlock Holmes et Jem Finch trouveraient la chose élémentaire. Mais Tom Robinson pouvait très bien être gaucher lui aussi. Comme Mr Heck Tate, je me représentai une personne en face de moi, reconstituai une sorte de pantomime mentale et en conclus que son agresseur pouvait l'avoir tenue de la main droite tout en la battant de la gauche. Je baissai la tête pour le regarder. Il nous tournait le dos mais je distinguais parfaitement ses larges épaules et son cou de taureau. Il pouvait fort bien avoir fait ça. Je pensai que Jem vendait la peau de l'ours avant de l'avoir tué...

18

Mais la voix tonitrua de nouveau :

— Mayella Violet Ewell... !

Une jeune fille se dirigea vers la barre des témoins. Quand elle leva la main et jura que son témoignage serait la vérité, toute la vérité, rien que la vérité, et que Dieu lui vienne en aide, elle parut un peu fragile mais, une fois assise en face de nous, sur la chaise des témoins, elle redevint ce qu'elle était, une fille au corps épais, habituée aux durs labeurs.

Dans le comté de Maycomb, il était facile de voir qui prenait régulièrement un bain et qui se contentait de le faire une ou deux fois par an : Mr Ewell avait l'air de quelqu'un qui se serait ébouillanté ; comme si sa trempette de la veille l'avait privé de ses couches protectrices de crasse et que sa peau fût devenue sensible. Mayella, en revanche, semblait s'efforcer de rester propre, et je me rappelai la rangée de géraniums rouges dans la cour des Ewell.

Mr Gilmer lui demanda de raconter au jury, à sa manière, ce qui s'était passé le soir du vingt et un novembre de l'année précédente, juste à sa manière, s'il vous plaît.

Mayella resta silencieuse.

— Où étiez-vous ce soir-là au coucher du soleil ? demanda patiemment Mr Gilmer.

— Sur la véranda.

— Laquelle ?

— Y en a qu'une, d'vant.

— Qu'y faisiez-vous ?

— Rien.

Le juge Taylor intervint :

— Dites-nous seulement ce qui s'est passé. Ce n'est pas trop difficile, je pense ?

Mayella le regarda puis se mit à pleurer. Elle se couvrit la bouche de ses mains et sanglota. Le juge Taylor la laissa pleurer un peu avant de dire :

— Ça suffit, maintenant. Il ne faut avoir peur de personne ici, du moment que vous dites la vérité. Je sais que tout ceci vous paraît bien étrange mais vous ne devez avoir ni honte ni peur de rien. Qu'est-ce qui vous effraie ?

Elle dit quelque chose derrière ses mains.

— Comment ? demanda le juge.

— Lui, sanglota-t-elle en désignant Atticus.

— Mr Finch ?

Hochant vigoureusement la tête, elle expliqua :

— J'veux pas qu'y m'fasse comme à p'pa, qu'on croie qu'j'suis gauchère...

Le juge gratta ses épais cheveux blancs. Il était clair qu'il n'avait jamais été confronté à ce genre de difficulté.

— Quel âge avez-vous ? demanda-t-il.

— Dix-neuf ans et demi.

Le juge Taylor s'éclaircit la gorge avant d'essayer, sans succès, de parler d'un ton apaisant :

— Mr Finch n'a pas l'intention de vous effrayer, grommela-t-il ; et s'il essayait, je suis là pour l'en empêcher. C'est une des raisons de ma présence ici. Alors conduisez-vous comme la grande fille que vous êtes, reprenez-vous et dites au... dites-nous ce qui vous est arrivé. Vous allez y arriver, n'est-ce pas ?

Je glissai à Jem :

— Elle serait pas un peu simplette, par hasard ?

Jem lorgnait sur la barre des témoins.

— Je sais pas encore, répondit-il. Elle a l'air assez maligne pour inspirer de la pitié au juge, mais elle pourrait peut-être... oh ! j'en sais rien.

Rassérénée, Mayella décocha un dernier regard terrifié à Atticus avant de déclarer à Mr Gilmer :

— Voilà, m'sieur, j'étais sur la véranda et... et il est arrivé et, voyez-vous, y avait c'te vieux chiffonnier dans la cour que p'pa avait apporté pour le débiter en p'tit bois. Y m'avait dit d'le faire pendant qu'y s'rait dans les bois mais j'me sentais pas assez forte pour le faire et il est arrivé...

— Qui cela ?

Mayella désigna Tom Robinson du doigt.

— Je dois vous demander d'être plus précise, dit Mr Gilmer. Le greffier a du mal à noter les gestes.

— Çuila là-bas, dit-elle, Robinson.

— Que s'est-il passé ensuite ?

— J'lui ai dit viens-t'en ici, nègre, et coup'moi c'te chiffonnier, j'te donn'rai cinq cents. Y pouvait l'faire sans peine, oui. Alors il est entré dans la cour et j'ai été chercher la pièce à la maison et je m'suis r'tournée et avant que j'comprenne, il était sur moi. Y m'avait couru après, oui. Y m'tenait par le cou à m'embrasser et m'dire des cochonneries. J'me suis débattue et j'ai braillé, mais y m'tenait par le cou. Y m'a cognée, cognée...

Mr Gilmer attendit que Mayella reprît contenance. Son mouchoir était tordu comme une corde mouillée ; quand elle le déplia pour s'essuyer les joues, il parut fripé comme si elle l'avait séché entre ses paumes brûlantes. Elle attendit que Mr Gilmer lui pose une autre question, mais, comme il n'en faisait rien, elle reprit :

— ... y m'a flanquée par terre et étranglée et y a profité de moi.

— Avez-vous crié ? demanda Mr Gilmer. Vous êtes-vous débattue ?

— J'pense bien ! J'ai braillé d'toutes mes forces, j'y ai donné des coups d'pied et j'ai beuglé aussi fort que possible.

— Ensuite, que s'est-il passé ?

— J'me rappelle pas trop bien. Mais après j'ai vu p'pa dans la pièce au-d'ssus d'moi, en train d'brailler qui c'est qu'a fait ça, qui c'est qu'a fait ça ? Et puis j'ai dû tomber dans les pommes pa'c'qu'ensuite j'me souviens seulement de Mr Tate en train d'm'aider à m'lever et d'm'emmener vers le seau d'eau.

Apparemment, elle reprenait confiance au fur et à mesure de son récit, mais pas à la façon effrontée de son père : elle semblait aux aguets tel un chat qui aurait le regard fixe tout en battant de la queue.

— Vous dites que vous vous êtes débattue de toutes vos forces ? Vous vous êtes battue bec et ongles ?

— J'pense bien ! dit-elle en reprenant l'expression de son père.

— Vous affirmez qu'il a abusé de vous ?

Le visage de Mayella se tordit et j'eus peur qu'elle se remette à pleurer. Au lieu de quoi, elle se contenta de répondre :

— Il a eu c'qu'y venait chercher.

Mr Gilmer détourna l'attention sur la chaleur de la journée en s'essuyant le front de la main.

— C'est tout pour le moment, dit-il aimablement. Mais restez là. Je crois que le grand méchant Mr Finch a quelques questions à vous poser.

— Le ministère public ne préviendra pas le témoin contre l'avocat de la défense, murmura le juge Taylor d'un ton guindé, tout au moins pas cette fois...

Atticus se leva en souriant, mais, au lieu de se diriger vers la barre des témoins, il ouvrit son veston, passa les pouces dans son gilet puis traversa lentement la pièce en direction des fenêtres, regarda au-dehors, mais ne parut pas spécialement intéressé par ce qu'il y vit, puis tourna les talons et revint à la barre des témoins. Mes longues années d'expérience me permettaient de supposer qu'il essayait de prendre une décision.

— Miss Mayella, commença-t-il en souriant, je ne tiens pas à vous effrayer, tout au moins pas pour le moment. Faisons déjà connaissance. Quel âge avez-vous ?

— J'ai dit au juge là-bas qu'j'avais dix-neuf ans et demi.

Elle fit un geste de la tête plein de ressentiment en direction du juge Taylor.

— Mais oui, mais oui, ma'am ! Néanmoins, il va falloir vous montrer patiente avec moi, Miss Mayella, je me fais vieux et je n'ai plus une aussi bonne mémoire qu'autrefois. Il se peut que je vous demande des choses que vous avez déjà dites, seulement il faudra me répondre quand même, vous comprenez ? Bien.

Je ne voyais rien dans l'expression de Mayella qui fût susceptible de permettre à Atticus de supposer qu'il avait obtenu d'elle une coopération inconditionnelle. Elle le regardait d'un air furieux.

— J'répond'rai pas un mot tant qu'vous vous moquerez d'moi ! dit-elle.

— Pardon ? demanda Atticus avec surprise.

— Tant qu'vous vous ficherez d'moi.

Le juge Taylor intervint :

— Mr Finch ne se moque pas de vous, voyons ! Où allez-vous chercher cela ?

Mayella regarda Atticus par en dessous tout en répondant au juge :

— Tant qu'y m'appel'ra ma'am et dira Miss Mayella. J'ai pas à écouter ses insolences. J'suis pas v'nue pour ça.

Atticus reprit sa promenade en direction des fenêtres, laissant le juge Taylor se débrouiller ; ce dernier n'était pas vraiment homme à inspirer de la pitié, pourtant j'éprouvai un élan de compassion à son égard tandis qu'il tentait d'expliquer :

— C'est la façon de s'exprimer de Mr Finch, dit-il à Mayella. Cela fait des années que nous travaillons ensemble au tribunal, et il se montre toujours courtois envers tout le monde. Il ne cherche pas à se moquer de vous, au contraire, il essaie de se montrer poli. C'est sa façon de s'exprimer.

S'adossant à son siège, il continua :

— Poursuivons, Atticus, et laissons le procès-verbal établir que l'on n'a pas été insolent avec le témoin, contrairement à ce qu'elle croit.

Je me demandai si quelqu'un l'avait jamais appelée « ma'am » ou « Miss Mayella » de sa vie ; sans doute pas, puisqu'elle prenait ombrage de cette forme ordinaire de courtoisie. À quoi pouvait donc ressembler son existence ? Je le découvris rapidement.

— Donc, vous êtes âgée de dix-neuf ans, reprit Atticus. Combien de frères et sœurs avez-vous ?

Il revenait des fenêtres à la barre.

— Sept, dit-elle et je me demandai s'ils ressemblaient tous au spécimen que j'avais vu lors de mon premier jour de classe.

— Êtes-vous l'aînée ? La plus grande ?

— Oui.

— Depuis combien de temps votre mère est-elle décédée ?

— J's'ais pas. Y a longtemps.

— Êtes-vous allée à l'école ?

— J'sais lire et écrire, comme p'pa.

Elle me faisait penser à Mr Jingle, dans un livre que j'avais lu [1].

— Combien de temps y avez-vous passé ?

— Deux, trois ans, j'sais pas.

Lentement mais sûrement, je commençais à comprendre où voulait en venir Atticus. Avec des questions que Mr Gilmer ne trouvait pas assez hors de propos ou insignifiantes pour juger bon d'y faire objection, il dressait tranquillement devant le jury le tableau de la vie domestique des Ewell. Le jury apprit les choses suivantes : le chèque de l'aide sociale était loin de suffire à nourrir la famille et, de toute façon, il y avait de fortes raisons de soupçonner que papa le buvait – il partait parfois dans les marécages durant des jours et en revenait malade ; le temps était rarement assez froid pour qu'on ait besoin de chaussures et, lorsque la température baissait, on pouvait s'en fabriquer d'épatantes avec des bandes découpées dans de vieux pneus ; la famille allait puiser son eau à une source qui coulait à l'autre bout de la décharge – les abords en étaient maintenus propres – et c'était chacun pour soi si l'on voulait rester propre : si vous vouliez vous laver, vous deviez rapporter votre seau d'eau ; les plus petits étaient perpétuellement enrhumés et atteints de gale ; il y avait une dame qui passait de temps en temps et demandait à Mayella

---

1. *Les Aventures de Mr Pickwick* de Charles Dickens.

pourquoi elle n'allait pas à l'école, puis notait sa réponse : deux membres de la famille sachant lire et écrire, il n'était pas nécessaire que les autres apprennent – papa avait besoin d'eux à la maison.

— Miss Mayella, dit Atticus malgré lui, comme toutes les jeunes filles de dix-neuf ans, vous devez avoir des amis. Qui sont-ils ?

Elle fronça les sourcils de perplexité.

— Des amis ?

— Oui, vous ne connaissez personne de votre âge, ou plus vieux ou plus jeune ? Des garçons et des filles ? Des amis ordinaires ?

L'hostilité de Mayella, qui s'était réduite à une réticente neutralité, éclata de nouveau :

— Vous vous fichez encore d'moi, Mr Finch ?

Atticus prit cette question comme une réponse à la sienne.

— Aimez-vous votre père, Miss Mayella ? demanda-t-il ensuite.

— Ça veut dire quoi, ça ?

— Ça veut dire : se montre-t-il bon avec vous ? Est-il facile à vivre ?

— Il est potable, sauf quand...

— Sauf quand ?

Elle regarda son père assis en arrière, la chaise appuyée à la balustrade. Celui-ci se redressa et attendit sa réponse.

— Sauf quand rien, dit-elle. J'ai dit qu'il est potable.

Mr Ewell se renversa de nouveau dans sa chaise.

— Sauf quand il boit ? demanda Atticus si gentiment qu'elle acquiesça de la tête. Est-ce qu'il s'en prend à vous, dans ces moments-là ?

— Comment ça ?

— Quand il est... contrarié, lui arrive-t-il de vous battre ?

Mayella regarda autour d'elle, elle baissa les yeux sur le greffier, puis les leva vers le juge.

— Répondez à la question, Miss Mayella, dit ce dernier.

— Mon p'pa m'a jamais touché un cheveu d'ma vie, affirma-t-elle. Y m'a jamais touchée.

Les lunettes d'Atticus ayant un peu glissé, il les remonta sur son nez.

— Après ce tour d'horizon, Miss Mayella, je pense que nous allons revenir à notre affaire. Vous dites avoir demandé à Tom Robinson de venir débiter un... de quoi s'agissait-il ?

— D'un chiffonnier, une vieille armoire pleine de tiroirs d'un côté.

— Connaissiez-vous bien Tom Robinson ?

— Ça veut dire quoi ?

— Ça veut dire : saviez-vous qui il était, où il habitait ?

Elle fit oui de la tête.

— J'le savais. Y passait tous les jours devant la maison.

— Était-ce la première fois que vous lui demandiez de pénétrer dans la cour ?

À cette question, Mayella sursauta légèrement. Atticus était en train de faire son lent pèlerinage vers les fenêtres et poursuivait son manège : il posait une question, puis regardait dehors en attendant la réponse. Il ne la vit pas tressaillir mais j'eus l'impression qu'il connaissait sa réaction. Se retournant, il haussa les sourcils :

— Était-ce... reprit-il.

— Oui.

— Vous ne lui aviez jamais demandé d'entrer, auparavant ?

Cette fois, elle s'y attendait.

— Certainement pas ! Jamais d'la vie !

— Un simple non aurait suffi, dit Atticus avec sérénité. Vous ne lui aviez jamais demandé de faire de petits travaux pour vous auparavant ?

— P'têt que si, concéda-t-elle. Y a pas mal de nègres dans l'coin.

— Pourriez-vous me citer d'autres cas ?

— Non.

— Parfait. Voyons maintenant ce qui s'est passé. Vous avez dit que Tom Robinson était derrière vous dans la pièce quand vous vous êtes retournée, c'est cela ?

— Oui.

— Vous avez dit qu'il vous a tenue par le cou en vous embrassant et en disant des grossièretés... c'est cela ?

— Oui.

La mémoire d'Atticus semblait soudain lui être revenue.

— Vous avez dit : « ... il m'a flanquée par terre et étranglée et il a profité de moi »... est-ce cela ?

— C'est c'que j'ai dit.

— Vous souvenez-vous qu'il vous ait frappée au visage ?

Le témoin hésita.

— Vous paraissez certaine qu'il vous étranglait. En même temps, vous vous défendiez, je crois ? Vous lui avez donné des coups de pied et vous avez braillé aussi fort que possible. Vous souvenez-vous qu'il vous ait frappée au visage ?

Mayella resta silencieuse, comme si elle essayait de comprendre quelque chose. Un instant, je crus qu'elle

tentait, comme Mr Heck Tate et moi-même, de se représenter une personne en face d'elle. Elle regarda
Mr Gilmer.

— C'est une question facile, Miss Mayella, je vais
donc vous la reposer : vous souvenez-vous qu'il vous
ait frappée au visage ?

La voix d'Atticus avait perdu son intonation rassu-
rante ; il parlait de son timbre professionnel, aride et
détaché.

— Vous souvenez-vous qu'il vous ait frappée au
visage ?

— Non, j'me rappelle pas... J'veux dire... oui, y
m'a battue.

— Dois-je considérer cette dernière phrase comme
votre réponse ?

— Hein ? Oui. Y m'a battue... j'me rappelle pas,
j'me rappelle pas... ça s'est passé si vite.

Le juge Taylor la dévisagea sévèrement :

— Ne pleurez pas, jeune fille, commença-t-il.

Mais Atticus l'interrompit :

— Laissez-la pleurer si elle le souhaite, monsieur le
juge. Nous avons tout notre temps.

Mayella renifla de façon courroucée et regarda
Atticus.

— J'répondrai à vos questions, même si vous m'aga-
cez et que vous vous moquez de moi. J'répondrai à
toutes vos questions...

— Très bien, dit Atticus. J'en ai encore quelques-
unes. Miss Mayella, pour ne pas vous faire répéter, vous
avez déclaré que le défendeur vous avait frappée, saisie
par le cou, à demi étranglée et qu'il avait profité de
vous. Je veux être certain que nous parlons de la même
personne. Pouvez-vous identifier l'homme qui vous a
violée ?

— Oui, c'est lui, là-bas.

Atticus se tourna vers le défendeur.

— Levez-vous, Tom, que Miss Mayella puisse bien vous regarder. Est-ce cet homme, Miss Mayella ?

Les larges épaules de Tom Robinson ondulèrent sous sa chemise fine. Il se mit debout, la main droite posée sur le dossier de sa chaise. Il paraissait étrangement déséquilibré, mais cela ne venait pas de la manière dont il se tenait. Son bras gauche mesurait bien trente centimètres de moins que le droit et pendait inerte à son côté. Il s'achevait par une petite main desséchée et, même de ma place, je pouvais constater qu'il ne pouvait plus s'en servir.

— Scout, souffla Jem. Scout, regarde ! Révérend, c'est un infirme !

Le pasteur se pencha devant moi pour chuchoter à Jem :

— Son bras a été pris dans une égreneuse de coton chez Mr Dolphus Raymond, quand il était enfant... il a perdu presque tout son sang... tous ses muscles ont été déchiquetés...

Atticus demanda :

— Est-ce l'homme qui vous a violée ?

— Tout à fait.

La question suivante ne contenait qu'un mot :

— Comment ?

Mayella était furieuse :

— J'sais pas comment y s'y est pris mais y l'a fait... j'ai dit qu'c'est arrivé si vite que...

— Tâchons d'examiner les choses calmement, commença Atticus, mais Mr Gilmer l'interrompit d'une objection : ce n'était pas qu'il s'intéressait à des points hors de propos ou insignifiants, mais qu'il persécutait le témoin.

Le juge éclata de rire :

— Asseyez-vous donc, Horace ! Il ne fait rien de tel. C'est plutôt le témoin qui persécute Atticus.

Le juge fut la seule personne de la salle à rire. Même les bébés se tenaient tranquilles et je me demandai soudain s'ils n'étaient pas tous morts étouffés contre le sein de leurs mères.

— Alors, reprit Atticus, Miss Mayella, vous avez déclaré que le défendeur vous avait à demi étranglée et frappée – vous n'avez pas dit qu'il s'était glissé derrière vous et qu'il vous avait assommée mais que vous vous étiez retournée et qu'il était là.

Atticus avait repris place derrière sa table et ponctuait ses paroles en la martelant du poing.

— Souhaitez-vous revenir sur un élément de votre témoignage ?

— Vous voulez qu'j'dise quéq'chose qu'a pas eu lieu ?

— Non, ma'am, je veux que vous disiez ce qui s'est produit. Racontez-nous encore une fois, je vous prie, ce qui s'est passé.

— J'l'ai déjà dit.

— Vous avez déclaré que vous vous étiez retournée et qu'il était là. C'est alors qu'il vous a saisie à la gorge ?

— Oui.

— Puis, il a lâché votre gorge et vous a battue ?

— C'est c'que j'ai dit.

— Et il vous a poché l'œil gauche avec le poing droit ?

— J'me suis baissée pour l'éviter et il... il a dévié, voilà. J'me suis baissée et il a dévié.

Mayella avait enfin compris.

— Vous êtes devenue tout d'un coup très précise sur

ce point. Tout à l'heure, vous ne paraissiez pas bien vous souvenir, non ?

— J'ai dit qu'y m'a cognée.

— Fort bien. Il vous a prise à la gorge, il vous a frappée et violée, c'est cela ?

— Ben ouais.

— Vous êtes une fille vigoureuse, qu'avez-vous fait pendant tout ce temps ? Vous êtes restée les bras ballants ?

— J'vous ai déjà dit que j'braillais et que j'donnais des coups d'pied et que j'me débattais...

Atticus leva le bras, ôta ses lunettes, tourna son œil droit, le meilleur, vers le témoin et fit pleuvoir les questions sur lui. Le juge intervint :

— Une question à la fois, Atticus. Laissez au témoin la possibilité de répondre.

— Bien, pourquoi ne vous êtes-vous pas enfuie ?

— J'ai essayé...

— Essayé ? Qu'est-ce qui vous en a empêchée ?

— Je... Y m'a flanquée par terre, voilà, et y s'est mis sur moi.

— Et durant tout ce temps, vous n'avez pas cessé de crier ?

— J'pense bien.

— Alors pourquoi les autres enfants ne vous ont-ils pas entendue ? Où étaient-ils ? À la décharge ?

Pas de réponse.

— Où étaient-ils ? Pourquoi vos cris ne les ont-ils pas alertés ? La décharge est plus près que le bois, non ?

Pas de réponse.

— Ou bien n'avez-vous commencé à crier qu'en voyant votre père à la fenêtre ? Jusque-là vous n'aviez pas songé à crier, n'est-ce pas ?

Pas de réponse.

— Avez-vous plutôt crié contre votre père que contre Tom Robinson ? Est-ce cela ?

Pas de réponse.

— Qui vous a battue ? Tom Robinson ou votre père ?

Pas de réponse.

— Qu'a vu votre père par la fenêtre ? Le crime de viol ou son contraire ? Pourquoi ne dites-vous pas la vérité, mon enfant ? N'est-ce pas Bob Ewell qui vous a battue ?

Quand Atticus se détourna, il avait l'air écœuré, mais l'expression de Mayella était un mélange de terreur et de rage. Atticus s'assit à sa place, l'air las, et nettoya ses lunettes avec son mouchoir.

Brusquement, Mayella parut recouvrer l'usage de la parole :

— J'ai qué'qu'chose à dire.

Atticus leva la tête :

— Désirez-vous nous raconter ce qui s'est passé ?

Elle ne parut pas déceler la compassion qu'il avait mise dans son invite.

— J'ai qué'qu'chose à dire et après ça s'ra tout. C'te nègre, là-bas, y a profité de moi et si vous, les beaux messieurs d'la ville, vous voulez rien y faire, c'est qu'vous avez rien dans l'ventre, tous autant qu'vous êtes. Vos grands airs vous donnent rien d'plus... vos « p'tite ma'am » et vos « jeune mamoiselle » vous mèneront pas plus loin, Mr Finch.

Puis elle se mit à pleurer vraiment. Ses épaules étaient agitées de sanglots. Son attitude était aussi bonne que ses paroles. Elle ne répondit plus à aucune question, même lorsque Mr Gilmer essaya de la remettre sur la voie. J'imagine que si elle n'avait pas été si pauvre et si ignorante, le juge Taylor l'aurait fait incarcérer pour le mépris dont elle avait fait preuve à l'égard de tout le monde dans la salle d'audience. Atticus était parvenu à l'atteindre durement d'une manière que je ne comprenais pas, mais il n'en retirait aucun plaisir. Il était assis, tête basse, et je n'ai jamais vu pareil regard de haine que celui de Mayella lorsqu'elle quitta la barre de témoins et passa devant la table d'Atticus.

Quand Mr Gilmer dit au juge qu'il désirait une suspension d'audience, le juge renchérit :

— Nous en avons tous besoin. Je vous donne dix minutes.

Atticus et Mr Gilmer s'approchèrent de l'estrade et bavardèrent à voix basse avant de se retirer par une porte qui se trouvait derrière la barre des témoins. Ce fut le signal que tous attendaient pour s'étirer. Je m'aperçus que je m'étais assise au bord du banc et que mes membres étaient assez engourdis. Jem se leva et bâilla, Dill aussi, et le révérend Sykes s'essuya le visage sur son chapeau. Il dit qu'il devait bien faire trente-deux degrés.

Mr Braxton Underwood, qui était demeuré tranquillement assis sur une chaise réservée à la presse, absorbant les témoignages avec son éponge de cerveau, laissa errer ses yeux scrutateurs sur la tribune réservée aux gens de couleur et nos regards se croisèrent. Émettant un grognement, il détourna le sien.

— Jem, dis-je, Mr Underwood nous a vus.

— Ça fait rien. Il le dira pas à Atticus, il se contentera de le signaler à la page mondaine de *The Tribune*.

Jem se tourna vers Dill pour lui expliquer, je crois, les moments forts du procès, mais je me demandai quels ils pouvaient bien être. Il n'y avait pas eu de très longs débats entre Atticus et Mr Gilmer. Ce dernier semblait poursuivre presque à contrecœur ; les témoins avaient été menés par le bout du nez comme des imbéciles sans guère d'objections. Mais Atticus nous avait dit un jour que lorsque le juge Taylor présidait l'audience, un avocat qui interprétait *stricto sensu* les témoignages se faisait strictement rappeler à l'ordre. Ceci était destiné à me faire comprendre que si le juge Taylor avait l'air paresseux et de fonctionner dans un état de somnolence, il était rarement déjugé, preuve que c'était un bon juge.

Celui-ci était en train de regagner son fauteuil pivotant. Il prit un cigare dans sa poche, l'examina pensivement. Je donnai un coup de coude à Dill. Ayant subi l'inspection du juge, le cigare se vit cruellement mordu.

— On vient quelquefois ici pour le regarder, expliquai-je. Il va lui faire tout le reste de l'après-midi. Tu vas voir.

Sans avoir conscience d'être observé des tribunes, le juge Taylor se débarrassa du bout coupé en le propulsant expertement de ses lèvres, ce qui produisit un « Ffluck ». Il toucha un crachoir avec une telle précision que nous entendîmes sa chute de notre place.

— Il aurait été génial avec une sarbacane ! murmura Dill.

D'habitude, une suspension d'audience provoquait un exode général mais, aujourd'hui, les gens ne bougeaient pas. Même les Oisifs, qui n'avaient pas réussi à faire honte aux plus jeunes d'avoir une place assise, étaient restés debout contre le mur. Je supposai que Mr Heck Tate avait réservé l'usage des toilettes aux employés du tribunal.

Atticus et Mr Gilmer revinrent et le juge Taylor regarda sa montre.

— Il va être seize heures, dit-il.

Ce qui me parut étonnant, car cela signifiait que l'horloge du palais avait déjà sonné deux fois. Je ne l'avais pas entendue et n'avais pas même senti ses vibrations.

— Pouvons-nous espérer terminer cet après-midi ? demanda le juge. Qu'en pensez-vous, Atticus ?

— Je crois que c'est possible.

— Combien de témoins avez-vous ?

— Un.

— Bien. Alors appelez-le.

19

Tom Robinson se présenta, passa ses doigts sous son bras gauche pour le soulever. Il le guida sur la Bible, posant sa main gauche, qui ressemblait à du caoutchouc, sur la reliure noire. Comme il levait la main droite, l'autre glissa et heurta la table du greffier. Il essayait une nouvelle fois, quand le juge grommela :

— Ça ira, Tom.

Il prêta serment et alla s'asseoir sur la chaise des témoins. Atticus l'amena très vite à se présenter : Tom avait vingt-cinq ans ; il était marié et avait trois enfants ; il avait déjà eu maille à partir avec la justice : il avait été condamné à un mois de prison pour trouble à l'ordre public.

— Il fallait que ce soit un sacré trouble, dit Atticus. Qu'aviez-vous fait ?

— J'm'étais battu avec un aut'homme qui voulait me poigna'der.

— Y était-il parvenu ?

— Oui, m'sieur, un peu, pas assez pou'me blesser. Vous voyez, c'est là.

Tom bougea son épaule gauche.

— Oui, dit Atticus. Et vous avez été condamnés tous les deux ?

— Oui, m'sieur. J'suis allé en p'ison pa'c'que j'pouvais pas payer l'amende. L'aut'a payé la sienne.

Dill se pencha par-dessus moi pour demander à Jem ce que faisait Atticus. Jem lui expliqua qu'il voulait montrer au jury que Tom n'avait rien à cacher.

— Connaissiez-vous Mayella Violet Ewell ?

— Oui, m'sieur, j'passais devant chez elle pou' me'end'aux champs et'eveni'tous les jou'.

— À qui sont ces champs ?

— J'fais la cueillette du coton pou' Mr Link Deas.

— On cueille encore le coton, en novembre ?

— Non, m'sieur, mais il m'emploie à son ja'din en automne et en hive'. Y a de quoi s'occuper, avec les pacaniers.

— Vous dites que vous êtes obligé de passer devant la maison des Ewell pour aller au travail et en revenir. Y a-t-il un autre chemin ?

— Non, m'sieur, pas qu'je sache.

— Tom, vous a-t-elle déjà parlé ?

— Oui, m'sieur ; j'ôtais mon chapeau quand je passais et, un jou', elle m'a demandé de veni'dans la cou'pou'lui débiter un chiffonnier.

— Quand vous a-t-elle demandé cela ?

— Mr Finch, c'était à peu p'ès au p'intemps de'nier. J'm'en souviens pa'c'que c'était l'époque des coupes et qu'j'avais ma houe avec moi. J'ai dit qu'j'avais que cette houe mais elle a'épondu qu'elle possédait une hachette, elle me l'a donnée et j'ai débité le chiffonnier en mo'ceaux. Elle a dit : « Je c'ois que j'te dois cinq cents, non ? » et j'ai dit « non, ma'am, c'est g'atuit ». Et puis je suis'ent'é chez moi, Mr Finch, c'était ve's le p'intemps de'nier, y a plus d'un an.

— Êtes-vous retourné là-bas ?

— Oui, m'sieur.

— Quand ?

— Eh bien, des tas d'fois.

Instinctivement, le juge tendit la main vers son marteau mais la laissa retomber. Le murmure dans la salle s'étouffa sans son intervention.

— En quelles circonstances ?

— Pa'don, m'sieur ?

— Pourquoi êtes-vous retourné des tas de fois dans cette cour ?

Le front de Tom Robinson se détendit.

— Pa'c'qu'elle me le demandait, m'sieur. Il semblait que chaque fois que je passais, elle avait un petit qué'qu'chose à m'fai'fai'– couper du bois, aller chercher de l'eau. Elle a'osait ses fleu''ouges tous les jou'.

— Étiez-vous payé pour vos services ?

— Non, m'sieur, pas ap'ès la p'emiè'fois où elle m'avait offe'cinq cents. J'étais content de fai'ça pou'elle. Mr Ewell ne semblait pas l'aider et les enfants non plus et je savais qu'elle n'avait pas d'argent.

— Où étaient les autres enfants ?

— Toujou'dans les pa'ages, un peu pa'tout. Ce'tains me'ega'daient t'availler pa'la fenêt'.

— Miss Mayella vous parlait-elle ?

— Oui, m'sieur.

Pendant la déposition de Tom Robinson, je pris conscience que Mayella Ewell devait être la personne la plus seule au monde. Elle l'était plus encore que Boo Radley qui n'était pas sorti une fois de chez lui en vingt-cinq ans. Lorsque Atticus lui avait demandé si elle avait des amis, elle avait paru ne pas savoir ce qu'il voulait dire, puis croire qu'il se moquait d'elle. Elle était aussi triste, me dis-je, que ce que Jem appelait un enfant métis : les Blancs ne voulaient rien avoir affaire avec elle parce qu'elle vivait dans une porcherie, les Noirs parce qu'elle était blanche. Elle ne pouvait pas vivre comme Mr Dolphus Raymond qui préférait la compagnie des Noirs, parce qu'elle ne possédait pas une rive du fleuve et n'appartenait pas à une vieille famille distinguée. Personne ne disait à propos des Ewell : « C'est leur façon d'être. » Maycomb leur offrait avec condescendance des corbeilles de Noël et l'aide sociale. Tom Robinson était certainement la seule personne à s'être jamais bien conduite à son égard. Pourtant, elle l'accusait d'avoir abusé d'elle et, en se levant, elle l'avait regardé comme une crotte de chien.

Atticus interrompit là ma méditation.

— Avez-vous jamais pénétré chez les Ewell... avez-vous jamais mis les pieds chez les Ewell sans y être expressément invité ?

— Non, m'sieur. Jamais, Mr Finch. C'est pas mon gen', m'sieur.

Atticus disait parfois que le meilleur moyen de vérifier si un témoin mentait ou disait la vérité consistait à l'écouter au lieu de le regarder : j'appliquai cette méthode – Tom nia trois fois d'un seul trait, mais calmement, sans la moindre trace de pleurnicherie dans sa voix, et je me pris à le croire même s'il protestait trop. Il me faisait l'effet d'un Noir respectable et un Noir respectable ne s'introduirait jamais dans la cour de quelqu'un de son propre chef.

— Tom, que vous est-il arrivé, le soir du vingt et un novembre dernier ?

Au-dessous de nous, la salle retint son souffle et se pencha en avant. Derrière nous, les Noirs firent de même.

Tom avait une belle peau de velours sombre, non pas luisante, mais douce. Le blanc de ses yeux se détachait sur son visage et, quand il parlait, on voyait l'éclat de ses dents. S'il ne lui avait pas manqué un bout de bras, il eût été un magnifique spécimen d'homme.

— Mr Finch, dit-il, je'ent'ais à la maison comme tous les soi'et, en passant devant la maison des Ewell, j'ai vu Miss Mayella su'la vé'anda, ainsi qu'elle l'a dit elle-même. Je m'demandais pou'quoi tout semblait si t'anquille autou', quand elle m'a p'ié de veni'l'aider une minute. Bon, j'y suis allé et j'ai che'ché autou'de moi quel t'avail y avait à fai', mais je n'ai'ien vu et elle a dit : « J'ai qué'qu'chose à te fai'fai'dans la maison. La vieille po'te so'de ses gonds et l'automne a'ive vite, maintenant. »

« J'lui ai demandé : vous avez un tou'nevis, Miss Mayella ? Elle a dit que oui, bien sû'. Alo'j'ai monté les ma'ches et elle m'a fait signe d'ent'er et je suis ent'é dans la pièce de devant et j'ai'ega'dé la po'te. J'ai dit Miss Mayella, cette po'te a l'ai'en t'ès bon état. J'l'ai ouve't et fe'mée et les gonds fonctionnaient bien. Alo'elle l'a fe'mée devant moi. Mr Finch, j'me demandais pou'quoi tout était si t'anquille et j'me suis ape'çu qu'y avait pas un enfant dans les pa'ages, pas un seul, et j'ai dit : Miss Mayella, où sont les enfants ?

La peau veloutée de Tom commençait à briller et il se passa la main sur le visage.

— J'ai dit : où sont les enfants ? continua-t-il, et elle a dit – elle'iait – qu'y sont tous pa'tis s'acheter des glaces en ville. Elle a dit : « J'en ai bavé pou'économiser sept pièces de cinq cents, mais j'y suis a'ivée.Y sont tous pa'tis en ville. »

La gêne de Tom n'était pas due à la transpiration.

— Alors qu'avez-vous répondu, Tom ? demanda Atticus.

— Qué'qu'chose du gen' : Eh bien, Miss Mayella, c'est chic d'leu'fai'ce plaisi' ! Et elle a dit : « Tu c'ois ? » J'suis pas sû'qu'elle a comp'is c'que je voulais di'. Moi, je t'ouvais t'ès bien d'économiser comme ça, et gentil de leu'off'i'une petite joie.

— J'entends bien, Tom. Continuez, dit Atticus.

— Bon, j'ai dit, maintenant, j'dois m'en aller. Je n'pouvais'ien fai'pou'elle et elle a dit que si, et quand j'lui ai demandé quoi, elle a dit de monter sur cette chaise là-bas et de descend'cette boîte en haut du chiffonnier.

— Pas celui que vous aviez débité ?

Le témoin sourit.

— Non, m'sieur, un aut'. P'esque aussi g'and que la pièce. Alo'j'ai fait ce qu'elle m'a dit et j'att'apais la boîte quand... tout c'que je me'appelle c'est qu'elle m'a saisi pa'les jambes, pa'les jambes, Mr Finch. Elle m'a fait tellement peu'qu'jai sauté en a'iè'et'enve'sé la chaise – c'est l'unique chose, l'unique meuble qui avait changé de place dans cette pièce, Mr Finch, quand je suis pa'ti. Je le ju'devant Dieu.

— Que s'est-il passé après que vous avez renversé cette chaise ?

Tom Robinson s'était arrêté net. Il jeta un coup d'œil à Atticus, puis au jury, puis à Mr Underwood assis en face.

— Tom, vous avez juré de dire toute la vérité. Dites-la-nous.

Tom se passa une main nerveuse sur la bouche.

— Que s'est-il passé ensuite ?

— Répondez à la question, dit le juge Taylor.

Le tiers de son cigare avait disparu.

— Mr Finch, j'ai sauté de cette chaise et je m'suis l'etou'né et elle m'a p'esque sauté dessus.

— Sauté dessus ? Violemment ?

— Non, m'sieur, elle – elle m'a enlacé. Elle m'a enlacé la taille.

Cette fois, le marteau du juge tomba en claquant et, à ce moment, les plafonniers s'allumèrent. Ce n'était pas encore la nuit, mais le soleil de l'après-midi déclinait. Le juge eut tôt fait de rétablir le silence.

— Ensuite, qu'a-t-elle fait ?

Le témoin déglutit avec difficulté.

— Elle est montée sur la pointe des pieds pou'm'emb'asser su'la joue. Elle a dit qu'elle avait jamais emb'assé d'homme avant moi et qu'un nèg'fe'ait aussi bien l'affai'. Elle a dit que c'que son p'pa lui faisait ne comptait pas. Elle a dit : « Emb'asse-moi, nég'. » J'ai dit : Miss Mayella, laissez-moi pa'ti'et j'ai essayé de m'enfui', mais elle avait le dos à la po'te et j'ai dû la bousculer. Je voulais pas lui fai'de mal, Mr Finch, et j'ai dit : laissez-moi passer, mais, à ce moment, Mr Ewell, là-bas, s'est mis à b'ailler à la fenêt'.

— Que criait-il ?

Tom Robinson déglutit encore et ses yeux s'écarquillèrent.

— Qué'qu'chose de pas co'ect à'épéter... pas co'ect devant ces gens et ces enfants...

— Qu'a-t-il crié, Tom ? Vous *devez* raconter au jury ce qu'il a dit.

Tom ferma les yeux :

— Il a dit espèce de sale putain, je vais t'tuer !

— Que s'est-il passé ensuite ?

— Mr Finch, j'ai cou'u si vite que je sau'ais pas vous di'.

— Tom, avez-vous violé Mayella Ewell ?

— Non, m'sieur.

— L'avez-vous blessée d'une façon ou d'une autre ?

— Non, m'sieur.

— Avez-vous repoussé ses avances ?

— Mr Finch, j'ai bien essayé. J'ai fait d'mon mieux

pou'ne pas êt'ignoble avec elle, je voulais pas êt'ignoble, je voulais pas la bousculer, ni'ien.

Je pensai qu'en un sens, les manières de Tom Robinson étaient aussi bonnes que celles d'Atticus. Il fallut
que mon père me l'explique ensuite pour que je comprenne la complexité de la situation dans laquelle Tom
s'était trouvé : il ne se serait jamais risqué à frapper une
femme blanche quelles que soient les circonstances, car
il aurait mis sa vie en danger, aussi avait-il saisi la première occasion pour s'enfuir – se désignant par là même
comme coupable.

— Tom, revenons-en à Mr Ewell, dit Atticus. Vous
a-t-il adressé la parole ?

— Pas du tout, m'sieur. Enfin, il m'a p'têt dit
qué'qu'chose, mais j'étais plus là...

— C'est bon, coupa brusquement Atticus. Qu'avez-
vous entendu ? À qui parlait-il ?

— Mr Finch, il pa'lait qu'à Miss Mayella et
il'ega'dait qu'elle.

— Et vous vous êtes sauvé ?

— Oui, m'sieur.

— Pourquoi ?

— J'avais peu', m'sieur.

— Pourquoi ?

— Mr Finch, si vous étiez un nèg' comme moi, vous
au'iez eu peu', vous aussi.

Atticus s'assit. Mr Gilmer se dirigeait vers la barre
des témoins, mais, avant qu'il y parvienne, Mr Link
Deas se leva et lança à la cantonade :

— Je désire que chacun d'entre vous soit au courant
de ceci : ce garçon travaille pour moi depuis huit ans et
je n'ai pas eu le moindre ennui avec lui. Pas le moindre.

— *Fermez-la*, monsieur !

Complètement réveillé, le juge Taylor rugissait,

rouge de colère. Par je ne sais quel miracle, son cigare ne l'empêcha aucunement de parler :

— Link Deas, hurla-t-il, si vous avez quelque chose à dire, vous pouvez le faire sous serment au moment adéquat mais, d'ici là, vous sortez de cette salle, vous m'entendez ? Sortez de cette salle, monsieur, vous m'entendez ! Je ne veux plus vous entendre dire un seul mot !

Le juge Taylor fusilla Atticus du regard comme s'il le mettait au défi de parler, mais Atticus avait baissé la tête et riait sous cape. Je me rappelai ce qu'il avait dit sur ses remarques ex cathedra qui excédaient parfois les droits d'un juge, mais auxquelles s'opposaient rarement les avocats. Je regardai Jem et celui-ci secoua la tête :

— Ce n'est pas comme si l'un des jurés s'était levé pour faire une déclaration, dit-il. Je crois que ç'aurait été différent. Mais Mr Link était en train de troubler l'ordre public ou quelque chose de ce genre.

Le juge pria le greffier de supprimer tout ce qu'il aurait pu écrire après « Mr Finch, si vous étiez un nègre comme moi, vous auriez eu peur, vous aussi », et demanda au jury de ne pas tenir compte de cette interruption. Il regarda d'un air suspicieux l'allée centrale et, je suppose, attendit que Mr Link ait totalement disparu avant de dire :

— Allez-y, Mr Gilmer.

— Tu as fait un mois de prison pour trouble à l'ordre public, Robinson ? demanda Mr Gilmer.

— Oui, m'sieur.

— À quoi ressemblait le nègre quand tu en as eu fini avec lui ?

— Il m'avait attaqué, Mr Gilmer.

— Soit, mais tu as été condamné, non ?

Atticus leva la tête :

— Il s'agissait d'un délit et il se trouve dans le dossier, monsieur le juge.

Il avait la voix lasse.

— Laissez le témoin répondre, dit le juge d'un ton tout aussi las.

— Oui, m'sieur, j'ai p'is t'ente jours.

Je savais que Mr Gilmer allait faire observer en toute sincérité au jury que quelqu'un condamné pour trouble à l'ordre public pouvait aisément avoir eu l'intention d'abuser de Mayella Ewell, et que c'était la seule raison qui lui importait. Ce genre de raison marchait bien.

— Robinson, tu te débrouilles très bien pour débiter un chiffonnier et couper du bois avec une seule main, non ?

— Si, m'sieur, je c'ois.

— Tu es assez fort pour saisir une femme à la gorge et la flanquer par terre ?

— J'ai jamais fait ça, m'sieur.

— Mais tu en as la force ?

— Je c'ois, m'sieur.

— Tu la reluquais depuis longtemps, mon gars ?

— Non, m'sieur, je l'ai jamais'ega'dée.

— Pourtant, tu te montrais bien empressé à lui couper son bois et à lui tirer son eau, mon gars ?

— J'essayais juste de l'aider, m'sieur.

— Voilà qui était fort généreux de ta part. Tu avais encore à faire chez toi après ton travail, non ?

— Si, m'sieur.

— Alors pourquoi ne t'en occupais-tu pas au lieu de te charger des corvées de Miss Ewell ?

— Je faisais les deux, m'sieur.

— Tu devais avoir beaucoup de travail. Pourquoi ?

— Pou'quoi quoi, m'sieur ?

— Pourquoi tenais-tu tant à effectuer les corvées de cette femme ?

Tom Robinson hésita, chercha sa réponse.

— J'avais l'imp'ession qu'elle avait pe'sonne pou' l'aider, comme je disais...

— Avec Mr Ewell et sept enfants sur place, mon gars ?

— Eh bien, je di'ais qu'on avait l'imp'ession qu'ils l'aidaient jamais à'ien...

— Et tu accomplissais tout ce travail par pure bonté, mon gars ?

— J'essayais de l'aider.

Mr Gilmer lança un sourire amer au jury :

— Tu es un type vraiment bien on dirait. Tu as fait tout ça gratis ?

— Oui, m'sieur. Elle me faisait pitié, elle semblait en fai'plus que sa pa't.

— *Elle te* faisait pitié ? Tu avais *pitié* d'elle ?

Mr Gilmer semblait prêt à sauter au plafond.

Le témoin comprit qu'il avait commis une erreur et, mal à l'aise, s'agita sur sa chaise. Mais le mal était fait. Au-dessous de nous, personne n'aimait la réponse de Tom Robinson. Mr Gilmer laissa passer un long moment, le temps qu'elle pénètre bien dans les esprits.

— Alors, ce soir du vingt et un novembre, tu passais comme d'habitude devant sa maison et elle t'a demandé d'entrer et de lui débiter un chiffonnier ?

— Non, m'sieur.

— Nies-tu être passé devant sa maison ?

— Non, m'sieur. Elle a dit qu'elle avait qué'qu'chose à me fai'fai'à l'inté'ieu'd'la maison...

— Elle a déclaré t'avoir demandé de débiter son chiffonnier, est-ce exact ?

— Non, m'sieur.

— Donc, tu prétends qu'elle ment, mon gars ?

Atticus se leva d'un bond mais Tom Robinson n'eut pas besoin de son intervention :

— Je p'étends pas qu'elle ment, Mr Gilmer, je dis qu'elle se t'ompe.

Aux dix questions suivantes, pendant lesquelles Mr Gilmer passa en revue la version qu'avait donnée Mayella des événements, le témoin persista à dire qu'elle se trompait.

— Mr Ewell ne t'a pas fait fuir, mon gars ?

— Non, m'sieur, je ne pense pas.

— Comment cela, tu ne penses pas ?

— Je n'suis pas'esté assez longtemps pou'q'y puisse me fai'fui'.

— Tu es vraiment très franc ; pourquoi t'être sauvé si vite ?

— J'ai dit que j'avais peu', m'sieur.

— Si tu avais la conscience tranquille, pourquoi avais-tu peur ?

— Comme j'l'ai dit tout à l'heu', c'est pas p'udent pour un nèg'de se t'ouver dans un... pét'in pa'eil.

— Mais tu n'étais pas dans le pétrin... tu as déclaré que tu étais en train de résister à Miss Ewell ? Avais-tu si peur qu'elle te blesse, pour t'enfuir ainsi, un grand gaillard comme toi ?

— Non, m'sieur, j'avais peu'de me'et'ouver au t'ibunal, comme maintenant.

— Tu craignais d'être arrêté et d'avoir à répondre de ce que tu avais fait ?

— Non, m'sieur, de'épond'de ce que je n'avais pas fait.

— Est-ce que tu ne serais pas en train de faire preuve d'effronterie, mon gars ?

— Non, m'sieur, pas du tout.

Ce fut tout ce que j'entendis du contre-interrogatoire de Mr Gilmer, parce que Jem me dit d'emmener Dill. Dieu sait pourquoi, il s'était mis à pleurer et ne pouvait plus s'arrêter : silencieusement au début, puis plusieurs personnes sur les tribunes entendirent ses sanglots. Jem dit que si je ne l'emmenais pas, il allait s'arranger pour m'y obliger et le révérend Sykes me conseilla d'obéir, aussi m'exécutai-je. Dill avait l'air d'aller bien ce jour-là, mais j'imaginai qu'il se ressentait encore de sa fugue.

— Tu ne te sens pas bien ? lui demandai-je en bas de l'escalier.

Il essaya de se reprendre pendant que nous descendions les marches côté sud. Mr Link Deas était tout seul sur la dernière marche.

— Qu'est-ce qui se passe, Scout ? demanda-t-il quand nous arrivâmes à sa hauteur.

— Rien, m'sieur, répondis-je par-dessus mon épaule. C'est Dill, il est malade.

« Viens, allons sous les arbres, dis-je. Je pense que c'est la chaleur.

Nous nous assîmes sous le plus gros chêne vert.

— Je ne pouvais plus le supporter, avoua Dill.

— Qui ? Tom ?

— Ce vieux Gilmer, avec ses méthodes, qui lui parlait de manière si odieuse...

— C'est son travail, Dill. Si on n'avait pas de procureurs... eh bien, je pense qu'on ne pourrait pas non plus avoir d'avocats de la défense.

Dill poussa un long soupir.

— Je sais bien, Scout. C'est sa façon de parler qui m'a rendu malade. Complètement.

— Il est censé agir ainsi, Dill, c'était un contre...

— Il n'agissait pas ainsi quand...

— Dill, les autres étaient ses propres témoins.

— Mr Finch ne s'est pas conduit de la sorte avec Mayella ni le père Ewell, pendant leur contre-interrogatoire. Cette façon que l'autre avait de l'appeler « mon gars » tout le temps, de se moquer de lui de manière méprisante, de prendre le jury à témoin chaque fois qu'il répondait...

— Écoute, Dill, après tout, ce n'est jamais qu'un Noir.

— Je m'en fiche pas mal ! C'est pas juste, voilà ! C'est pas juste de les traiter comme ça ! Personne n'a besoin de parler comme ça... ça me rend malade !

— Mr Gilmer est comme ça, voilà tout. Il se conduit ainsi avec tout le monde. Jamais je ne l'ai vu gentil avec quelqu'un. Enfin quand... enfin, aujourd'hui, il m'a paru faire comme d'habitude. Ils sont tous comme ça. Enfin, la plupart des avocats...

— Pas Mr Finch.

— Il n'est pas un bon exemple, Dill, lui, il...

Je cherchais à me souvenir d'une phrase frappante de Miss Maudie et finis par la retrouver :

— Lui, il est le même dans une salle d'audience et dans la rue.

— C'est pas ce que je veux dire.

— Je sais ce que tu veux dire, mon garçon, lança une voix derrière nous.

Nous crûmes qu'elle émanait de notre chêne, mais elle appartenait à Mr Dolphus Raymond. Il nous observait, derrière le tronc.

— Tu n'es pas sensible, c'est seulement que ça t'écœure, c'est ça ?

20

— Viens là, mon bonhomme, j'ai quelque chose qui va remettre ton estomac d'aplomb.

Comme Mr Dolphus Raymond était un mauvais homme, j'acceptai son invitation à contrecœur, mais suivis quand même Dill. Je n'étais pas sûre qu'Atticus aimerait nous savoir amis avec lui et je savais que tante Alexandra en serait fort contrariée.

— Là, dit-il en offrant à Dill son sac en papier avec les pailles. Prends une bonne gorgée, ça te fera du bien.

Dill porta les pailles à sa bouche et aspira.

— Hi, hi ! dit Mr Raymond apparemment ravi de corrompre un enfant.

— Fais attention, Dill ! lançai-je.

Dill écarta les pailles de sa bouche en riant :

— Scout, ce n'est que du Coca-Cola.

Mr Raymond s'assit contre le tronc. Il était jusque-là étendu sur l'herbe.

— Il ne faudra pas me dénoncer, les enfants ! Vous briseriez ma réputation.

— Alors, ce que vous buvez dans ce sac est du Coca-Cola ? Rien que du Coca-Cola ?

— Oui, ma'am, dit Raymond en hochant la tête.

J'aimais son odeur : il sentait le cuir, les chevaux, la graine de coton. Il portait les seules bottes d'équitation anglaises que j'aie jamais vues.

— C'est à peu près tout ce que je bois la plupart du temps.

— Ainsi vous faites semblant d'être à moitié... ? Pardon, monsieur.

Je me repris :

— Je ne voulais pas être...

Mr Raymond partit d'un petit rire, pas offensé du tout et j'en profitai pour poser une question discrète :

— Pourquoi vous faites ça ?

— Pour... ah oui ! Vous voulez dire, pourquoi je fais semblant ? Eh bien, c'est très simple, dit-il. Il y a des gens qui n'aiment pas ma façon de vivre. Je pourrais dire qu'ils aillent au diable et me moquer qu'ils ne l'aiment pas. Alors, je dis nettement que je m'en moque, mais je ne les envoie pas au diable, vous saisissez ?

Dill et moi répondîmes en chœur :

— Non, monsieur.

— J'essaie de leur fournir une raison, vous voyez. Ça aide les gens de pouvoir se raccrocher à une raison. Quand je vais en ville, ce qui est rare, si je titube un peu et que je bois dans ce sac, les gens peuvent dire Dolphus Raymond est sous l'emprise du whisky – c'est pour ça qu'il ne changera pas sa manière d'être. Il n'y peut rien et c'est pour ça qu'il vit ainsi.

— C'est pas honnête de vous faire passer pour plus mauvais que vous n'êtes déjà...

— Peut-être, mais ça rend bien service aux autres. Entre nous, Miss Finch, je ne suis pas un gros buveur, mais, voyez-vous, ils ne pourraient jamais, jamais comprendre que je vis comme je le fais uniquement parce que j'en ai envie.

Il me semblait que je n'aurais pas dû rester là à écouter ce pécheur, père d'enfants métis, qui se moquait qu'on le sache, mais il était fascinant. Je n'avais jamais rencontré personne qui cherchât délibérément à faire courir des mensonges sur son propre compte. Mais pourquoi nous avait-il confié son plus grand secret ? Je le lui demandai.

— Parce que vous êtes des enfants et que vous pouvez comprendre. Et parce que j'ai entendu celui-ci.

Il désigna Dill de la tête :

— Il a gardé tout son instinct. Qu'il grandisse un peu et il ne sera plus malade et ne pleurera plus. Peut-être qu'il trouvera encore les choses pas tout à fait justes, mais elles ne le feront plus pleurer, pas quand il aura quelques années de plus.

— Qu'est-ce qui me fait pleurer, Mr Raymond ?

La virilité de Dill commençait à s'affirmer.

— La vie impossible que certaines personnes font mener à d'autres – sans même y prendre garde. La vie impossible qu'imposent les Blancs aux gens de couleur sans même prendre la peine de penser qu'ils sont eux aussi des êtres humains.

— Atticus dit que tromper un homme de couleur est dix fois pire que tromper un homme blanc, marmonnai-je. Il dit que c'est la pire chose qu'on puisse faire.

— Je ne crois pas que... dit Mr Raymond.

« Miss Jean Louise, vous ne vous rendez pas compte que votre papa est quelqu'un d'exceptionnel, il vous faudra des années pour en prendre conscience – vous n'avez pas encore assez d'expérience. Vous ne connaissez pas encore cette ville, mais il vous suffira de retourner au tribunal pour en avoir un aperçu.

Ce qui me rappela que nous étions en train de manquer pratiquement tout le contre-interrogatoire de Mr Gilmer. Le soleil descendait rapidement derrière les toits, à l'ouest de la place. Prise entre deux feux, je ne savais trop que choisir : Mr Raymond ou le tribunal de la cinquième circonscription judiciaire.

— Viens, Dill. Tu te sens mieux maintenant ?

— Ouais. Content d'avoir fait votre connaissance, Mr Raymond. Et merci pour le Coca-Cola, il m'a fait beaucoup de bien.

Nous courûmes vers le tribunal, escaladâmes les marches du perron, les deux volées d'escalier et nous faufilâmes jusqu'à la balustrade. Le révérend Sykes nous avait gardé nos places.

La salle était silencieuse et, une fois encore, je me demandai où se trouvaient les bébés. Le cigare du juge Taylor n'était plus qu'un petit morceau marron au milieu de sa bouche ; à sa table, Mr Gilmer écrivait sur l'un des blocs jaunes comme s'il faisait la course avec le greffier dont la main s'agitait à toute vitesse.

— Flûte ! murmurai-je, on a tout raté.

Atticus en était à la moitié de sa plaidoirie. Il avait dû sortir des papiers de sa serviette puisqu'ils se trouvaient maintenant sur sa table. Tom Robinson jouait avec.

— ... en l'absence de toute preuve concordante, cet homme a été inculpé d'un crime capital et se voit maintenant menacé de la peine de mort...

Je poussai Jem du coude :

— Ça fait combien de temps qu'il a commencé ?

— Il est en train d'examiner les preuves, chuchota Jem, et on va gagner, Scout ! On ne peut pas ne pas gagner. Il parle depuis à peu près cinq minutes et il éclaircit tout comme... enfin, comme je te l'ai expliqué. Tu comprendras quand même.

— Et Mr Gilmer ?

— Chut ! Rien de nouveau. Tais-toi, maintenant.

Atticus parlait avec aisance, avec le détachement qu'il mettait à dicter une lettre. Il allait et venait lentement devant les jurés qui semblaient attentifs, têtes levées, ils suivaient le cheminement d'Atticus avec ce qui ressemblait à de l'approbation. J'imagine qu'ils appréciaient le fait qu'il parle doucement.

Il marqua une pause puis fit quelque chose qu'il ne faisait pas d'habitude : détachant montre et chaîne de son gousset, il les plaça sur la table et dit :

— Avec la permission de la cour...

Le juge acquiesça de la tête et Atticus fit une chose que je ne lui avais jamais vu faire jusque-là, ni en public ni en privé et qu'il ne fit plus jamais ensuite : il déboutonna son gilet, puis son col, desserra sa cravate et ôta son veston. Jusqu'au moment où il se déshabillait pour se mettre au lit, il ne dégrafait jamais le moindre de ses vêtements. Pour Jem et moi, cela revenait à le voir complètement nu devant nous. Nous échangeâmes des regards horrifiés.

Il mit les mains dans ses poches et revint vers le jury, l'attache d'or de son col et les pointes de son stylo et de son crayon brillant dans la lumière.

— Messieurs les jurés, dit-il.

Jem et moi nous regardâmes de nouveau ; il aurait pu dire « Scout ». Sa voix avait perdu sa sécheresse, son détachement, et il s'adressait au jury comme s'il s'agissait de gens au bureau de poste du coin.

— Messieurs les jurés, dit-il, je serai bref, mais j'aimerais consacrer le temps qui me reste à vous rappeler que cette affaire n'est pas difficile, elle n'exige pas de passer au crible des faits compliqués, mais elle implique que vous soyez sûrs, au-delà de tout doute raisonnable, de la culpabilité du défendeur. Pour commencer, cette affaire n'aurait jamais dû être jugée. Elle est aussi évidente que la différence entre le noir et le blanc.

« L'accusation n'a pas produit le moindre certificat médical prouvant que le crime dont Tom Robinson est accusé a bien eu lieu. Elle s'est appuyée sur la déposition de deux témoins dont le contenu a été non seulement sérieusement remis en cause par le contre-interrogatoire, mais carrément contredit par le défendeur. Celui-ci n'est pas coupable ; mais il y a dans cette salle quelqu'un qui l'est.

« Je n'éprouve que pitié pour le principal témoin, mais ma pitié ne va pas jusqu'à la laisser mettre en jeu la vie d'un homme, ce qu'elle a fait pour tenter de se débarrasser de sa propre culpabilité.

« Je dis bien culpabilité, messieurs les jurés. Car c'est ce qui l'a motivée. Elle n'a commis aucun crime, elle a seulement brisé le code rigide et ancien de notre société, un code si sévère que quiconque l'enfreint est rejeté de notre monde comme indésirable. Elle est la victime d'une cruelle misère et de l'ignorance, mais je ne peux l'excuser pour autant : elle est blanche. Elle connaissait l'énormité de son acte, seulement, parce que ses désirs étaient plus forts que le code qu'elle brisait, elle a persisté. Elle a persisté puisque sa réaction a été de faire quelque chose que nous avons tous pratiqué à un moment ou à un autre. Elle a fait ce que font tous les enfants, elle s'est efforcée de rejeter sur un autre la preuve de sa faute. Mais, en l'occurrence, elle n'était pas une enfant dissimulant des objets volés : elle s'en est pris à sa victime – par nécessité, il lui fallait s'en débarrasser, il lui fallait l'écarter de son monde. Elle devait détruire la preuve de sa faute.

« Or, quelle était cette preuve ? Tom Robinson, un être humain. Il lui fallait écarter Tom Robinson de son chemin. Tom Robinson qui risquait de lui rappeler, jour après jour, ce qu'elle avait fait. Et qu'avait-elle fait ? Des avances à un Noir.

« Elle était blanche et elle avait fait des avances à un Noir. Acte innommable aux yeux de notre société : elle avait embrassé un Noir. Pas un vieil oncle Tom, mais un jeune homme vigoureux. Aucun code ne comptait pour elle avant qu'elle l'enfreigne, mais, après coup, il l'a brisée.

« Son père avait tout vu et le défendeur a témoigné de sa réaction. Qu'a fait le père ? Nous l'ignorons mais nous possédons des preuves circonstanciées indiquant que Mayella Ewell a été sauvagement battue par quelqu'un qui s'est servi presque exclusivement de sa main gauche. Nous savons en partie ce que Mr Ewell a fait : ce que n'importe quel homme blanc, craignant Dieu, respectueux des traditions, aurait fait dans sa situation – il a obtenu un mandat d'arrêt contre Tom Robinson, qu'il a sans aucun doute signé de la main gauche, et Tom Robinson comparaît aujourd'hui devant vous, après avoir prêté serment avec sa seule main valide – la droite.

« Et un Noir si tranquille, si respectable, si humble, qui a la témérité insensée d'éprouver de la pitié pour une femme blanche, a dû témoigner contre deux Blancs. Je n'ai pas besoin de vous rappeler leur apparence et leur conduite à la barre, vous les avez vus vous-mêmes. À l'exception du shérif du comté de Maycomb, les témoins de l'accusation se sont présentés à vous, messieurs les jurés, à cette cour, avec la certitude cynique que leurs dépositions ne seraient pas mises en doute, que vous, messieurs les jurés, les suivriez en vous fondant sur la présomption, la malfaisante présomption, que *tous* les Noirs mentent, que *tous* les Noirs sont fondamentalement des êtres immoraux, que *tous* les Noirs représentent un danger pour nos femmes, présomption qui ne peut être associée qu'à des esprits de leur calibre.

« Ce qui, messieurs les jurés, nous le savons, est en soi un mensonge aussi noir que la peau de Tom Robinson, un mensonge que je n'ai pas besoin de souligner. Vous connaissez la vérité, et la vérité est que certains Noirs mentent, certains Noirs sont immoraux, certains Noirs représentent un danger pour les femmes – noires ou blanches. Mais cette vérité s'applique au genre humain dans son ensemble, pas à une race en particulier. Il n'y a personne, dans cette salle, qui n'ait jamais menti, jamais commis d'acte immoral et aucun homme ne peut prétendre n'avoir jamais regardé aucune femme sans la désirer.

Atticus marqua une pause et sortit son mouchoir. Puis il ôta ses lunettes, les essuya, et nous eûmes droit à une nouvelle « première » : nous ne l'avions jamais vu transpirer – il faisait partie de ces hommes dont le visage reste constamment sec. Mais, à présent, il était luisant de sueur.

— Encore un mot, messieurs les jurés, et j'en aurai terminé. Thomas Jefferson a dit un jour que tous les hommes naissaient égaux, phrase dont les Yankees et la dame de la Présidence à Washington [1] aiment à nous rebattre les oreilles. Certaines personnes ont tendance, en cet an de grâce 1935, à utiliser cette phrase en la sortant de son contexte pour satisfaire tout le monde. L'exemple le plus ridicule que je connaisse est que les gens qui dirigent le système scolaire encouragent de la même façon les idiots et les paresseux d'une part et ceux qui travaillent de l'autre. Puisque tous les hommes sont nés égaux, vous diront gravement les enseignants,

---

1. Référence à Eleanor Roosevelt qui ne ménageait pas ses critiques aux États du Sud pour leur conception des droits civiques.

les enfants qui ne suivent pas souffrent d'un terrible sentiment d'infériorité. Nous savons que tous les hommes ne naissent pas égaux au sens où certains voudraient nous le faire croire – certains sont plus intelligents que d'autres, certains ont plus de chances parce qu'ils sont nés ainsi, certains hommes gagnent plus d'argent que d'autres, certaines femmes font de meilleurs gâteaux que d'autres –, certains sont plus doués que la moyenne.

« Mais ce pays met en application l'idée que tous les hommes naissent égaux dans une institution humaine qui fait du pauvre l'égal d'un Rockefeller, du crétin l'égal d'un Einstein, et de l'ignorant l'égal de n'importe quel directeur de lycée. Cette institution, messieurs les jurés, c'est le tribunal. Qu'il s'agisse de la Cour suprême des États-Unis ou du plus humble juge de paix du pays, ou de cette honorable cour où vous siégez. Nos tribunaux ont leurs défauts, comme toutes les institutions humaines mais, dans ce pays, ils font office de grands égalisateurs puisque tous les hommes y sont nés égaux.

« Je ne suis pas idéaliste au point de croire aveuglément en l'intégrité de nos tribunaux et dans le système du jury ; pour moi, il ne s'agit pas d'un idéal, mais d'une réalité vivante, opérationnelle. Messieurs les jurés, un tribunal ne vaut pas mieux que chacun de vous. Une cour n'est sérieuse que pour autant que son jury l'est et un jury n'est sérieux que si les hommes qui le composent le sont. Je suis sûr que vous allez examiner sans passion les témoignages que vous avez entendus, prendre une décision et rendre le défendeur à sa famille. Au nom de Dieu, faites votre devoir.

La voix d'Atticus tomba d'un coup et, en se détournant du jury, il ajouta quelque chose que je ne saisis pas, peut-être plus pour lui-même que pour la cour. Je poussai Jem du coude.

— Qu'est-ce qu'il a dit ?

— « Au nom de Dieu, croyez-le », il me semble.

Brusquement, Dill se pencha devant moi pour tirer Jem par la manche :

— Regarde !

Nous suivîmes la direction de son doigt, le cœur battant. Calpurnia était en train de remonter l'allée centrale et se dirigeait droit vers Atticus.

21

Elle s'arrêta timidement à la barrière et s'efforça d'attirer l'attention du juge Taylor. Elle avait un tablier propre et tenait une enveloppe à la main.

L'apercevant, le juge demanda :

— Vous êtes Calpurnia, n'est-ce pas ?

— Oui, m'sieur, dit-elle. Pourrais-je passer ce message à Mr Finch, s'il vous plaît, m'sieur ? Ceci n'a rien à voir avec... avec le procès.

Le juge fit oui de la tête et Atticus prit l'enveloppe, l'ouvrit, lut la note et dit :

— Monsieur le juge, je... ce message est de ma sœur. Elle dit que mes enfants ont disparu, qu'ils ne sont pas rentrés depuis midi... je... pourriez-vous...

— Je sais où ils sont, Atticus ! intervint Mr Underwood. Là-haut, dans la tribune des gens de couleur – depuis exactement treize heures dix-huit.

Notre père se retourna et leva les yeux.

— Jem, descends de là ! ordonna-t-il.

Puis il glissa au juge quelque chose que nous n'entendîmes pas. Nous passâmes devant le révérend Sykes et prîmes l'escalier.

Atticus et Calpurnia nous attendaient en bas. Celle-ci semblait en colère, mais Atticus, lui, avait l'air épuisé.

Jem sauta d'enthousiasme :

— On a gagné, hein ?

— Je n'en sais rien, dit Atticus laconiquement. Vous avez passé tout l'après-midi ici ? Rentrez avec Calpurnia, dînez et ne bougez plus de la maison.

— Je t'en prie, Atticus ! plaida Jem. Laisse-nous écouter le verdict. S'il te plaît, père !

— Le jury va sortir délibérer. Il peut être de retour dans une minute, nous n'en savons rien.

Mais il était clair qu'Atticus était en train de se laisser fléchir.

— Enfin, puisque vous avez tout entendu, vous pouvez aussi bien assister à la fin. Bon, vous pourrez revenir quand vous aurez fini de dîner – prenez votre temps, vous n'allez rien manquer d'important – et si le jury n'est pas revenu, vous pourrez attendre avec nous. Mais j'espère qu'il aura terminé avant votre retour.

— Tu penses qu'ils vont l'acquitter si vite que ça ? demanda Jem.

Atticus ouvrit la bouche pour répondre, mais changea d'avis et s'en alla.

Je priai intérieurement pour que le révérend Sykes nous garde nos places, mais cessai mes prières lorsque je me souvins que les gens se levaient et partaient en foule pendant que le jury délibérait. Ce soir, ils envahiraient le drugstore, l'OK Café et l'hôtel, sans compter ceux qui avaient apporté de quoi dîner.

Calpurnia nous ramena à la maison.

— ... je vais tous vous écorcher vivants. En voilà une idée d'aller écouter tout ça, à votre âge ! Mister Jem, à quoi avez-vous pensé ? Emmener votre petite sœur à ce procès ! Miss Alexandra va en faire une crise d'apoplexie quand elle l'apprendra ! Les enfants ne doivent pas écouter...

Les réverbères étaient allumés et nous apercevions le

profil indigné de Calpurnia quand nous passions dessous.

— Mister Jem, je vous croyais un peu plus la tête sur les épaules – quelle idée, c'est votre petite sœur ! Enfin, quelle *idée*, vraiment ! Vous devriez avoir honte – vous avez complètement perdu la tête ?

J'étais en pleine euphorie. Tant d'événements s'étaient produits en si peu de temps qu'il me faudrait des années pour tout décanter, et voilà que Calpurnia se mettait à envoyer son Jem chéri aux mille diables – quels nouveaux prodiges cette soirée allait-elle encore nous apporter ?

Jem riait de bon cœur.

— Tu ne veux pas que je te raconte, Cal ?

— Taisez-vous, m'sieur ! Vous devriez baisser la tête de honte, au lieu de ricaner...

Elle émit une série de menaces trop éculées pour susciter quelque remords chez Jem puis monta les marches de la véranda en achevant avec son classique :

— Si Mr Finch ne vous étrille pas, je le ferai. Rentrez dans cette maison, m'sieur !

Jem entra en souriant et, d'un signe de la tête, Calpurnia accepta que Dill reste pour le dîner.

— Appelez tout de suite Miss Rachel pour lui dire où vous êtes, lui dit-elle. Elle vous cherche comme une folle... D'ici à ce qu'elle vous renvoie à Meridian demain à la première heure...

Tante Alexandra nous attendait et faillit s'évanouir lorsque Calpurnia lui annonça où nous étions. J'imagine qu'elle fut vexée d'apprendre qu'Atticus voulait bien que nous y retournions, car elle ne dit mot de tout le repas. Elle se contenta de déplacer sa nourriture sur son assiette en la considérant tristement, tandis que Calpurnia nous servait en en profitant pour se venger. Elle nous versa du lait, nous distribua de la salade de pommes de terre et du jambon en marmonnant : « Quelle honte ! » avec différents degrés d'intensité.

« Et maintenant, vous mangez tout ça lentement ! » fut son dernier commandement.

Le révérend Sykes nous avait gardé nos places. Nous fûmes surpris de découvrir que nous nous étions absentés près d'une heure et tout aussi surpris de retrouver la salle exactement comme elle était quand nous l'avions quittée, à quelques changements mineurs près : les bancs des jurés étaient vides et le défendeur avait disparu. Le juge Taylor était parti lui aussi, mais il réapparut au moment où nous nous asseyions.

— Presque personne n'a bougé, dit Jem.

— Ils l'ont fait quand le jury est sorti, dit le révérend Sykes. Les messieurs ont emmené les dames dîner et nourrir leurs bébés.

— Il y a longtemps qu'ils sont partis ? demanda Jem.

— À peu près une demi-heure. Mr Finch et Mr Gilmer ont encore échangé quelques paroles et le juge a fait ses recommandations aux jurés.

— Comment était-il ? demanda Jem.

— Que dire ? Il s'est bien comporté. Je n'ai rien à lui reprocher. Il a été parfaitement juste. Il a dit des choses comme : si vous croyez ceci, il vous faudra émettre un verdict, mais si vous croyez cela, il vous faudra en émettre un autre. Je crois qu'il penchait plutôt de notre côté.

Il se gratta la tête.

Jem sourit.

— En principe, il ne devrait pas, révérend, mais ne vous en faites pas, nous avons gagné. Je ne vois pas comment un jury pourrait condamner sur ce que nous avons entendu...

— Ne soyez pas si sûr de vous, Mr Jem. Je n'ai jamais vu un jury prendre de décision en faveur d'un homme de couleur contre un homme blanc...

Mais Jem n'était pas d'accord et nous gratifia d'une revue détaillée des témoignages et de ses idées en matière de législation sur le viol : ce n'en était pas un si elle vous laissait faire, à condition qu'elle ait dix-huit ans – tout au moins en Alabama – et Mayella en avait dix-neuf. Apparemment, il fallait donner des coups de pied et hurler, il fallait être maîtrisée et bourrée de coups de pied ou, mieux encore, être totalement assommée. Au-dessous de dix-huit ans, vous n'aviez pas besoin de tout ça.

— Mr Jem, objecta le révérend Sykes, ce n'est pas très poli de parler de ça devant une petite dame...

— Bof ! Elle ne sait pas de quoi nous parlons. Scout, tu es trop petite pour avoir compris, hein ?

— Si, justement ! Je connais tous les mots que tu as prononcés.

Je fus peut-être trop convaincante car Jem s'en tint là et n'aborda plus jamais ce sujet.

— Quelle heure est-il, révérend ? demanda-t-il.

— Presque huit heures.

Baissant la tête, je vis Atticus qui allait et venait, les mains dans les poches : il longea les fenêtres, puis la balustrade des jurés, regarda leurs bancs, examina le juge Taylor sur son trône, revint à son point de départ. Ayant croisé son regard, j'agitai la main. Il me répondit d'un hochement de la tête et reprit son manège.

Mr Gilmer était devant les fenêtres, en grande conversation avec Mr Underwood. Bert, le greffier, avait posé les pieds sur sa table et fumait cigarette sur cigarette.

Ils étaient les seuls, avec le juge à moitié endormi, à se comporter normalement. Je n'avais jamais vu une salle d'audience comble aussi calme. De temps en temps, un bébé pleurnichait, un enfant filait dehors, mais les adultes se conduisaient comme s'ils étaient à l'église. Dans les tribunes, assis debout, les Noirs attendaient autour de nous avec une patience biblique.

La vieille horloge émit ses grincements préliminaires puis sonna l'heure, huit bongs assourdissants que nous sentîmes vibrer jusque dans nos os.

Quand elle sonna onze coups, je ne ressentais plus rien : fatiguée de lutter contre le sommeil, je m'étais laissée aller à une courte sieste sur l'épaule confortable du révérend Sykes. Je m'éveillai en sursaut et fis un rude effort pour le rester en regardant la salle au-dessous et en me concentrant sur les têtes du public : seize crânes chauves, quatorze hommes pouvant passer pour roux, quarante têtes fluctuant entre le brun et le noir et... je me souvins de ce que Jem m'avait un jour expliqué à l'époque où il était passé par une brève phase de recherches psychologiques : si un assez grand nombre de gens – tout un stade, par exemple – se concentraient sur une même chose, par exemple mettre le feu à un arbre dans une forêt, celui-ci pouvait prendre feu tout seul. Je jouai avec l'idée de demander à toute la salle de se concentrer sur la libération de Tom Robinson mais songeai que, si elle était aussi fatiguée que moi, cela ne marcherait pas.

Dill dormait comme un bienheureux, la tête sur l'épaule de Jem qui ne bougeait pas.

— Est-ce que ce n'est pas un peu long ? lui demandai-je.

— Et comment, Scout ! répondit-il gaiement.

— D'après ce que tu m'avais dit, ça devait juste prendre cinq minutes.

Il haussa les sourcils.

— Il y a des choses que tu peux pas comprendre, dit-il.

J'étais trop fatiguée pour protester.

Mais je devais quand même être assez réveillée, sinon je n'aurais pas éprouvé l'impression qui s'insinuait en moi. Elle m'en rappelait une autre, ressentie l'hiver dernier, et je frissonnai malgré la chaleur de la nuit. La sensation grandit en moi, jusqu'à ce que l'atmosphère de la salle fût exactement semblable à celle d'un froid matin de février où les oiseaux moqueurs s'étaient tus, où les charpentiers avaient cessé de donner des coups de marteau à la nouvelle maison de Miss Maudie, où les portes d'entrée du quartier s'étaient fermées aussi hermétiquement que celle des Radley. La rue était alors silencieuse, aux aguets et déserte, au contraire de cette salle bondée. Une nuit d'été étouffante ne se distinguait pas d'un matin d'hiver. Mr Heck Tate, qui venait d'entrer dans la salle d'audience et parlait à Atticus, aurait pu porter son blouson et ses hautes bottes. Atticus avait interrompu ses tranquilles allées et venues et avait posé un pied sur le dernier barreau d'une chaise ; tout en écoutant ce que lui disait Mr Tate, il se frottait lentement la cuisse du haut en bas. Je m'attendais à entendre Mr Tate déclarer d'une minute à l'autre : « Mr Finch, vous pouvez emmener votre client... »

Au lieu de quoi, il annonça d'une voix pleine d'autorité :

— Messieurs, la cour.

Au-dessous de nous, les têtes se relevèrent. Mr Tate quitta la salle et revint accompagné de Tom Robinson. Il le guida jusqu'à sa place à côté d'Atticus et resta près de lui. Le juge Taylor avait soudain retrouvé sa vigilance, s'était redressé, le regard tourné vers les bancs vides du jury. Ce qui se passa ensuite ressemblait à un rêve. Dans ce rêve, je vis revenir les jurés, tels des nageurs avançant sous l'eau ; la voix ténue du juge m'arrivait de loin. Je vis ce que seul un enfant d'avocat pouvait remarquer, et ce fut comme regarder Atticus marcher dans la rue, porter un fusil à son épaule et appuyer sur la gâchette, mais en sachant tout le temps que ce fusil était vide.

Un jury ne regarde jamais un défendeur qu'il a condamné et, lorsque celui-ci entra, aucun de ses membres ne regarda Tom Robinson. Leur porte-parole tendit un morceau de papier à Mr Tate qui le tendit au greffier qui le tendit au juge...

Je fermai les yeux. Le juge Taylor lisait les réponses des jurés :

— Coupable... coupable... coupable... coupable...

Je jetai un coup d'œil à Jem ; ses mains étaient toutes blanches à force de serrer la balustrade, ses épaules tressaillaient comme si chaque « coupable... » le frappait d'un nouveau coup de poignard.

Le juge Taylor dit quelque chose, le marteau à la main, mais ne l'utilisa pas. Je vis confusément Atticus ranger ses papiers dans sa serviette. Il en fit claquer la fermeture avant de s'approcher du greffier auquel il parla brièvement. Il salua Mr Gilmer de la tête puis revint vers Tom Robinson et lui chuchota quelque chose. Atticus enleva son veston du dossier de sa chaise et le mit sur ses épaules. Puis il quitta la salle, mais pas par la sortie qu'il prenait d'habitude. Sans doute désirait-il rentrer au plus vite à la maison, car il descendit l'allée centrale vers la porte sud. Je suivis des yeux le sommet de sa tête pendant qu'il marchait vers la porte. Il ne leva pas le visage.

Quelqu'un me secouait, mais je n'avais pas envie de

détacher mes yeux des gens au-dessous et de l'image d'Atticus descendant tout seul l'allée centrale.

— Miss Jean Louise ?

Je regardai autour de moi. Ils étaient debout. Tout autour de nous et dans la tribune d'en face, les Noirs se levaient. La voix du révérend Sykes me parut aussi lointaine que celle du juge Taylor :

— Miss Jean Louise, levez-vous. Votre père passe.

22

Ce fut au tour de Jem de pleurer. Son visage était couvert de traînées de larmes de colère tandis que nous nous faufilions au milieu de la foule en liesse.

— C'est pas juste, marmonna-t-il tout le long du chemin jusqu'au coin de la place où Atticus nous attendait.

Il se trouvait sous un réverbère et, à le voir, on aurait cru qu'il ne s'était rien passé : son gilet était boutonné, son col et sa cravate bien en place, sa montre brillait au bout de sa chaîne, il était redevenu l'être impassible qu'il avait toujours été.

— C'est pas juste, Atticus ! dit Jem.

— Non, mon garçon, ce n'est pas juste.

Nous rentrâmes à la maison.

Tante Alexandra nous attendait. Elle était en robe de chambre, mais j'aurais juré qu'elle avait gardé son corset dessous.

— Je suis navrée, mon frère, murmura-t-elle.

Ne l'ayant jamais entendue appeler Atticus ainsi, je jetai un regard à Jem, mais il n'écoutait pas. Il regardait tantôt le sol, tantôt Atticus, et je me demandai s'il ne le croyait pas en partie responsable de la condamnation de Tom Robinson.

— Est-ce qu'il va bien ? demanda Tatie en désignant Jem.

— Il est comme ça depuis un moment, dit Atticus. L'épreuve a été un peu trop rude pour lui.

Poussant un soupir, il ajouta :

— Je vais me coucher. Si je ne me réveille pas demain matin, laissez-moi dormir.

— Pour commencer, il aurait mieux valu ne pas les laisser...

— Ils sont ici chez eux, ma chère sœur. Nous avons pris des dispositions en ce sens pour eux, autant qu'ils apprennent à l'accepter.

— Mais ils n'ont pas à traîner au tribunal...

— Cet endroit fait autant partie du comté de Maycomb que les thés de charité.

— Atticus... – tante Alexandra eut un regard inquiet –, tu es la dernière personne que j'aurais imaginée éprouvant de l'amertume pour cela.

— Je n'éprouve aucune amertume, je suis seulement fatigué. Je vais me coucher.

— Atticus, dit Jem sombrement.

Celui-ci arrivait sur le seuil de sa porte.

— Oui, mon garçon ?

— Comment ont-ils pu faire ça, comment ont-ils pu ?

— Je ne sais pas, mais c'est ainsi. Ce n'est ni la première ni la dernière fois, et j'ai l'impression que quand ils font ça, cela ne fait pleurer que les enfants. Bonne nuit.

Mais les choses vont toujours mieux une fois la nuit passée. Atticus se leva, comme d'habitude à une heure indue, et, quand nous descendîmes, nous le trouvâmes au salon en train de lire *The Mobile Register*. Le visage de Jem reflétait la question qu'il n'avait pas la force de poser.

— Il n'y a pas encore lieu de s'inquiéter, le rassura

Atticus pendant que nous passions à la salle à manger. Ce n'est pas terminé. Nous allons faire appel, sois tranquille. Miséricorde, Cal, qu'est-ce que c'est que tout ça ?

Il regardait fixement la table où était servi le petit déjeuner.

— Le père de Tom Robinson vous a envoyé un poulet, ce matin. Je l'ai préparé.

— Vous lui direz que je suis honoré de son geste, je parie qu'on ne sert pas de poulet au petit déjeuner à la Maison-Blanche ! Et qu'est-ce que c'est que ça ?

— Des petits pains, dit Calpurnia. C'est Estelle, qui travaille à l'hôtel, qui les a envoyés.

Atticus la regarda avec perplexité, aussi dit-elle :

— Vous devriez aller voir ce qu'il y a à la cuisine, Mr Finch.

Nous le suivîmes. La table était couverte d'assez de victuailles pour ensevelir toute la famille : jambons salés, tomates, haricots, même des grappes de scuppernong. Atticus sourit en découvrant un bocal de pieds de porcs marinés.

— Je me demande si Tatie me laissera les manger dans la salle à manger ?

— Tout cela se trouvait sur les marches de la véranda, quand je suis arrivée ce matin, précisa Calpurnia. Ils... ils vous sont reconnaissants de ce que vous avez fait, Mr Finch. Ils... ils ne vous ont pas froissé, au moins ?

Les yeux d'Atticus se remplirent de larmes et il resta silencieux un moment.

— Dites-leur que je les remercie de tout cœur, articula-t-il enfin. Dites-leur... dites-leur qu'il ne faut pas recommencer, jamais. Les temps sont trop durs...

Il quitta la cuisine, passa dans la salle à manger,

s'excusa auprès de tante Alexandra, mit son chapeau et partit en ville.

Nous entendîmes le pas de Dill dans l'entrée, aussi Calpurnia laissa-t-elle sur la table l'assiette à laquelle Atticus n'avait pas touché. Entre deux bouchées, Dill nous raconta la réaction de Miss Rachel aux événements de la veille : selon elle, si un homme comme Atticus Finch tenait à se taper la tête contre les murs, c'était son affaire.

— J'aurais dû lui expliquer, grommela-t-il en rongeant une cuisse de poulet, mais elle n'avait pas l'air d'avoir très envie de parler, ce matin. Elle a dit qu'elle avait passé la moitié de la nuit à se demander où j'étais et qu'elle aurait voulu envoyer le shérif à ma recherche, mais qu'il était à l'audience.

— Il faut que tu cesses de t'en aller sans l'avertir, dit Jem. Ça ne fait que l'irriter.

Dill soupira patiemment.

— Je lui ai répété un million de fois où j'allais – seulement elle voit du danger partout. Mais cette femme boit une pinte tous les matins au petit déjeuner – en tout cas, au moins deux verres pleins. Je l'ai vue.

— Ne parle pas comme ça, Dill, dit tante Alexandra. Un enfant ne doit pas parler ainsi. C'est... cynique.

— Je suis pas cynique, Miss Alexandra. Dire la vérité, ce n'est pas être cynique, non ?

— C'est ta façon de le dire qui l'est.

Jem darda ses yeux sur elle, mais s'adressa à Dill :

— Viens, tu peux emporter cette cuisse de poulet avec toi.

De la véranda, nous aperçûmes Miss Stephanie Crawford en grande conversation avec Miss Maudie Atkinson et Mr Avery. Ils nous regardèrent et poursuivirent leur discussion. Jem émit une sorte de feulement. Je regrettai de n'avoir pas d'arme.

— Je déteste que les grandes personnes nous regardent comme ça, commenta Dill. Cela vous donne l'impression d'avoir fait quelque chose de mal.

Miss Maudie cria à Jem de venir.

En grognant, il sauta par-dessus la balancelle.

— On va avec toi ! lança Dill.

Le nez de Miss Stephanie frémissait de curiosité. Elle voulait savoir qui nous avait donné la permission d'aller au tribunal – elle ne nous y avait pas vus mais, ce matin, toute la ville savait que nous étions dans les tribunes des gens de couleur. Atticus nous avait-il postés là un peu en guise de... ? N'était-on pas serrés là-haut avec tous ces... ? Scout avait-elle compris tous les... ? N'étions-nous pas furieux de voir notre père perdre la partie ?

— Taisez-vous donc, Stephanie ! dit Miss Maudie d'une voix cinglante. Je ne vais pas passer toute la matinée sur la véranda... Jem, je t'ai appelé pour savoir si toi et tes camarades voudriez un peu de gâteau. Je me suis levée à cinq heures pour le faire, alors tu as intérêt à dire oui. Excusez-nous, Stephanie ! Bonne journée, Mr Avery !

Il y avait un gros gâteau et deux petits sur la table de la cuisine de Miss Maudie. Il aurait dû y en avoir trois petits. Ce n'était pas son genre d'oublier Dill et nous allions le lui signaler. Mais nous comprîmes quand elle coupa une tranche du grand pour la donner à Jem.

Tout en mangeant, nous sentions que c'était sa façon de dire qu'en ce qui la concernait, rien n'était changé. Elle était assise tranquillement sur une chaise et nous regardait.

Elle prit soudain la parole.

— Ne t'en fais pas, Jem. Les choses ne sont jamais aussi mauvaises qu'elles en ont l'air.

Chez elle, lorsque Miss Maudie s'apprêtait à dire quelque chose d'un peu long, elle étalait ses doigts sur ses genoux et remuait son bridge. Ce qu'elle fit. Alors, nous attendîmes.

— Je veux seulement te dire qu'il y a des gens qui sont sur terre pour se charger à notre place des tâches désagréables. Ton père est de ceux-là.

— Oh ! dit Jem. Bon.

— Ne me fais pas ton cinéma, répliqua-t-elle en reconnaissant ses expressions fatalistes. Tu n'es pas assez âgé pour te rendre compte de ce que je dis.

Jem gardait les yeux fixés sur son gâteau à demi mangé.

— C'est comme être une chenille dans son cocon, dit-il. Comme quelque chose d'endormi emmitouflé dans un endroit chaud. J'ai toujours cru que les gens de Maycomb étaient les meilleurs au monde, du moins c'était l'impression qu'ils donnaient.

— Nous sommes les gens les plus fiables du monde. On nous demande rarement de nous conduire en bons chrétiens, mais lorsque c'est le cas, nous envoyons des gens comme Atticus agir à notre place.

Jem eut un sourire désenchanté.

— Si seulement tout le comté pouvait penser la même chose !

— Tu serais surpris du nombre de personnes qui sont de cet avis.

— Qui ?

Sa voix avait monté d'un ton.

— Qui, dans cette ville, a levé le petit doigt pour aider Tom Robinson, dites-moi qui ?

— Ses amis de couleur, pour commencer, et les gens

comme nous. Des gens comme le juge Taylor. Des gens comme Mr Heck Tate. Arrête de manger et réfléchis un peu, Jem ! Cela ne t'a jamais traversé l'esprit que ce n'était pas par hasard que le juge Taylor avait désigné Atticus pour défendre ce garçon ? Qu'il avait d'excellentes raisons pour le faire ?

C'était une idée sacrément juste. Les affaires nécessitant un avocat commis d'office allaient en général à Maxwell Green, le dernier inscrit au barreau de Maycomb, qui manquait d'expérience. C'était Maxwell Green qui aurait dû défendre Tom Robinson.

— Songes-y, dit Miss Maudie. Ce n'était pas par hasard. Je suis restée toute la soirée sur la véranda, hier, à vous attendre. J'ai attendu longtemps de vous voir revenir et, en vous attendant, je réfléchissais. Je pensais qu'Atticus Finch ne gagnerait pas, qu'il ne pouvait pas gagner, mais que c'était le seul homme de toute la région capable d'amener un jury à délibérer aussi longtemps sur une affaire de ce genre. Et je pensais en moi-même que c'était déjà un pas en avant, un saut de puce, mais un pas tout de même.

— C'est très bien de parler comme ça, grommela Jem. Si les juges et les avocats chrétiens pouvaient compenser les jurés païens... Dès que je serai grand...

— Voilà un sujet que tu devrais aborder avec ton père.

En quittant la nouvelle maison bien fraîche de Miss Maudie, nous trouvâmes Mr Avery et Miss Stephanie toujours en train de parler en plein soleil. Ils n'avaient parcouru que quelques pas pour se retrouver devant la maison de Miss Stephanie. Miss Rachel marchait dans leur direction.

— Je crois que, plus tard, je me ferai clown, déclara Dill.

Jem et moi nous arrêtâmes net.

— Parfaitement, clown, reprit-il. La seule chose que je puisse faire en ce monde, compte tenu de ce que sont les gens, c'est rire, alors je vais m'engager dans un cirque et comme ça, je rirai comme un bossu toute la journée.

— Tu comprends tout de travers, Dill, expliqua Jem. Les clowns sont tristes, c'est les spectateurs qui rient d'eux.

— Alors je serai une nouvelle sorte de clown. Je serai au milieu de la piste et je rirai de la tête des gens. Tiens, regarde, là-bas, dit-il en montrant du doigt. Ils devraient tous être à califourchon sur des manches à balai. Tante Rachel le fait déjà.

Miss Stephanie et Miss Rachel agitaient sauvagement les bras dans notre direction, d'une manière qui donnait raison à Dill.

— Flûte ! souffla Jem. J'imagine que ce ne serait pas bien de faire comme si on ne les avait pas vus.

Il se passait quelque chose d'anormal. Mr Avery était tout rouge, sous l'effet d'une crise d'éternuement. Il nous avait presque arrachés du trottoir quand nous nous étions approchés. Miss Stephanie tremblait d'excitation et Miss Rachel attrapa Dill par l'épaule :

— Rentre dans le jardin et restes-y ! C'est dangereux de sortir.

— Qu'est-ce qui se passe ? demandai-je.

— On ne vous a encore rien dit ? Toute la ville en parle, pourtant...

À ce moment, tante Alexandra vint à la porte et nous appela, mais trop tard. Le plaisir de nous informer revint à Miss Stephanie : ce matin, Mr Bob Ewell avait arrêté Atticus au coin du bureau de poste, lui avait craché au visage et lui avait dit qu'il l'aurait, même s'il devait y passer le reste de sa vie.

23

— J'aurais préféré que Bob Ewell ne chique pas.

Ce fut le seul commentaire d'Atticus.

Cependant, à en croire Miss Stephanie Crawford, Atticus quittait le bureau de poste lorsque Mr Bob Ewell s'était approché de lui, l'avait injurié, lui avait craché à la figure et l'avait menacé de le tuer. Miss Stephanie (qui avait déjà répété deux fois qu'elle se trouvait là et qu'elle avait tout vu puisqu'elle revenait de Jitney Jungle) dit qu'Atticus n'avait pas bronché et s'était contenté de sortir son mouchoir et de s'essuyer le visage tandis que Mr Ewell le traitait de noms que rien ne pourrait la forcer à répéter. Mr Ewell avait fait je ne sais quelle guerre obscure, ce qui, outre la réaction placide d'Atticus, le poussa probablement à demander :

— Tu es trop fier pour t'battre, p'têt', salaud d'ami des nègres ?

Selon Miss Stephanie, Atticus avait répondu :

— Non, trop vieux.

Puis il avait mis les mains dans ses poches avant de poursuivre son chemin. Il fallait reconnaître à Atticus Finch, ajouta Miss Stephanie, qu'il pouvait parfois se montrer très sec.

Jem et moi ne trouvions pas cela amusant.

— Après tout, dis-je, il a été le meilleur tireur du comté, autrefois. Il pourrait...

— Tu sais bien qu'il veut pas porter d'arme, Scout. Il n'en avait même pas devant la prison, l'autre soir. Il m'a dit qu'avoir une arme était une incitation à se faire tirer dessus.

— C'est pas pareil, cette fois, dis-je. On pourrait lui demander d'en emprunter une.

Ce que nous fîmes et il nous répondit :

— C'est absurde !

Dill émit l'avis qu'il faudrait peut-être en appeler à son sens des responsabilités : après tout, nous mourrions de faim si Mr Ewell le tuait et nous serions élevés par tante Alexandra, et nous savions tous que la première chose qu'elle ferait, avant même qu'Atticus soit enterré, serait de renvoyer Calpurnia. Jem dit que cela marcherait peut-être si je pleurais, et me jetais à son cou en faisant la petite fille. Ça ne marcha pas davantage.

Mais quand il s'aperçut que nous errions dans les rues du quartier, que nous mangions à peine, que nous ne nous intéressions plus à nos activités habituelles, il comprit à quel point nous avions peur. Un soir, il tenta Jem avec une nouvelle revue de football et, le voyant la feuilleter distraitement et la jeter de côté, il demanda :

— Qu'est-ce qui te tracasse, mon garçon ?

Jem ne se fit pas prier :

— Mr Ewell.

— Que s'est-il passé ?

— Rien. Mais on a peur pour toi et on trouve que tu devrais faire quelque chose.

Atticus eut un sourire ironique.

— Et que veux-tu que je fasse ? Que j'obtienne un ordre de la cour contre lui ?

— Quand quelqu'un dit qu'il vous aura, c'est en général qu'il a l'intention d'aller jusqu'au bout.

— Sur le moment, il croyait certainement à ce qu'il

disait. Mais tâche de te mettre cinq minutes à la place de Bob Ewell. Durant ce procès, j'ai détruit ce qui lui restait de crédibilité, si tant est qu'il en ait jamais eu. Il fallait qu'il réplique d'une façon ou d'une autre. Ce genre d'homme ne peut pas en rester là. Alors, si le fait de m'avoir craché à la figure et menacé a pu épargner quelques coups supplémentaires à Mayella, j'en suis heureux. S'il devait se défouler sur quelqu'un, autant que ce soit sur moi plutôt que sur ses enfants. Tu comprends ?

Jem fit oui de la tête.

Tante Alexandra entra au moment où Atticus ajoutait :

— Nous n'avons rien à craindre de Bob Ewell, il n'ira pas plus loin que ce qu'il a fait ce matin-là.

— À ta place je n'en serais pas si sûre, Atticus, dit-elle. Ce genre d'individu ferait n'importe quoi pour se venger. Tu sais de quoi sont capables ces gens-là.

— Et que voudrais-tu que me fasse un Ewell, ma chère sœur ?

— Quelque chose de sournois, dit tante Alexandra. Tu peux en être sûr.

— Personne ne peut agir de manière sournoise à Maycomb, répondit Atticus.

Notre peur s'évanouit après cette conversation. L'été allait s'achever et nous cherchions à en profiter au maximum. Atticus nous promit que rien n'arriverait à Tom Robinson jusqu'à ce que son affaire aille en appel et qu'il avait une bonne chance de s'en tirer ou, au moins, d'obtenir un nouveau jugement. Il se trouvait à la ferme-prison d'Enfield, à cent kilomètres, dans le comté de Chester. Je demandai à Atticus si sa femme et ses enfants avaient le droit de lui rendre visite et il me répondit que non.

— Mais s'il perd en appel, demandai-je un soir, qu'est-ce qui va lui arriver ?

— La chaise électrique, dit Atticus. À moins d'une grâce du gouverneur. Enfin, il n'y a pas encore lieu de te faire du souci, Scout. Nous avons encore de bonnes chances de l'en tirer.

Étalé sur le canapé, Jem lisait *La Mécanique pour tous*. Il leva la tête :

— C'est pas juste ! Même s'il était coupable, il n'a tué personne.

— Tu sais que le viol est un crime passible de la peine capitale, en Alabama, dit Atticus.

— Peut-être, mais le jury n'avait pas à le condamner à mort – ils avaient qu'à lui mettre vingt ans.

— Le condamner à vingt ans, rectifia Atticus. Tom Robinson est un homme de couleur, Jem. Aucun jury, dans cette partie du monde, ne dira : « Nous pensons que vous êtes coupable, mais pas trop » sur un tel chef d'accusation. C'était l'acquittement ou rien du tout.

Jem secoua la tête.

— Je sais que c'est pas juste, mais je vois pas où cela cloche... peut-être que le viol ne devrait pas être considéré comme un crime capital.

Atticus laissa tomber son journal à côté de son fauteuil. Il dit qu'il ne voulait pas discuter du statut juridique du viol, mais qu'il avait de sérieux doutes lorsque le ministère public réclamait la peine de mort et que le jury le suivait sur de simples présomptions. Il me jeta un coup d'œil, vit que j'écoutais et s'expliqua plus clairement :

— Je veux dire qu'avant de condamner un homme à mort pour meurtre, il faudrait avoir au moins deux témoins oculaires. Que quelqu'un puisse dire : « Oui, j'étais là et je l'ai vu appuyer sur la gâchette. »

— Mais on a pendu des tas de gens sur de simples présomptions ! objecta Jem.

— Je sais, et beaucoup le méritaient certainement, cependant, en l'absence d'un témoin oculaire, il reste toujours un doute, ne serait-ce, parfois, que l'ombre d'un doute. La loi parle d'un « doute raisonnable », mais je crois qu'un accusé a le droit à l'ombre d'un doute. Il reste toujours la possibilité, probable ou non, qu'il soit innocent.

— On en revient toujours aux jurys. On devrait les supprimer.

Jem était inflexible.

Atticus fit son possible pour ne pas sourire mais ne put s'en empêcher.

— Comme tu y vas, mon garçon ! Il existe peut-être d'autres solutions, par exemple changer la loi, de façon que seuls les juges aient le pouvoir de fixer la peine lorsqu'il s'agit d'un crime capital.

— Alors va à Montgomery et change la loi !

— Tu ne te rends pas compte à quel point ce serait difficile. Je serai mort avant qu'elle change et toi-même tu seras bien vieux si elle est changée de ton vivant.

Mais Jem ne se contentait pas de ce genre d'argument.

— Non, père, il faut supprimer les jurys. Pour commencer, il n'était pas coupable et eux, ont décrété qu'il l'était.

— Si tu avais fait partie de ce jury, avec onze autres garçons comme toi, Tom Robinson serait libre à l'heure qu'il est. Jusqu'à maintenant, il ne s'est rien passé dans ta vie susceptible d'affecter ta capacité de raisonnement. Ces douze hommes sont des personnes raisonnables dans la vie quotidienne, mais tu as vu que quelque chose se mettait entre eux et la raison. Tu as vu la même chose l'autre soir devant la prison. Si cette troupe s'est retirée, ce n'est pas parce qu'il s'agissait d'hommes raisonnables, mais parce que nous étions là. Il y a quelque chose dans notre monde qui fait perdre la tête aux hommes. Ils ne pourraient pas être justes s'ils essayaient. Dans nos tribunaux, quand c'est la parole d'un homme blanc contre celle d'un Noir, c'est toujours le Blanc qui gagne. C'est affreux à dire mais c'est comme ça.

— Cela ne rend pas les choses plus justes, dit Jem imperturbablement.

Il cognait doucement son poing contre son genou :

— On peut pas condamner un homme sur ce genre de témoignage. C'est pas possible !

— C'est pourtant ce qu'ils ont fait. Plus tu grandiras, plus tu verras de choses dans ce genre. Une salle d'audience est le seul endroit où un homme a le droit à un traitement équitable, de quelque couleur de l'arc-en-ciel que soit sa peau, mais les gens trouvent le moyen d'apporter leurs préjugés dans le box du jury. En grandissant, tu verras des Blancs tromper des Noirs tous les jours de ta vie, alors n'oublie pas ce que je vais te dire : lorsqu'un homme blanc se comporte ainsi avec un Noir, quels que soient son nom, ses origines et sa fortune, cet homme blanc est une ordure.

Il avait parlé d'un ton si mesuré que son dernier mot fit vibrer nos oreilles. Je levai les yeux : il avait un air enflammé.

— Je ne connais rien de plus écœurant qu'un Blanc de bas étage qui profite de l'ignorance d'un Noir. Ne vous faites aucune illusion – tout ceci s'accumule et un de ces jours nous devrons payer l'addition. J'espère seulement que vous ne serez plus des enfants à ce moment-là.

Jem se grattait la tête. Subitement, il écarquilla les yeux :

— Atticus, pourquoi les gens comme nous ou Miss Maudie ne siègent-ils jamais au jury ? On voit jamais personne de Maycomb parmi les jurés – ils viennent tous de la cambrousse.

Atticus se renfonça dans son fauteuil à bascule. Il avait l'air content de ce que lui disait Jem.

— Je me demandais quand tu t'en apercevrais, dit-il. Il existe plusieurs raisons à cela. Pour commencer, Miss Maudie ne peut pas faire partie d'un jury parce que c'est une femme...

— Tu veux dire qu'en Alabama, les femmes n'ont pas le droit... ?

J'étais indignée.

— Oui. Je suppose que c'est pour protéger nos frêles dames de cas sordides comme celui de Tom. Et puis, ajouta-t-il en souriant, nous n'en finirions plus car elles ne cesseraient de poser des questions.

J'éclatai de rire en même temps que Jem. Miss Maudie serait impressionnante au milieu d'un jury. Je songeai à la vieille Mrs Dubose dans son fauteuil roulant – « Arrêtez-moi ce marteau, John Taylor, j'ai une question à poser à cet individu ! » Nos ancêtres devaient être des sages.

— Avec des gens comme nous... poursuivait Atticus. C'est notre faute. On a les jurés qu'on mérite. Pour commencer, nos braves citoyens de Maycomb ne s'y intéressent pas. Ensuite, ils ont peur. Et puis, ils...

— Ils ont peur ? De quoi ? demanda Jem.

— Imagine que... disons Mr Link Deas doive décider du montant des dommages que devrait verser Miss Rachel à Miss Maudie si elle l'avait renversée avec sa voiture. Il n'aimerait pas l'idée de perdre la clientèle de l'une ou de l'autre. Alors il dira au juge Taylor qu'il ne peut pas faire partie du jury parce qu'il n'a personne pour s'occuper du magasin en son absence. Et le juge Taylor lui donnera une dispense. Et, croyez-moi, ça le met parfois en colère.

— Où va-t-il chercher que l'une d'entre elles n'irait plus faire ses courses chez lui ? demandai-je.

Jem répondit :

— Miss Rachel n'irait plus, mais Miss Maudie si. Mais les votes du jury sont secrets, Atticus.

Notre père se mit à rire.

— Tu as encore beaucoup à apprendre, mon garçon ! Le vote d'un jury est censé être secret, mais en faire partie force les gens à prendre une décision et à donner leur avis. Ils n'aiment pas ça. Ce n'est pas toujours agréable.

— Celui de Tom a dû se décider à toute vitesse, marmonna Jem.

Atticus posa les mains sur sa montre.

— Non, il ne l'a pas fait, dit-il plus pour lui-même que pour nous. C'est la seule chose qui m'ait permis de penser que c'était peut-être l'ombre d'un changement. Il leur a fallu plusieurs heures. Le verdict était certes à prévoir, mais, en général, cela ne leur prend que quelques minutes. Tandis que cette fois...

Il s'interrompit et nous regarda :

— Peut-être serez-vous contents d'apprendre qu'il y avait parmi eux un type qu'ils ont eu toutes les peines du monde à convaincre. Au début, il était pour un acquittement pur et simple.

— Qui ? interrogea Jem étonné.

Les yeux d'Atticus pétillèrent :

— Je ne peux pas vous le dire, mais je vais vous

donner une indication. C'était l'un de vos amis d'Old Sarum...

— Un Cunningham ? glapit Jem. Ça alors... j'en ai reconnu aucun... tu dis ça pour rire.

Il regarda Atticus du coin de l'œil. Celui-ci poursuivait, songeur :

— C'est un de leurs proches. Sur une intuition, je ne l'ai pas écarté du jury ; sur une simple intuition. J'aurais pu l'éliminer, mais je ne l'ai pas fait.

— Mince alors ! dit Jem avec déférence. Un jour ils essaient de le tuer, et le lendemain ils essaient de l'acquitter... Je ne comprendrai jamais rien à ces gens-là !

Atticus dit qu'il suffisait de les connaître, les Cunningham n'avaient jamais rien accepté de personne et jamais rien pris à personne depuis qu'ils avaient émigré dans le Nouveau Monde. Il fallait en outre savoir autre chose à leur sujet : une fois que vous aviez gagné leur respect, ils vous étaient dévoués corps et âme. Atticus dit qu'il avait le sentiment, une simple impression, qu'ils avaient quitté la prison, l'autre soir, habités d'un immense respect pour les Finch. Il avait ensuite fallu un coup de tonnerre, plus un autre Cunningham, pour que l'un d'entre eux change d'avis.

— Il aurait suffi d'en avoir deux pour que le jury soit incapable de prendre une décision.

— Si je comprends bien, dit Jem lentement, tu as mis au jury un homme qui voulait te tuer la veille ? Comment as-tu pu prendre un risque pareil ?

— Réfléchis bien et tu verras qu'il était mesuré. Il n'y a aucune différence entre un homme prêt à condamner et un autre prêt à condamner, n'est-ce pas ? En revanche, il en existe une, légère, entre un homme prêt

à condamner et un autre qui est un peu troublé, non ?
C'était le seul de toute la liste dont je n'étais pas certain.

— Quels sont ses liens avec Mr Walter Cunningham ? demandai-je.

Atticus se leva, s'étira et bâilla. Il n'était pourtant pas encore l'heure de se coucher, mais nous savions qu'il désirait lire son journal. Il le ramassa, le plia et m'en tapota la tête.

— Voyons, répondit-il d'une voix monocorde. Ah !
J'y suis ! Deux fois son cousin germain.

— Comment est-ce possible ?

— Oui, les deux sœurs ont épousé les deux frères. Et c'est tout ce que je te dirai... À toi de trouver.

À force de me torturer les méninges, j'en arrivai à la conclusion que si je me mariais avec Jem et que si Dill avait une sœur qu'il épousait, nos enfants seraient deux fois cousins germains.

— Ben vrai, Jem, marmonnai-je quand Atticus fut parti. C'est quand même des drôles de gens. Vous avez entendu ça, Tatie ?

Tante Alexandra faisait un tapis au crochet et ne nous regardait pas, mais elle écoutait. Elle était assise dans son fauteuil, son panier à ouvrage à côté d'elle, son tapis étalé sur ses genoux. Je n'ai jamais compris pourquoi les dames faisaient des tapis de laine au crochet par des nuits brûlantes.

— J'ai entendu, dit-elle.

Je me rappelai la lointaine époque où j'avais eu la désastreuse idée de prendre la défense de Walter Cunningham. Maintenant, j'étais contente de l'avoir fait.

— L'école reprendra bientôt et je l'inviterai à déjeuner, décidai-je, oubliant ma secrète intention de lui casser la figure à la première occasion.

« Il pourrait aussi rester le soir après l'école. Atticus

346

pourrait le ramener ensuite à Old Sarum. Il pourrait même passer la nuit ici, d'accord, Jem ?

— Nous verrons, dit tante Alexandra.

Dans sa bouche, ce genre de déclaration était toujours une menace, jamais une promesse. Surprise, je me tournai vers elle.

— Pourquoi, Tatie ? C'est des gens bien.

Elle me jeta un regard par-dessus ses lunettes qu'elle portait pendant ses travaux d'aiguille :

— Jean Louise, je ne doute pas un instant que ce soient des gens bien. Cependant, ils ne sont pas de notre milieu.

— Ça veut dire que c'est des pedzouilles, Scout.

— C'est quoi, des pedz...

— Ben des péquenots, quoi ! Ils aiment le crincrin de village et d'autres machins comme ça.

— Moi aussi, j'aime ça...

— Ne dis pas de bêtises, Jean Louise ! dit tante Alexandra. Le fait est que tu peux récurer Walter Cunningham jusqu'à ce qu'il brille comme un sou neuf, tu peux lui mettre des chaussures et un costume neuf, il ne sera jamais comme Jem. De plus, il y a une tendance à la boisson dans cette famille. Les femmes Finch ne s'intéressent pas à ce genre de personnes.

— Ta-tie ! protesta Jem. Elle n'a même pas neuf ans !

— Autant qu'elle l'apprenne tout de suite.

Tante Alexandra avait parlé. Ce qui me remit en mémoire avec acuité la dernière fois qu'elle avait ainsi manifesté son autorité. Je n'avais toujours pas compris pourquoi. C'était le jour où j'étais absorbée par mes projets de visite à Calpurnia – elle avait aiguisé mon intérêt autant que ma curiosité ; je voulais être son « invitée », voir comment elle vivait, qui étaient ses amis. J'aurais aussi bien pu avoir émis le désir de visiter l'autre face de la lune. Cette fois, sa tactique était différente, mais tante Alexandra visait le même objectif. Peut-être était-ce la raison pour laquelle elle était venue habiter chez nous : pour nous aider à choisir nos amis. Je l'asticoterais aussi longtemps que possible :

— Si c'est des gens bien, pourquoi je peux pas être gentille avec Walter ?

— Je ne t'ai pas dit de ne pas être gentille avec lui. Tu dois te montrer amicale et polie avec lui, tu dois être aimable avec tout le monde, ma chérie. Mais tu n'as pas à l'inviter à la maison.

— Et s'il était apparenté avec nous, Tatie ?

— Le fait est qu'il ne l'est pas, mais s'il l'était, ma réponse resterait la même.

— Tatie, dit Jem sans mâcher ses mots, Atticus dit qu'on peut choisir ses amis mais pas sa famille, et qu'ils restent vos parents que vous les reconnaissiez comme tels ou non et que ne pas le faire vous donne l'air parfaitement idiot.

— Je reconnais bien là ton père ! dit tante Alexandra. Mais, je le répète, Jean Louise n'invitera pas Walter Cunningham dans cette maison. Même s'il était deux fois son cousin germain au premier degré, il ne serait pas reçu dans cette maison, sauf s'il venait voir Atticus pour affaires. C'est comme ça !

Elle m'avait encore opposé un non catégorique mais, cette fois, il faudrait qu'elle m'en explique la raison :

— Mais j'ai envie de jouer avec Walter, Tatie. Pourquoi je peux pas ?

Elle enleva ses lunettes et me regarda :

— Je vais te le dire. Parce-qu'il-fait-partie-de-la-racaille, voilà ! Je ne veux pas que tu lui tournes autour, que tu prennes ses habitudes et apprennes Dieu sait quoi. Tu donnes déjà assez de soucis comme ça à ton père.

Je ne sais pas ce que j'allais faire, mais Jem m'arrêta. Il me prit par les épaules, m'entoura de ses bras et m'emmena sanglotant de rage dans sa chambre. Atticus dut nous entendre car il passa la tête par la porte.

— T'inquiète pas, dit Jem d'un ton bourru. C'est rien.

Atticus s'en alla.

— Tiens, prends ça, Scout.

Fouillant dans sa poche, il en sortit un caramel au chocolat. Il me fallut plusieurs minutes pour transformer le bonbon en une boulette et l'installer dans un coin de ma bouche.

Jem remettait de l'ordre sur sa commode. Ses cheveux partaient dans tous les sens et je me demandai s'il aurait jamais l'air d'un homme – peut-être s'il les rasait pour repartir de zéro repousseraient-ils de manière disciplinée. Ses sourcils s'épaississaient et je m'aperçus que son corps s'amincissait. Il grandissait.

Lorsqu'il se retourna, il dut croire que j'allais me remettre à pleurer, car il déclara :

— Je te montre quelque chose si tu promets de le dire à personne.

Je demandai quoi. Avec un sourire gêné, il déboutonna sa chemise.

— Ben quoi ?

— Tu vois pas ?

— Non.

— C'est des poils.

— Où ?

— Là. Regarde, juste là.

Comme il m'avait consolée, je dis que je trouvais cela très joli. Mais je ne voyais rien.

— C'est vraiment bien, Jem.

— J'en ai aussi sous les bras, dit-il. J'irai au football l'année prochaine. Scout, il faut pas laisser Tatie te mettre dans des états pareils.

Il me sembla que c'était hier qu'il m'avait dit de ne pas contrarier Tatie.

— Tu sais bien qu'elle y connaît rien aux filles, poursuivit-il. Enfin, aux filles comme toi. Elle voudrait faire de toi une dame. Tu pourrais pas apprendre à coudre, ou quelque chose du même genre ?

— Pas question ! Elle m'aime pas, et c'est tout, et puis d'ailleurs, je m'en fiche ! C'est parce qu'elle a traité Walter Cunningham de racaille que je me suis énervée, pas parce qu'elle a dit que je donnais du souci à Atticus. On a discuté de tout ça ensemble, je lui ai demandé si je lui causais du souci et il m'a dit pas beaucoup, rien en tout cas à quoi il puisse penser, et que je n'avais pas à me tracasser pour ça. Nan, c'était Walter... c'est pas une racaille, Jem ! Il est pas comme les Ewell.

Jem envoya promener ses chaussures et s'installa sur son lit, se cala contre son oreiller et alluma sa lampe de chevet.

— Tu sais, Scout ? Figure-toi que j'ai tout compris. J'ai beaucoup réfléchi, ces temps-ci, et j'ai compris. Il y a quatre sortes de gens sur terre. Les gens normaux comme nous et nos voisins, les gens comme les Cunningham qui habitent près des bois, les gens comme les Ewell en bas de la décharge, et les Noirs.

— Et les Chinois alors, et les Cajuns du comté de Baldwin ?

— Je parlais du comté de Maycomb. Voilà ce qui se passe, les gens comme nous n'aiment pas les Cunningham, les Cunningham n'aiment pas les Ewell et les Ewell détestent et méprisent les gens de couleur.

Je demandai à Jem pourquoi, dans ce cas, le jury de Tom, composé de gens comme les Cunningham, n'avait pas acquitté Tom pour contrarier les Ewell ?

Jem balaya ma question d'un geste condescendant.

— Tu sais, dit-il, j'ai vu Atticus battre la mesure avec son pied quand il y a du crincrin à la radio et il aime encore plus le bouillon que tous les gens que je connais.

— Alors on est comme les Cunningham, dis-je. Je ne vois pas pourquoi Tatie...

— Attends... il y a de ça, mais c'est pas tout à fait pareil. Atticus l'a dit un jour que si Tatie était si entichée de l'histoire de la famille, c'était parce que nous ne possédions rien que ce passé, et pas d'argent.

— Je ne sais pas, Jem... Atticus m'a aussi expliqué un jour que la plupart de ces histoires sur cette Vieille Famille étaient des bêtises parce que toutes les familles sont aussi vieilles les unes que les autres. J'ai demandé si c'était vrai aussi pour les gens de couleur et les Anglais et il a dit oui.

— C'est pas toujours le passé qui fait les Vieilles Familles. Je crois que l'important, c'est de savoir depuis quand votre famille sait lire et écrire. Scout, j'ai beaucoup étudié la question et c'est la seule raison que je vois. Autrefois, quand les Finch étaient en Égypte, un de nos ancêtres a dû apprendre un ou deux hiéroglyphes et les enseigner à son fils.

Il se mit à rire.

— Tu te rends compte ? Tatie est fière parce que son arrière-arrière-grand-père savait lire et écrire – les femmes ont de drôles de sujets de fierté !

— Et moi j'en suis contente ! Sinon qui aurait appris à lire à Atticus ? Et s'il ne savait pas lire, toi et moi, on aurait été dans de beaux draps. Je ne crois pas que ce soit ça, avoir un passé, Jem.

— Alors pourquoi les Cunningham sont différents de nous ? C'est tout juste si Mr Walter sait écrire son nom pour signer, je l'ai vu. Nous, on sait lire et écrire depuis bien plus longtemps qu'eux.

— Mais non ! Tout le monde est obligé d'apprendre ! Les bébés savent pas lire en naissant ! Walter est aussi intelligent que possible, il est seulement un peu en retard parce que son père a besoin de lui pour l'aider. Sinon, il est tout à fait normal. Non, Jem, moi je pense qu'il y a qu'une sorte de gens, les gens.

Jem se retourna et envoya un coup de poing dans son oreiller. Quand il se redressa, il avait un air ombrageux. Le sentant sur le point de me refaire une de ses petites crises, je me tins sur mes gardes. Les sourcils froncés, la bouche pincée, il resta silencieux un moment.

— C'était ce que je pensais moi aussi, finit-il par dire, quand j'avais ton âge. S'il y a qu'une seule sorte de gens, pourquoi n'arrivent-ils pas à s'entendre ? S'ils se ressemblent, pourquoi passent-ils leur temps à se mépriser les uns les autres ? Scout, je crois que je commence à comprendre quelque chose ! Je crois que je commence à comprendre pourquoi Boo Radley est resté enfermé tout ce temps. C'est parce qu'il n'a *pas envie* de sortir.

24

Calpurnia portait son tablier le plus amidonné. Tenant un plateau avec une charlotte, elle s'adossa à la porte à battants et la poussa doucement. J'admirai l'aisance et la grâce avec lesquelles elle soulevait de lourdes charges de mets délicats. Tante Alexandra aussi, sans doute, puisqu'elle avait laissé Calpurnia faire le service aujourd'hui.

Septembre arrivait à grands pas. Dill partirait le lendemain pour Meridian. Aujourd'hui, Jem et lui étaient au tourbillon des Barker. Jem avait découvert avec surprise et colère que personne ne s'était jamais soucié d'apprendre à nager à Dill, ce que lui considérait comme aussi important que de savoir marcher. Ils avaient déjà passé deux après-midi à la rivière, mais je ne pouvais pas les accompagner parce qu'ils se mettaient tout nus ; alors je partageais ces heures solitaires entre Calpurnia et Miss Maudie.

Aujourd'hui, tante Alexandra et son cercle missionnaire répandaient la bonne parole à travers toute la maison. De la cuisine, j'entendais Mrs Grace Merriweather au salon faire un compte rendu sur la vie sordide des Mrounas, ou quelque chose d'approchant. Ils isolaient les femmes dans des huttes au moment de leurs périodes, ce qui ne me parut pas très clair ; ils ne possédaient aucun sens de la famille – ce qui devait indigner Tatie –, ils soumettaient les enfants de treize ans à d'atroces épreuves ; ils étaient tous atteints du pian et de vers, ils mâchaient et recrachaient dans un pot commun des écorces d'arbre qui les enivraient.

Cet exposé terminé, les dames se levèrent pour goûter.

Je ne savais pas si j'allais dans la salle à manger ou si je restais à l'écart. Tante Alexandra m'avait dit de les rejoindre pour le goûter ; il n'était pas nécessaire que j'assiste à la réunion qui m'ennuierait. Comme je portais ma robe rose du dimanche, mes chaussures et un jupon, je savais que si je renversais quoi que ce soit dessus, Calpurnia devrait la relaver pour le lendemain. Elle n'avait cessé de travailler de toute la journée. Je décidai donc de rester à l'écart.

— Je peux t'aider, Cal ? proposai-je pleine de bonne volonté.

Elle s'arrêta sur le seuil.

— Reste bien tranquille dans ce coin et tu m'aideras à préparer le prochain plateau quand je reviendrai.

Le léger bourdonnement produit par les voix de dames gagna en force au moment où elle ouvrit la porte :

— Eh bien, Alexandra, je n'avais jamais vu de si belle charlotte !... elle est superbe !... Je ne réussis jamais la croûte comme ça... quelle bonne idée ces tartelettes aux mûres... Calpurnia ?... c'est à peine croyable... savez-vous que la femme du pasteur... pas possible ! mais si, et ce n'est pas tout...

Elles se calmèrent, signe qu'elles avaient été toutes servies. Calpurnia revint pour mettre le lourd pichet d'argent de ma mère sur un plateau.

— Ce pot à café est unique, observa-t-elle. On n'en fait plus de semblables, aujourd'hui.

— Je peux l'emporter ?

— Si tu fais attention et ne le renverses pas. Pose-le au bout de la table, près de Miss Alexandra, avec les tasses. Elle servira elle-même.

Je voulus pousser la porte avec le derrière, comme je l'avais vu faire à Calpurnia, mais le battant ne bougea pas. Elle vint me l'ouvrir en souriant :

— Fais attention, c'est lourd. Ne le regarde pas et tu ne le renverseras pas.

Mon expédition fut un succès : tante Alexandra me décocha un magnifique sourire.

— Reste avec nous, Jean Louise, dit-elle.

Cela participait de sa campagne pour faire de moi une dame.

La coutume était que lorsqu'une dame accueillait son cercle, elle invitait aussi ses voisines pour le goûter, qu'elles soient baptistes ou presbytériennes, ce qui expliquait la présence de Miss Rachel (aussi sobre qu'un juge), de Miss Stephanie et de Miss Maudie. Un peu nerveuse, je m'assis près de cette dernière en me demandant pourquoi les dames mettaient un chapeau pour traverser la rue. Ces réunions de dames me remplissaient toujours d'une vague appréhension et du ferme désir d'être ailleurs. C'était ce genre de réaction qui faisait de moi, selon tante Alexandra, une enfant « mal élevée ».

Les invitées paraissaient fraîches dans de délicats imprimés couleurs pastel : la plupart d'entre elles n'avaient pas lésiné sur la poudre, mais n'avaient pas mis de rouge à lèvres. Tout au plus avaient-elles un simple brillant aux lèvres et un vernis naturel sur les ongles, mais quelques dames plus jeunes allaient jusqu'au rose. Elles embaumaient de parfums célestes. Je m'efforçais de ne pas bouger, les mains agrippées aux bras de mon fauteuil, attendant que quelqu'un m'adressât la parole.

Le bridge d'or de Miss Maudie scintilla :

— Tu es très bien habillée aujourd'hui, Miss Jean Louise ! Où as-tu donc mis ton pantalon ?

— Sous ma robe.

Je ne cherchais pas à être drôle, mais ces dames éclatèrent de rire. Je me mis à rougir, prenant conscience de ma bévue. Seule Miss Maudie me considérait gravement. Elle ne se moquait jamais de moi, sauf si je faisais exprès d'être drôle.

Miss Stephanie Crawford rompit le brusque silence qui suivit en me lançant de l'autre bout de la table :

— Que veux-tu faire plus tard, Jean Louise ? Avocate ?

— Non, je n'y avais pas pensé, répondis-je, reconnaissante qu'elle ait eu la gentillesse de changer de sujet.

Je me hâtai de me trouver une vocation : infirmière ? aviatrice ?

— Heu...

— Ça par exemple ! J'aurais juré que tu voulais être avocate, puisque tu as déjà commencé à aller au tribunal !

Ces dames s'esclaffèrent.

— Quelle farceuse, cette Stephanie ! lança l'une d'elles.

Encouragée, cette dernière reprit de plus belle :

— Tu ne veux donc pas devenir avocate quand tu seras grande ?

La main de Miss Maudie se posa sur la mienne, si bien que je déclarai paisiblement :

— Non, juste une dame.

Miss Stephanie me dévisagea sans trop savoir comment prendre cette réponse, dut conclure que je n'avais pas cherché à me montrer impertinente et se contenta de dire :

— Tu n'es pas près d'y arriver tant que tu ne porteras pas plus souvent de robes !

La main de Miss Maudie serra fermement la mienne et je ne répliquai point. Sa chaleur me suffisait.

Mrs Grace Merriweather était assise à ma gauche et je sentis qu'il serait poli de lui parler. Mr Merriweather, fervent méthodiste par la force des choses, ne voyait aucune allusion personnelle lorsqu'il chantait : « Grâce étonnante, quelle douce voix que celle qui a sauvé un misérable comme moi [1]. »

L'opinion générale à Maycomb était pourtant qu'elle l'avait guéri de son alcoolisme et en avait fait un citoyen raisonnablement utile. Car c'était certainement la dame la plus pieuse de tout Maycomb. Je cherchai un sujet de conversation qui pût l'intéresser.

— De quoi avez-vous parlé à votre réunion de cet après-midi ? lui demandai-je.

— De ces pauvres Mrounas, mon enfant, dit-elle.

Elle était lancée. Je n'aurais pas à lui poser beaucoup d'autres questions.

Ses grands yeux bruns s'emplissaient toujours de larmes quand elle évoquait les opprimés.

— Ils vivent dans cette jungle avec J. Grimes Everett pour toute compagnie. Aucun Blanc ne leur rend jamais visite, que ce saint homme.

Mrs Merriweather jouait de sa voix comme d'un orgue, donnant sa pleine mesure à chacun de ses mots :

---

1. Le célèbre *Amazing Grace*, chant religieux composé par John Newton en 1779.

— La misère... l'obscurantisme... l'immoralité... comme seul peut les connaître J. Grimes Everett. Figure-toi que, lorsque l'église m'a envoyée à ce rassemblement religieux, il m'a dit...

— Il était là, ma'am ? Je croyais...

— Il revient de temps en temps. Il m'a dit : « Mrs Merriweather, vous ne pouvez imaginer, seulement *ima*giner ce que nous avons à combattre là-bas. » Voilà ce qu'il m'a dit !

— Oui, ma'am.

— Je lui ai dit : « Mr Everett, les dames de l'église épiscopale méthodiste du sud de l'Alabama vous soutiennent à cent pour cent. » Voilà ce que je lui ai dit. Et, vois-tu, à ce moment précis, je me suis fait une promesse solennelle. Je me suis dit que lorsque je rentrerais, je donnerais une conférence sur les Mrounas, afin de porter le message de J. Grimes Everett à Maycomb. Et c'est ce que je fais.

— Oui, ma'am.

Quand Mrs Merriweather secouait la tête, ses boucles noires dansaient.

— Jean Louise, tu as de la chance. Tu vis dans un foyer chrétien, parmi des chrétiens, dans une ville chrétienne. Là-bas, dans le pays de J. Grimes Everett, ne règnent que le péché et la misère noire.

— Oui, ma'am.

— Le péché et la misère noire... et... où en étais-je donc, Gertrude ?

Mrs Merriweather se tourna vers sa voisine.

— Ah oui ! Comme je dis toujours, pardonnez et oubliez, pardonnez et oubliez. Ce que devrait faire l'église, c'est l'aider à mener une vie chrétienne pour ces enfants. Quelques hommes devraient se rendre là-bas et dire à ce pasteur de l'encourager.

358

— Excusez-moi, Mrs Merriweather, l'interrompis-je, mais vous parlez de Mayella Ewell ?

— De May... ? Non, mon enfant. De la femme de ce moricaud. La femme de Tom. Tom...

— Tom Robinson, ma'am.

Mrs Merriweather se retourna vers sa voisine :

— J'en suis vraiment convaincue, Gertrude, mais certaines personnes ne l'entendent pas de cette oreille. Si nous leur faisons savoir que nous leur pardonnons, que nous leur avons pardonné, l'affaire s'apaisera d'elle-même.

— Heu, Mrs Merriweather ? la coupai-je encore. Qu'est-ce qui va s'apaiser ?

Elle se tourna encore vers moi. Mrs Merriweather était de ces adultes sans enfant qui estiment nécessaire d'employer un ton différent quand ils s'adressent à eux.

— Rien, Jean Louise, dit-elle dans un largo majestueux, les cuisinières et ceux qui travaillent aux champs sont mécontents, mais ils commencent à se calmer... ils ont protesté toute la journée qui a suivi le procès.

Mrs Merriweather fit face à Mrs Farrow :

— Gertrude, je vous le dis, il n'y a rien de plus gênant qu'un moricaud grognon. Ils vous font la tête. C'est toute votre journée qui se trouve gâchée quand vous en avez un comme ça à la cuisine. Savez-vous ce que j'ai dit à ma Sophie, Gertrude ? Je lui ai dit : « Sophie, tu ne te comportes pas en bonne chrétienne, aujourd'hui. Jésus-Christ ne grognait ni se plaignait jamais. » Eh bien, figurez-vous que ça lui a fait du bien ! Elle a levé les yeux du plancher et elle a dit : « Non, Miz Merriweather, Jésus ne grognait pas. » Croyez-moi, Gertrude, il ne faut jamais hésiter à prendre le Seigneur à témoin.

La suite me rappela le vieil orgue de la chapelle de

Finch's Landing. Quand j'étais toute petite et que j'avais été très sage toute la journée, Atticus me permettait d'actionner les soufflets pendant qu'il jouait un air d'un doigt. La dernière note résonnait tant qu'il y avait de l'air pour la tenir. Il me sembla que Mrs Merriweather venait elle aussi d'épuiser sa réserve d'air et qu'elle reconstituait ses réserves alors que Mrs Farrow s'apprêtait à parler.

Mrs Farrow était une sculpturale personne aux yeux clairs et aux petits pieds. Ses cheveux fraîchement permanentés formaient une masse de frisettes grises et serrées. C'était, après Mrs Merriweather, la personne la plus pieuse de Maycomb. Elle possédait l'étrange particularité de faire précéder tout ce qu'elle disait d'une douce sifflante.

— S-s-s Grace, c'est exactement ce que je disais au frère Hutson l'autre jour : « S-s-s Frère Hutson, ai-je dit, on dirait que nous menons un combat perdu d'avance, perdu d'avance, ai-je dit. S-s-s ils s'en moquent éperdument. Nous avons beau nous tuer à les instruire, à en faire de bons chrétiens, aucune dame n'est en sécurité dans son lit. » Il m'a répondu : « Mrs Farrow, je me demande où tout ceci va nous mener. » S-s-s, je lui ai dit que c'était bien vrai.

Mrs Merriweather hocha la tête d'un air grave. Sa voix domina le tintement des tasses à café et le son quelque peu bovin produit par ces dames mâchant leurs pâtisseries fines.

— Gertrude, dit-elle, croyez-moi, il y a de bonnes personnes, dans cette ville, mais qui font fausse route. Oui, vraiment. Il y a dans cette ville des gens qui croient bien faire. Loin de moi l'idée de dénoncer qui que ce soit, mais certains d'entre eux pensaient bien faire il y a peu de temps encore, mais on n'a fait que les exciter davantage. C'est tout ce qu'on a fait. Cela semblait peut-être la chose à faire à ce moment-là, mais je n'en sais rien, je ne suis pas spécialiste en la matière, mais grognons... mécontents... je vous le dis, moi, si ma Sophie avait persisté encore une journée dans cette voie, j'aurais dû m'en séparer. Elle n'a jamais pu faire entrer dans sa caboche que si je la garde c'est à cause de la crise et parce qu'elle a besoin du dollar et des vingt-cinq cents qu'elle reçoit chaque semaine.

— En tout cas, les gâteaux que vous mangez chez lui ne vous restent pas en travers de la gorge !

C'était Miss Maudie qui avait parlé. Deux traits minces étaient apparus aux coins de sa bouche. Elle était longtemps restée silencieuse à côté de moi, sa tasse de café posée en équilibre sur un genou. Moi, j'avais perdu le fil de la conversation depuis longtemps, depuis que ces dames avaient cessé de parler de la femme de Tom Robinson, et je m'étais contentée de penser à Finch's Landing et au fleuve. Tante Alexandra avait tout compris de travers : la réunion vous glaçait le sang, mais le goûter était sinistre.

— Maudie, je crois n'avoir pas bien saisi ce que vous vouliez dire, répondit Mrs Merriweather.

— Je suis sûre que si, dit Miss Maudie sèchement.

Elle s'en tint là. Quand Miss Maudie était en colère, son laconisme se faisait glacial. Quelque chose l'avait mise très en colère, et ses yeux gris étaient aussi froids que sa voix. Mrs Merriweather rougit, me jeta un coup d'œil et se détourna. Je ne pouvais pas voir Mrs Farrow.

Tante Alexandra se leva pour passer de nouveaux rafraîchissements tout en se lançant dans une conversation animée avec Mrs Merriweather et Mrs Gates. Quand elle sentit la conversation bien engagée avec la participation de Mrs Perkins, elle se retira. Elle adressa un regard de pure gratitude à Miss Maudie qui me donna à penser sur le monde des femmes. Toutes deux n'avaient jamais été spécialement proches et voilà que Tatie la remerciait silencieusement pour je ne savais quoi. J'étais contente d'apprendre que tante Alexandra se sentait parfois assez malheureuse pour éprouver de la gratitude envers qui lui avait prêté main-forte. À l'évidence, je devrais bientôt pénétrer dans ce monde à la surface duquel les dames parfumées se balançaient lentement, s'éventaient avec langueur et buvaient de l'eau fraîche.

Néanmoins, je me sentais plus à l'aise dans le monde de mon père. Les gens comme Mr Heck Tate ne vous piégeaient pas avec d'innocentes questions destinées à vous ridiculiser ; même Jem ne vous critiquait vraiment que si vous aviez dit quelque chose de stupide. Les dames semblaient vivre dans une vague horreur des hommes et semblaient peu disposées à les approuver sans réserve. Mais, moi, je les aimais bien. Ils étaient sympathiques, même s'ils juraient, buvaient, jouaient et chiquaient. Peu importait qu'ils soient peu attirants, il y avait quelque chose en eux que j'aimais instinctivement... ils n'étaient pas...

— Hypocrites, Mrs Perkins, des hypocrites-nés, disait Mrs Merriweather. Au moins ne sommes-nous pas affligés de cette tare, ici ! Les gens, là-bas, les ont libérés, mais vous ne les verrez jamais s'asseoir à la même table qu'eux. Nous, au moins, nous n'avons pas la fourberie de leur dire : « Vous êtes aussi bien que nous, mais n'approchez pas de nous. » Ici, nous leur disons : « Vivez à votre manière et nous à la nôtre. » Je pense que cette femme, cette Mrs Roosevelt, a perdu l'esprit – se rendre à Birmingham et essayer de s'asseoir avec eux [1] ! Si j'étais le maire de Birmingham, je...

Aucun de nous ne l'était, mais j'aurais aimé être gouverneur de l'Alabama rien qu'une journée : je pourrais ainsi libérer Tom Robinson avant que la Société des missions ait pu dire « ouf ! ».

L'autre jour, j'avais trouvé Calpurnia en train de raconter à la cuisinière de Miss Rachel que Tom prenait très mal les choses et elle ne s'était pas interrompue lorsque j'étais entrée dans la cuisine. Elle disait qu'Atticus ne pouvait plus rien faire pour l'aider à supporter son incarcération, que ses dernières paroles à Atticus avaient été : « Au revoir, Mr Finch, vous ne pouvez plus 'ien pou'moi, maintenant, c'est pas la peine de vous fatiguer. »

Calpurnia ajouta qu'Atticus lui avait raconté que le jour où ils avaient emmené Tom en prison, il avait perdu tout espoir. Atticus avait essayé de lui expliquer les choses et de lui dire qu'il ne devait surtout pas se décourager parce qu'il faisait de son mieux pour le faire libérer. La cuisinière de Miss Rachel demanda pourquoi Atticus ne s'était pas contenté de dire oui, on va te libérer... cela aurait sûrement réconforté Tom Robinson. Calpurnia dit :

— C'est parce que tu ne connais pas la loi. La première chose que tu apprends quand tu travailles dans une famille d'avocats, c'est qu'il n'existe pas de réponse définitive à rien. Mr Finch ne pouvait pas promettre ce qu'il n'était pas sûr d'obtenir.

La porte d'entrée claqua et j'entendis les pas d'Atti-

---

1. Eleanor Roosevelt refusa de s'asseoir avec le public blanc à la Southern Conference for Human Welfare à Birmingham dans l'Alabama, et ce, en violation des lois sur la ségrégation.

cus dans l'entrée. Je me demandai quelle heure il était ; il ne rentrait pas si tôt et les jours de réunion de la Société des missions, il restait en ville jusqu'à la nuit tombée.

Il s'arrêta sur le seuil de la salle à manger, son chapeau à la main, le visage blême.

— Excusez-moi, mesdames, lança-t-il. Ne vous interrompez pas pour moi. Alexandra, s'il te plaît, pourrais-tu venir à la cuisine une minute ? J'aurais besoin de Calpurnia pour un moment.

Au lieu de traverser la salle à manger, il ressortit et pénétra dans la cuisine par la porte arrière. Tante Alexandra et moi l'y rejoignîmes. La porte de la salle à manger se rouvrit pour laisser passer Miss Maudie. Calpurnia s'était à moitié levée de sa chaise.

— Cal, dit Atticus, je voudrais que vous m'accompagniez chez Helen Robinson...

— Que se passe-t-il ? demanda tante Alexandra alarmée par l'expression du visage de mon père.

— Tom est mort.

Tante Alexandra porta une main à sa bouche.

— Ils l'ont tué, dit Atticus. Il a voulu s'enfuir pendant la promenade. Il paraît qu'il s'est tout d'un coup précipité comme un fou furieux vers la clôture et a commencé à l'escalader. Juste devant eux...

— Ils n'ont pas essayé de l'arrêter ? Ils n'ont pas lancé d'avertissement ?

La voix de tante Alexandra tremblait.

— Si, bien sûr ; les gardes ont commencé par lui crier de s'arrêter. Ils ont tiré plusieurs coups en l'air, puis ils l'ont tué. Ils l'ont eu au moment où il passait de l'autre côté. Ils ont dit qu'avec deux bras, il aurait réussi tant il avait fait vite. Il avait dix-sept balles dans le corps. En fallait-il autant pour l'arrêter ? Cal, je voudrais que vous m'accompagniez pour l'annoncer à Helen.

— Oui, m'sieur, murmura-t-elle en essayant de défaire son tablier.

Miss Maudie vint le lui dénouer.

— C'est le bouquet, Atticus ! dit tante Alexandra.

— Tout dépend comment on voit les choses, répondit-il. Qu'est-ce que cela change, un Noir de plus ou de moins, parmi deux cents ? Il n'était pas Tom pour eux, mais un prisonnier en train de s'échapper.

S'adossant au réfrigérateur, il remonta ses lunettes et se frotta les yeux.

— Nous avions pourtant une bonne chance, reprit-il. Je lui avais dit ce que j'en pensais mais, honnêtement, je ne pouvais rien lui promettre de plus. Sans doute en avait-il assez des chances des hommes blancs et a-t-il préféré tenter la sienne. Prête, Cal ?

— Oui, Mr Finch.

— Alors, allons-y.

Tante Alexandra se laissa tomber sur la chaise de Calpurnia et se cacha le visage dans les mains. Elle demeura ainsi un long moment sans bouger, si calme que je me demandai si elle n'allait pas s'évanouir. J'entendais Miss Maudie respirer aussi fort que si elle venait de monter un escalier, tandis que, dans la salle à manger, ces dames devisaient gaiement.

Je croyais que tante Alexandra pleurait, mais, quand elle retira les mains de son visage, je vis que ce n'était pas le cas. Elle paraissait lasse et parla d'une voix éteinte :

— Je ne saurais dire que j'approuve tout ce qu'il fait, Maudie, mais c'est mon frère et je voudrais savoir quand il en aura fini avec cela.

Sa voix s'éleva :

— Cela le tue ! Il ne le montre pas, mais cela le tue. Je le sais, je l'ai vu quand... que lui veulent-ils encore, Maudie ?

— Qui cela, Alexandra ?

— Cette ville. Ils sont parfaitement d'accord quand il s'agit de l'envoyer faire ce qu'ils ont trop peur de faire eux-mêmes ; ils pourraient y laisser des plumes. Ils sont d'accord pour le laisser s'user la santé à faire ce qu'ils ont peur de faire. Ils...

— Calmez-vous, elles vont vous entendre, dit Miss Maudie. Avez-vous jamais pensé en ces termes, Alexandra ? Que Maycomb s'en rende compte ou non, nous payons le plus haut tribut que nous puissions payer à un homme. Nous avons confiance dans son jugement. C'est aussi simple que cela.

— Qui, « nous » ?

Tante Alexandra ne sut jamais qu'elle faisait ainsi écho à son neveu de douze ans.

— La poignée d'habitants de cette ville qui disent que les Blancs ne sont pas les seuls à bien se conduire ; la poignée de gens qui disent que chacun a droit à un procès équitable, et pas seulement nous ; ceux qui ont assez d'humilité pour penser « Dieu me pardonne, c'est moi », quand ils regardent un Noir.

La vieille rhétorique tranchante de Miss Maudie lui revenait :

— La poignée de gens de cette ville qui possèdent un passé, ce sont eux.

Si j'avais été attentive, j'aurais eu un autre exemple à ajouter aux définitions du passé de Jem, mais j'étais en train de trembler et ne pouvais plus m'arrêter. J'avais vu la ferme-prison d'Enfield et Atticus m'avait montré la cour de promenade, qui n'était pas plus grande qu'un terrain de football.

— Cesse de trembler, m'ordonna Miss Maudie.

Et je cessai de trembler.

— Levez-vous, Alexandra. Nous ne sommes restées que trop longtemps absentes.

Tante Alexandra se leva, rajusta les différentes baleines qui lui emprisonnaient les hanches. Elle sortit un mouchoir et s'essuya le nez. Elle tapota ses cheveux et demanda :

— Est-ce qu'on voit quelque chose ?

— Rien du tout, dit Miss Maudie. Et toi, Jean Louise, tu t'es reprise ?

— Oui, ma'am.

— Alors, rejoignons les dames, dit-elle d'un air farouche.

Le bruit de leurs voix enfla quand Miss Maudie ouvrit la porte de la salle à manger. Tante Alexandra passa devant moi et je vis qu'elle redressait la tête en franchissant le seuil.

— Oh ! Mrs Perkins ! s'exclama-t-elle. Vous n'avez plus de café ! En voulez-vous encore ?

— Calpurnia est partie faire une petite course, Grace, dit Miss Maudie. Puis-je vous offrir une autre tartelette aux mûres ? Savez-vous ce qu'un de mes cousins a fait, l'autre jour, celui qui aime aller à la pêche... ?

Elles avaient repris leurs places au milieu des rires de femmes dans la salle à manger, remplissant leurs tasses de café, passant les plats de gâteaux comme si leur seul souci était le désastre domestique temporaire que constituait la perte de Calpurnia.

Le doux bourdonnement recommença :

— Oui, Mrs Perkins, ce J. Grimes Everett est un saint martyr, ils... devaient se marier, alors ils se sont enfuis... chez l'esthéticienne tous les samedis après-midi... dès que le soir tombe. Il se couche avec... les poules, elles étaient toutes malades, Fred dit que c'est comme ça que tout a commencé. Fred dit...

Tante Alexandra m'adressa un sourire de l'autre bout de la pièce. Elle regarda un plateau de biscuits sur la table et me fit signe de le prendre. Je le saisis soigneusement et m'observai en train d'aller vers Mrs Merriweather. Sur un ton d'exquise politesse, je lui demandai si elle en voulait. Après tout, si Tatie pouvait se comporter en dame à de tels moments, moi aussi.

25

— Fais pas ça, Scout. Mets-le sur les marches du fond.

— Jem, qu'est-ce qui te prend ?...

— Je t'ai dit de le mettre sur les marches du fond.

Je ramassai la petite créature en soupirant et la posai au bas des marches, puis regagnai mon lit de camp. Septembre était là, mais la température ne fraîchissait pas pour autant et nous continuions à dormir sur la partie de la véranda équipée d'une moustiquaire. Les lucioles, les vers de nuit et les insectes volants qui, tout l'été, venaient buter contre la moustiquaire, n'étaient pas repartis vers leurs destinations habituelles de l'automne.

Un iule s'était frayé un passage à l'intérieur de la maison ; il avait dû escalader les marches et se faufiler sous la porte. Je posai mon livre au pied de mon lit quand je le vis. Il ne mesurait pas plus de trois centimètres et se roulait en une boule grise quand on le touchait.

Je m'étendis sur le ventre pour pouvoir l'atteindre et lui donnai un coup. Il se roula aussitôt en boule. Puis, se sentant sans doute en sécurité, il se déroula lentement et parcourut quelques centimètres avec ses mille pattes. Je le touchai de nouveau. Il se roula en boule. Ayant envie de dormir, je décidai d'en finir. Ma main allait l'aplatir quand Jem intervint.

Il était renfrogné. C'était probablement dû à la phase

qu'il était en train de traverser. J'avais hâte qu'il en sorte. Il n'avait jamais fait de mal à une bête, mais j'ignorais que sa charité s'étendait au règne des insectes.

— Pourquoi tu veux pas que je l'écrase ?

— Parce qu'il t'a rien fait, répondit Jem dans l'obscurité.

Il avait éteint sa lampe.

— Je suppose que tu en es au stade où tu ne tues plus les mouches et les moustiques. Fais-moi savoir quand tu changeras de position. Mais je vais te dire une chose, je ne resterai pas sans rien faire à regarder courir les punaises.

— Oh ! Ferme-la ! répondit-il d'une voix assoupie.

C'était lui qui ressemblait de plus en plus à une fille, pas moi ! Je me couchai sur le dos et me mis à penser à Dill en attendant le sommeil. Il était reparti le 1er septembre en promettant de revenir à la seconde même où s'achèverait l'école – ses parents avaient dû finir par comprendre qu'il aimait passer l'été à Maycomb. Miss Rachel nous emmena avec eux à Maycomb Junction en taxi et Dill nous fit signe de la fenêtre du train jusqu'à ce qu'il eût disparu de notre vue. Mais il n'avait pas disparu de mes pensées : il me manquait. Les deux derniers jours qu'il avait passés avec nous, Jem lui avait appris à nager...

À nager. Au souvenir de ce que Dill m'avait raconté, je me sentis totalement réveillée.

Le tourbillon des Barker se trouvait au bout d'une route poussiéreuse, non loin de la grand-route de Meridian, à environ un kilomètre et demi de la ville. Il était facile de se faire prendre sur la grand-route par une charrette transportant du coton ou par un automobiliste pour aller jusque-là. Ensuite, il y avait une petite marche facile vers la rivière, mais la perspective de faire tout le chemin de retour au crépuscule, alors qu'il y avait moins de circulation, était pénible. Aussi les baigneurs veil- laient-ils à ne pas trop s'attarder au bord de l'eau.

D'après Dill, Jem et lui venaient d'atteindre la grand- route quand ils virent Atticus arriver en voiture dans leur direction. Il semblait ne pas les avoir vus, aussi tous deux lui firent-ils de grands gestes. Atticus finit par ralentir et leur dit en s'arrêtant :

— Il vaut mieux que vous trouviez un autre automo- biliste pour vous ramener, je ne rentre pas tout de suite à la maison.

Calpurnia était assise sur le siège arrière.

Jem protesta, insista et Atticus finit par dire :

— Bon, vous pouvez nous accompagner si vous res- tez dans la voiture.

Pendant le chemin vers la maison de Tom Robinson, il leur raconta ce qui était arrivé.

Ils quittèrent la grand-route, longèrent lentement la décharge, passèrent devant la maison des Ewell pour atteindre le chemin étroit qui menait aux cabanes des Noirs. Dill me raconta qu'une multitude d'enfants noirs jouaient aux billes devant la cour de Tom. Atticus gara la voiture et sortit. Calpurnia le suivit.

Dill l'entendit demander à l'un des enfants : « Où est ta mère, Sam ? », et entendit Sam répondre : « Chez Sœu'Steven, Mr Finch. Vous voulez que j'aille la che'cher ? »

Selon Dill, Atticus parut hésiter puis dit que oui et Sam fila.

« Continuez à jouer, les enfants », dit Atticus aux enfants.

Une petite fille apparut devant l'entrée de la cabane et regarda Atticus. D'après Dill, elle avait les cheveux coiffés en dizaines de petites nattes raides terminées chacune par un nœud de couleur vive. Elle fit un large sourire et se dirigea vers notre père, mais elle était trop petite pour descendre les marches d'un pas assuré. Alors Atticus s'avança vers elle, enleva son chapeau et lui offrit son doigt. Elle l'attrapa et descendit les marches avec son aide. Il la confia à Calpurnia.

Sam arriva derrière sa mère en trottinant.

Selon Dill, Helen dit : « Bonsoir, Mr Finch. Entrez vous asseoir... »

Elle n'en dit pas plus et Atticus non plus.

— Scout, elle est tombée par terre, elle est simplement tombée par terre, m'expliqua Dill, comme si un géant venait de lui marcher dessus.

Le pied de Dill frappa le sol.

— Comme lorsque tu écrases une fourmi.

Calpurnia et Atticus s'étaient précipités pour relever Helen et l'avaient à moitié portée et à moitié guidée vers sa maison. Ils y étaient restés longtemps, puis Atticus en était ressorti seul. Quand ils repassèrent devant la décharge, quelques enfants Ewell leur crièrent des mots que Dill ne comprit pas.

Maycomb s'intéressa à la mort de Tom pendant peut-être deux jours, le temps nécessaire pour que la nouvelle se répande à travers tout le comté.

— Vous avez entendu ?... Non ? Il paraît qu'il a filé comme un éclair...

Aux yeux de Maycomb, la mort de Tom était Typique. Comme il était Typique d'un nègre de filer. Typique de la mentalité d'un nègre de ne pas avoir de projet, de ne pas réfléchir à l'avenir, de saisir aveuglément la première occasion qu'il avait trouvée. Ce qui est drôle, c'est qu'Atticus Finch aurait peut-être pu lui obtenir l'acquittement, mais... ? Non ! Vous savez comme ils sont. On ne peut pas compter sur eux. Tenez, ce Robinson était marié ; il paraît qu'il était propre, qu'il allait à l'église et tout ça, mais quand il se passe quelque chose, il s'avère que ce n'était qu'un simple vernis. Les nègres finissent toujours par laisser parler leur vrai fond.

Chacun y allait de son détail supplémentaire, ce qui permettait à son interlocuteur de donner à son tour sa version, puis il n'y eut plus rien à en dire jusqu'au jeudi suivant, à la parution de *The Maycomb Tribune*. Il y avait une brève notice nécrologique dans les Nouvelles des gens de couleur, mais il y avait aussi un éditorial.

Mr B. B. Underwood se montrait des plus amers, comme s'il se moquait éperdument de perdre des annonces ou des abonnements. (Seulement, Maycomb n'agissait pas ainsi : Mr Underwood pouvait crier tout ce qu'il savait et écrire ce qui lui chantait, il garderait ses publicités et ses abonnements. S'il tenait à se ridiculiser dans son journal, c'était son problème.) Mr Underwood ne parlait pas d'erreur judiciaire car ce qu'il écrivait pouvait être compris des enfants. Il se contentait de dire que c'était un péché de tuer des infirmes, qu'ils soient debout, assis ou en train de s'évader. Il comparait la mort de Tom au massacre absurde des oiseaux chanteurs par les chasseurs et les enfants, et Maycomb crut qu'il avait essayé d'écrire un éditorial assez poétique pour être repris dans *The Montgomery Adviser*.

Comment pouvait-il en aller ainsi ? pensai-je en lisant son éditorial. Un meurtre absurde... Tom avait bénéficié de la procédure légale normale jusqu'au jour de sa mort ; il avait été jugé en public et condamné par douze honnêtes citoyens ; mon père l'avait sans cesse défendu. C'est alors que je compris ce que voulait dire Mr Underwood : Atticus avait usé de tous les moyens dont disposent les hommes libres pour sauver Tom

Robinson. Mais Atticus n'avait pas eu accès à la cour secrète que renferment les cœurs des hommes. Tom était un homme mort depuis l'instant où Mayella avait ouvert la bouche et crié.

Le nom des Ewell me donnait la nausée. Maycomb ne tarda pas à connaître l'opinion de Mr Ewell sur la mort de Tom et à la faire circuler par le canal de cette pipelette de Miss Stephanie Crawford. Celle-ci avait raconté à tante Alexandra, devant Jem (« Et puis zut ! Il est assez grand pour écouter »), que Mr Ewell avait dit que cela en faisait un de moins, qu'il n'en restait plus que deux à faire disparaître. Jem me dit de ne pas avoir peur, que Mr Ewell était plus une grande gueule qu'autre chose. Il ajouta que si j'en soufflais un mot à Atticus, que si je lui laissais entendre d'une manière ou d'une autre ce que je savais, lui, Jem, ne m'adresserait plus jamais la parole de sa vie.

26

Avec l'école reprirent nos passages quotidiens devant la maison des Radley. Jem était en septième année et allait au lycée qui se trouvait au-delà de l'école primaire. J'étais à présent en troisième année et nos horaires différaient tant que nous n'allions à l'école ensemble que le matin et que je ne le voyais qu'au déjeuner. Il allait aussi au football, bien que considéré comme encore trop mince et trop jeune pour y faire autre chose que porter les seaux d'eau de l'équipe. Mission dont il s'acquittait avec enthousiasme ; la plupart du temps, il ne rentrait qu'après la nuit tombée.

La maison des Radley avait cessé de me terrifier ; elle n'en restait pas moins sinistre, pas moins glaçante sous ses grands chênes, pas moins inhospitalière. Par temps clair, on voyait encore Mr Nathan Radley descendre en ville et en revenir ; nous savions que Boo était là, toujours pour la même raison – personne ne l'en avait vu sortir. En passant devant la vieille maison, j'éprouvais parfois un peu de remords à l'idée d'avoir contribué à ce qui avait dû être un pur et simple tourment pour Arthur Radley : nul reclus normalement constitué n'a envie que des enfants l'espionnent à travers ses volets, lui envoient des messages au bout d'une canne à pêche ou se promènent dans son potager la nuit.

Pourtant, je n'avais pas oublié les deux pièces à têtes

d'Indiens, les chewing-gums, les figurines de savon, la médaille rouillée, la montre cassée et sa chaîne. Jem devait les avoir rangés quelque part. Un après-midi, je m'arrêtai devant notre arbre : le tronc formait un renflement autour du trou bouché par le ciment qui était en train de jaunir.

À plusieurs reprises, nous avions presque aperçu Boo Radley, un assez bon score pour qui que ce soit.

Pourtant, je le guettais encore chaque fois que je passais devant la maison. Peut-être qu'un jour nous le verrions. J'imaginais déjà la scène : quand cela se produirait, il serait sur sa balancelle. « Comment ça va, Mr Arthur ? » lui demanderais-je, comme si je le lui avais demandé tous les après-midi de ma vie. Et il me répondrait : « Bonsoir, Jean Louise », comme s'il me l'avait dit tous les après-midi de ma vie. « Drôle de temps, ces jours-ci, n'est-ce pas ? » « Oh oui, monsieur, très drôle », répondrais-je en poursuivant mon chemin.

Ce n'était qu'un fantasme. Nous ne le verrions jamais. Il ne devait sortir que par les nuits sans lune pour aller regarder Miss Stephanie Crawford. À sa place, j'aurais choisi quelqu'un d'autre, mais c'était son affaire. Nous, il ne nous regarderait jamais.

— Tu ne vas pas recommencer avec ça ? me demanda Atticus un soir où j'avais exprimé le désir soudain de voir vraiment Boo Radley au moins une fois avant ma mort.

« Si c'est le cas, je préfère te le dire tout de suite : arrête. Je suis trop vieux pour te courir après dans le jardin des Radley. En outre c'est dangereux. Tu pourrais recevoir une balle. Tu sais que Mr Nathan tire sur toute ombre qu'il aperçoit, même sur celles qui laissent des traces de pieds nus de pointure 34. Vous avez eu de la chance qu'il ne vous ait pas tués.

Je me tus immédiatement tout en admirant Atticus. C'était la première fois qu'il nous laissait entendre qu'il en savait davantage que nous ne le croyions sur cette histoire. Et elle avait eu lieu des années auparavant. Non, seulement l'été dernier... non, celui d'avant, quand... le temps me jouait des tours. Il faudrait que je demande à Jem.

Il s'était passé tant de choses depuis, que Boo Radley était le cadet de nos soucis. Atticus disait qu'il ne voyait pas comment il pourrait encore se produire quelque chose, que tout finirait par se tasser et qu'à la longue les gens oublieraient que l'existence de Tom Robinson avait un jour attiré leur attention.

Peut-être avait-il raison, mais les événements de cet été nous empoisonnaient encore l'existence comme de la fumée dans une pièce fermée. Les adultes de Maycomb ne discutaient jamais de l'affaire avec Jem ou moi ; ils avaient pourtant l'air d'en parler avec leurs enfants. Leur sentiment devait être que nous n'y pouvions rien si Atticus était notre père, et ils avaient dû dire à leurs enfants de se montrer gentils avec nous, malgré notre père. En effet, les enfants ne seraient jamais parvenus seuls à cette conclusion. Si nos camarades de classe avaient été laissés à eux-mêmes, Jem et moi aurions eu chacun plusieurs bagarres rapides et satisfaisantes et aurions définitivement réglé cette affaire. Mais, compte tenu de la situation, nous fûmes obligés de garder la tête haute et de nous comporter lui en gentleman, moi en dame. Cela me rappelait un peu l'époque de Mrs Henry Lafayette Dubose, les cris en moins. Il y avait quand même une chose étrange, que je n'ai jamais comprise : malgré les limites d'Atticus en tant que père, les gens s'empressèrent de le réélire à la Chambre des représentants cette année-là, comme chaque fois, sans opposition. J'en conclus qu'ils étaient bizarres, m'éloignai d'eux et ne pensai plus jamais à eux à moins d'y être forcée.

J'y fus forcée, un jour, à l'école. Une fois par semaine, nous avions une séance d'événements d'actualité. Chacun de nous devait sélectionner un événement dans un journal, l'assimiler et le raconter à toute la classe. Cet exercice était censé venir à bout de différents maux : debout devant ses camarades, l'enfant était encouragé à bien se tenir et prenait de l'assurance, sa petite conférence l'obligeait à prendre conscience de son vocabulaire ; retenir le contenu d'un article faisait travailler sa mémoire ; se retrouver distingué parmi les autres lui donnait plus envie que jamais de rejoindre le Groupe.

L'idée était bonne, mais, comme d'habitude, elle ne fonctionnait pas très bien à Maycomb. D'abord parce que peu d'enfants de la campagne avaient accès aux journaux, la charge de la séance d'actualité reposait donc sur ceux de la ville ; ce qui acheva de convaincre les enfants qui venaient en car que les enfants de la ville avaient droit à toute l'attention des professeurs. Les enfants de la campagne qui le pouvaient apportaient des coupures de journaux tirées de ce qu'ils appelaient *The Grit Paper*, publication apocryphe, selon Miss Gates, notre institutrice. Je n'ai jamais su pourquoi elle tiquait quand un enfant rendait compte du *Grit Paper*, mais d'une certaine manière, ce bulletin était associé au fait d'aimer le crincrin et de déjeuner de galettes au sirop, à des sectes où l'on criait et s'agitait pendant l'office, au fait de chanter la chanson *Sweetly Sings the Donkey* en prononçant « Dunkey », bref, tout ce que l'État voulait que les enseignants découragent.

Malgré tout, peu d'enfants savaient ce que signifiait

le mot Actualité. Little Chuck Little, un vieux de la vieille en matière d'élevage des vaches, en était à la moitié de son récit sur Oncle Natchell quand Miss Gates l'arrêta :

— Charles, ceci n'est pas une nouvelle, voyons. C'est une publicité pour un engrais.

Cecil Jacobs avait, lui, choisi un vrai sujet d'actualité. Quand vint son tour, il alla sur l'estrade et commença :

— Le père Hitler...

— Adolf Hitler, Cecil, dit Miss Gates. On ne parle pas de quelqu'un en l'appelant « le père ».

— Oui, ma'am. Le père Adolf Hitler y prosécute les...

— Persécute, Cecil...

— Non, Miss Gates, y avait écrit... Enfin, bref, le père Adolf Hitler il s'en prend aux Juifs et les fourre en prison et il leur prend toutes leurs affaires et il les laisse pas sortir de leur pays et y lave les faibles d'esprit et...

— Il lave les faibles d'esprit ?

— Oui, Miss Gates. J'suppose qu'y savent pas se laver tout seuls, j'crois que les crétins y savent pas rester propres. Enfin, bref, Hitler il a lancé un programme pour rafler aussi tous ceux qui sont à moitié Juifs aussi pour les mettre sur des listes des fois qu'y voudraient lui faire des histoires et je trouve ça pas bien et c'est mon événement d'actualité.

— Très bien, Cecil ! dit Miss Gates.

Cecil regagna sa place, tout fier.

Une main se leva au fond de la classe.

— Comment y peut faire ça ?

— Qui peut faire quoi ? demanda patiemment Miss Gates.

— Comment Hitler y peut enfermer tant de gens ?

demanda le propriétaire de la main. Le gouvament y devrait l'arrêter.

— C'est Hitler, le gouvernement, dit Miss Gates.

Saisissant l'occasion pour donner du dynamisme à son enseignement, elle alla écrire au tableau DÉMOCRATIE en grosses lettres.

— Démocratie, dit-elle. Quelqu'un peut-il m'en donner la définition ?

— C'est nous, dit quelqu'un.

Me souvenant d'un vieux slogan de campagne dont Atticus m'avait un jour parlé, je levai le doigt.

— De quoi s'agit-il à ton avis, Jean Louise ?

— L'égalité des droits pour tous, aucun privilège pour personne.

— Très bien, Jean Louise, très bien !

Tout sourire, Miss Gates alla écrire devant DÉMOCRATIE, NOUS SOMMES UNE.

— Maintenant, les enfants, vous allez tous répéter avec moi « Nous sommes une démocratie ».

Ce que nous fîmes. Puis Miss Gates dit :

— C'est la différence entre l'Amérique et l'Allemagne. Nous sommes une démocratie et l'Allemagne est une dictature. Dicta-ture, dit-elle. Ici, nous refusons de persécuter qui que ce soit. Les persécutions sont le fait de peuples qui ont des préjugés. Pré-jugés. Il n'existe pas au monde de meilleur peuple que les Juifs et je ne comprends pas pourquoi Hitler n'est pas de cet avis.

Une âme inquiète se manifesta au milieu de la pièce :

— Pourquoi ils aiment pas les Juifs, d'après vous, Miss Gates ?

— Je ne sais pas, Henry. Ces gens contribuent pourtant à faire prospérer toutes les sociétés parmi lesquelles ils vivent et c'est un peuple profondément religieux.

Hitler voudrait se débarrasser de la religion, c'est peut-être pour ça qu'il ne les aime pas.

Cecil prit la parole :

— J'suis pas tout à fait sûr, mais y paraît qu'ils changent l'argent, ou quelque chose comme ça, mais c'est pas une raison pour les persécuter. Ils sont blancs, non ?

Miss Gates répondit :

— Quand tu iras au lycée, Cecil, tu apprendras que les Juifs ont été de tout temps persécutés, ils ont même été chassés de leur propre pays. C'est l'une des plus terribles histoires de l'Histoire. Et maintenant, leçon d'arithmétique, les enfants.

Comme je n'ai jamais aimé l'arithmétique, je passai le cours à regarder par la fenêtre. La seule fois de ma vie où j'avais vu Atticus se renfrogner datait du jour où le journaliste Elmer Davis nous avait appris la dernière sur Hitler. Atticus avait éteint la radio d'un coup sec en laissant échapper un « Pfft ». Je lui avais demandé, un soir, pourquoi Hitler l'irritait tant et il m'avait répondu : « Parce que c'est un fou. »

Ce ne devait pas être le cas, songeai-je pendant le cours d'arithmétique. Un fou face à des millions d'Allemands. Il me semblait que c'était eux qui auraient dû l'enfermer au lieu de se laisser enfermer par lui. Quelque chose n'allait pas... Je poserais la question à Atticus.

Ce que je fis et il dit qu'il ne pouvait répondre à ma question parce qu'il n'en connaissait pas la réponse.

— Mais c'est bien de détester Hitler ?

— Non. Ce n'est jamais bien de détester quelqu'un.

— Atticus, il y a quelque chose que je ne comprends pas. Miss Gates a dit que c'était terrible, tout ce qu'il faisait ; elle en était toute rouge...

— Il y a de quoi.

— Mais...

— Oui ?

— Rien, père.

Je m'en allai, pas très sûre de pouvoir expliquer à Atticus ce que je voulais dire, pas très sûre de savoir exprimer une simple impression. Peut-être Jem pourrait-il m'aider. Jem comprenait mieux les choses de l'école qu'Atticus.

Il était rentré fourbu d'avoir porté des litres d'eau. Il y avait au moins douze peaux de bananes sur le plancher, autour d'une bouteille de lait vide.

— Pourquoi tu te bourres comme ça ? lui demandai-je.

— L'entraîneur a dit que si je prenais douze kilos par an, je pourrais jouer dans deux ans. Je connais pas de moyen plus rapide.

— Si tu ne vomis pas tout avant. Jem, je voudrais te poser une question.

— Vas-y.

Il posa son livre et étendit les jambes.

— Miss Gates, c'est une gentille dame, non ? demandai-je.

— Tout à fait. Moi je l'aimais bien quand j'étais dans sa classe.

— Elle déteste Hitler...

— Qu'est-ce qu'il y a de mal à ça ?

— Aujourd'hui elle nous a expliqué comme il était méchant avec les Juifs. C'est pas bien de persécuter les gens, hein, Jem ? Je veux dire même en pensée ?

— Évidemment que non, Scout ! Qu'est-ce qui te prend ?

— Eh bien, l'autre soir en sortant du tribunal, Miss Gates... elle descendait l'escalier devant nous, tu l'as peut-être pas vue... elle parlait avec Miss Stephanie Crawford. Je l'ai entendue dire qu'il serait temps que

382

quelqu'un leur donne une bonne leçon, qu'ils se sentaient plus et qu'un de ces jours ils finiraient par penser qu'ils pouvaient nous épouser. Jem, comment peut-on tellement détester Hitler si c'est pour se montrer odieux avec les gens de son pays ?

Jem fut pris d'un brusque accès de fureur. Bondissant de son lit, il m'attrapa par le col et se mit à me secouer.

— Je veux plus jamais, jamais, entendre parler de ce tribunal, plus jamais. Tu piges ? Ne prononce jamais plus ce mot devant moi, tu entends ? Et maintenant fiche le camp !

J'étais trop surprise pour pleurer. Je sortis de sa chambre à pas de loup, fermai sa porte sans bruit de peur de le voir exploser à nouveau. Je me sentis soudain lasse et j'eus envie d'être avec Atticus. Je le trouvai dans le salon et j'essayai de grimper sur ses genoux.

Il sourit.

— Tu deviens grande, tu sais ! Je ne peux pas te prendre complètement sur mes genoux.

Il me serra contre lui.

— Scout, dit-il doucement, ne sois pas déprimée par le comportement de Jem. Il traverse une période difficile. Je vous ai entendus, tous les deux.

Il m'expliqua que Jem faisait son possible pour oublier quelque chose mais qu'en réalité, il ne faisait que le mettre de côté en attendant qu'un peu de temps soit passé. Un jour, il pourrait de nouveau y réfléchir et faire la part des choses. À ce moment, il redeviendrait lui-même.

27

Les choses finirent effectivement par se tasser tant bien que mal, ainsi qu'Atticus l'avait prédit. Seules deux petites choses sortant de l'ordinaire arrivèrent à deux habitants de Maycomb à la mi-octobre. Non, il y en eut trois, et elles ne nous concernaient pas directement – nous les Finch – bien qu'en un sens, si.

Mr Bob Ewell trouva un emploi et le perdit en quelques jours, ce qui fit probablement de lui un cas unique dans les annales des années trente : à ma connaissance il fut le seul homme à se faire renvoyer pour paresse de la *Works Progress Administration*, instituée par le gouvernement. J'imagine que sa brève période de gloire avait suscité en lui un accès de zèle aussi soudain qu'éphémère ; son emploi ne dura pas davantage que sa notoriété : Mr Ewell se retrouva aussi oublié que Tom Robinson. Par la suite, il reprit sa visite hebdomadaire au bureau d'aide sociale où il retirait son chèque sans la moindre reconnaissance, en grommelant d'obscures invectives sur les salauds qui croyaient diriger cette ville et ne laissaient même pas les honnêtes gens gagner leur croûte. Ruth Jones, l'assistante sociale, dit qu'il accusait ouvertement Atticus d'être responsable de son licenciement. Elle était assez inquiète pour se rendre à son cabinet et l'en avertir. Atticus lui dit de ne pas se faire de souci, que si Bob Ewell voulait venir en discuter avec lui, il connaissait le chemin de son bureau.

La deuxième chose arriva au juge Taylor. Il n'était pas du genre à aller aux offices religieux du dimanche soir, mais sa femme, si. Il en profitait pour savourer cette heure de tranquillité dans sa grande maison et, à l'heure de l'office, lisait dans son bureau les écrits de Bob Taylor [1] (un simple homonyme, autrement il eût été trop heureux de faire état de leur parenté). Un dimanche soir, alors qu'il était absorbé par la lecture d'une page au style fleuri et aux métaphores fruitées, son attention en fut détournée par un grattement irritant.

— Silence ! dit-il à Ann Taylor, sa chienne grasse et quelconque.

Il s'aperçut alors qu'il parlait dans le vide ; le grattement provenait de l'arrière de la maison. Il se dirigea à pas lourds vers l'arrière pour ouvrir à l'animal et trouva la porte grillagée grande ouverte. Il aperçut une ombre au coin de la maison ; ce fut tout ce qu'il vit de leur visiteur. Lorsque Mrs Taylor rentra de l'église, elle trouva son mari dans son fauteuil, perdu dans les écrits de Bob Taylor, un fusil sur les genoux.

La troisième chose arriva à Helen Robinson, la veuve de Tom. Si Mr Ewell était aussi oublié que Tom Robinson, celui-ci l'était autant que Boo Radley. Mais son employeur, Mr Link Deas, n'avait pas oublié Tom et avait procuré du travail à Helen. Il n'avait pas vraiment besoin de ses services mais se disait fort affecté par la tournure des événements. Je n'ai jamais su qui s'occupait des enfants en l'absence de leur mère. Calpurnia disait que c'était très dur pour Helen car il lui fallait faire un détour de plus d'un kilomètre pour éviter la

---

1. Robert Love Taylor, orateur et politicien américain du XIXᵉ siècle.

maison des Ewell qui, selon Helen, « se gloussèrent » d'elle la première fois qu'elle essaya d'emprunter la route publique. Mr Link Deas finit par se rendre compte que, chaque matin, elle arrivait de la mauvaise direction et lui tira les vers du nez.

— Laissez, Mr Link, l'implora-t-elle après s'être expliquée. Ça fait'ien, m'sieur.

— Et puis quoi encore ! répondit Mr Link.

Il lui demanda de passer le voir à son magasin cet après-midi-là avant de repartir. Mr Link ferma sa boutique, planta son chapeau sur sa tête et accompagna Helen chez elle par le chemin le plus court, celui qui passait devant chez les Ewell. En revenant, il s'arrêta devant la barrière brinquebalante.

— Ewell ? cria-t-il. Montre-toi.

Les fenêtres auxquelles étaient habituellement collés des visages d'enfants étaient vides.

— Je sais que vous êtes tous là, couchés par terre ! Écoute-moi, Bob Ewell : si j'entends encore une fois ma petite Helen se plaindre de ne pas pouvoir passer par ici, je te fais jeter en prison le jour même !

Mr Link cracha dans la poussière et rentra chez lui.

Le lendemain matin Helen se rendit à son travail en empruntant la route publique. Personne ne se gloussa d'elle mais, quand elle eut dépassé de quelques mètres la maison des Ewell, elle se retourna et vit que Mr Ewell marchait derrière elle. Elle continua son chemin et il la suivit, toujours à la même distance, jusqu'à la maison de Mr Link Deas. Tout le long du chemin, elle dit avoir entendu une voix douce susurrer derrière elle des mots orduriers. Épouvantée, elle téléphona à Mr Link à son magasin qui n'était pas très éloigné de sa maison. En sortant de sa boutique, il vit Mr Ewell adossé à sa palissade.

— Ne m'regarde pas comme si j'étais une merde, Link Deas. J'ai pas escaladé ta...

— Tu vas commencer par ôter ta sale carcasse de ma palissade, Ewell ; tu t'appuies dessus et je n'ai pas les moyens de la faire repeindre. Ensuite, tu vas ficher la paix à ma cuisinière ou je te fais boucler pour agression...

— J'l'ai pas touchée, Link Deas, et ça risque pas avec une négresse !

— Pas besoin que tu la touches, il suffit que tu lui fasses peur et si c'est pas assez pour te faire coffrer un bon bout de temps, je te ferai poursuivre pour injures et obscénités à une femme, comme le prévoit le Code pénal de l'Alabama. Alors du vent ! Si tu ne me crois pas, essaye un peu d'embêter cette fille !

Mr Ewell dut le croire sur parole car Helen put désormais faire son trajet tranquillement.

— Je n'aime pas cela, Atticus, je n'aime pas cela du tout ! commenta tante Alexandra quand elle eut connaissance de ces événements. On dirait que cet homme continue à en vouloir à tous ceux qui sont liés à cette affaire. Je sais de quoi est capable ce genre de personnage pour se venger, mais je ne comprends pas sa rancune... il a obtenu ce qu'il voulait, au tribunal, non ?

— Je crois que je le comprends, dit Atticus. Ce doit être parce qu'il sait, au fond de lui, que très peu de gens ont cru l'histoire que lui et Mayella débitaient. Il pensait qu'il serait un héros et tout ce qu'il en a retiré c'est... « bon, on va le condamner ce Noir, mais vous, retournez à votre tas d'ordures ». Il a passé sa hargne sur chacun d'entre nous maintenant, il devrait donc être satisfait. Il finira bien par se calmer.

— Mais pourquoi vouloir cambrioler la maison de John Taylor ? Il ne se doutait manifestement pas que

John était là, ou il ne s'y serait pas risqué. Les seules lumières que John laisse allumées, le dimanche soir, sont celles de la véranda et, à l'arrière, celle de son antre.

— On ne sait pas si c'est Bob Ewell qui a ouvert cette porte grillagée ; on ne sait pas qui l'a fait, dit Atticus. Mais j'imagine que c'est lui. J'ai prouvé qu'il était un menteur, mais John l'a ridiculisé. Tout le temps où Ewell était à la barre, je n'ai pas osé tourner la tête vers John. Je n'aurais pu m'empêcher de rire. Il le regardait comme s'il était un poulet à trois pattes ou un œuf carré. Qu'on ne vienne pas me dire que les juges n'essaient pas d'influencer les jurés ! ajouta Atticus en riant.

Vers la fin d'octobre, nous nous étions installés dans notre routine habituelle : école, jeu, étude. Jem semblait avoir chassé de son esprit ce qu'il voulait oublier et nos camarades eurent la charité de ne pas nous rappeler les excentricités de notre père. Une fois, Cecil Jacobs me demanda s'il était radical. Quand je lui posai la question, Atticus s'en amusa tant que je fus un peu irritée, mais il me dit qu'il ne se moquait pas de moi.

— Tu diras à Cecil que je suis à peu près aussi radical que Cotton Tom Heflin [1].

Tante Alexandra s'épanouissait. Miss Maudie devait avoir fait taire toute la Société des missions d'un coup car Tatie y reprit vite son perchoir. Ses goûters devinrent de plus en plus délicieux. Grâce à Mrs Merriweather, j'en appris davantage sur la vie sociale de ces pauvres Mrounas : ils possédaient si peu le sens de la famille que la tribu tout entière constituait une seule grande

---

1. J. Thomas Heflin, surnommé « Cotton Tom » Heflin, politicien de l'Alabama, soutenu par le monde rural et le Ku Klux Klan.

famille. Un enfant avait autant de pères qu'il y avait d'hommes dans la communauté, autant de mères qu'il y avait de femmes. J. Grimes Everett faisait son maximum pour changer cet état des choses et avait un besoin désespéré de nos prières.

Maycomb retrouva son visage habituel. Plus exactement celui de l'année précédente et de l'année d'avant, à deux détails près. D'abord, les gens avaient ôté de leurs vitrines et de leurs voitures les autocollants proclamant « NRA – NOUS FAISONS NOTRE PART DU TRAVAIL ». Je demandai pourquoi à Atticus et il dit que c'était parce que le National Recovery Act était mort [1]. Je lui demandai qui l'avait tué ; il dit neuf vieux messieurs.

Le second changement subi par Maycomb depuis l'année précédente n'avait pas de portée nationale. Jusque-là, Halloween s'était passé au petit bonheur la chance. Chaque enfant faisait les farces qu'il voulait, avec l'aide d'autres enfants quand il s'agissait de déplacer quelque chose, par exemple hisser un petit attelage au sommet d'une écurie. Mais les parents trouvaient que les choses étaient allées trop loin, l'année précédente, lorsque les demoiselles Tutti et Frutti en avaient été victimes.

Les demoiselles Tutti et Frutti Barber étaient deux sœurs, vieilles filles, qui vivaient ensemble dans l'unique maison de tout Maycomb qui pût se vanter de posséder une cave. On les disait républicaines, arrivées en 1911 de Clanton, Alabama. Nous leur trouvions des

---

1. Ce dispositif législatif prévoyait une série de programmes destinés à relancer l'économie après la Grande Dépression. Il fut déclaré anticonstitutionnel par la Cour suprême (« les neuf vieux messieurs ») en 1935.

manières étranges, d'autant que personne ne savait ce qu'elles voulaient faire d'une cave ; toujours est-il qu'elles en avaient fait creuser une, pour passer ensuite leur existence à en chasser des générations d'enfants.

Outre leurs manies de Yankees, les demoiselles Tutti et Frutti (qui s'appelaient en réalité Sarah et Frances) étaient toutes deux sourdes. Miss Tutti, préférant le cacher, vivait dans un univers de silence, mais Miss Frutti, qui ne voulait rien manquer, utilisait un cornet acoustique tellement énorme que Jem lui trouvait des airs du haut-parleur de « La Voix de son Maître ».

Ayant cela à l'esprit, à la faveur de Halloween, de méchants garnements attendirent que les demoiselles soient endormies pour se glisser dans leur salon (personne ne s'enfermait, la nuit, à part les Radley) et le vider discrètement de tous ses meubles qu'ils cachèrent dans la cave. Je nie toute participation à une chose pareille.

— Je les ai entendus !

C'est à ce cri que tous les voisins des demoiselles s'éveillèrent le lendemain à l'aube.

— Je les ai entendus amener un camion jusque devant l'entrée ! Ils piétinaient comme des chevaux. Ils doivent être à La Nouvelle-Orléans à l'heure qu'il est !

Miss Tutti était sûre que les voleurs étaient les marchands de fourrure ambulants qui avaient traversé la ville deux jours auparavant.

— Ils avaient la peau sombre, dit-elle. Des Syriens.

Mr Heck Tate fut convoqué. Ayant inspecté les alentours, il déclara qu'à son avis, c'était l'œuvre de gens du pays. Miss Frutti assura qu'elle reconnaîtrait une voix de Maycomb n'importe où et qu'elle n'en avait pas entendu la nuit dernière, dans son salon – roulant tous les « r » à qui mieux mieux. Il fallait recourir à des chiens policiers pour retrouver leurs meubles, insista Miss Tutti, si bien que Mr Tate fut obligé de parcourir quinze kilomètres afin de rassembler tous les limiers du comté et les lancer sur la piste.

Mr Tate les fit partir de la véranda des demoiselles Barber, mais ils se bornèrent à faire le tour de la maison et à hurler à la porte de la cave. Après qu'ils eurent procédé à trois reprises au même manège, Mr Tate devina la vérité. À midi, ce jour-là, aucun enfant ne sortit pieds nus dans Maycomb et personne n'enleva ses chaussures avant que les limiers aient regagné leur chenil.

C'est pourquoi les dames de Maycomb décidèrent qu'il en irait autrement cette année. Un spectacle serait organisé pour les grandes personnes dans l'auditorium du lycée ; il y aurait des attractions pour les enfants : pêcher des pommes avec les dents, fabriquer du caramel, épingler une queue à l'âne à l'aveuglette. Il y aurait également un prix de vingt-cinq cents pour le plus beau costume de Halloween inventé par celui qui le portait.

Jem et moi grognâmes en chœur. Non que nous ayons jamais fait quoi que ce soit, mais par principe. Jem se trouvait trop grand pour fêter Halloween et jura qu'on ne risquerait pas de le rencontrer dans les parages du lycée, ce jour-là. Tant pis, pensai-je, ce serait Atticus qui m'accompagnerait.

Cependant, j'appris bientôt que mes services étaient requis ce soir-là pour la représentation. Mrs Grace Merriweather avait composé une reconstitution historique originale intitulée *Comté du Maycomb : Ad Astra Per Aspera*, et je devais y jouer un jambon. Elle trouvait adorable l'idée de costumer les enfants pour leur faire représenter les produits agricoles du comté : Cecil Jacobs serait déguisé en vache ; Agnes Boone ferait un ravissant haricot sec, un autre enfant serait une caca-huète et ainsi de suite jusqu'aux limites de l'imagination de Mrs Merriweather et surtout du nombre de partici-pants...

Tout ce que nous aurions à faire, pour autant que je pus en conclure de nos deux répétitions, consisterait à entrer en scène par la gauche quand Mrs Merriweather (qui n'était pas seulement l'auteur, mais aussi la narra-trice) nous appellerait. Mon tour viendrait lorsqu'elle dirait « porc ». Ensuite, toute la compagnie chanterait « Comté du Maycomb, Comté du Maycomb, nous te serons toujours fidèles » pour le grand final et Mrs Mer-riweather monterait sur scène avec le drapeau de l'État.

Mon costume ne posait pas de problèmes majeurs. Mrs Crenshaw, la couturière locale, possédait autant d'imagination que Mrs Merriweather. Elle prit du grillage de poulailler, le tordit pour lui donner la forme d'un jambon fumé. Elle le recouvrit ensuite d'un tissu marron et le peignit pour le faire ressembler à l'original. Pour le revêtir, je devais me glisser dessous, et il fallait que quelqu'un m'aide à mettre ensuite le bidule qui le fermait au-dessus de ma tête. L'ensemble m'arrivait presque jusqu'aux genoux. Mrs Crenshaw avait eu la prévenance de laisser deux trous pour mes yeux. Elle avait fait du bon travail ; Jem trouva que je ressemblais tout à fait à un jambon sur pattes. Néanmoins, ce cos-tume présentait plusieurs inconvénients : il y faisait chaud et j'y étais tellement serrée que je ne pouvais ni me gratter le nez ni en sortir seule.

Le soir de Halloween, j'étais persuadée que toute la famille viendrait me voir jouer, mais ce fut une décep-tion. Atticus dit, avec tout le tact dont il était capable, qu'il ne croyait pas pouvoir supporter un spectacle ce soir, qu'il était très fatigué. Il avait passé la semaine à

Montgomery et venait juste de rentrer. Il pensait que Jem m'accompagnerait si je le lui demandais.

Tante Alexandra dit qu'elle devait se coucher tôt, qu'elle avait passé l'après-midi à décorer la scène et qu'elle n'en pouvait plus... Elle s'interrompit au milieu de sa phrase, ferma la bouche, la rouvrit pour dire quelque chose mais ne dit rien.

— Qu'est-ce qu'il y a, Tatie ? demandai-je.

— Oh, rien, rien, dit-elle. Juste un petit frisson.

Écartant de son esprit ce qui avait suscité cette pointe d'appréhension, elle suggéra que je donne une représentation en avant-première à la famille. Jem me serra donc dans mon costume, se posta à la porte du salon et cria : « Po-orc », exactement à la manière de Mrs Merriweather, et j'effectuai mon entrée. Atticus et tante Alexandra furent enchantés.

Je répétai mon rôle pour Calpurnia dans la cuisine et elle me trouva magnifique. J'avais envie de traverser la rue pour me montrer à Miss Maudie, mais Jem dit qu'elle assisterait probablement au spectacle.

Dès lors, cela n'avait plus d'importance qu'ils viennent ou non. Jem promit de m'emmener. Ce fut le début du plus long voyage que nous fîmes ensemble.

28

Il faisait singulièrement chaud pour un trente et un octobre. Nous n'avions même pas besoin de veste. Le vent soufflait de plus en plus fort et Jem dit qu'il pourrait bien pleuvoir avant notre retour. La lune était invisible.

Au coin de la rue, le réverbère dessinait des ombres pointues sur la maison des Radley. J'entendis Jem rire doucement :

— Je parie que personne ne les embêtera ce soir !

Il portait mon costume de jambon, assez maladroitement parce qu'il était difficile de trouver une prise. Cela me semblait galant de sa part.

— Quand même, c'est pas un endroit rassurant, hein ? dis-je. Boo ne veut de mal à personne, mais je suis contente que tu m'accompagnes.

— Tu sais qu'Atticus ne t'aurait jamais laissée aller toute seule là-bas.

— Je me demande pourquoi, c'est au coin de la rue et, après, il suffit de traverser la cour.

— Mais c'est une longue cour à traverser la nuit pour les petites filles, me taquina Jem. T'as pas peur des fantômes ?

Je ris avec lui. Les fantômes, les Fumants, les incantations et autres signes cabalistiques s'étaient évanouis avec notre petite enfance, comme la brume au lever du soleil.

— Qu'est-ce qu'il fallait dire, déjà ? reprit Jem.
« Ange-brillant, mort-vivant ; va-t'en de cette route, ne
suce pas mon souffle. »

— Arrête, maintenant, dis-je.

Nous étions juste devant la maison des Radley.

— Boo ne doit pas être chez lui, écoute, dit Jem.

Au-dessus de nous, dans la nuit, un moqueur chantait
son répertoire sans se soucier de l'arbre où il se trouvait,
passant du cri perçant – « ki-ki » – de l'oiseau tournesol
à l'irascible « coua-ac » du geai bleu, et à la triste
lamentation de l'engoulevent bois-pourri.

Nous tournâmes au coin et je me pris les pieds dans
une racine qui avait fait éclater la chaussée. Jem tenta
de me retenir mais ne réussit qu'à lâcher mon costume
dans la poussière ; cependant, je ne tombai pas et nous
reprîmes bientôt notre chemin.

Nous quittâmes la route pour entrer dans la cour de
l'école. Il y faisait complètement noir.

— Comment sais-tu où on est, Jem ? demandai-je au
bout de quelques pas.

— Je sais que nous sommes sous le grand chêne
parce qu'il y fait plus frais. Fais attention à ne pas trébucher à nouveau.

Nous avions ralenti le pas, prenant garde à ne pas
nous cogner dans l'arbre. C'était un vieux chêne solitaire, il fallait plus de deux enfants pour en faire le tour
et se toucher les mains ; il se trouvait hors de portée
des professeurs, de leurs espions et des voisins curieux :
non loin de la propriété des Radley, mais les Radley
n'étaient pas curieux. Un petit tas de terre s'élevait sous
ses branches, résultat de nombreuses bagarres et de jeux
de dés clandestins.

Les lumières de l'auditorium du lycée brillaient au
loin, mais elles nous éblouissaient plus qu'autre chose.

— Ne regarde pas devant, Scout, dit Jem. Regarde par terre si tu ne veux pas tomber.

— T'aurais dû apporter la lampe torche, Jem.

— Je savais pas qu'il ferait si noir, surtout à cette heure du soir. C'est à cause des nuages. Il va sûrement pleuvoir.

Quelqu'un nous sauta dessus.

— Dieu Tout-Puissant ! cria Jem.

Un cercle de lumière nous jaillit à la figure et Cecil Jacobs apparut derrière, jubilant.

— Ha ! Ha ! Je vous ai bien eus, s'écria-t-il. Je savais que vous passeriez par là !

— Qu'est-ce que tu fais là tout seul ? T'as pas peur de Boo Radley ?

Cecil était arrivé à l'auditorium avec ses parents et, ne nous voyant pas, s'était aventuré jusqu'ici parce qu'il savait parfaitement que nous passerions par ce chemin. Il croyait cependant que Mr Finch serait avec nous.

— Bof ! dit Jem, y avait qu'à tourner au coin de la rue. C'est rien.

N'empêche, il fallait reconnaître que Cecil était plutôt bon, il nous avait flanqué une belle frousse. Et il était en droit de le raconter à toute l'école.

— Dis donc, observai-je, tu dois pas être une vache ce soir ? Où est ton costume ?

— Là-bas, dans les coulisses. Mrs Merriweather dit que la représentation ne commencera pas avant un moment. T'as qu'à mettre le tien avec le mien, Scout, et après on ira rejoindre les autres.

Excellente idée ! songea Jem. Il songea également qu'il était bien que Cecil et moi restions ensemble. De cette façon, lui pourrait se joindre aux gens de son âge.

En arrivant à l'auditorium, je vis que toute la ville était là, à l'exception d'Atticus et des dames trop épuisées par la décoration dont elles s'étaient occupées ainsi que les habituels parias et reclus. Presque tout le comté semblait être venu : le hall grouillait de gens de la campagne sur leur trente et un. Le lycée s'ouvrait sur une large entrée au pied de l'escalier ; les gens fourmillaient autour des stands installés de chaque côté.

— Oh Jem ! soupirai-je en les voyant, j'ai oublié mon argent.

— Atticus y a pensé. Tiens, voilà trente cents. Tu as droit à six jeux. À tout à l'heure.

— D'accord.

Trente cents et Cecil. Tout allait bien. Je commençai par me rendre avec ce dernier dans les coulisses où je me débarrassai de mon costume de jambon avant de m'enfuir à toutes jambes, de peur que Mrs Merriweather m'aperçoive. Installée derrière un pupitre, face à la première rangée de fauteuils, elle effectuait de fébriles changements de dernière minute dans son texte.

— Tu as combien d'argent ? demandai-je à Cecil.

Il avait trente cents, lui aussi, ce qui nous mettait à égalité. Nous dilapidâmes cinq cents à la Maison des Horreurs qui ne nous fit pas peur du tout ; nous entrâmes dans la classe des septièmes années où l'on avait éteint la lumière et fûmes guidés par la goule de service qui nous emmena toucher plusieurs objets supposés être des parties d'un corps humain.

« Voilà les yeux », nous dit-elle quand nous effleurâmes deux grains de raisin pelés dans une soucoupe. « Voilà le cœur », qui au toucher ressemblait à du foie cru. « Voilà les entrailles. » Et nos mains se retrouvèrent dans un plat de spaghetti froids.

Cecil et moi visitâmes plusieurs stands. Chacun d'entre nous acheta des bonbons faits maison par la femme du juge Taylor. J'avais envie de pêcher des pommes avec les dents, mais Cecil prétendit que ce n'était pas hygiénique. Sa mère lui avait dit qu'il pourrait attraper les microbes de tous ceux qui avaient plongé la tête dans le même baquet.

— Il n'y a aucune maladie à attraper en ce moment en ville, protestai-je.

Mais Cecil dit que sa mère lui avait expliqué qu'il n'était pas hygiénique de manger après des gens. Par la suite, j'interrogeai tante Alexandra sur ce point et elle répondit que c'étaient en général les arrivistes qui avaient des idées de ce genre.

Nous allions acheter des caramels quand des messagers de Mrs Merriweather vinrent nous prier de passer en coulisses, il était temps de nous préparer. L'auditorium se remplissait ; la fanfare du collège du Maycomb était installée dans la fosse ; la rampe était allumée et le rideau de velours rouge se plissait et ondulait sous l'effet de l'agitation qui régnait sur scène.

Les coulisses grouillaient de gens : adultes en tricornes confectionnés à la maison, en casquettes de confédérés, en chapeaux de la guerre hispano-américaine et en casques de la guerre mondiale. Les enfants déguisés en produits agricoles étaient rassemblés devant l'unique petite fenêtre.

— On a écrasé mon costume ! pleurnichai-je consternée.

Mrs Merriweather se précipita vers moi, redonna forme au grillage et me poussa dedans.

— Tu es bien là-dedans, Scout ? demanda Cecil. Ta voix est si lointaine qu'on dirait que tu es de l'autre côté d'une colline.

— Toi aussi, répondis-je.

La fanfare attaqua l'hymne national et nous entendîmes le public se lever. Puis la grosse caisse se fit entendre et Mrs Merriweather, installée derrière son pupitre, annonça :

— Comté du Maycomb : *Ad Astra Per Aspera.*

Nouveau coup de grosse caisse.

— Ce qui signifie, traduisit Mrs Merriweather à l'intention des éléments rustiques, « de la boue aux étoiles ».

Elle crut bon de préciser, inutilement à mon avis :

— Reconstitution historique.

— Tu crois qu'ils n'auraient pas su de quoi il s'agissait si elle l'avait pas dit ? murmura Cecil que l'on fit immédiatement taire.

— Toute la ville est au courant, soufflai-je.

— Mais pas les gens de la campagne.

— Silence là-bas derrière, ordonna une voix d'homme. Et nous fîmes silence.

La grosse caisse tonnait à chacune des phrases prononcées par Mrs Merriweather. Elle psalmodia d'un ton lugubre l'histoire des origines du comté de Maycomb, antérieur à l'État lui-même, qui avait fait partie des territoires du Mississippi et de l'Alabama. Le premier homme blanc à avoir posé le pied dans ses forêts vierges était l'arrière-arrière-grand-père du *probate judge*, cinq fois déplacé et dont plus personne n'avait jamais entendu parler. Puis arrivait l'intrépide colonel Maycomb qui avait donné son nom au comté.

Andrew Jackson l'avait nommé à un poste de commandement, mais l'assurance excessive du colonel et son faible sens de l'orientation menèrent au désastre tous ceux qui firent avec lui la guerre contre les Indiens Creek. Le colonel Maycomb poursuivit ses efforts destinés à rendre la région assez sûre pour y instaurer la démocratie, mais sa première campagne fut aussi sa dernière. Ses ordres, transmis par un messager indien ami, étaient de faire mouvement vers le sud. Après avoir examiné un arbre pour s'assurer, d'après la position des lichens, de la direction du sud et refusé d'écouter ceux de ses subordonnés qui se risquèrent à lui signaler son erreur, le colonel Maycomb partit mettre l'ennemi en déroute et entraîna ses troupes si loin dans la forêt vierge du nord-ouest qu'ils ne durent leur salut qu'au secours de colons qui se déplaçaient vers l'intérieur des terres.

Mrs Merriweather décrivit pendant une demi-heure les exploits du colonel Maycomb. Je m'aperçus qu'en pliant les genoux je pouvais les faire disparaître sous mon costume et plus ou moins m'asseoir. Dans cette posture, j'écoutai le ronronnement de Mrs Merriweather et les coups de grosse caisse et tombai bientôt dans un demi-sommeil.

On me raconta plus tard que Mrs Merriweather, mettant toute son âme dans le grand final, avait susurré « Po-orc » avec une confiance due à l'entrée réussie des pins et du haricot sec. Elle attendit quelques secondes, puis appela « Po-orc ? ». Comme rien n'apparaissait, elle hurla « Porc ! ».

Je dus l'entendre du fond de mon sommeil, à moins que ce ne soit la fanfare attaquant *Dixie*, l'hymne confédéré, qui m'ait réveillée, toujours est-il que ce fut au moment où Mrs Merriweather montait triomphalement sur scène avec le drapeau de l'État que je choisis de faire mon entrée. « Choisis » n'est d'ailleurs pas le mot : je pensais que je ferais bien de rejoindre le reste du groupe.

J'appris plus tard que le juge Taylor avait dû sortir de l'auditorium et qu'il riait en se tapant les cuisses si fort que Mrs Taylor fut obligée de lui apporter un verre d'eau et une pilule.

Mrs Merriweather parut remporter un franc succès, tout le monde applaudissait. Pourtant, elle me mit la main dessus dans les coulisses et me dit que j'avais gâché son spectacle. J'en fus bourrelée de remords, mais Jem me consola quand il vint me chercher. Il dit que, d'où il était, il ne voyait pas bien mon costume. J'ignore comment il sut que je me sentais mal là-dessous, mais il assura que je m'en étais bien tirée, que j'étais seulement arrivée un peu en retard, sans plus. Il devenait aussi fort qu'Atticus pour vous réconforter quand les choses n'allaient pas bien. Enfin presque... même Jem ne parvint pas à me faire traverser toute cette foule pour m'en aller. Il accepta d'attendre avec moi dans les coulisses, jusqu'à ce que le public soit sorti.

— Tu veux que je t'aide à t'extirper de ce déguisement, Scout ?

— Nan. Je le garde.

Au moins pourrais-je y cacher ma honte.

— Voulez-vous que nous vous déposions ? proposa une voix.

— Non merci, monsieur, entendis-je Jem répondre. Nous habitons tout près.

— Méfiez-vous des fantômes, reprit la voix. Ou plutôt, dites aux fantômes de se méfier de Scout.

— Il y a presque plus personne, me dit Jem. On peut y aller.

Nous traversâmes l'auditorium pour déboucher dans le hall d'entrée, puis nous descendîmes les marches. Il faisait toujours nuit noire. Les dernières voitures étaient garées de l'autre côté du bâtiment et leurs phares ne nous éclairaient guère.

— Si quelqu'un venait dans notre direction, observa Jem, on verrait mieux. Attends, que je tienne ton... cuissot. Tu pourrais perdre l'équilibre.

— Je vois très bien.

— Oui, mais tu pourrais perdre l'équilibre.

Je sentis une légère pression sur la tête et en conclus que Jem avait attrapé ce bout du jambon.

— Tu me tiens ?

— Oui, oui.

Nous commençâmes à traverser la cour de l'école obscure en nous efforçant de voir où nous mettions les pieds.

— Jem, dis-je, j'ai oublié mes chaussures. Elles sont restées dans les coulisses.

— Bon, allons les chercher.

Mais comme nous retournions sur nos pas, les lumières de l'auditorium s'éteignirent.

— Tu iras les chercher demain, dit-il.

— Mais demain c'est dimanche, protestai-je tandis que Jem faisait demi-tour.

— Tu demanderas au concierge de te laisser... Scout ?

— Hein ?

— Rien.

Il n'y avait pas très longtemps que Jem avait pris cette habitude. Je me demandai à quoi il pensait. Il me le dirait quand il en aurait envie, sans doute en arrivant à la maison. Je sentis ses doigts presser le sommet de mon costume, un peu trop fort, me sembla-t-il. Je secouai la tête.

— Jem, t'as pas besoin...

— Tais-toi une minute, Scout, dit-il en me pinçant.

Nous continuâmes silencieusement.

— La minute est passée, dis-je. À quoi tu penses ?

Je me tournai pour le regarder mais sa silhouette était à peine visible.

— Je crois que j'ai entendu quelque chose, dit-il. Arrête-toi.

Nous nous arrêtâmes.

— T'entends ? demanda-t-il.

— Non.

Nous n'avions pas fait cinq pas qu'il m'arrêta de nouveau.

— Est-ce que tu essaies de me faire peur, Jem ? Tu sais bien que je suis trop grande...

— Tais-toi, dit-il et je sus qu'il ne plaisantait pas.

La nuit était tranquille. J'entendais le souffle de Jem tout près de moi. Je sentais parfois une brise soudaine sur mes jambes nues, rien de plus, alors qu'on annonçait une nuit avec beaucoup de vent. Le calme avant un orage. Nous écoutâmes.

— Il y a juste un vieux chien, dis-je.

— C'est pas ça. Je ne l'entends que quand on marche, mais quand on s'arrête, j'entends plus rien.

— C'est mon costume qui grince. Tu t'es laissé prendre par l'atmosphère de Halloween...

Je dis cela plus pour me convaincre moi-même que Jem car, au moment où nous nous remettions en marche, j'entendis ce dont il parlait. Ce n'était pas mon costume.

— Je parie que c'est ce vieux Cecil, dit Jem. Cette fois, il ne nous aura pas. Ne lui donnons pas l'impression de nous hâter.

Nous ralentîmes le pas. Je demandai à Jem comment Cecil pouvait nous suivre dans ces ténèbres ; il me semblait qu'il finirait pas nous rentrer dedans.

— Je te vois, Scout, dit Jem.

— Comment ? Moi, je te vois pas.

— On voit tes bandes de graisse. Mrs Crenshaw les a enduites de peinture lumineuse pour qu'elles brillent sous les feux de la rampe. Je te vois rudement bien et je suis sûr que Cecil te voit suffisamment pour garder ses distances.

J'eus envie de montrer à Cecil qu'on savait qu'il était derrière nous et qu'on l'attendait.

— Cecil Jacobs est une grosse poule mouil-lée ! hurlai-je d'un seul coup en me retournant.

Nous nous arrêtâmes. Pas de réponse sauf l'écho du mur du lycée qui nous renvoyait « mouil-lée ».

— Je vais l'attraper, dit Jem. *Hé-é !*

Hé-hé-hé-hé, répondit le mur du lycée.

Ce n'était pas le genre de Cecil de tenir aussi longtemps ; quand il avait réussi une plaisanterie, il la répétait indéfiniment. Il aurait déjà dû nous sauter dessus depuis longtemps. Jem me fit arrêter de nouveau.

— Scout, chuchota-t-il, tu peux enlever ce machin ?

— Je crois, mais je n'ai pas grand-chose dessous.

— J'ai pris ta robe.

— Je pourrai jamais m'habiller dans le noir.

— Tant pis, ça fait rien.

— Tu as peur, Jem ?

— Non. Je pense qu'on est presque arrivés à l'arbre. Ensuite on n'aura plus que quelques pas pour atteindre la rue. On pourra voir le réverbère alors.

Il parlait d'une voix lente, complètement atone. Je me demandais combien de temps il comptait encore me faire croire que c'était Cecil.

— Tu crois pas qu'on devrait chanter, Jem ?

— Non. Surtout reste tranquille, maintenant, Scout.

Nous ne changeâmes pas d'allure. Jem savait aussi bien que moi qu'il était difficile de marcher vite sans se cogner un doigt de pied, trébucher sur un caillou et autres désagréments, et j'étais pieds nus. C'était peut-être le bruissement du vent dans les arbres. Mais il n'y avait pas de vent et pas d'arbre non plus, à part le grand chêne.

Celui qui nous suivait traînait les pieds, comme s'il portait de lourdes chaussures ; il avait aussi un pantalon en gros coton ; ce que j'avais pris pour le bruissement des arbres était en fait le doux frottement du coton, fuit, fuit, à chacun de ses pas.

Je sentis le sable se refroidir sous mes pieds et sus que nous approchions du grand chêne. Jem appuya sur ma tête. Nous nous arrêtâmes pour écouter.

Cette fois, les pas traînants ne s'étaient pas interrompus en même temps que nous. Son pantalon bruissait doucement et fermement. Puis il cessa. Il était en train de courir, de courir dans notre direction, et ses pas n'étaient pas ceux d'un enfant.

— File, Scout ! File, file ! cria Jem.

Je fis un pas de géant et chancelai. Je ne pouvais pas me servir de mes bras et il faisait noir. Je n'arrivais pas à garder mon équilibre.

— Jem, Jem, aide-moi, Jem !

Quelque chose heurta mon grillage. Le métal heurta du métal et je tombai au sol. Je roulai aussi loin que je le pus, me débattant pour essayer de m'échapper de ma cage. Venant d'un endroit tout proche, me parvinrent des bruits de bagarre, de coups de pied, de chaussures et de chair éraflée par la poussière et les racines. Quelqu'un roula contre moi et je sentis que c'était Jem. Il se releva en un éclair et voulut me traîner mais, bien que ma tête et mes épaules fussent libres, j'étais tellement empêtrée dans mon grillage que nous n'allâmes pas très loin.

Nous étions proches de la rue quand je sentis la main de Jem me lâcher ; il tomba en arrière. Encore des bruits de bagarre, puis un craquement sourd et Jem cria.

Je courus dans sa direction et m'effondrai sur un ventre d'homme mou.

— Ouaf ! lâcha son propriétaire.

Il essaya d'attraper mes bras, mais ils étaient solidement coincés par le costume. Il avait le ventre flasque mais des bras d'acier. Il me serra lentement jusqu'à ce que je ne puisse plus ni respirer ni bouger. Brusquement, il fut jeté en arrière et tomba sur le sol, m'entraînant presque dans sa chute. Je pensai que Jem avait pu se relever.

Le cerveau fonctionne parfois très lentement. Ébaubie, je restais bêtement sur place. Les bruits de lutte diminuaient ; quelqu'un respira bruyamment et la nuit redevint silencieuse.

À cela près qu'il y avait un homme qui respirait lourdement et titubait. Je crus qu'il allait s'appuyer contre l'arbre. Il toussa violemment d'une toux terrifiante, proche d'un sanglot.

— Jem ?

Il n'y eut pas de réponse hormis la lourde respiration de l'homme.

— Jem ?

Jem ne répondit pas.

L'homme se mit à remuer, comme s'il cherchait quelque chose. Je l'entendis grogner et traîner quelque chose de lourd sur le sol. Je pris lentement conscience que nous étions maintenant quatre sous l'arbre.

— Atticus... ?

L'homme marchait d'un pas lourd et mal assuré en direction de la rue.

Je me dirigeai vers l'endroit où je pensais qu'il s'était trouvé et tâtai le sol de la plante des pieds comme une folle. Je finis par toucher quelqu'un.

— Jem ?

406

Du bout des orteils, je sentis un pantalon, une boucle de ceinture, des boutons, quelque chose que je ne pus identifier, un col et un visage. Une barbe piquante de plusieurs jours m'apprit qu'il ne s'agissait pas de Jem. Je sentis l'odeur du whisky frelaté.

Je repartis dans ce que je crus être la direction de la rue. Je n'en étais pas sûre pour avoir été plusieurs fois tournée et retournée dans tous les sens. Mais je la trouvai et vis le réverbère. Un homme passait dessous ; il marchait d'un pas saccadé, comme s'il portait une charge trop lourde pour lui. Il tourna au coin. C'était Jem qu'il portait et son bras pendait bizarrement devant lui.

Le temps que j'atteigne le coin de la rue, l'homme était en train de traverser notre jardin. La silhouette d'Atticus se dessina un instant dans la lumière de la porte ; il descendit les marches en courant. L'homme et lui portèrent Jem à l'intérieur.

J'arrivais à la porte alors qu'ils traversaient l'entrée. Tante Alexandra accourut à ma rencontre.

— Appelle le docteur Reynolds ! ordonna sèchement la voix d'Atticus du fond de la chambre de Jem. Où est Scout ?

— Ici ! cria tante Alexandra en m'entraînant vers le téléphone.

Elle me tira vers elle avec inquiétude.

— J'ai rien, Tatie. Téléphone vite.

Décrochant le récepteur, elle dit :

— Eula May, passez-moi vite le docteur Reynolds ! Puis :

— Agnès ? Ton père est là ? Mon Dieu, où est-il ? S'il te plaît, dis-lui de venir vite dès qu'il rentrera. Je t'en prie ! C'est urgent.

Tante Alexandra n'avait pas besoin de se nommer ;

tout le monde, à Maycomb, connaissait la voix de tout le monde.

Atticus sortit de la chambre de Jem. À l'instant où tante Alexandra raccrochait, il lui prit le récepteur des mains, secoua le crochet et dit :

— Eula May, passez-moi le shérif, je vous prie !... Heck ? Atticus Finch. Mes enfants ont été attaqués. Jem est blessé. Entre ici et l'école. Je ne peux pas quitter mon fils. Allez-y à ma place, s'il vous plaît, et voyez s'il est toujours dans le coin. Je crains que vous ne le trouviez plus maintenant, mais j'aimerais le voir si vous l'attrapez. Il faut que j'y aille, maintenant. Merci, Heck.

— Atticus, est-ce que Jem est mort ?

— Non, Scout. Occupe-toi d'elle, ma chère sœur, dit-il en retraversant le hall.

Les doigts de tante Alexandra tremblaient tandis qu'elle défaisait l'étoffe déchirée et le grillage écrasé qui m'entouraient.

— Est-ce que tu vas bien, ma chérie ? me demandat-elle plusieurs fois tout en s'employant à me libérer.

Je me sentis mieux une fois dehors. Je commençais à avoir des fourmis dans les bras. Ils étaient rouges et marqués de petits hexagones. Je les frottai pour les soulager.

— Tatie, est-ce que Jem est mort ?

— Non... non, ma chérie, il a perdu connaissance. Nous ne saurons pas s'il est gravement blessé tant que le docteur Reynolds ne l'aura pas vu. Jean Louise, que s'est-il passé ?

— Je ne sais pas.

Elle n'insista pas. Elle m'apporta de quoi m'habiller et, si j'y avais pensé sur le moment, je le lui aurais fait remarquer : dans son désarroi, Tatie avait pris ma salopette.

— Mets ça, ma chérie, dit-elle en me tendant le vêtement qu'elle détestait le plus.

Elle se précipita dans la chambre de Jem, puis revint me voir, me tapota vaguement la tête et retourna dans la chambre de Jem.

Une voiture s'arrêta devant la maison. Je connaissais le pas du docteur Reynolds presque aussi bien que celui de mon père. Il nous avait mis au monde, Jem et moi, nous avait tiré de toutes les maladies infantiles connues, y compris la fois où Jem était tombé de la cabane dans les arbres. Il n'avait jamais perdu notre amitié et disait que si nous avions eu tendance à avoir des furoncles, il en aurait été autrement, mais nous en doutions.

Il entra et dit : « Bon Dieu ! » Il vint vers moi, ajouta : « Tu tiens toujours sur tes jambes », et changea de cap. Il connaissait toutes les pièces de la maison ; il savait également que si j'allais mal, c'était aussi le cas de Jem.

Au bout d'une éternité, il reparut.

— Est-ce que Jem est mort ? demandai-je.

— Loin de là ! répondit-il en s'accroupissant devant moi. Il a une bosse sur la tête, tout comme toi, et un bras cassé. Regarde par là, Scout... non, ne tourne pas la tête, seulement les yeux. Maintenant regarde là-haut. Il a une mauvaise fracture, au coude pour autant que je puisse en juger pour le moment. Comme si quelqu'un avait essayé de lui tordre le bras... là, regarde-moi, maintenant.

— Alors, il n'est pas mort ?

— No-on !

Le docteur Reynolds se releva.

— On ne peut guère en faire davantage ce soir, à part l'installer aussi confortablement que possible. Il faudra lui radiographier le bras. J'ai l'impression qu'il lui faudra garder son bras en écharpe pendant un moment. Enfin, ne t'inquiète pas, il s'en sortira très bien. À son âge, les garçons se remettent vite.

Tout en parlant, il en avait profité pour m'examiner, tâtant légèrement la bosse qui était en train d'apparaître sur mon front.

— Tu ne te sens pas cassée quelque part, toi ?

Cette petite plaisanterie me fit sourire.

— Alors, vous croyez pas qu'il est mort ?

Il mit son chapeau.

— Écoute, je peux me tromper, mais je pense qu'il est tout à fait vivant. En tout cas, il en a tous les symptômes. Va le voir et, quand je reviendrai, on décidera tous les deux de ce qu'il en est.

Le docteur Reynolds avait un pas jeune et vif. Pas Mr Heck Tate. Ses lourdes bottes frappèrent la véranda et il ouvrit maladroitement la porte, mais il poussa la même exclamation que le docteur Reynolds en entrant.

— Tu vas bien, Scout ? ajouta-t-il.

— Oui, m'sieur, je vais voir Jem. Atticus et eux sont là-bas.

— Je t'accompagne.

Tante Alexandra avait voilé la lampe de chevet de Jem avec une serviette, ce qui assombrissait sa chambre. Jem était étendu sur le dos ; il portait une très vilaine marque le long d'une joue ; son bras gauche reposait loin de son corps, le coude légèrement replié, mais pas dans la bonne direction. Il avait le visage crispé.

— Jem... ?

Atticus prit la parole :

— Il ne t'entend pas, Scout. Il est inconscient. Il allait revenir à lui, mais le docteur Reynolds l'a endormi.

— Oui, père.

Je reculai. La chambre de Jem était une grande pièce

carrée. Tante Alexandra était assise dans un fauteuil à bascule, près de la cheminée. L'homme qui avait amené Jem se tenait dans un coin, adossé au mur. C'était un fermier que je ne connaissais pas ; il rentrait sans doute de la fête et se trouvait dans les parages quand cela s'était produit. Il avait dû accourir en entendant nos cris.

Atticus était debout près du lit.

Mr Heck Tate se tenait dans l'encadrement de la porte, son chapeau à la main, une lampe torche déformait la poche de son pantalon. Il portait ses vêtements de travail.

— Entrez, Heck, dit Atticus. Avez-vous trouvé quelque chose ? Je ne peux imaginer qu'on soit assez méprisable pour faire une chose pareille, mais j'espère que vous avez mis la main dessus.

Mr Tate renifla, il regarda avec intérêt l'homme installé dans le coin, lui adressa un signe de la tête puis regarda autour de lui – Jem, tante Alexandra, puis Atticus.

— Asseyez-vous, Mr Finch, dit-il aimablement.

— Asseyons-nous tous, répondit Atticus. Prenez cette chaise, Heck, je vais en chercher une autre au salon.

Mr Tate s'assit sur la chaise du bureau de Jem. Il attendit le retour de mon père ; je me demandai pourquoi Atticus n'avait pas apporté de siège pour l'homme dans le coin, mais il savait mieux que moi comment s'y prendre avec les paysans. Certains de ses clients de la campagne stationnaient leurs coursiers aux longues oreilles sous les margousiers, à l'arrière du jardin, et Atticus les recevait souvent sur la véranda du fond. Celui-ci se sentait peut-être plus à son aise où il était.

— Mr Finch, dit Mr Tate, je vais vous dire ce que

j'ai trouvé : une robe de petite fille – elle est dans ma voiture. Elle est à toi, Scout ?

— Oui, m'sieur, si elle est rose avec des smocks.

Mr Tate se comportait comme s'il était à la barre des témoins. Il aimait dire les choses à sa manière, sans se laisser intimider ni par le procureur ni par l'avocat de la défense, ce qui parfois lui prenait un certain temps.

— J'ai trouvé de curieux morceaux d'étoffe de couleur brune...

— C'est mon costume, Mr Tate.

Mr Tate se passa les mains sur les cuisses, se frotta le bras gauche, inspecta le dessus de la cheminée puis parut s'intéresser au foyer. Ses doigts cherchèrent son long nez.

— Qu'est-ce qu'il y a, Heck ? demanda Atticus.

Mr Tate se massa la nuque.

— Bob Ewell est étendu au sol, sous cet arbre, là-bas, un couteau de cuisine entre les côtes. Il est mort, Mr Finch.

29

Tante Alexandra se leva et s'appuya au-dessus de la cheminée. Mr Tate se leva, mais elle déclina son aide. Pour une fois, la courtoisie instinctive d'Atticus lui fit défaut : il resta planté sur son siège.

Et moi je ne pensais qu'aux menaces de Mr Bob Ewell jurant qu'il aurait un jour Atticus, dût-il y passer sa vie entière. Mr Ewell y était presque parvenu, et c'était la dernière chose qu'il avait faite.

— Vous en êtes certain ? demanda Atticus sombrement.

— Il est tout ce qu'il y a de plus mort, répondit Mr Tate. Il est bel et bien mort. Il ne fera plus de mal à ces enfants.

— Ce n'est pas ce que je voulais dire.

Atticus semblait parler dans un demi-sommeil. Son âge commençait à se voir, trahissant son trouble intérieur : la ligne carrée de sa mâchoire s'affaissait un peu, on prenait conscience que des rides révélatrices se formaient sous ses oreilles et on remarquait moins ses cheveux d'un noir de jais que ses tempes grisonnantes.

— Ne serions-nous pas mieux au salon ? demanda tante Alexandra.

— Si cela ne vous ennuie pas, répondit Mr Tate, je préférerais que nous restions ici, si cela ne dérange pas Jem. Je voudrais voir ses blessures pendant que Scout... nous racontera ce qui s'est passé.

— Cela ne fait rien si je m'en vais ? demanda-t-elle. Je ne sers à rien, ici. Atticus, je serai dans ma chambre si tu as besoin de moi.

Tante Alexandra se dirigea vers la porte, mais s'arrêta et se tourna :

— Atticus, j'avais un pressentiment, pour cette nuit... Je... c'est ma faute, j'aurais dû...

Mr Tate leva la main.

— Allez-y, Miss Alexandra, je sais que ça a été un choc pour vous. Et ne vous faites pas de reproches... si nous écoutions tout le temps nos pressentiments, nous serions comme des chats en train de poursuivre leur queue. Miss Scout, essaie de nous raconter ce qui s'est passé tant que c'est encore frais dans ton esprit. Tu crois que tu pourras ? Tu l'as vu vous suivre ?

Je courus vers Atticus et le sentis m'entourer de ses bras, je cachai ma tête dans son giron.

— On rentrait à la maison. J'ai dit, Jem, j'ai oublié mes chaussures. On allait y retourner, quand on a vu les lumières qui s'éteignaient. Jem a dit que je pourrais revenir les prendre demain...

— Scout, lève la tête, que Mr Tate t'entende bien, dit Atticus.

Je grimpai sur ses genoux.

— Alors Jem a dit : tais-toi une minute. Je croyais qu'il réfléchissait. Il veut toujours qu'on se taise pour le laisser réfléchir. Et puis il a dit qu'il avait entendu quelque chose. On a cru que c'était Cecil.

— Cecil ?

— Cecil Jacobs. Il nous avait déjà fait peur, cette nuit, et on a cru que c'était encore lui. Il avait un drap sur lui. Il y avait vingt-cinq cents de prix pour le plus beau costume, je sais pas qui a gagné...

— Où vous trouviez-vous quand vous avez cru que c'était Cecil ?

— Pas très loin de l'école. Je lui ai crié quelque chose...

— Quoi ?

— Cecil Jacobs est une grosse poule, je crois. On a rien entendu... alors Jem a crié hou-hou, ou je ne sais plus quoi, assez fort pour réveiller un mort...

— Attends, Scout, dit Mr Tate. Mr Finch, les avez-vous entendus ?

Atticus dit que non, sa radio était allumée. Celle de tante Alexandra aussi, dans sa chambre. Il s'en souvenait parce qu'elle lui avait demandé de baisser un peu son poste pour qu'elle puisse entendre le sien. Il sourit.

— Je mets toujours la radio trop fort.

— Je me demande si les voisins ont entendu quelque chose... reprit Mr Tate.

— Cela m'étonnerait, Heck. Ils écoutent presque tous la radio ou alors se couchent avec les poules. Maudie Atkinson était peut-être encore debout, mais j'en doute.

— Continue, Scout, dit Mr Tate.

— Eh bien, après on est repartis. J'étais enfermée dans mon costume, mais j'ai entendu moi aussi. Je veux dire, j'ai entendu des pas. Ils marchaient quand on marchait et ils s'arrêtaient quand on s'arrêtait. Jem a dit qu'il pouvait me voir parce que Mrs Crenshaw avait mis de la peinture lumineuse sur mon costume. J'étais déguisée en jambon.

— Comment ça ? demanda Mr Tate interloqué.

Atticus lui décrivit mon rôle ainsi que l'agencement de mon costume.

— Vous auriez dû voir dans quel état elle est rentrée, ajouta-t-il. Il était tout écrasé.

Mr Tate se frotta le menton.

— Je me demandais d'où venaient ces marques sur lui. Ses manches étaient perforées de petits trous et il y avait aussi une ou deux piqûres sur ses bras. Pourriez-vous me montrer ce costume, monsieur ?

Atticus alla chercher ce qui restait de mon costume. Mr Tate le tourna et le courba pour se faire une idée de sa forme initiale.

— Cette chose lui a probablement sauvé la vie, dit-il. Regardez.

De son long index, il désigna une entaille brillante très nette qui se détachait du grillage terne.

— Bob Ewell ne plaisantait pas, marmonna Mr Tate.

— Il avait perdu la raison ! dit Atticus.

— Je ne voudrais pas vous contredire, Mr Finch, mais il n'était pas fou, il était diablement méchant. C'était une méprisable canaille assez imbibée d'alcool pour trouver le courage de tuer des enfants ! Il n'aurait jamais osé vous affronter en face.

Atticus secoua la tête :

— Je ne peux pas imaginer qu'un homme puisse...

— Mr Finch, il y a des gens qu'il vaut mieux descendre avant de prendre de leurs nouvelles. Et encore, ils ne valent pas la balle qui les a abattus. Ewell était l'un de ces individus.

— Je croyais qu'il allait s'en tenir aux injures, ou, tout au moins, que c'est à moi qu'il s'en prendrait.

— Il avait assez de cran pour harceler une malheureuse femme de couleur, assez de cran pour s'attaquer au juge Taylor à un moment où il croyait sa maison vide, et vous croyez qu'il aurait osé vous provoquer au grand jour ?

Mr Tate soupira :

— Enfin... poursuivons. Scout, vous l'avez entendu derrière vous...

— Oui, m'sieur. Quand on est arrivés sous l'arbre...

— Comment sais-tu que vous étiez sous l'arbre, vous ne deviez rien y voir ?

— J'étais pieds nus et Jem dit que le sol est toujours plus frais sous un arbre.

— Il va falloir le nommer shérif adjoint. Continue.

— Et puis tout d'un coup, quelque chose m'a attrapée et a écrasé mon costume... je crois que je suis tombée par terre... j'ai entendu un bruit de lutte sous l'arbre... comme s'ils se cognaient contre le tronc. Jem m'a trouvée et il s'est mis à me tirer vers la rue. Quelqu... Mr Ewell l'a flanqué par terre, je crois. Ils se sont encore bagarrés et puis il y a eu ce drôle de bruit... Jem a hurlé...

Je m'interrompis. C'était le bras de Jem.

— Peu importe, Jem a hurlé et je l'ai plus entendu et ensuite... Mr Ewell me serrait à m'étouffer, je crois... et alors quelqu'un a flanqué Mr Ewell au sol. Jem avait dû se relever, j'imagine. C'est tout ce que je sais...

— Et ensuite ?

Mr Tate me regardait avec intérêt.

— Il y avait quelqu'un qui titubait et haletait et qui toussait comme s'il allait mourir. J'ai d'abord pensé que c'était Jem, mais cette toux ne ressemblait pas à la sienne, alors je l'ai cherché par terre. Je pensais qu'Atticus était venu à notre secours et qu'il n'en pouvait plus...

— Qui était-ce ?

— Ben il est là, Mr Tate, il pourra vous donner son nom.

En disant ces mots, j'allais désigner l'homme dans le

coin, mais je suspendis mon geste de peur qu'Atticus me gronde. Il était impoli de montrer du doigt.

L'homme était toujours adossé au mur, comme lorsque j'étais entrée dans la chambre, les bras croisés sur sa poitrine. Lorsque je le désignai, il baissa les bras et plaqua ses paumes contre le mur. Il avait des mains blanches, des mains maladivement blanches, qui n'avaient jamais vu le soleil, si blanches qu'elles ressortaient crûment sur le mur de couleur crème dans la lumière tamisée de la chambre.

Mon regard descendit de ses mains à son pantalon kaki taché de sable, puis remonta le long de son corps mince, vers sa chemise de toile déchirée. Il avait le visage aussi blanc que ses mains, en dehors d'une ombre sur son menton pointu. Ses joues étaient creuses, sa bouche large. Il avait des marques superficielles, presque délicates, sur les tempes. Ses yeux gris étaient tellement décolorés que je le crus aveugle. Ses cheveux rares et fins formaient comme un duvet au sommet de son crâne.

Quand je fis le geste de le désigner, ses paumes glissèrent lentement, laissant des traces graisseuses de transpiration sur le mur, et il passa ses pouces dans sa ceinture. Un curieux spasme le secoua, comme s'il venait d'entendre des ongles crisser sur une ardoise ; mais, comme je le regardais avec étonnement, je vis son visage se détendre lentement. Ses lèvres s'entrouvrirent sur un sourire timide et l'image de notre voisin fut brusquement brouillée par mes larmes.

— Salut, Boo ! dis-je.

30

— Mr Arthur, ma chérie, me reprit gentiment Atticus. Jean Louise, voici Mr Arthur Radley. Je crois qu'il te connaît déjà.

Seul Atticus était capable de me présenter aussi calmement à Boo Radley dans un tel moment.

Boo me vit courir instinctivement vers le lit où dormait Jem, le même sourire timide étira ses lèvres. Rouge de confusion, j'essayai de me faire oublier en couvrant Jem.

— Hé là ! Ne le touche pas ! intervint Atticus.

Mr Heck Tate s'assit sans quitter Boo des yeux derrière ses lunettes cerclées d'écaille. Il allait parler quand le docteur Reynolds apparut sur le seuil.

— Tout le monde dehors ! ordonna-t-il en entrant. Bonsoir, Arthur ! Je ne vous avais pas remarqué la première fois que je suis venu.

La voix du docteur Reynolds était aussi enjouée que son pas, comme s'il passait sa vie à dire cela tous les soirs ; cette remarque m'étonna pourtant plus encore que le fait de me trouver dans la même pièce que Boo Radley. Évidemment... même Boo Radley devait parfois tomber malade. Encore que... je n'en étais pas tout à fait sûre.

Le docteur Reynolds portait un gros paquet emballé dans du papier journal, qu'il posa sur le bureau de Jem avant d'ôter sa veste.

— Alors, tu es contente qu'il soit vivant ? Je vais te dire comment je le savais : quand j'ai voulu l'examiner, il m'a donné un coup de pied. J'ai dû l'endormir complètement pour pouvoir le toucher. Allez, ouste, me dit-il.

— Euh... dit Atticus en jetant un regard à Boo. Heck, si nous allions nous installer sur la véranda ? Il y a plein de chaises là-bas, et il fait encore très bon.

Je me demandai pourquoi Atticus nous invitait à le suivre sur la véranda plutôt qu'au salon, puis je compris. Les lumières étaient horriblement violentes dans le salon.

Nous sortîmes en file indienne, d'abord Mr Tate ; Atticus l'attendit à la porte pour passer devant lui puis changea d'avis et le suivit.

Les gens gardent l'habitude d'accomplir leurs gestes quotidiens même dans les circonstances les plus bizarres. Je ne faisais pas exception à la règle :

— Venez, Mr Arthur, m'entendis-je dire, vous ne connaissez pas très bien la maison. Je vais vous conduire à la véranda.

Il me regarda et hocha la tête.

Je lui fis traverser l'entrée et dépasser le salon.

— Voulez-vous vous asseoir, Mr Arthur ? Ce fauteuil à bascule est joli et confortable.

Mon petit fantasme était de retour : il serait assis sur la véranda... quel drôle de temps, ces jours-ci, n'est-ce pas, Mr Arthur ?

Oui, un drôle de temps. Avec un léger sentiment d'irréalité, je le conduisis au fauteuil le plus éloigné d'Atticus et de Mr Tate, le plus mal éclairé, aussi. Boo se sentirait plus à l'aise dans l'obscurité.

Atticus était assis dans la balancelle et Mr Tate sur

une chaise à côté de lui. La lumière des fenêtres du salon les éclairait violemment. Je m'assis près de Boo.

— Eh bien, Heck, disait Atticus, il nous reste à... grand Dieu ! je perds la mémoire...

Repoussant ses lunettes, il appuya ses doigts sur ses yeux.

— Jem n'a pas tout à fait treize ans... non, il les a déjà... je n'arrive pas à me rappeler. Enfin, cela passera devant la cour du comté...

— Quoi donc, Mr Finch ?

Mr Tate décroisa les jambes et se pencha en avant.

— Bien sûr, il est parfaitement évident que c'était de la légitime défense, mais je vais devoir faire un saut au cabinet pour faire des recherches...

— Mr Finch, vous pensez que Jem a tué Bob Ewell ? C'est bien ça ?

— Vous avez entendu ce que Scout a dit, il n'y a aucun doute là-dessus. Elle a dit que Jem s'était relevé et l'avait jeté à terre... il s'est probablement emparé du couteau d'Ewell dans l'obscurité... nous vérifierons ça demain.

— Mi-ster Finch, attendez, répliqua Mr Tate, Jem n'a jamais poignardé Bob Ewell.

Atticus garda le silence un instant. Il regarda Mr Tate comme s'il lui était reconnaissant de ce qu'il avait dit. Mais Atticus secoua la tête.

— Heck, c'est très gentil à vous, je reconnais bien là votre bon cœur, mais il ne faut pas se lancer dans ce genre de chose.

Mr Tate se leva et se dirigea vers le bord de la véranda, cracha dans le massif, mit les mains dans ses poches et fit face à Atticus :

— Quel genre de chose ? demanda-t-il.

— Excusez-moi de vous parler sans ménagements,

Heck, mais personne n'étouffera cette histoire. Ce n'est pas mon genre.

— Personne n'étouffera rien du tout, Mr Finch.

Mr Tate parlait d'une voix tranquille mais ses bottes étaient plantées si solidement sur le plancher qu'elles semblaient y avoir poussé. Une étrange dispute, dont l'objet m'échappait, opposait mon père et le shérif.

À son tour, Atticus se leva et alla au bord de la véranda. Il fit « Ram » et cracha flegmatiquement dans le jardin. Il mit les mains dans ses poches et fit face à Mr Tate.

— Heck, vous ne l'avez pas dit, mais je sais ce que vous pensez. Et je vous en remercie. Jean Louise...

Il se tourna vers moi.

— Tu as dit que Jem avait fait tomber Mr Ewell loin de toi ?

— Oui, père, c'est ce que j'ai pensé... je...

— Là, vous voyez, Heck ? Merci du fond du cœur, mais je ne veux pas que mon fils démarre dans l'existence avec une chose pareille au-dessus de sa tête. Mieux vaut percer l'abcès tout de suite. Que le comté tout entier y assiste avec ses sandwiches. Je ne veux pas qu'il grandisse et qu'on murmure des choses sur lui, je ne veux pas que quelqu'un dise : « Jem Finch... son père a payé une fortune pour le sortir de là. » Plus tôt nous en aurons fini, mieux ce sera.

— Mr Finch, reprit Mr Tate imperturbablement. Bob Ewell est tombé sur son couteau. Il s'est tué tout seul.

Atticus marcha jusqu'au coin de la véranda. Il regarda la glycine. Je les trouvais aussi têtus l'un que l'autre, chacun dans son genre et me demandais qui céderait le premier. L'obstination d'Atticus revêtait un caractère tranquille, à peine visible, mais elle était aussi ferme que celle des Cunningham. Celle de Mr Tate était naturelle et carrée, mais elle valait celle de mon père.

— Heck, reprit Atticus le dos tourné. Si cette affaire est étouffée, Jem y verra l'exact contraire de l'éducation que j'ai essayé de lui donner. Il m'arrive de trouver que je suis un très mauvais père, mais ils n'ont que moi. Jem regarde d'abord comment je me comporte avant de regarder quelqu'un d'autre. J'ai essayé de vivre de façon à pouvoir soutenir son regard... si je me prêtais à ce genre de chose, franchement, je ne le pourrais plus et, ce jour-là, je l'aurais perdu. Or je ne veux pas les perdre, ni lui ni Scout, parce que je n'ai qu'eux.

— Mr Finch, dit Mr Tate toujours planté sur le plancher, Bob Ewell est tombé sur son couteau. Je peux le prouver.

Atticus fit volte-face sans ôter les mains de ses poches.

— Heck, vous ne comprenez donc pas ? Vous avez des enfants, vous aussi, mais je suis plus âgé que vous. Quand les miens seront grands, je serai vieux, si je suis encore de ce monde, néanmoins, pour le moment, je suis là... s'ils ne me font pas confiance, ils ne feront confiance à personne. Jem et Scout savent ce qui s'est passé. S'ils m'entendent soutenir en ville une autre version... Heck, je les aurais perdus. Je ne peux pas être une personne en ville et une autre chez moi.

Mr Tate pivota sur lui-même et dit patiemment :

— Il a flanqué Jem par terre. Il a trébuché sur une racine sous l'arbre et... venez, je vais vous montrer.

Comme il sortait un long couteau à cran d'arrêt de sa poche, le docteur Reynolds fit son apparition.

— Ce sal... le mort est sous cet arbre, docteur, dans la cour de l'école. Vous avez une lampe torche ? Il vaut mieux que vous preniez celle-ci.

— Je peux y amener ma voiture et mettre les phares, répondit le docteur Reynolds.

Il prit néanmoins la lampe de Mr Tate.

— Jem va bien. Il va dormir toute la nuit. Alors ne vous inquiétez pas. C'est ce couteau qui l'a tué, Heck ?

— Non, l'autre est resté dans son corps. D'après le manche, on dirait un couteau de cuisine. Ken ne devrait plus tarder, avec le corbillard. Bonne nuit, docteur.

Mr Tate fit jaillir la lame du couteau.

— Voilà comment c'est arrivé.

Tenant l'arme, il fit mine de trébucher ; comme il se penchait en avant, son bras gauche passa devant lui.

— Vous voyez ? Il s'est poignardé lui-même et, sous la pression de son poids, la lame a pénétré entre les côtes.

Mr Tate referma le couteau et le rangea dans sa poche.

— Scout a huit ans, dit-il. Elle avait trop peur pour se rendre exactement compte de ce qui se passait.

— Si vous saviez, dit Atticus sévèrement.

— Je ne prétends pas qu'elle ait maquillé la vérité. Je dis qu'elle avait trop peur pour savoir exactement ce qui se passait. Il faisait sacrément noir là-bas, un noir d'encre. Pour être un témoin digne de foi, il faudrait être vraiment habitué à l'obscurité...

— Je n'en aurais pas, dit doucement Atticus.

— *Mais, bon Dieu, ce n'est pas de Jem qu'il s'agit !*

La botte de Mr Tate avait frappé si fort le plancher que la chambre de Miss Maudie s'alluma, ainsi que celle de Miss Stephanie Crawford. Atticus et Mr Tate regardèrent de l'autre côté de la rue, puis se tournèrent l'un vers l'autre et attendirent.

Quand Mr Tate reprit la parole, sa voix était à peine audible :

— Mr Finch, je regrette d'avoir à vous contredire dans l'état où vous êtes. Vous venez de recevoir un choc comme je n'en souhaite à personne. Il y avait de quoi vous rendre malade ; en tout cas, pour une fois, vous avez perdu toute votre jugeote et il faut régler ça ce soir parce que demain il sera trop tard. Bob Ewell a pris un couteau de cuisine dans l'estomac.

Mr Tate ajouta qu'Atticus ne pouvait pas maintenir sa position et prétendre qu'un garçon de la taille de Jem, avec un bras cassé, possédait assez d'énergie pour saisir un adulte à bras le corps et le tuer dans les ténèbres les plus noires.

— Heck, observa brusquement Atticus. C'était un couteau à cran d'arrêt que vous avez utilisé. Où l'avez-vous trouvé ?

— Je l'ai confisqué à un ivrogne, répondit froidement Mr Tate.

J'essayais de me souvenir. Mr Ewell était en train de s'en prendre à moi... puis il était tombé... Jem avait dû se relever. Du moins le croyais-je.

— Heck ?

— J'ai dit que je l'avais confisqué à un ivrogne en ville ce soir. Ewell a dû trouver ce couteau de cuisine quelque part dans la décharge. Il l'a aiguisé et a attendu son heure... Tout simplement attendu son heure.

Atticus se dirigea vers la balancelle et se rassit, les mains ballantes entre ses genoux. Il regardait par terre. Il s'était déplacé avec la même lenteur que l'autre nuit, devant la prison, lorsqu'il m'avait semblé qu'il lui fallait une éternité pour plier son journal et le jeter sur sa chaise.

Mr Tate allait et venait d'un pas pesant, malgré lui.

— Ce n'est pas votre décision, Mr Finch, c'est entièrement la mienne. C'est ma décision et ma responsabilité. Pour une fois, si vous n'êtes pas d'accord avec moi, vous n'y pourrez pas grand-chose. Si vous voulez insister, je vous traiterai de menteur en public. Votre fils n'a pas poignardé Bob Ewell, dit-il lentement. Il n'en a jamais eu l'idée et maintenant vous le savez. Tout ce qu'il voulait, c'était regagner la maison en sécurité, avec sa sœur.

Mr Tate cessa ses allées et venues. Il s'arrêta devant Atticus, en nous tournant le dos.

— Je ne suis pas parfait, monsieur, mais je suis le shérif du comté de Maycomb. J'ai passé toute ma vie dans cette ville et je vais sur mes quarante-trois ans. Je sais tout ce qui s'est passé ici depuis avant ma naissance. Un malheureux Noir est mort pour rien, et celui qui en est responsable est mort. Laissons les morts enterrer les morts, pour une fois, Mr Finch. Laissons les morts enterrer les morts.

Se penchant, il reprit son chapeau posé à côté d'Atticus, repoussa ses cheveux en arrière et s'en coiffa.

— Je n'ai jamais entendu dire qu'il était illégal de faire tout son possible pour empêcher un crime d'être commis, ce qui est exactement ce qu'il a fait, mais peut-être direz-vous qu'il est de mon devoir de tout raconter à la ville et non d'étouffer l'affaire. Vous savez ce qui se passera alors ? Toutes les dames de Maycomb, ma femme comprise, viendront frapper à sa porte pour lui apporter des gâteaux d'ange à la meringue. À mon sens, Mr Finch, mettre sous la lumière des projecteurs, alors qu'il est si timide, l'homme qui vous a rendu un si grand service, à vous et à toute la ville... pour moi, c'est un péché. Un péché. Et je ne suis pas près de le commettre. Si c'était un autre homme, ce serait différent, mais pas avec celui-ci, Mr Finch.

Mr Tate avait l'air de vouloir creuser un trou dans le

426

plancher avec la pointe de sa botte. Il se tira le nez, puis se massa le bras gauche.

— Je ne suis peut-être pas grand-chose, Mr Finch, mais je suis encore le shérif du comté de Maycomb et Bob Ewell est tombé sur son couteau. Bonne nuit, monsieur.

Mr Tate descendit les marches de la véranda à pas lourds, puis traversa le jardin. La portière de sa voiture claqua et il démarra.

Atticus demeura longtemps les yeux fixés sur le plancher. Finalement, il leva la tête :

— Scout, Mr Ewell est tombé sur son couteau. Est-ce que tu comprends ?

Atticus avait l'air d'avoir besoin d'être réconforté. Je me précipitai dans ses bras, l'étreignis et l'embrassai de toutes mes forces.

— Oui, père, je comprends, le rassurai-je. Mr Tate avait raison.

Atticus se dégagea et me regarda :

— Que veux-tu dire ?

— Eh bien, ce serait un peu comme de tuer un oiseau moqueur, non ?

Enfouissant le visage dans mes cheveux, il les caressa. Quand il se leva et traversa la véranda pour rejoindre sa partie obscure, il avait retrouvé son pas juvénile. Avant de rentrer dans la maison, il s'arrêta devant Boo Radley.

— Merci pour mes enfants, Arthur, dit-il.

31

Quand Boo Radley se leva en traînant les pieds, la lumière du salon fit briller son front. Chacun de ses gestes était incertain, comme s'il n'était pas sûr que ses mains et ses pieds puissent entrer en contact avec les choses qu'il touchait. Il toussa, de sa terrible toux proche du râle. Elle le secoua tant qu'il dut se rasseoir. Sa main chercha sa poche ; il en sortit un mouchoir dans lequel il toussa, puis il s'essuya le front.

Ayant tellement pris l'habitude de son absence, je trouvais incroyable qu'il ait pu être assis à côté de moi tout ce temps. Il n'avait pas fait le moindre bruit.

De nouveau, il se leva, se tourna vers moi puis indiqua la porte d'entrée du menton :

— Vous voulez dire bonsoir à Jem, c'est ça, Mr Arthur ? Venez.

Je le précédai jusqu'à la chambre. Tante Alexandra était assise à côté du lit.

— Entrez, Arthur, dit-elle. Il dort encore. Le docteur Reynolds lui a donné un sédatif puissant. Jean Louise, ton père est au salon ?

— Oui, je crois.

— Je vais lui dire un mot. Le docteur Reynolds a laissé...

Sa voix s'estompa.

Boo s'était réfugié dans un coin de la pièce, le menton levé, regardant Jem de loin. Je lui pris la main, une main étonnamment chaude compte tenu de sa pâleur. Je dus insister un peu avant qu'il me laisse le conduire vers le lit.

Le docteur Reynolds avait installé une sorte de tente au-dessus du bras de Jem, sans doute pour que la couverture ne lui tombe pas dessus : Boo se pencha pour regarder par-dessus. Son visage reflétait une expression de curiosité timide, comme s'il n'avait encore jamais vu de garçon. La bouche entrouverte, il le regarda de la tête aux pieds. Il leva la main, mais la laissa retomber.

— Vous pouvez lui faire une caresse, Mr Arthur, il dort. Vous pourriez pas s'il était éveillé, il voudrait pas... Allez-y.

La main de Boo flotta au-dessus du visage de Jem.

— Allez-y, monsieur, il dort.

Sa main descendit doucement sur les cheveux de Jem.

Je commençais à comprendre son langage corporel. Sa paume serra la mienne, m'indiquant qu'il voulait partir.

Je l'emmenai vers la véranda, où ses pas hésitants s'arrêtèrent. Il me tenait toujours par la main et semblait ne plus vouloir me lâcher.

— Vous m'accompagneriez chez moi ?

Il l'avait presque murmuré avec la voix d'un enfant qui a peur du noir.

Je posai le pied sur la première marche et m'arrêtai. Je pouvais le guider dans notre maison, mais pas pour aller chez lui.

— Mr Arthur, pliez un peu le bras, comme ça. Voilà !

Je glissai la main au creux de son bras.

Il dut se pencher un peu pour se mettre à ma hauteur mais, si Miss Stephanie Crawford regardait par sa fenêtre à l'étage, elle verrait Arthur Radley m'escorter dans la rue, comme n'importe quel gentleman.

En arrivant au réverbère du coin, je me demandai combien de fois Dill l'avait étreint pendant qu'il regardait, qu'il attendait, qu'il espérait. Je me demandai combien de fois Jem et moi avions fait ce trajet, mais je franchis la grille des Radley pour la deuxième fois. Boo et moi nous montâmes sur la véranda. Ses doigts trouvèrent la poignée de la porte. Il me lâcha doucement la main, ouvrit, entra et referma derrière lui. Je ne l'ai jamais revu.

Les voisins apportent de la nourriture quand il y a une mort, des fleurs quand on est malade et quelques bricoles dans l'intervalle. Boo était notre voisin. Il nous avait donné deux figurines de savon, une montre cassée et sa chaîne, deux pièces de monnaie porte-bonheur, et nous avait sauvé la vie. Les voisins doivent donner quelque chose en remerciement. Or nous n'avions jamais remis dans l'arbre ce que nous y avions trouvé : nous ne lui avions rien donné en échange, et cela m'attristait.

Je me retournai pour rentrer. Les réverbères éclairaient toute la rue jusqu'à la ville. Je n'avais jamais vu notre quartier sous cet angle. Il y avait la maison de Miss Maudie, celle de Miss Stephanie, la nôtre, dont j'apercevais la balancelle sur la véranda, celle de Miss Rachel au-delà, parfaitement visible. Je distinguais même celle de Mrs Dubose.

Je regardai derrière moi. À la gauche de la porte marron, il y avait une longue fenêtre, aux volets clos. Je m'en approchai, m'arrêtai devant et me retournai. À la lumière du jour, pensai-je, on voyait jusqu'au bureau de poste du coin.

La lumière du jour... dans mon esprit, la nuit disparut. C'était le jour et le quartier était en pleine activité. Miss

Stephanie Crawford traversait la rue pour raconter les dernières nouvelles à Miss Rachel. Miss Maudie se penchait sur ses azalées. C'était l'été, et deux enfants gambadaient sur le trottoir à la rencontre d'un homme qui s'approchait au loin. L'homme agitait la main et les enfants faisaient la course pour le rejoindre.

C'était toujours l'été et les enfants s'approchaient. Un garçon avançait péniblement sur le trottoir, traînant derrière lui une longue canne à pêche. Un homme le regardait, les mains sur les hanches. C'était l'été, et ses enfants jouaient dans le jardin avec leur ami, mimant un petit drame de leur invention.

C'était l'automne, et ses enfants se battaient sur le trottoir, devant la maison de Mrs Dubose. Le garçon aidait sa sœur à se relever, et ils rentraient à la maison. C'était l'automne et ses enfants trottaient çà et là, autour du coin de la rue, leurs visages exprimant leurs malheurs et leurs triomphes. Ils s'arrêtaient devant un chêne, ravis, étonnés, hésitants.

C'était l'hiver et ses enfants frissonnaient au portail, ombres chinoises se découpant sur une maison en flammes. C'était l'hiver et un homme marchait dans la rue, jetait ses lunettes et abattait un chien.

C'était l'été, et il voyait le cœur de ses enfants se briser. L'automne revenait, et les enfants de Boo avaient besoin de lui.

Atticus avait raison. Il avait dit un jour qu'on ne connaissait vraiment un homme que lorsqu'on se mettait dans sa peau. Il m'avait suffi de me tenir sur la véranda des Radley.

La bruine qui tombait rendait indistincte la lumière des réverbères. En rentrant à la maison, je me sentis très vieille mais, lorsque je regardai le bout de mon nez, je vis de fines perles de brume, malheureusement loucher

431

ainsi me donna le vertige et j'arrêtai. En rentrant à la maison, je pensai à tout ce que j'aurais à raconter à Jem le lendemain. Il serait tellement furieux d'avoir raté tout ça qu'il ne m'adresserait pas la parole pendant plusieurs jours. En rentrant à la maison, je pensai que Jem et moi allions encore grandir, mais qu'il ne nous restait pas grand-chose à apprendre, à part l'algèbre, peut-être.

Je montai sur la véranda et entrai. Tante Alexandra était allée se coucher et la chambre d'Atticus était plongée dans l'obscurité. J'allai voir si Jem revenait à la vie. Atticus était assis près de son lit, en train de lire.

— Jem ne s'est pas encore réveillé ?

— Il dort paisiblement. Il ne se réveillera pas avant demain matin.

— Ah ! Et tu vas rester avec lui ?

— Encore une heure, peut-être. Va te coucher, Scout. Tu as eu une longue journée.

— Je crois que je vais rester un peu avec toi.

— Installe-toi, dit Atticus.

Il devait être plus de minuit et je fus étonnée qu'il ait accepté si gentiment. Mais il était plus perspicace que moi : à l'instant où je m'assis, je me mis à avoir sommeil.

— Qu'est-ce que tu lis ? demandai-je.

Atticus regarda la couverture :

— Un livre de Jem. *Le Fantôme gris*.

Je me réveillai d'un coup.

— Pourquoi as-tu pris celui-là ?

— Je ne sais pas, ma chérie. Je l'ai pris au hasard. C'est une des rares choses que je n'avais pas encore lues, dit-il d'un ton plein de sous-entendus.

— Lis-le à haute voix, s'il te plaît, Atticus. Il fait très peur.

— Non. Tu as eu ton compte de peur pour un moment. C'est trop...

— Atticus, je n'ai pas eu peur !

Il haussa les sourcils et je protestai :

— Du moins n'avais-je pas peur jusqu'au moment où j'ai dû tout raconter à Mr Tate. Jem non plus n'avait pas peur. Je lui ai demandé et il a dit non. D'ailleurs il n'y a rien qui fasse vraiment peur, sauf dans les livres.

Atticus allait dire quelque chose, mais il changea d'avis. Ôtant son pouce du milieu du livre, il revint à la première page. Je posai la tête contre ses genoux.

— Hem ! dit-il. *Le Fantôme gris*, de Seckatary Hawkins [1]. Chapitre premier...

Je voulais rester éveillée mais la pluie était si douce, la pièce si tiède, sa voix si grave et ses genoux si confortables que je m'endormis.

Une minute plus tard, me sembla-t-il, sa chaussure me donna de gentils petits coups de pied dans les côtes. Il me remit sur mes pieds et m'accompagna dans ma chambre.

— J'ai entendu tout ce que tu as dit, marmonnai-je. Je dormais pas du tout, ça parle d'un bateau et de Fred-aux-Trois-Doigts et de Jack-la-Rocaille...

Il dégrafa ma salopette, m'appuya contre lui et l'enleva. Puis, me tenant d'une main, il attrapa de l'autre mon pyjama.

— Ouais, et ils croyaient tous que c'était la Rocaille qui avait dévasté leur salle de réunion et jeté toute cette encre...

---

1. « Seckatary Hawkins Club », série de livres pour enfants de Robert F. Schulkers. *Le Fantôme gris* (dont il est question au début du roman) fut publié en 1926.

Il me guida vers mon lit et m'y fit asseoir. Soulevant mes jambes, il me mit sous la couverture.

— Et ils l'ont pourchassé et ils ont jamais pu l'attraper parce qu'ils savaient pas à quoi il ressemblait et, Atticus, quand ils ont fini par le voir, eh ben il avait rien fait... il était très gentil, tu sais...

Ses mains glissèrent sous mon menton, remontèrent la couverture, me bordèrent.

— La plupart des gens le sont, Scout, lorsqu'on finit par les voir.

Il éteignit puis retourna dans la chambre de Jem. Il y passerait toute la nuit et y serait encore quand Jem s'éveillerait au matin.

POSTFACE

PAR ISABELLE HAUSSER

Harper Lee, dont le nom exact est Nell Harper Lee
– l'abandon de « Nell » au moment de la publication
pouvait donner à penser que l'auteur était un homme –
est née le 28 avril 1926 à Monroeville, petite localité de
l'Alabama, entre Mobile et Montgomery, dont Maycomb est le double littéraire. Quatrième enfant de la
famille Lee, Nell Harper a fait des études de droit à
l'université de l'Alabama (1945-1949), mais les a inter-
rompues avant d'obtenir son diplôme. Décidée à devenir
écrivain, elle s'installa à New York, prit un emploi dans
une compagnie aérienne (elle s'y occupait de réserva-
tions) et passa à écrire ses heures de liberté. Son agent
littéraire, auquel elle soumit plusieurs nouvelles, lui
conseilla d'essayer de développer l'une d'elles pour en
faire un roman. Elle apporta le résultat en 1957 à un
éditeur qui jugea que le roman tenait surtout du recueil
de nouvelles et la persuada de retravailler son texte. Ce
qu'elle fit pendant deux ans et demi, entre New York et
Monroeville, où son père était malade. Le texte définitif

fut publié en 1960. Malgré quelques critiques grincheuses, notamment dans *Atlantic Monthly*, où Phoebe Law Adams parlait de « lecture de hamac » ou encore d'« eau sucrée servie avec humour » et surtout n'admettait pas qu'une petite fille de l'âge de Scout puisse s'exprimer comme elle le faisait, le roman – qui était, rappelons-le, un premier roman – fut immédiatement un succès de librairie. En un an, 500 000 exemplaires avaient été vendus, les droits achetés par de nombreux pays, les droits cinématographiques vendus eux aussi. En 1961, le roman reçut le Prix Pulitzer. En 1962, le film, dans lequel Gregory Peck interprétait Atticus Finch, reçut trois oscars. Depuis, le roman de Harper Lee n'a jamais quitté les rayons des librairies. Il s'en est vendu dans le monde entier plus de trente millions d'exemplaires à ce jour, il a été traduit en trente langues et est au programme de la plupart des lycées américains et anglais. Dans un sondage réalisé au début de ce siècle, les libraires américains l'ont placé en tête des romans américains qui ont marqué le XXe siècle.

Or, malgré cet immense succès, Harper Lee est restée un personnage extrêmement mystérieux. Un double mystère l'entoure. Le premier, si fréquent à notre époque, vient de ce que critiques et lecteurs ont à tout prix voulu voir dans *Ne tirez pas sur l'oiseau moqueur* un roman autobiographique, ce qu'a toujours contesté l'auteur. Elle a seulement admis qu'Atticus Finch lui avait été inspiré par son père, Amasa Coleman Lee – qui est l'un des deux dédicataires du livre –, avocat à Monroeville, élu à la Chambre des représentants de l'État d'Alabama et qui publiait également *The Monroe Journal*. Après la parution du roman, selon la légende, nombre d'habitants de Monroeville seraient allés faire dédicacer leur exemplaire par Amasa Lee en le priant de signer Atticus Finch.

Il ne fait aucun doute non plus que Maycomb est l'exact décalque de Monroeville – les photos de l'ancien tribunal, que l'on peut trouver sur Internet, montrent une salle d'audience qui correspond en tous points à celle que décrit Scout dans le roman. Il est vrai aussi que la jeune Nell Harper Lee était une enfant bagarreuse, un garçon manqué et dévorait tous les livres qu'on lui mettait entre les mains. Que Scout lui doive beaucoup est incontestable. Par ailleurs, si la mère de Harper Lee était bien vivante, contrairement à celle de Scout, elle était fréquemment malade, souffrant, dit-on, de « troubles nerveux ». Ce point peut expliquer la disparition de l'élément maternel dans *Ne tirez pas sur l'oiseau moqueur*, même si, par ailleurs, la logique interne du roman imposait que les enfants n'aient plus de mère. On a également souligné le fait que Truman Capote – qui prétendit, sans la moindre preuve, être le véritable auteur d'une bonne partie du roman – a servi de modèle à Dill et que le procès de Tom Robinson fut inspiré à Harper Lee par l'affaire de Scottsboro. En 1931 – Harper Lee avait cinq ans –, en Alabama, deux femmes blanches portèrent plainte contre neuf jeunes Noirs (le plus jeune avait douze ans) qu'elles accusèrent de les avoir violées. Les neuf garçons furent presque lynchés avant même le début du procès. Ils furent condamnés à mort, à l'exception du plus jeune. L'affaire fut reprise par l'*International Labour Defense* qui la fit remonter jusqu'à la Cour suprême. En 1932, celle-ci décida que les accusés n'avaient pas eu un procès équitable. Néanmoins, il fallut encore six ans de procédure et d'incidents multiples pour faire relaxer ou placer en liberté conditionnelle les neuf garçons, alors même que les certificats médicaux attestaient qu'il n'y avait pas eu viol et qu'il était prouvé que les deux femmes avaient menti.

Cela suffit-il pour affirmer que *Ne tirez pas sur l'oiseau moqueur* est un roman autobiographique ? Je ne le pense pas car on pourrait accumuler, en sens inverse, les exemples montrant que l'enfance de Scout et celle de Harper Lee présentent de nombreuses différences. Par ailleurs, est-ce vraiment important et ne vaut-il pas mieux croire en la fabuleuse imagination de l'auteur ?

Le vrai mystère de Harper Lee est ailleurs. Cette romancière si talentueuse n'a en effet plus jamais publié le moindre roman, ni la plus petite nouvelle. Tout au plus a-t-elle laissé paraître quatre articles, qui n'ont pas grand-chose à voir avec son roman. Les trois premiers ont été publiés entre 1961 et 1963. Le dernier, une contribution à l'*Alabama History and Heritage Festival* sur la guerre contre les Creeks (dont il est question au début du roman), date de 1983. De même, depuis près de quarante ans n'a-t-elle donné aucune interview. Elle vit dans un semi-anonymat entre New York et Monroeville, où elle habite avec sa sœur aînée – l'autre dédicataire du livre –, agacée par sa popularité et détestant parler de son roman ou de l'absence d'autres romans. Cette extrême timidité donnerait presque à penser qu'elle ressemble finalement moins à Scout, qu'à Arthur Radley.

Ce silence a donné lieu à de nombreuses spéculations, d'autant que, dans ses dernières interviews, en 1964, par exemple, elle avait affirmé avoir commencé un second roman et surtout confié qu'elle adorait écrire. Nombre de ses admirateurs espèrent ainsi qu'à sa mort, on trouvera, sous son lit ou dans ses tiroirs, des manuscrits jamais publiés. D'autres croient savoir qu'elle a publié sous pseudonymes d'autres romans. Dans un article du *Chicago Tribune* de 2002, sa sœur Alice donnait une explication à la journaliste (qui n'avait pu parler à Harper Lee) : « Quand vous êtes au pinacle, comment auriez-vous encore envie d'écrire ? Auriez-vous envie d'être en compétition avec vous-même ? » Cette réponse est à rapprocher de ce que disait Harper Lee en 1964 à Roy Nequist : « J'espère que chacun de mes romans sera meilleur que le précédent et non de pire en pire. » A-t-elle abandonné son second roman parce qu'il n'était pas à la hauteur du premier et s'est-elle rendu compte que rien de ce qu'elle ferait désormais ne serait à cette hauteur ? Une autre fois, elle répondit elle-même à cette question de la manière suivante : « J'ai dit ce que j'avais à dire. »

À chacun de choisir son explication : la vérité est le secret de Harper Lee et nous ne devrions pas nous en étonner car *Ne tirez pas sur l'oiseau moqueur* regorge de secrets qui ne seront jamais révélés, même à la fin : pourquoi Atticus a-t-il cessé de tirer ? Quelle était la personnalité de la mère des enfants ? Pourquoi ne sait-on rien du mari de Miss Maudie ? Pourquoi les enfants appellent-ils leur père par son prénom ? Les questions sont innombrables et les réponses manquent.

Harper Lee décrit simplement des actes, des gestes, des sentiments souvent complexes ou troubles. Elle laisse entendre, elle suggère plus qu'elle ne montre. Pour cela, elle recourt, mais de manière si subtile qu'on peut ne pas le voir, au symbole ou à la métaphore, voire au mythe.

Dès le titre, le lecteur est plongé dans cet univers de correspondances. Le titre anglais – « Tuer un oiseau moqueur » – n'est pas clair parce que manque la fin de la phrase dont il est une citation : « Tuer un oiseau moqueur est un péché. » Même s'il n'y paraît pas *a priori*, le roman est bel et bien construit autour de la métaphore de l'oiseau moqueur. Cet oiseau, nommé en France, de manière prétentieuse, « mime polyglotte », est un animal très répandu en Amérique du Nord, il est même depuis 1927 l'oiseau de l'État du Texas. Son importance dans la littérature américaine est ancienne, puisque le poème de Walt Whitman « Out of the cradle endlessly rocking », qui figure dans son recueil *Leaves of Grass*, évoque l'oiseau moqueur dès son second vers : « *Out of the mocking-bird's throat, the musical shuttle.* » Il est impossible que Harper Lee n'ait pas connu ce poème. Ce moqueur est aussi un symbole du Sud, au même titre que l'hymne confédéré *Dixie* que l'on joue à la fin du spectacle monté par Mrs Merriweather. Comme lui, il rappelle un mode de vie particulier, opposé à celui des Yankees, fait de langueur et de respect des coutumes et des bonnes manières, tous points que Scout ressuscite dans son récit.

L'oiseau moqueur a également une dimension mythique car pour certains peuples, il serait l'inventeur du langage, pour d'autres, c'est lui qui aurait appris aux autres oiseaux à chanter. (L'oiseau moqueur peut chanter trente-neuf chants différents et imiter un grand nombre de sons.) La peinture idyllique qu'en fait Miss Maudie est toutefois quelque peu exagérée, le moqueur se nourrit, comme tous les oiseaux, de ce qu'il trouve dans les champs et les jardins. Cette liberté prise avec la réalité laisse penser que la petite fable du péché que l'on commettrait en le tuant sert surtout les desseins de l'auteur. À cela, il faut ajouter l'histoire racontée à Marianne Moates *(A bridge of childhood : Truman Capote's Southern years)* par un ami d'enfance de Truman Capote et de Harper Lee. Le premier aurait un après-midi, pendant que ses camarades se baignaient, expliqué que tuer un oiseau moqueur était un péché parce que ces animaux mangeaient les yeux des bébés de couleur. Rendus aveugles, ceux-ci ne pouvaient plus trouver le sein de leur mère et mouraient de faim. C'était donc un péché de tuer les oiseaux moqueurs car ceux-ci contribuaient à la diminution de la population de couleur. On comprend que Harper Lee n'ait pas repris cette horrible explication, même si Truman Capote n'avait raconté cette histoire que par esprit de provocation. Restons-en à la sienne, plus poétique, qui éclaire le roman de sa métaphore : les deux *mockingbirds* que sont Tom Robinson et Arthur Radley sont les victimes innocentes de la méchanceté et des préjugés de la société. Notons aussi que le patronyme de la famille, qui était aussi le nom de jeune fille de la mère de Harper Lee – Finch –, est le nom d'un petit oiseau de la famille des pinsons ou des bouvreuils.

On peut attribuer une partie du succès de ce roman aux États-Unis par sa parution au moment du combat pour les *civil rights* et contre la ségrégation. Lors de sa publication, cent ans après l'abolition de l'esclavage, les choses n'avaient guère changé entre les années trente, que décrit Harper Lee, et les années soixante. Est-ce parce que ce roman était trop américain qu'il n'a pas connu en France le succès qu'il a eu dans d'autres pays, en Allemagne par exemple ? Cela paraît peu probable. D'abord parce que les lecteurs français n'ont jamais boudé les grands romanciers américains. Ensuite parce qu'il est plus vraisemblable que les deux parutions précédentes ont été des occasions manquées, chacune pour des raisons différentes. Enfin, parce que le parti pris de ces deux éditions successives, lié sans doute au goût et aux habitudes du moment, aboutissait à gommer une part importante de la dimension américaine du livre. C'est notamment sur ce point que la traduction a été actualisée. On a ainsi cherché à mieux évoquer l'atmosphère du roman de Harper Lee. Il était quasiment impossible de restituer la langue de l'auteur, transcription de l'accent et de la prononciation des habitants du Sud (que l'on trouve déjà chez Mark Twain), mais tout ce qui pouvait être conservé l'a été afin que le lecteur se sente réellement dans le *deep South*.

Ne tirez pas sur l'oiseau moqueur peut aider à faire comprendre certaines particularités des États-Unis, et plus encore de leur partie méridionale, aux Français qui, depuis quelques années, ont le sentiment que l'évolution de ce pays échappe à toute logique. Le roman est baigné de l'atmosphère religieuse propre à la nation américaine. C'est pour cette raison qu'ont été rétablies toutes les invocations à Dieu, fussent-elles des jurons, qui avaient disparu de la traduction précédente. Rétablis aussi les baptistes laveurs de pieds et leur morale rigide, sans lesquels une partie de la charge du livre contre les préjugés suscités par la religion et la bigoterie resterait incompréhensible. Soulignons cependant que Harper Lee est une fervente méthodiste qui, au temps où elle donnait encore des interviews, ne cachait pas la place occupée dans sa famille par la morale et la religion.

Le lecteur français découvrira aussi, simplement cité par Miss Stephanie, l'étrange personnalité de William Jennings Bryan (1860-1925), deux fois candidat démocrate à la présidence, qui fut secrétaire d'État sous Woodrow Wilson avec lequel il rompit lorsque celui-ci engagea son pays dans la Première Guerre mondiale. Nul doute que les idées moralisatrices de Bryan, hostile à l'enseignement de l'évolutionnisme dans les écoles américaines parce que contraire à la Bible, ardent défenseur des valeurs morales et de la foi dans l'action politique, rappellent bien des discours entendus au cours de l'année 2004. Preuve que ce que nous prenons pour une régression est probablement un courant idéologique profond et tenace aux États-Unis.

Par ailleurs, même s'il peut sembler que *Ne tirez pas sur l'oiseau moqueur* traite d'un sujet dépassé depuis la disparition de la ségrégation, différents signes laissent penser que ce roman reste éminemment actuel. Dans l'ensemble du pays subsiste aujourd'hui un racisme subtil que même l'*affirmative action*, contestée par beaucoup, n'est pas arrivée à faire disparaître. Quant à l'Alabama, dont George Wallace était le gouverneur lors de la parution de *Ne tirez pas sur l'oiseau moqueur*, il a montré ces dernières années qu'il persistait dans les travers dénoncés par Harper Lee. Il y eut en 2003 le scandale suscité par le *chief justice* Moore qui avait fait graver les Dix Commandements dans un bloc de granit de deux tonnes placé à l'entrée de la Cour suprême de l'Alabama et refusait de l'en faire enlever. Enfin, le 2 novembre 2004, les électeurs de l'État se prononcèrent – à une faible majorité, il est vrai – pour le maintien dans la Constitution de l'Alabama des dispositions qui, malgré la loi fédérale, maintiennent par une astuce de rédaction le principe de la ségrégation en matière scolaire. Dans ces conditions, faut-il s'étonner que ce roman, qui figure sur les listes de lectures de presque tous les lycées, fasse l'objet d'attaques insidieuses de parents d'élèves depuis une vingtaine d'années. Le livre est qualifié d'ordurier (il y est question de prostituée, on y blasphème) et de raciste (à cause de l'emploi du mot « nègre »). Certains établissements ont dû le rayer de leurs listes, de même que *Leaves of Grass* de Walt Whitman ou *Les Aventures de Hucklberry Finn* de Mark

Twain. L'Association des Bibliothécaires américains a l'an dernier protesté contre cette censure et organisé une campagne pour contrer ce mouvement.

Des esprits chagrins objecteront que *Ne tirez pas sur l'oiseau moqueur* n'est jamais qu'un roman de plus sur le bien et le mal, thème qu'affectionnent les auteurs américains. Ce serait inexact. À la différence de beaucoup de ses confrères, Harper Lee a en effet réussi un double tour de force. Le premier est que, si le bien et le mal s'opposent effectivement dans ce roman – pour tout anglophone, le nom de Bob Ewell évoque le mot *evil*, le mal en anglais –, la morale de cette histoire, si tant est qu'il y en ait vraiment une, est que mal et bien se confondent souvent et qu'il faut se garder de juger hâtivement ou de punir en appliquant rigidement la loi. Ni manichéisme ni moralisme, même si l'optimisme et la foi en l'être humain, deux credo essentiels de la société américaine, imprègnent le roman.

Si *Ne tirez pas sur l'oiseau moqueur* ne sombre pas dans ce travers ou dans le mélo, c'est qu'il est porté du début à la fin par l'humour et l'intelligence de Scout, la narratrice. Car le second tour de force du roman, qui a décontenancé une partie de la critique américaine à sa sortie, c'est le mode de narration employé par Harper Lee. L'une des caractéristiques de ce texte est de réussir constamment à mélanger deux principes antinomiques, la simplicité et la complexité. La narration en est un parfait exemple : une petite fille nous raconte trois ans de son enfance, elle le fait avec ses mots, avec les limites de son âge (procédé qu'Henry James avait déjà utilisé dans *Ce que savait Maisie*). Parfois, cependant, ses jugements et ses rapprochements nous troublent, parce que, emportés par ce récit merveilleux, nous avons oublié la première page qui nous laissait entendre qu'à la date de son récit, la narratrice n'est plus la petite fille qu'elle était au moment des événements qu'elle raconte. Il est vrai que l'auteur domine d'un bout à l'autre la narration, introduisant les rebondissements nécessaires lorsque l'action semble se dissoudre, laissant croire au lecteur que l'histoire gambade au rythme de Scout, alors qu'elle la tient rigoureusement en main. Ainsi noue-t-elle les deux intrigues qui nous paraissent indépendantes avec des points si invisibles que nous ignorons où elle nous conduit, que nous n'accordons pas à chaque détail, apparemment gratuit, l'importance qu'ils ont pour la suite du récit. Cela suffirait à prouver que Harper Lee est une très grande romancière, mais elle montre aussi une remarquable maîtrise de la gestion du temps – le roman se déroule en trois ans – et une délicatesse extrême dans la description du passage à l'adolescence de Jem et de la perte de l'innocence de ses jeunes personnages.

À partir d'une histoire qui ne pourrait sans doute pas se passer ailleurs qu'en Alabama, Harper Lee est parvenue à écrire un roman universel. Elle-même a indiqué qu'elle croyait que la vie dans les petites villes du sud des États-Unis avait « quelque chose d'universel » et que, en d'autres termes, elle souhaitait seulement « être la Jane Austen de l'Alabama ». Elle y a réussi sans aucun doute. Mais son unique roman possède un charme particulier que, quels que soient les mérites des romans de Jane Austen, celle-ci n'a jamais atteint, probablement parce que tel n'était pas son objectif et qu'elle s'intéressait moins au monde de l'enfance qu'à celui des jeunes adultes.

Entre le conte pour enfants – il y a des éléments de merveilleux ou de « gothique » dans *Ne tirez pas sur l'oiseau moqueur* – et le roman initiatique – résumé par la phrase de Scout à la fin du chapitre 27 : « Ce fut le début du plus long voyage que nous fîmes ensemble » –, le texte de Harper Lee, d'une infinie drôlerie, est un enchantement. Il a la légèreté et le poids que recherche le véritable amateur de roman et cette vertu si rare de pouvoir être lu à tout âge, quelle que soit l'éducation qu'on ait reçue, de quelque pays que l'on vienne, à quelque sexe que l'on appartienne. Il est vraisemblable que l'on n'en fera pas tout à fait la même lecture, mais on y trouvera nécessairement un univers communiquant avec le sien par le miracle de l'écriture et de l'enfance.

CHRONOLOGIE DES ÉVÉNEMENTS
HISTORIQUES ÉVOQUÉS

1066 : Bataille de Hastings. Conquête de l'Angleterre par les Normands. (Les vieilles familles aristocratiques anglaises se targuent de descendre des guerriers présents à Hastings.)

1813-1814 : Guerre contre les Creeks, menée par le général Jackson, devenu ensuite le 7e président des États-Unis (1829-1837).

1820 : Compromis du Missouri, faisant de la frontière sud de cet État la ligne de démarcation entre États esclavagistes et non esclavagistes.

1861-1865 : Guerre de Sécession, opposant l'Union aux Confédérés du Sud.

9 avril 1865 : Bataille d'Appomatox : reddition du général confédéré Lee au général de l'Union Ulysses Grant.

1866-1877 : Reconstruction, imposée aux États du Sud avant leur réintégration dans l'Union.

Juillet 1918 : Contre-offensive alliée durant la seconde bataille de la Marne. (Les troupes américaines y jouèrent un rôle important.)

1920-1933 : Prohibition, interdiction de fabriquer, transporter et vendre des boissons alcoolisées sur le territoire américain.

24 octobre 1929 : Jeudi noir, effondrement de la bourse de New York. Début de la Grande Dépression.

1929-1933 : Grande Dépression.

Novembre 1932 : Élection de Franklin Delano Roosevelt à la présidence des États-Unis.

30 janvier 1933 : Arrivée au pouvoir d'Adolf Hitler.

4 mars 1933 :	Discours inaugural de Roosevelt, « La seule chose dont nous ayons à avoir peur est la peur elle-même. »
1933-1939 :	Politique du *New Deal* destinée à sortir l'économie américaine de la crise.
Juillet 1933 :	Adoption du *National Industrial Recovery Act (NIRA)*, réorganisant le secteur industriel et établissant le contrôle de la concurrence. Un autocollant « Nous faisons notre part du travail » (*We do our part*) était affiché dans les entreprises ayant souscrit aux codes fixant les prix et les conditions de vente.
Avril 1935 :	Instauration de la *Works Progress Administration* pour créer des emplois publics afin de résorber le chômage.
27 mai 1935 :	La Cour suprême déclare le *NIRA* anticonstitutionnel.
Septembre 1935 :	Premières lois antisémites.

Composition réalisée par PCA

Achevé d'imprimer en décembre 2006 en Espagne par
LIBERDÚPLEX
Sant Llorenç d'Hortons (08791)
N° d'éditeur : 82088
Dépôt légal 1ʳᵉ publication : août 2006
Édition 04 - décembre 2006
LIBRAIRIE GÉNÉRALE FRANÇAISE – 31, rue de Fleurus – 75278 Paris cedex 06

31/1584/7